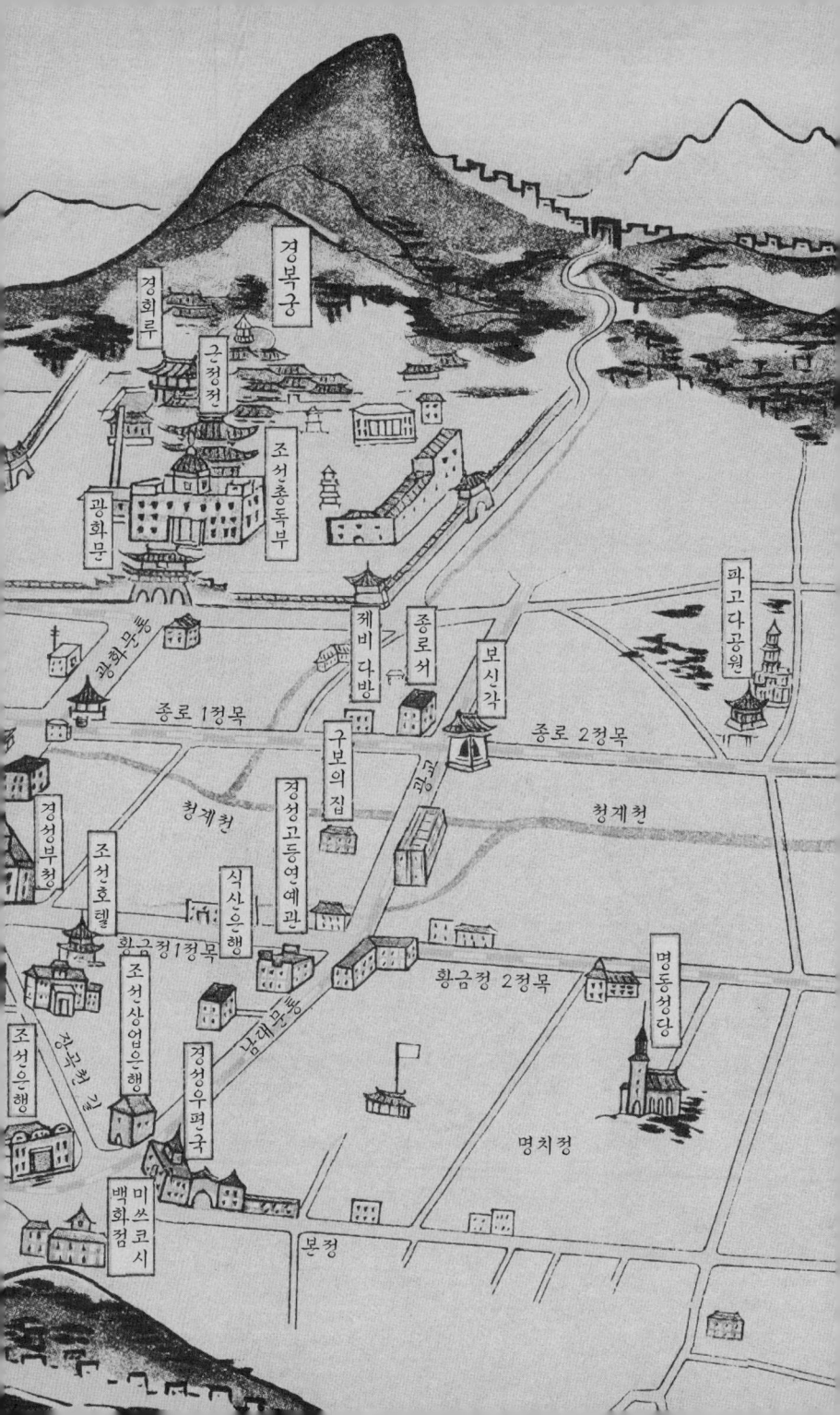

경성탐정 이상 4
京城 探偵 LEESANG

경성탐정 이상

京城 探偵 LEESANG 4

【마리 앤티크 사교구락부】

김재희 지음

시공사

차례

일화　**주인 없는 양복**　7

이화　**군산의 보물창고**　55

삼화　**고래의 꿈**　123

사화　**백운산장의 괴담**　181

오화　**조선미인보감 살인사건**　211

육화　**카프 작가의 실종**　281

칠화　**마리 앤티크 사교구락부**　315

팔화　**극장 주임변사의 죽음**　385

작가 후기　429

일화

주인 없는 양복

京城 探偵
LEESANG

구보는 오늘도 제비 다방에 가기 위해 길을 나섰다. 일찍 일어났지만 집에서 미적대느라 늦었다. 거울에 비친 제 모습이 영 맘에 들지 않았다. 파릇파릇한 새싹이 움트고 형형색색의 꽃이 만발하는 봄이 왔건만 구보의 옷만 겨울이었다. 그것이 무지하게 가슴에 사무쳐온다.

두터운 모직바지는 무릎 부분이 반들반들 해져 튀어나왔고, 재킷 팔꿈치는 올이 나갔다. 게다가 어딘가에 세게 긁혔는지 아기 콧구멍 크기의 구멍이 났다.

작가는 돈이 없다. 고료는 짜고, 일거리가 들어오는 것도 불규칙적이다. 신문사에서 연통이 오면 좋아라 얼른 달려 나가지만, 입성도 중요하다. 그런데 낡은 겨울옷으로 큼큼한 찌든 냄새를 풍기며 편집국장을 만나러 가다니.

하필이면 어제 왜 상과 선술집에서 돼지국밥을 먹었을까.

재킷에서 올라오는 누린내를 의식하던 구보의 시야에 시계상점이 들어왔다. 구보는 주인이 시침과 분침을 맞추는 모습을 무연히 보며 회상에 젖었다.

상과 구보가 순수문학을 표방하는 작가모임인 구인회에 가입하러 갔다가 염상섭 선배의 제안으로 사건 의뢰를 맡은 지 제법 시간이 흘렀다. 그동안 경성뿐 아니라 조선 곳곳을 돌아다니며 수십 건의 기묘한 사건을 해결했다. 류 다마치 자작과 목숨을 건 승부를 벌이고 상은 죽다 살아왔다. 간송 전형필 선생이 잃어버린 미인도의 미스터리를 풀어내고, 경성구락부 파티에서 일어난 살인사건을 해결하면서 서양인들의 고뇌도 들여다봤다. 귀신의 집이라 소문난 샹그릴라 저택 사건 조사 중에 일본인들의 생체실험을 목격했지만, 그 사실은 쥐도 새도 모르게 묻혔다. 해섬마을에 내려가 가문의 비극적 사건을 조사하다 성정체성으로 괴로워하는 남자의 슬픔도 알았다. 한편 치과의사들의 비밀조직에 침투했다가 산에서 죽음을 맞이할 뻔도 했다.

후우. 구보는 한숨을 내쉬었다. 단 하나도 쉬운 사건이 없었다. 어찌 헤쳐왔는지 신기할 따름이다.

어느덧 구보도 위급상황에서 자신을 지킬 계책을 익혔다.

그는 제임스 모턴 치과의사(《경성 탐정 이상 3》 중 7화에 나오는 인물)에게 사격술을 배웠다. 사격은 유럽 귀족들의 취미생활로, 구보는 집중력이 있어 목표물을 맞히는 데 발군의 실력을 보였다. 악당들과 대치할 때 제 실력이 나올지는 의문이었으나.

총은 모턴에게 빌려 썼는데, 가끔은 시카고 갱처럼 고급 양복에 기관단총을 들면 어떨까 상상했다. 아니면 FBI처럼 중산모를 눌러쓰고, 트렌치코트 안에 권총을 감춘다면. 시가를 문 험프리 보가트처럼 폼 날 것 같았다. 명색이 탐정인데 걸맞은 차림새를 갖춰야 하는 게 아니겠는가.

결론적으로 작가도 탐정도 모두 새 옷이 필요하다는 말이다.

구보는 시계상점에서 발걸음을 몇 발짝 옮겼다. 요즘 관심 깊게 들여다보는 가게가 있다. 〈이태리 양복점〉이라는 종로 네거리에 새로 생긴 양복점이다. 가게는 크지 않았지만 쇼윈도에 걸린 두 점의 양복은 무척 고급스럽다.

왼편 양복은 최신 유럽 유행의 넓은 깃에 원단이 두툼했는데 짙은 잿빛의 모직이다. 오른편의 양복은 평범한 감색에 미색 스트라이프가 가늘게 들어간 것으로 깃이 뾰족하게 빠져 세련됐다. 구보는 그동안 오른편의 양복이 마음에 들어 다방에 가기 전에 쇼윈도를 보러 갔다. 오늘은 팔렸으려나 했지만 여전히 있었다. 구보는 감색 양복을 보며 입맛을 다셨다. 하루가 다르게 날이 풀리고 있었다.

며칠 후 구보는 양복점 앞을 지나다 왼편 양복이 바뀐 걸 보고 놀랐다. 오른편 양복은 그대로지만 왼편은 벌써 서너 번째다.

혹시 감색 양복은 하자가 있어 못 파는가 싶었다.

오전에 다방에서 글을 쓰는 둥 마는 둥, 오후에 상에게 다녀올 데가 있다 하고는 얼른 이태리 양복점으로 달렸다. 구보는 다급하게 문을 열면 촌스러울까 싶어 점잖은 척 뒷짐 지고 헛기침을 하며 발을 들여놓았다. 방울 소리가 울렸다. 가게 안에 쇼팽의 피아노곡이 은은하게 흐르고 선반에는 수백 종류의 원단이 빼곡하게 놓여 있었다.

"어서 오십시오."

직원이 정중하게 인사했다.

"양복 좀 보러 왔는데, 언제 가게가 오픈했소?"

구보는 시침을 뗐다.

"한 달이 조금 됐습니다. 손님."

안쪽에서 휘장을 젖히며 키 작은 중년남자가 모습을 드러냈다. 고급 양복에 멋들어진 콧수염을 기른 남자는 진중한 분위기를 풍겼다.

"저는 김대훈이라고 합니다. 마음에 드시는 물건을 차근차근 보시지요."

구보는 토르소에 걸친 재킷과 원단을 꼼꼼하게 훑어본 후 검은 양복을 골랐다.

"이 재킷을 한번 입어보죠."

"잘 고르셨습니다. 이태리 최고급 원단으로 혼례용 양복인데, 일류 신사분들은 평상시에도 입으시지요."

김대훈이 재킷을 입히는 와중에 구보의 눈은 쇼윈도에 있는 스트라이프 양복으로 향했다.

"좀 작으시군요. 어차피 맞추셔야 됩니다만."

이때 와지끈 소리가 났다. 구보는 깜짝 놀랐다.

"어디 뜯어진 겁니까?"

"숨 크게 쉬셨죠? 괜찮습니다."

"이건 얼마입니까? 상하의 다 합치면?"

"70원입니다."

김대훈은 구보의 눈치를 보더니 덧붙였다.

"하지만 할인하여 65원에 드리죠."

구보는 낙담했다. 값을 치를 형편이 안 됐다. 못 먹는 감 찔러나 보자는 심정으로 쇼윈도를 가리켰다.

"저기 오른편 양복은 얼마 정도 합니까?"

구보는 속내를 감추지 못했다. 김대훈은 잔잔하게 웃으면서 콧수염을 찡긋했다.

"안목이 높으시군요. 그 양복은 저희가 가게를 명치정(명동)에서 이곳으로 이전했을 때 단골 고객이 맞춰놓고 찾아가지 않았습니다. 이태리에서 직수입한 200수 모직으로 부드럽기가 실크 같죠. 100퍼센트 메리노울이라 통기가 잘 되면서도 얇고요. 특별히 염가에 10원에 드리죠. 가치는 그 이상을 훨씬 웃돌지만요."

구보는 깜짝 놀랐다. 저 정도 옷이라면 30원 아니면 50원에 사 가는 사람이 허다하다.

"아하, 놀라시는군요. 그 옆에 걸린 양복은 원가도 50원은 하죠. 실은 저 양복이 임자 없는 옷이 되어 사이즈 맞는 분을 구하기 힘들었어요."

"왜 안 찾아갔나요?"

"그게 저, 양복 주인이 계약금을 걸고 안 찾아가셨어요. 입어보시죠."

구보는 홀린 듯이 양복을 입었다. 맞춘 듯 딱 맞았다.

"안성맞춤이군요. 어찌 그리 잘 맞습니까? 바지도 입어보시죠."

구보는 탈의실 휘장을 걷고 들어가 바지도 입었다. 길이 수선을 해야 했지만 허리 사이즈나 밑위길이는 딱 맞았다. 맞춰도 이렇게 잘 맞을 수 없다. 다만 험프리 보가트보다는 살짝 찰리 채플린 느낌이 나는 건 체형이나 스타일 때문인지 어쩔 수 없다. 시카고 갱이나 연방요원보다는 그냥 잘 빼입은 작가 같았다.

구보는 속으로 이만하면 됐지 싶었다. 저렴한 양복점에서 대충 지은 헐렁한 양복만 입었던 그로서는 횡재나 다름없다.

"바지 길이를 한 뼘 정도 줄이면 되겠습니다. 수선하는 데 1시간 정도 걸립니다만 그동안 계산 준비가 되겠는지요."

구보는 고개를 끄덕이고 가게를 나갔다. 누가 옷을 채 가지 않을까 불안한 마음에 서둘러 은행에 갔다. 마침 저녁에 신문사에 들러 인세를 받으려고 도장을 챙겨 왔다. 인출 서류에 도장을 찍고 돈을 받자마자 양복점으로 달렸다. 그사이 수선된 양복이 토르소에 입혀 있다. 양복은 전등 빛에 찬연히 빛났다.

"갈아입고 가겠소."

"그렇게 하십시오."

구보는 양복을 갈아입고 거울에 몸을 비추었다. 아침에 쇼윈도 앞을 서성이던 후줄근한 사내는 어디론가 가고 이태리 젠틀맨이 늠름하게 서 있다. 소매를 보니 'JK KIM'이라고 새겨 있었다. 마음에 걸렸으나, 남 보기에는 이니셜 자수 덕에 수제 양복으로 한결 더 근사하게 보일 것이었다.

구보는 돈을 건네고 낡은 옷가지가 든 종이봉투를 받아 가게를 나왔다. 다방으로 바로 가기 머쓱해 신문사에 들러 인세를 수령했다. 어찌나 신나던지 보무도 당당하게 종로를 활보했.

"상이, 일 보고 왔네."

구보는 제비 다방 미닫이문을 드르륵 열었다. 한가하게 프런트를 지키던 금홍 마담이 구보의 옷을 힐긋 보고 놀랐다. 하지만 이내 모른 척하며 장부를 뒤적였다.

어머니 눈치 보며 글쓰기 머쓱해 다방서 작업하는 룸펜 구보를 금홍은 우습게 여겼다. 금홍의 연인인 상은 절대 안 그렇다고 했지만, 구보 생각에 그녀는 자신을 영양가 없는 식객으로 여겼다. 손님에게 내보이는 정성도 없으며, 내오는 커피도 식어있기 일쑤였다.

그런데 오늘은 시선이 조금 달랐다.

'왜? 마담, 이태리 원단 양복은 첨 보나?'

구보는 속으로 웃으면서 당당하게 팔자걸음을 걸었다. 조심스레 상의 앞자리에 엉덩이를 걸쳤다. 어딘가에 걸려 찢어지면 실연보다 더한 아픔이다.

"부드럽기가 어찌 이리 부드러운지."

상은 원고에 코를 박고 있다가 그제야 고개를 들었다.

"어? 옷 바꾸어 입었네? 아침하고 달라."

"그렇다네. 어떤가?"

"언제 옷을 맞췄지? 자네 몸에 딱 피트되는데?"
"그렇게 보이나? 사실은 헐값에 양복을 손에 넣었다네."
"얼마나 하는데?"
"알아맞혀봐."
"글쎄, 15원?"
"자네, 장난하나? 이거 기분 나쁜데?"
"그래? 그럼 20원?"
"잘 생각해봐."

잘 샀다 싶었다. 고급 옷값을 모르는 상도 20원을 불렀으면, 이 양복은 매우 비싸 보인다는 거다. 절로 배가 불렀다.

"가격은 퀘스전 마크로 마무리 짓지, 어흠."

그날 밤 구보는 양복을 벽에 반듯하게 걸었다. 옷을 올려다보며 이불을 덮고 두 손으로 배를 두드렸다.

"땡잡았네! 아주 운수 좋은 날이야."

그는 스르르 감기는 눈으로 양복을 보며 잠에 빠졌다.

꿈속에서 논두렁을 걷는데 발걸음이 불편했다. 신발은 고무신인데 옷은 새 옷이다. 논두렁에서 몇 번 미끄러질 뻔했다.

"아니, 이럴 수가."

당황스러웠다. 질척거리는 흙에 고무신이 파묻혔다. 흙이 묻을라 바지 밑단을 정강이까지 들어 올렸다. 시골 한복판에서 왜 고급 양복을 입었는지 의아했다.

얼른 논두렁을 벗어나려 걸음을 서두르는데, 낯선 남자가 다가왔다. 키 작고 마른 체구의 남자는 중절모를 깊이 눌러 써서 얼굴이 안 보였다. 그가 길을 막아섰다. 구보가 사내를 위아래로 훑었다.

이럴 수가. 그는 구보와 똑같은 감색에 미색 스트라이프 양복을 걸쳤다.

"아니, 선생님. 그 양복 어디서 사신 게요?"

사내는 중절모를 벗었다. 얼굴이 희미했다. 구보가 살피려는 순간, 남자가 몸을 굽히더니 모자를 쥔 손을 배에 대고 비명을 질렀다.

"왜 그러시오?"

그의 두 손이 뻘건 피범벅이었다. 구보가 화들짝 놀라 물러났다. 사내의 배에서 피가 솟구쳤다. 그가 왈칵 달려들었다.

"엄마얏! 으아악!"

구보는 엉겁결에 벌떡 일어났다. 새벽 4시였다. 동도 트지 않은 시각, 땀범벅이 된 채 악몽에서 깬 구보의 눈에 시커먼 물체가 들어왔다.

"으앗!"

귀신인가 했는데, 양복이다.

간밤에 잠을 설친 구보는 하루를 어떻게 허위허위 보냈다. 저녁에는 상과 작별도 하는 둥 마는 둥 집으로 왔다. 양복을 개서 서랍장 위에 두었다. 벽에 걸었다가는 꿈자리가 사나울 것 같았다. 낮에 상은 여전히 옷이 멋지다 했지만 구보는 뭔가 불편했다.

새벽, 눈을 번쩍 떴다. 다른 악몽이었으나 구보와 똑같은 양복을 입은 사내가 배에 상처를 입고 비명을 지르는 건 같다. 서랍장 위 양복이 눈에 선연히 들어왔다.

구보는 이런 식으로 잠을 며칠 설쳤다. 불안해 글도 손에 잡히지 않았다.

그는 하루 종일 외출을 삼갔다. 저녁나절에 일어나 종로 거리로 나갔다. 이태리 양복점에 들러 뭐라도 물어보려다 포기하고 다방으로 가는데 길 복판에 못 보던 천막이 있었다. 점집이다.

구보는 휘장을 열고 들어섰다. 젊은 남자가 점사를 보는 모양이 신기 있어 보였다. 남자가 심상치 않게 말했다.

"어이구, 선생님. 얼굴에 수심이 가득한 게 액운이 끼었나봅니다."

구보는 용하다 싶어 바짝 다가앉았다.

"며칠이나 악몽을 꿉니다."

"그러십니까? 집안에 요절한 사람이 있죠? 제 눈에 선한데."

점쟁이는 갑자기 목을 붙잡고 괴로운 표정을 지었다.

"먼 친척인데 당숙 어른의 아드님이 일찍 갔죠."

"그러시죠? 어흠."

그는 자신감 있게 덧붙였다.

"어릴 적에 죽을 뻔한 적이 있나요?"

구보는 기억을 떠올렸다. 고열에 시달렸던 적이 있었다.

"그렇기도 합니다."

그는 무릎을 탁 치더니 단호하게 말했다.

"그 친척 아드님의 천도재를 지냅시다."

"네에? 그게 저, 양복을 한 벌 장만한 뒤부터 악몽에 시달려 그러는데요?"

"아하, 천도재를 지내면 그 문제도 해결됩니다. 가격은 30원인데 특별히 20원에 해드리죠."

구보는 고개를 저었다.

"아, 아닙니다. 다음번에 오겠소."

남자가 다급하게 덧붙였다.

"집안에 아기가 죽은 적은 없습니까? 사돈 집안도 살펴보시면……. 아니면 양복에 붙은 액운을 떼어드릴까요? 부적 쓰세요. 전생은요? 유럽에서 태어난 왕자 같습니다, 선생!"

구보는 부랴부랴 천막을 나와서 집으로 발걸음을 돌렸다. 오늘 글쓰기는 글렀다.

그날 밤 구보는 어김없이 악몽을 꿨다.

다음 날 아침, 그는 퀭한 눈에 이리저리 뻗친 머리로 다방으로 갔다. 정신이 몽롱해 자꾸 손이 헛나갔다. 잔을 놓치고, 원고지에 만년필 잉크 방울을 떨어뜨렸다. 손에 잉크가 묻고 글도 엉망이었다. 상이 보다 못해 한소리 했다.

"커피라도 마시고 정신 차리게. 왜 이리 산만한가."

"그, 그렇지? 요 며칠간 잠을 못 자서."

"무슨 일 있나?"

"새로 생긴 점집에 다녀왔는데 액운이 꼈대. 매일 밤 악몽에 시달리고 다리에 힘도 없어."

"그으래? 거기 천도재 하라지 않았나? 30원을 20원으로 깎아 준다고. 금홍이가 파리 날려 물으러 갔더니 먼 친척 아주머니 천도재 올리라던데? 것보다 방에서 거울이나 인형을 치워."

"왜?"

"잠결에 인형을 보거나 거울에 비친 자신을 보면 헉 하고 놀라지."

"그래?"

구보는 본론을 이야기했다.

"나 말이야, 요 앞 양복점 좀 다녀오겠네."

"무슨 일인데? 급한 일이면 같이 가줄까?"

"아, 아냐. 나 혼자 갈게. 아암."

구보는 양복을 걸치고 다방을 나섰다. 이대로는 안 된다. 입성도 중요하지만 무엇보다 사람이 살아야 한다. 이 옷을 입고 다닌 후부터 악몽에 시달렸다. 구보는 이태리 양복점으로 바삐 걸어갔다. 도중에 돌부리에 넘어질 뻔했지만 멈추지 않고 손을 휘저으며 달렸다. 양복점에 도착해 쇼윈도로 보니 다행히 김대훈이 있었다. 구보는 문을 잡아채고 들어갔다.

"어서 오십시오, 손님."

김대훈이 매너 있게 인사했지만 구보는 우물쭈물하며 소매만 만지작거렸다.

"그, 그, 그게 저……."

"아! 커프스가 필요하십니까? 마침 막 들여온 은제 커프스가 있습니다."

구보는 답답해 와이셔츠 단추를 풀려는데, 김대훈이 말을 이었다.

"어울리는 넥타이는 니트와 실크 두 종류가 있는데, 시즌 할인에 들어간 것도 있어 저렴합니다. 보시겠습니까?"

"그, 그게 아니오! 얼마 안 입었으니 되팔고 싶소."

구보는 하고 싶은 말을 토해내고 숨을 몰아쉬었다.

김대훈이 얼굴에서 미소를 싹 거뒀다.

"절대 불가합니다. 저희 양복점은 최고급 양복을 파는 곳이지, 중고를 취급하는 곳이 아닙니다. 저쪽 남대문 시장에 중고품 가게가 있습니다."

"뭐라구요? 얼마 입지도 않은 것인데? 게다가 시장서는 헐값에 살 게 아니오. 여기서는 손님들에게 되팔 수 있으니 되사시오."

"무슨 일 때문에 그러시는지요. 제품에 하자가 있으면 무료수선을 해드리죠. 하지만 반품은 절대 불가합니다."

"이 옷을 입고 나서 기분이 안 좋아요. 꿈자리도 사납고. 점쟁이는 액운이 꼈다는데."

"무조건 안 됩니다."

"원 양복 임자는 어떤 사람이오?"

"그분은 영화 제작자로 좋은 분이십니다."

"그분 성함, 연락처를 알려주시오. 이 양복 거기다 팔겠소."

"죄송하지만 찾아뵙는 게 불가합니다."

"아니, 불가하다니?"

"외, 외국에 있습니다."

김대훈이 당황했다.

"똑똑하게 사실을 대시오. 그 남자 어디 있소? 무슨 외국? 왜 헐값에 팔았지? 진실을 대시오!"

구보가 호통을 쳤더니 김대훈이 머뭇거리다 말을 뱉었다.

"돌, 돌아가셨소."

"뭐어?"

구보는 김대훈의 멱살을 잡아챘다.

"뭐라고? 아니, 이 양반아! 죽은 사람의 옷을 팔았다고?"

"오해입니다. 뒤늦게 소식을 들었고 작정한 것은 아닙니다. 그분이 한 번이라도 옷을 입었다면 말을 안 해요. 안 찾아간 것뿐이오."

"흥, 내가 그 말을 믿을 줄 알고? 나 이 양복 무섭고 찜찜하고 악몽에 시달려서 안 되겠소. 환불해주시오."

구보는 재킷을 벗어서 주인에게 내밀었다.

"뭐요? 아니, 손님처럼 다리 짧은 사람이 어디 흔한 줄 아시오? 절대 안 되오! 바짓단을 수선했으니 옷으로 국을 끓여 먹든 반찬을 해 먹든 맘대로 하시오. 어서 나가요!"

구보는 양복 재킷을 손에 든 채로 쫓겨났다. 악덕 상인이 맘보를 밉게 쓰면 절대로 이길 수 없다더니 딱 맞다. 싸움으로 이길 상대가 아니었다.

감히 죽은 자의 물건을 팔아?

괘씸했지만, 헐값에 묻지도 따지지도 않고 채 간 자신도 한심했다. 가난한 문인이 이태리 양복이 웬 말인가. 어깨가 처진 구보는 터벅터벅 다방으로 돌아와 양복을 걸어두고 땅이 꺼져라 한숨을 쉬었다. 오늘따라 금홍의 입술은 빨갛고 눈두덩은 파란 아이섀도로 범벅이다.

"무슨 고민이라도 있어?"

"상이, 나와 같이 옷가게에 가서 싸우지 않겠나?"

"어? 왜 싸워?"

"금홍 씨라도 같이 갈까? 마담은 이길 수 있을 것 같은데."

구보는 답답한 마음에 그간의 일들을 털어놓았다. 상은 양복을 들어 유심히 살폈다.

"죽은 사람이 입은 것도 아니고 뭐 그리 찜찜한가. 그냥 입게."

"자네가 살래? 10원만 받을게."

"난 체구가 다르잖아."

"에휴, 내가 미쳤지. 팔자에도 없는 이태리 옷을."

"가만있자. 여기 소매 부분에 JK KIM이라고 적혔는데 그 죽었다는 사람 이니셜이겠지?"

"말도 마. 더 찜찜해. 교회당 안 나간 지 오래지만, 매일 악몽 끝자락에는 절로 하느님께 기도가 나오네."

"그럼 됐네. 응답이 올 때까지 기다려."

구보가 난처한 표정을 지었다.

"하느님도 내가 이 일을 적극적으로 해결하기를 바랄지 몰라. 자네가 도와줘."

상이 호기심 어린 얼굴을 했다.

"지난달부터 쇼윈도에 걸린 옷이라 했지. 고급 양복을 맞춰 입는 사람이라면 재력가일 거야. 신문사에 알아볼까? 부고 기사가 났을 거 아닌가."

"에이, 뭐 하러. 같이 가서 싸워달라니까."

"어떻게 죽었는지 알아보고 횡사가 아니면 입어."

"이 양복은 노인용 디자인은 아니야. 젊은 사람이 맞춘 거 같아."

"구보, 내가 신문사에 전화를 해볼게."

"그, 그냥 입지. 뭐."

"그럼 앞으로 양복 입고 불안해하지 말게."

구보는 잠시 망설이다 다시 말했다.

"조금 알아볼까?"

상은 프런트로 가서 신문사에 전화를 걸었다. 기자는 전화로 지난달에 죽은 유명 인사를 불러줬다. 이니셜에 일치하는 사람은 영화 제작자 김종건으로 나이는 43세였다.

"뭐어? 이 양복 주인이 김종건이었다고?"

"화신 흥행 사장이잖아."

전통극의 인기가 시들해지고 영화산업이 급부상 중이었다. 나운규의 〈아리랑〉이 민족의식을 고취하면서 전국적으로 흥행했다. 《상록수》 작가 심훈이 제작한 동명의 영화와 〈먼동이 틀 때〉는 계몽의식을 돋궜다. 한편으로 〈순정해협〉, 〈임자 없는 나룻배〉, 〈청춘의 십자로〉 등 독립을 주제로 한 영화서부터, 남녀의 사랑을 다룬 영화까지 다양한 영화가 쏟아졌다.

최초의 전문상영관인 단성사나 경성고등연예관(현 KEB 하나은행 본점 자리), 황금관(훗날 국도극장이 됨. 현 국도호텔 자리)에서 할리우드나 순수민족자본, 총독부 제작 영화가 번갈아 상영했다. 영화는 경성 시민의 주류 문화로 자리를 잡았다.

김종건은 수십 편의 영화를 제작한 유명 제작자였다. 충무로뿐 아니라 문화계 종사자치고 모르는 사람이 없었다. 구보도 그는 못 만났지만 직원을 만나 원작 판권 회의를 한 적이 있었다.

"유명한 사람 옷이니 그냥 입게."

"그 사람이 언제 그렇게 죽었어? 글 쓰다 부고 기사에 한눈팔 시간도 없었나?"

상이 의미심장한 미소를 지었다.

"한창인 때에 갔으니 의문사일 수도 있지. 어때? 옷에 관한 미스터리라도 풀까? 꿈에 나온 사람이 김종건 아냐? 얼굴은 어떻던가?"

"얼굴? 몰라. 안개에 가린 것처럼 희미해. 그 사람 웃는 모습이 북청사자처럼 화통하고 활짝 핀 인상이잖아. 사진에서 늘 배우들과 어깨동무를 하고. 영화 투자금을 회수 못 해 화병에 갔나?"

"할리우드 제작자들 사인 넘버원이 권총 자살이지. 일리가 있네. 알아볼까?"

"그럴까?"

구보는 의심쩍은 얼굴을 해보였다.

"나한테 도움되라고 조사하는 것 맞지?"

"그러엄."

상은 구보를 안심시켰다. 구보는 양복점에 전화를 걸어서 김종건이 맞는지만 대답하라고 했다. 김대훈은 잠시 망설이다 맞다고 실토했다.

구보는 씩씩대며 진상을 밝혀내리라 결심했다. 신문사 편집국장 염상섭에게 전화를 해 화신 흥행 촬영 현장을 취재하게 해달라고 부탁했다. 그의 도움으로 취재 약속을 잡은 상과 구보는 택시를 타고서 상섭이 알려준 촬영 현장에 도착했다. 다방에서 멀지 않은 곳에 있었다.

너른 기와집을 빌려서 대감댁으로 개조한 스튜디오는 수많은 사람으로 북적거렸다. 양반 부부 사이의 갈등과 노마님의 내연남과의 연애를 그린 파격적인 작품이었다.

키가 훤칠하고 비쩍 마른 30대 감독이 와서 인사를 꾸벅했다.

"구보 선생님. 저번에 판권 문제로 찾아뵌 김수완 감독입니다."

"아, 기억나요!"

구보는 판권 계약이 무산되었으나, 고무적으로 만남에 응했다.

"어떻게 오셨는지요. 신문사에서 전화가 왔다고 대표님이 저 보고 나가래서요."

구보가 고민하는데 상이 답했다.

"이것저것 작품 소재를 얻고자 취재차 왔습니다. 바쁘신데 죄송합니다."

"질문에 성심껏 답해드리겠습니다."

"바쁘지 않습니까?"

"찍은 필름을 콘티랑 비교 중이지요."

구보는 메모지와 연필을 빼 들었다.

"소설 주인공이 영화감독입니다. 이 영화 줄거리 잠깐 들을 수 있을까요?"

김수완이 상세하게 줄거리를 말했다. 구보는 메모하는 척했다. 그러는 동안 상은 여기저기 현장을 살폈다.

"등장인물로 제작자도 나오는데 만날 수 있을까요?"

"대표님은 시간이 안 되세요."

"그래도 불러주시오."

김수완이 망설이다 스태프 한 명을 심부름 보냈다.

"김종건 대표님이시죠?"

구보가 떠보자 김수완은 놀란 얼굴로 부정했다.

"그분은 사고로 가시고 지금은 한은주 대표님이세요."

"아니, 사고라뇨?"

이럴 수가! 구보는 깜짝 놀랐다.

"무슨 사고를 당했습니까?"

"그게, 음……."

김수완이 얼버무리는데 상이 단도직입으로 말했다.

"사실은 그 부분이 궁금합니다."

"네에?"

"그 사건을 취재하고 있어요."

김수완은 주저했다.

"보다시피 스태프들이 기다리고, 배우들도 작업을 끝냈으면 해서요. 해 떨어지면 찍기 힘들 거든요. 스튜디오 조명이 제대로 된 게 없어요."

"잠깐이면 됩니다."

김수완은 촬영장의 뒤꼍으로 그들을 데리고 가 앉혔다.

"김종건 대표님 사인이 왜요?"

"그건 제가 맡은 사건과 관련 있어 그렇소."

상이 강한 어조로 말했다.

"취재한다고 둘러댔지만 김 대표가 돌아가신 경위를 알고 싶소."

김수완은 잠시 망설이다 답했다.

"고 김종건 대표님은 영화 소품을 실제로 사용하셨어요. 열정이 대단했죠. 임산부가 나오는 장면에서 직접 배에 베개를 넣고 걸음걸이를 흉내 내 보이거나, 액션 영화에서는 범인이 칼로 주인공을 찌르는 데서 실제 칼로 시연했죠.

여름에 찍다 중단한 영화가 있어요. 〈도둑들을 해치우다〉라는 화적들과 싸우는 경찰의 이야기인데, 클라이맥스에서 화적이 경찰의 배에 총 쏘는 장면을 시연하다 돌아가셨죠."

구보는 깜짝 놀랐다.

"진짜 총으로 배를 쏜 것이오?"

"소품 감독이 점검했을 때는 공포탄이었는데, 실탄으로 바뀌어 있었어요."

김수완이 갑자기 벌떡 일어났다.

"대표님."

구보와 상이 동시에 뒤를 돌아봤다. 단정한 투피스의 키가 크고 늘씬한 여자가 있었다. 나이는 30대 후반에 활동적인 분위기가 묻어났다. 단아한 얼굴에 긴 머리칼이 펌으로 굽이져 흘렀다.

"한은주 대표입니다. 저는 무슨 일로……."

김종건 부인 한은주다. 구보는 촬영장에 오기 전에 김종건에 대해 알아보았다.

한은주는 김수완을 촬영장으로 보내고 그들과 마주 섰다.

"김종건 대표님의 사인이 궁금해 왔습니다. 잠깐 앉아서 말씀 나누시죠."

"소설 관련 취재가 아니군요. 대체 누구시죠?"

"저희는 탐정입니다. 사건 조사를 의뢰한 분이 계십니다."

상이 또렷하게 말했다. 구보는 놀라 상을 봤다. 자신이 부탁한 셈이니 없는 말은 아니었다.

"시댁에서 조사를 맡겼군요? 시아버님인가요, 시아주버님인가요?"

"의뢰인에 대해선 함구하겠습니다. 돌아가신 과정을 말씀해 주시면 귀찮게 안 하죠."

한은주가 망설이다 입을 열었다.

"남편은 일에 미친 사람이었어요. 집에 한 달에 한 번도 들어

오기 힘드니 어떠했겠어요. 매일 정신없이 영화 신을 재현하다 그리 된 거죠."

"감독 말로는 공포탄으로 재현하다 총알이 바뀌었다던데요?"

한은주가 고개를 끄덕였다.

"네, 맞아요. 가죽 복대를 두르고 공포탄을 쏘았는데, 소품 감독 실수로 공포탄과 실탄이 든 권총이 바뀌어 사고가 났죠. 담당자들이 조사받고 보름 정도 구류 살다 풀려났어요. 그들이 밉지만……. 남편 상 치르고 결국 제가 대표가 된 거예요. 자, 해명이 됐나요?"

"이태리 양복점이라고 아십니까? 종로에 있는 가게인데요?"

한은주의 눈썹이 파르르 떨렸다. 그녀는 눈을 몇 번 깜박였다.

"남편이 거기서 옷을 맞췄죠."

"양복을 안 찾아가셨다고요?"

"치밀하시군요. 양복점하고 대판 싸웠어요. 인수 못 한다고요. 계약금도 20원이나 걸었는데요. 입을 사람이 저세상으로 떠났고 남은 저는 빚에 쫓겨요. 궁금증이 풀리셨나요? 이제 촬영장으로 가야 해서요."

한은주는 촬영장으로 돌아갔다. 구보와 상도 거리를 두고 따라가 한은주가 현장에서 김수완에게 이것저것 지시를 내리는 모습을 멀찍이서 지켜봤다.

"대단하네. 경성에서 여성 제작자라니. 아무래도 양복은 누구에게 넘기거나, 눈 딱 감고 입어야겠지?"

"개운하게 입으려면 죽음의 원인을 확실하게 캐야지."

"과실이라잖아? 그만둬. 입성 한번 욕심내다 무슨 꼴인가. 돈은 돈대로 쓰고."

"사람의 목숨을 건 일이야. 권총이 함부로 뒤바뀔 리 없지. 이 영화사 주소지가 종로니까 관할 형사 기무라한테 물어보겠네."

구보는 상의 고집이 꺾일 리가 없다는 것을 안다. 당분간 양복은 집에 두기로 했다.

다음 날 기무라를 통해 김종건이 죽던 날 총기 관리를 했던 책임자를 알아냈다. 상은 전화로 주소를 받아 적었다.

소품 감독은 동대문 전차역 인근에 살았다. 역 근처 번화가를 지나서 동묘 방향으로 갔다. 허름한 골목에 접어들자 초라한 초가들이 나왔다. 가장 안쪽 집이 주소와 일치했다.

"박동구 감독님 계십니까?"

마당에 들어선 상이 이름을 불렀다. 안채 문이 열리고 마른 체구의 남자가 속옷만 걸치고 혀 꼬부라진 소리로 답했다.

"게 누구쇼?"

"저희는 김종건 대표님 사건을 조사하는 탐정들입니다. 여쭤볼 것이 있어 왔습니다."

"내가 박동구는 맞지만 돌아들 가슈! 더 말할 것 없소!"

박동구가 화를 버럭 냈다.

"썩 꺼지슈!"

문이 닫혔고 구보는 상에게 어찌할지 물었다.

"조금만 기다리자구. 다음에 만난다는 보장도 없잖아."

하는 수 없이 그들은 마당에 앉았다.

"정신 좀 차리시면 나와 이야기나 나눕시다."

상이 문틈으로 넌지시 말했다. 해가 저물어갔다. 서너 시간 정도 지났을까 기다리다 지쳐 구보가 말했다.

"내일 오자구. 잠든 것 같네."

상이 일어나는데, 문이 삐걱 열리고 박동구가 애써 정신 차리며 말했다.

"……초면에 실례했슈. 누추하지만 들어들 오슈."

상과 구보는 방으로 들어갔다. 술병이 뒹굴고 낡은 옷가지와 쓰레기들이 가득했다. 퀴퀴한 냄새가 났다.

"내올 것이 술밖에 없는데."

"저희는 괜찮습니다. 몇 가지 여쭤볼 것이 있어서 왔습니다."

"에휴, 사람 하나 잡았는데 영화사는 멀쩡하나 몰러."

"한은주 대표님이 맡고 있죠."

구보의 말에 박동구는 한숨을 쉬었다.

"김 대표, 내 실수로 그렇게 됐으니 내 맘이 어떻겠슈. 반 미쳐 술독에 빠지지 않고 배기겠슈? 암. 물어보고들 가슈."

"경찰서에서는 선생님 실수로 공포탄과 실탄이 든 총이 바뀐 과실치사라는데요. 당시 상황을 말씀해주시죠."

상이 정중하게 부탁했다.

"형사 말 그대로야. 내가 소품 총괄이라 공포탄이 든 총을 김종건에게 주었슈. 거기에 실탄이 들었을 줄이야. 사실 총성이랑

영상을 실감나게 살리려고 한 건데 바뀔 줄 누가 알았겠어, 암."

"그렇다면 두 개의 권총이 같았다는 말씀입니까?"

"두 개가 똑같았슈. 모두 미국에서 들여온 스미스앤웨슨 10 권총인데 겉보기에는 똑같쥬. 구분하려고 실탄 총에는 실을 매달았는데 그 실이 공포탄 총에 매어 있었슈."

구보가 고개를 갸웃했다.

"그런 실수가 가능합니까?"

"나도 수백 번 기억을 더듬어도 실수한 것 같지 않은데 그리 됐으니. 현장이란 데가 원체 바쁘고 어지러이 돌아가니 실수도 사고도 빈번하지만."

"공포탄도 인체에 위험하잖습니까?"

"에구야, 김종건 그 양반은 칼도 푹 쑤셔보는 사람인데 공포탄쯤이야. 공포탄은 두꺼운 옷 위에 쏘면 배에 약한 화상만 입히쥬."

"그 사건으로 영화사를 나온 겁니까?"

"구류 살다 나와 사표 냈슈. 기실 소품만 만지다 겨우 감독 할 차례가 왔는데, 김 대표가 새파란 신인에게 넘겼슈. 내 감각을 못 믿어. 그래도 그 양반이 밉지 않았는데……."

상이 질문을 던졌다.

"부부 사이는 어떠하던가요?"

"아내가 좋은 가구를 사도 남편이 현장에서 고물로 만들지. 그래도 어떡해. 김종건은 그게 안 되면 안 되는데. 처가 재산으로 빚도 메꾸고. 김 대표 부인이 희생했쥬. 그 양반이 영화에 미친 건 누구나 알아유. 툭하면 새벽에도 귀찮게 전화질이야. 근디 히트칠 것 같은 이야깃거리만 들으면 귀가 번쩍 열려 뛰쳐나가. 영화에 미친 순수한 사람이었슈."

상은 경청하다 질문을 던졌다.

"혹시, 촬영을 하다 죽을 뻔한 적이 또 없었습니까?"

박동구가 이상하다는 듯 눈빛을 빛냈다.

"산속에서 폭탄을 터뜨리는 신에서 대표 옆에서 폭탄이 터져 다리를 다쳤슈. 왜 그게 거기 장치됐는지 나도 몰러. 분명 다른 곳에 설치했는데. 일이 연달아 있으니 김 대표도 분명 느낌은 남달랐을 텐데 무리하게 하다 간 거야. 내가 말렸는데도."

"그 부분이 이상하군요."

"음. 저기 말이야, 공경아라는 배우 아슈?"

구보의 귀가 번쩍 뜨였다. 공경아는 육감적인 몸매로 조선의 리타 헤이워드로 불렸다. 군인들 막사에 핀업 걸 사진으로 걸릴 만큼 인기 있었다.

"알죠. 왜 그러십니까?"

박동구가 구보를 보고 의미심장한 말을 던졌다.

"김종건이 그 여자와 스캔들이 있었는데, 소문에는 한은주가 영화판에서 그 여자를 밀어냈다 하더라고."

박동구는 여기까지 말하고 하품을 했다. 상과 구보는 오랜만에 사람과 말을 섞어 슬슬 피로해 보이는 박동구에게 인사를 하고 나왔다.

"구보, 부부 사이가 어땠을까?"

"동반자적 관계겠지. 영화 사업이 한 사람의 의지로 이끌 수 있나. 빚도 지고 사람도 수없이 만나다 보면 가정에 소홀해지지."

"일단 공경아란 배우를 만나고, 한은주가 치를 떠는 시댁 식구를 캐자구. 염 선배에게 다리 놔달라고 해봄세."

다음 날 구보가 다방에 도착하자, 상은 중산모를 쓰고 재킷을 걸치고 지팡이를 팔에 걸었다. 구보도 파나마모자에 새로 산 양복을 빼입었다. 꺼림칙했지만, 공경아를 만나러 가는 길이라 차려입었다.

상은 명치정 뒷골목의 댄스홀로 들어갔다. 파리의 물랭루주를 표방해 만든 댄스홀은 아름다운 수십 인의 무희들이 군무를 춘다고 소문이 난 곳이다. 술값이 워낙 비싸 구보는 가보지 못했다.

무희들은 무대 위에서 찰스턴 스텝을 연습했다. 드레스 슬릿에 각선미가 고스란히 노출돼 구보는 정신이 아득하였다. 영화의 한 장면을 보는 것 같았다.

지배인이 다가오자, 상은 공경아를 취재하러 왔다고 밝혔다. 염상섭이 미리 전화를 해놓은 덕에 지배인이 더 묻지 않아 상과 구보는 자리에 앉아 기다렸다.

잠시 후, 휴식 시간에 공경아가 짙은 화장에 무대의상 그대로 다가와 앉았다.

짧은 드레스 사이로 긴 다리가 보이고, 붉은 코르셋으로 바짝

조인 잘록한 허리 위로 풍만한 가슴이 드러났다. 구보는 짐짓 놀랐으나 담담한 상을 보며, 엄격하고 근엄한 표정을 지었다. 하지만 그녀가 이상과 인사를 할 때 기술적으로 안 보는 척 슬쩍 훔쳐봤다. 리타 헤이워드의 풍만함에 절대로 뒤처지지 않았다.

"엄맛!"

공경아가 구보와 인사를 하려다 놀라 물러났다.

"왜 그러시죠?"

"나 김 대표님이 살아 돌아온 줄 알았어요. 정말 체격이나 스타일도 비슷하고."

공경아가 가슴을 쓸어내렸다.

"기자분들 정말 오랜만에 뵙네요."

공경아가 환하게 웃자, 상은 솔직하게 김종건의 죽음을 캐러 다닌다고 했다. 공경아는 잠시 망설이다 말했다.

"저도 잘 모르겠어요. 돌아가실 때 영화계를 거의 떠난 상황이었거든요."

상은 단도직입적으로 질문을 던졌다. 그걸 짚고 넘어가야 이야기가 진행된다.

"두 분 사이의 소문은 사실입니까?"

공경아는 희미한 미소를 지으며 고개를 저었다.

"아뇨. 대표님이 풍류가 있어 저와 댄스홀에서 종종 춤 췄거든요. 저도 서양 춤을 여학교에서 배워서 자신 있었죠. 작품도 같이 몇 개 안 했어요. 그런데 누가 그런 루머를 퍼뜨렸는지. 일이 끊기고 여기서 일해요."

공경아는 가늘고 긴 황금색 담뱃대를 입에 물었다. 구보는 조심스레 테이블 위의 라이터를 들어 불을 붙였다.

공경아의 긴 손톱은 샹들리에 빛을 받아 반짝거렸다. 구보는 아름다운 여성의 손톱은 저토록 빛나는 것인지 의아해 한참 쳐다봤다. 그녀는 램프를 장식한 리본 끈이 풀린 걸 솜씨 좋게 매듭지었다.

"김종건 씨의 죽음을 어떻게 보시죠?"

"사고사였잖아요. 소품 감독 실수 아닌가요?"

"그렇게 종결은 됐지만, 실수라는 게 의아합니다."

공경아는 담뱃대를 내려놓고 웃었다. 구보는 그녀의 올라간 입꼬리에서 가식적인 느낌이 언뜻 들었다. 배우라는 직업을 고려하면 어느 상황에서도 눈물과 웃음이 나올 것이다.

"김 대표님이 제 앞으로 생명보험을 들어놨다는 소문도 있었죠. 공경아가 다이아몬드를 받아놓고 안 돌려주려 죽였다. 이혼 안 해줘서 죽였다. 좁은 영화판서 별 소문이 다 있었죠. 진실은 두 분이 알아서 밝혀보세요. 전 이제 무대 올라가야 해요."

밴드가 스윙 재즈를 연주하자, 공경아를 비롯한 무희들이 무대로 올라가 연습을 시작했다. 상과 구보는 댄스홀을 나왔다.

"이번에는 어디로 갈 참인가?"

"시댁 쪽을 캐야지."

"상이, 배우는 살인을 하고도 낯빛 하나 안 변하고 잡아뗄 것 같아. 사귀고도 잡아떼는 걸지도 몰라."

"흠, 일단은 가능성을 여러 군데 두고 차근차근 알아봐야지."

빠르게 걸어 본정(충무로)에 도착해 좁은 골목으로 들자, 사채업자들이 주로 입주한 2층짜리 건물들이 나왔다. 상은 그중에 일본집을 개조한 건물로 들어섰다. 계단을 올라가니 어두컴컴한 복도에 자그마한 사무실 문들이 늘어서 있다. 상은 가운데 사무실 앞에 멈췄다. 한 사내가 의자에 앉아서 신문을 보고 있다. 덩치 큰 사내는 중절모에 고급 양복을 걸쳤다.

구보가 뭔가 말하려 하자, 남자가 거칠게 말했다.

"잡상인들은 썩 꺼져!"

"아닙니다. 고 김종건 대표님 형님을 만나 뵈러 왔는데요."

구보가 공손히 말을 건네자, 사내가 신문을 접었다. 남자는 일어나서 고개를 숙이고 말을 높였다.

"무슨 일로 오셨습니까?"

"사건을 조사하는 탐정입니다."

사내는 안에 들어가더니, 잠시 후 나와 90도 각도로 정수리가 보이게 인사했다.

"형님께서 기다리십니다."

상과 구보가 작은 사무실로 들어가자, 키 작고 머리가 벗겨진 쉰 정도의 남자가 둘을 맞이했다. 사내는 체구는 작았으나 강한 눈빛을 지녔다. 게다가 매우 단단한 체격에 빈틈없이 딱 맞는 하얀색 양복을 걸쳤다. 붉은색 행커치프가 돋보였다. 남자는 눈물을 글썽이며 다정하게 말했다.

"종건이 사건을 캐고 다니신다뇨. 어떻게 된 겁니까? 저는 종건이 형 김재건이라고 합니다."

상은 그간 있었던 일을 간략하게 말했다. 남자는 곰곰이 듣다 코를 훌쩍이더니 한탄하였다.

"종건이가 그렇게 가고 아버지도 몸져눕고, 저는 종건이 마누라를 만나 을러도 보고 사건 진상도 캤지만, 건달이라도 함부로 협박할 수는 없죠. 경찰도 사고사로 단정 짓고요."

"한은주 대표 말입니까?"

"제수씨도 아니오. 완전 남이야, 남. 아이 안 낳은 것도 구한말이면 소박맞을 일이지만, 아버지도 모른 척하셨소. 워낙 점잖은 분이라. 근데도 그 여자가 영화 말아먹을 때마다 시댁에 와서 푸념하고 돈 달래. 그럼 내가 사채를 빌려주지요. 이자를 안 내고 안하무인입니다. 일이 안 되면 무조건 종건이 탓을 하고요.

종건이 생전에 우리한테 와서 생난리를 치는데, 뭐라더라 현장에 집안 세간을 끌고 나가서 잃어버렸다고 무섭게 지청구를 하고 오만 정이 떨어지더라구, 에이. 종건이 가고 그 여자와 인연 끊긴 것은 속 편해요. 우리 측 빚은 탕감했지만, 다른 빚은 몰라요. 이제 우리와 그 여잔 남이니까."

"부부 사이에 반목이 있었단 말입니까?"

"종건이가 영화에 미친 게 못마땅했겠지. 하지만 사내가 그렇지 않으면 경성 바닥에서 한 주름 잡지 못하잖소."

"소품 감독 말로 권총이 뒤바뀌는 실수를 알아채지 못했다는데요."

"현장이 워낙 복잡하니까 그럴 수도 있지만 증거가 없어요.

부탁이니 잘 조사해주면 후사도 하겠소."

그들은 김재건이 건네는 돈 봉투를 사양하고 거리로 나왔다.

"상, 어쩐다. 한은주 대표가 남편과 사이가 안 좋았다는 증언들이 있는데?"

"경찰서로 가자구. 증거품 권총을 보여 달라고 했네."

그들은 종로경찰서에 가서 기무라를 만났다. 기무라는 김종건 사건 자료철과 증거품을 내왔다.

"사건을 캐다 보니 김종건이 영화 만들다 진 빚이 있다고 들었소."

기무라가 고개를 끄덕였다.

"저희도 사건이 발생하면 금전과 여자관계부터 확인하죠. 스캔들은 확증이 없고, 공경아 씨 알리바이 확인했는데, 사건 당일 현장에 놀러 가기는 했어요. 동료 배우가 출연한다고 구경 왔답니다. 그래서 불러다 조사를 했고요, 금전관계는 세세하게 확인 중입니다."

"나중에 결과를 알려주시오. 증거품을 볼 수 있소?"

"아쉽게도 오늘 오전에 증거품은 검찰에 넘겼어요. 대신에 권총 사진은 루페로 보세요."

상은 구보와 함께 사진을 봤다. 구보는 돋보기안경을 고쳐 쓰고 들여다봤다.

"아니 상이, 묶인 실 말이야. 조금 이상한데? 분명히 매듭 윗부분이 자연스럽지 않아."

상은 구보가 내민 사진을 루페로 유심히 봤다.

"매듭 위로 실이 잘렸다가 다시 묶은 흔적이 있군."

"실을 풀려고 했지만 안 풀려서 날선 가위로 살짝 자른 거 아냐?"

기무라가 고개를 갸우뚱했다.

"이 부분은 우리 경찰도 다시 보겠습니다. 역시 선생님들은 미세한 부분을 짚어주네요. 참, 그리고 공이치기와 총신 사이에서 이런 게 발견됐습니다. 여성의 손톱 조각이라는데요."

"이게 손톱이라구요?"

구보는 기무라가 봉투에서 꺼낸 손톱을 받았다.

"네, 얼마 전 우리 경찰서에 법과학자가 한 분 오셨거든요. 미국 FBI에서 공부한 분인데 도쿄 경시청에서 파견된 박사님이세요. 그분 말씀으로 손톱이라고 합니다. 이건 아직 검찰에 안 보냈죠."

구보가 루페에 한쪽 눈을 댄 채로 고개를 갸우뚱했다.

"손톱에 분홍색의 반짝거리는 건 무엇입니까?"

"그분 말씀으로는 서양 여인들은 1880년대부터 손톱에 필름 같은 걸 붙였다는데요? 매니큐어라고 한다네요. 저도 새로 알았습니다."

구보는 깜짝 놀랐다. 경성 여인들이 직장서 사무를 보아도 집에서는 살림을 해서 손톱이 뭉툭하고 손은 거칠었다. 상류층 아니면 고운 손톱은 어림없다. 구보는 언뜻 공경아의 번쩍거리는 손톱이 떠올랐다.

"이에 관해 알아보고 싶소."

"박사님 만나보시겠어요?"

상은 흥미를 보였다. 기무라를 따라 경찰서 2층의 가장 구석진 사무실 문을 열고 들어갔다. 독한 냄새가 났다. 구보는 코를 그러쥐었다.

"금방 익숙해져요."

실험테이블이 여러 개 있고, 각종 화학 약품과 도구들이 진열장에 들어차 있다. 처음 보는 기계도 있었는데, 구보가 알아본 것은 현미경과 비커, 등사기, 원심분리기 정도였다. 기무라는 큰 소리를 냈다.

"래리 량 박사님. 손님들이 오셨습니다."

중국인인가. 진열장 뒤에서 안경을 끼고 머리를 포마드로 넘긴 40줄의 동양 남자가 나왔다.

기무라는 상과 구보를 소개하고 찾아온 이유를 설명했다.

그리고 상과 구보가 찾아낸 사진 속 어색한 매듭 자국을 보였다. 기무라는 손톱 증거를 넘겼다.

"선생들 덕분에 하마터면 중요한 점을 놓칠 뻔했네요. 감사드립니다. 다른 시급한 사안에, 사고사라는 일률적인 증언을 듣고 실수했군요."

량 박사는 겸손한 태도를 보였다.

"손톱에 대하여 묻고 싶소."

"아, 공이치기 틈에서 발견된 것 말이죠."

"그렇소. 이 손톱을 지닌 사람이 권총을 바꿔치기한 건지 궁금하오."

"영화사 관계자 중에 손톱장식을 한 사람은 없더군요. 손톱이 발견되고 알아보라 시켰죠."

"손톱장식이오?"

구보가 되물었다.

"서양이나 중국에서 이미 5천 년 전부터 손톱장식이 있었죠. 손톱에 헤나 염료나 기름, 물감을 발랐습니다. 19세기에 중산층에게 전파됐고, 1920년에는 에나멜 매니큐어가 판매되어 미국 주부들은 집에서도 합니다."

"매니큐어로 어느 나라에서 수입된 제품인지 알 수 있나요?"

량은 고개를 저었다.

"아직은 불가입니다. 원심분리기는 있지만 미세한 차이는 구별 못 해요."

상이 진지하게 물어보았다.

"경성에서도 그런 제품을 파는 곳이 있소?"

"몇 군데 상점이 있는데 이 손톱은 가짜예요."

구보는 화들짝 놀랐다.

"가짜라뇨?"

"인조 손톱이 미국에서 유행입니다. 인조 조형물에 매니큐어를 발라 손톱에 접착제로 고정시키죠. 이 정도 제품을 사용하는 사람이라면 상류층이거나 수입품 관계자일 확률이 높습니다."

량은 진열장 뒤에서 권총을 꺼냈다.

"이 총은 김종건 씨가 사용한 총과 동일합니다."

그는 총의 각 부분을 가리켰다.

"공이치기와 총신 사이에서 손톱 조각이 나왔고, 사진처럼 실은 손잡이에 걸쳐 있어요. 선생들이 찾아낸 증거로, 손톱을 붙인 누군가 권총을 바꿔치기했을 수 있죠."

"자세한 법과학적 증거가 나오면 기무라 형사를 통해 연락을 주시오."

상의 간곡한 부탁에 량은 고개를 끄덕였다.

구보와 상은 경찰서를 나왔다. 이로써 김종건이 타살됐다는 증거를 조금 건졌다.

구보는 길을 걷다 상에게 말했다.

"공경아 손톱에 분명히 번쩍거리는 인조 손톱이 붙어 있었어."

"그걸 좀 더 캐낼 계획이네. 자네, 부탁 하나 들어줄 수 있나? 사건 해결에 큰 도움이 될 걸세."

"뭔데?"

"별거는 아니고, 내가 지정한 장소에 가면 되는 거야."

구보는 근처 카페에 들어가 상의 말을 자세하게 들었다. 내키지 않았지만 중요하다기에 고개를 끄덕였다.

며칠 후, 한은주는 사무실에서 나와 배우들, 김수완과 함께 자가용에 나누어 탔다. 중식당으로 이동해 영화 제작발표회에 참석할 예정이다. 한은주는 유럽에서 공부할 때 구매한 샤넬 블랙 슈트를 입었다. 아버지가 사준 것으로 평생 좋은 날만 입었다. 그런데 오늘따라 옷이 칙칙해 보여 신경이 곤두섰다. 옷차림이 불편하면 이상하게 그날 일이 잘 안 풀렸다.

"대표님, 긴장하시는 거 첨 봐요."

"아니, 괜찮아요. 감독이 더 떨리지. 자식 같은 작품 발표하는 날인데."

"너무 설레고 떨립니다."

"우리, 잘 해봐요."

그녀는 긴장감에 얼굴이 상기된 김수완을 다독이고 회장 안으로 들어갔다.

주연배우들과 한은주, 김수완이 단상에 나란히 앉았다. 수십 인의 기자들이 플래시를 터뜨리면서 사진을 찍고 질문을 던졌다. 주연배우들의 사생활과 스캔들을 묻는 질문이 쏟아져 한은주는 당황스러웠다.

다행히 작품 관련 질문이 나오자 감독에게 바통을 넘기고 한은주는 시름을 놓았다. 그런데 순간 자석에 끌린 듯 한은주는 출입문을 주시했다.

양복에 중절모를 깊숙하게 눌러쓴 남자가 서 있었다. 어깨를 으쓱하고 손을 들어서 독특한 제스처를 취했다. 남자는 모자 밑으로 한은주와 잠시 시선을 마주쳤다.

한은주는 비명이 나오려는 입을 틀어막았다. 얼른 몸을 일으켜 직원에게 화장실을 다녀온다고 하고 단상에서 내려왔다. 그녀는 뒷문으로 나와 출입문으로 걸어갔다. 기자들의 뒷모습만 가득할 뿐 좀 전의 중절모 사나이는 없었다.

느낌이 싸했다. 귀신에 씐 것만 같다.

영화 제작 현장에 귀신이 나오면 히트한다는 가십은 할리우드에서 시작됐다. 1922년 투탕카멘 왕의 피라미드 무덤을 발견한 발굴대원들이 의문사를 했는데, 이를 영화로 제작하던 과정에서 스태프들에게도 사고가 났고, 귀신을 목격했다는 소문이 돌았다.

영화는 개봉하자마자 대히트를 했다. 그리고 투탕카멘 왕 무덤 발굴은 지속적으로 대서특보로 다뤄졌고 부장품 전시회는 대박이 났다. 그때부터 영화 현장에 귀신이 나타나면 흥행한다는 소문이 생겼다.

한은주는 얼굴에서 식은땀이 흘렀다. 분명 그의 모습을 본 것 같지만 그럴 리 없다. 워낙 양복이 다 비슷하게 생겨서 착각한 것이리라.

한은주는 피라미드의 저주는 거짓이라는 걸 알고 있었다. 사실 발굴대원들은 멀쩡하게 살아 있는데, 영화 제작자들이 뜬소문을 냈는지, 소문과 함께 영화가 히트했다는 기사를 외국 신문에서 읽었다.

그녀는 단상으로 돌아와 놀란 가슴을 달랬다.

다음 날 다방에 나온 구보는 글을 쓰기 전에 잠시 쉬었다. 금홍이 커피를 내오며 밑도 끝도 없이 구보에게 짜증을 내며 말했다.

"그이가 공경아인가 그 여자 만나러 갔어요."

"뭐라구요? 아니, 왜요?"

"사건 핑계로 관심을 두는 건지, 참나."

구보는 부아가 치밀었다. 홀로 행동을 하는 상에게 화가 났으나, 상이 시킨 임무를 끝내기 위해 어딘가에 또 다녀와야 했다.

그날 저녁 다방에서 만난 상은 얼굴에 홍조를 띠고 기분이 좋아보였다.

"뭐야, 자네 공경아 씨 혼자서만 만나고."

"내가 부탁한 일은."

"하긴 했지만서도."

"잘 했어. 이제 뭔가 반응이 있을 거야."

"공경아 씨와 만나 뭘 알아본 거야?"

"추후 밝히겠네. 자네가 용의자 같다기에 한 번 더 보러갔지, 뭐."

'뭐어? 치이, 미인 얼굴 한 번 더 보러 다녀온 건 아니고?'

구보는 차마 속마음을 내뱉지 못했다. 아무래도 치졸해 보였다.

왜 그렇게 공경아를 용의자로 몰아붙이는지 자신의 속마음을 잔잔히 살피니, 첫 만남에 자신에게 관심 없던 그녀가 못내 미웠던 것 같다. 혹은 한 번 더 보고 싶어 용의자로 설정한 걸지도. 그런데 상만 다녀온 것이다. 치사했다.

며칠 후, 상은 구보에게 이제 시킨 일을 그만두고 영화사로 가보자고 했다. 둘은 부리나케 택시를 잡아타고 영화사 사무실로 향하였다.

사무실에 불이 켜져 있어 들어갔으나, 김수완이 그들의 앞을 가로막았다.

"대표 만나러 왔소."

"지금 업무시간이 끝나서 곤란해요."

"감독님은 왜 있죠?"

"저야 새 영화 시나리오를 들여다보고 있었죠."

"그렇다면 업무시간이 맞군. 누군가 일을 하니. 형사들이 올 것이오. 먼저 한은주 씨를 만나겠소."

김수완은 불편한 얼굴로 안내했다.

"영상실에 계세요."

김수완은 사무실 안쪽의 자그마한 방문을 두드렸다.

"대표님, 손님입니다."

"들어오시게 해요."

한은주의 목소리가 나지막하게 들렸다.

상과 구보는 문을 열고 조용히 들어갔다. 어두운 방에 의자가 10여 개 놓여 있고 가로세로 각각 3미터 안쪽의 스크린에서 영상이 나왔다.

상은 한은주의 옆에 앉았다. 한은주는 미소를 지었다.

"10년 전에 남편은 배우를 쓸 돈이 없어서 저를 출연시켰죠. 15분짜리 필름이지만. 필름 살 형편도 안 되던 시절이거든요."

영상에서 한은주는 웃었다. 젊었다. 생기가 넘쳤고 사랑을 담은 눈으로 카메라를 보았다. 그녀는 노래를 나지막이 부르고 김종건이 묻는 말에 사랑스럽게 답했다.

구보는 멀찍이서 한은주를 살폈다. 그녀의 눈빛은 아련하게 본인을 향했다.

"그때만 해도 사랑했어요. 그가 머리를 쓰다듬으면 설렜고 낮은 목소리로 다 잘 될 거라 말해주면 마음이 놓였죠. 함께 지옥이라도 갈 수 있었어요. 아무것도 없이 시작했지만 친정아버지가 도와줘서 영화를 만들어 히트했고 돈도 벌었어요. 그는 달라진 건 없었어요. 영화에 대한 열정도 똑같고, 나에 대한 사랑도 변함이 없었죠."

한은주는 잠시 침묵을 했고 그들은 기다렸다. 한은주는 말을 이었다.

"달라진 것은 저죠. 남편이 친정 재산을 날리고도 예술을 위해라는 말이 듣기 싫었어요. 제가 아끼는 가구를 현장에 가져가는 것도 싫었고요. 그는 10원짜리가 아닌 100원짜리 소품으로 찍으면 1천 배로 화면의 질이 달라진다고 입버릇처럼 말하곤 했어요. 그 말도 지겨웠어요.

친정아버지 아플 때 못 온 것은 그렇다 쳐도, 상을 치른 후 아버지가 아끼던 고가구를 함부로 촬영장으로 내간 날 그를 증. 오. 했. 죠."

눈물이 흘러내렸다. 상은 손수건을 건넸지만 한은주는 사양하고 손바닥으로 쓸었다.

"그 의자는 프랑스 국왕 의자예요. 아버지가 25년 간 집무실에서 쓰던 의자로 아버지만 앉으셨죠. 정말 국왕이 앉았는지는 모르지만 저에겐 신성했어요. 늘 아버지가 자랑스러웠으니까.

그런 아버지 분신 같은 의자를 촬영장에서 굴리다 잃어버렸어요. 용서할 수 없었어요."

한은주는 눈물을 걷고 웃었다.

"그가 가고 여긴 못 들어왔는데 영사기에 걸린 필름을 트니 제 얼굴이네요. 죽기 전에 제 얼굴을 봤겠죠. 그가 남긴 건 저 필름과 영화에 대한 열정뿐."

상은 묵묵히 듣다 말을 꺼냈다.

"빚도 있겠죠. 한은주 씨, 당신은 남편의 빚을 떠안지 않으려고 변호사를 물색했더군. 형사들이 수사하다 알아냈소. 세 개의 사무실과 접촉했죠. 파산과 상속 전문 변호사들과."

한은주가 눈물을 삼키고 상을 직시했다.

"김종건 씨가 죽으면 빚을 물려받지 않을 방법이 있단 걸 알고 계획한 거요?"

상은 한은주가 입을 다문 걸 지켜보다 뜸을 들인 후 다시 질문을 던졌다.

"권총을 바꾸는 것도 모자라 폭탄이 터지게 한 것도 당신이 한 일입니까?"

상은 넌지시 떠봤다. 한은주는 침묵할 따름이었다.

"빚 청산이 아니면 공경아 씨와 관계를 의심한 것이오? 혹시 둘 다 살인 동기가 된 겁니까? 당신이 수입 상점에서 공경아 씨가 사 간 것과 동일한 인조 손톱을 사 갔다는 증언을 확보했소. 직원에게 당신 사진을 보이니 맞다고 했지. 덮어씌우려던 거였소? 공경아 씨를 현장에 부른 배우의 증언도 확보했소. 공경아 씨가 따지니까 결국 실토했지. 한은주 대표가 자신에게 부르라고 시켰다고."

구보는 그제야 상이 공경아와 상점에 다녀왔다는 걸 알았다. 한은주가 표정을 가다듬고 천천히 말했다.

"내가 과거를 떠올려 그이를 증오한다고 울먹거린 게 살인 자백인가요?"

"직접적 증거는 아니지만 정황적 증거는 확실하고, 이제 진술을 다시 받을 준비를 형사들이 하고 있소."

그녀는 침묵하다 서서히 고개를 끄덕였다. 그리고 상과 마주 보았다.

기무라가 조용히 들어와 불을 켰다. 영상이 끝났다. 침묵 가운데 기무라가 한은주에게 말했다.

"당신을 김종건 살인 혐의로 임의 동행합니다. 따라주시죠."

한은주가 기무라와 나가다 잠시 구보 앞에 멈췄다.

"그 옷 맞죠? 남편이 입지 못한 옷. 그 사람이 제작발표회 날 입으려 했죠. 양복점에선 유품으로 간직하라는데 싫었어요. 죄책감을 떨쳐내고 싶어서."

"용케 알아보시는군요."

"그이 스타일을 모를 리 없잖아요. 그 옷을 입고 제가 가는 곳마다 와서 남편 기억을 떠올리게 했군요. 죄책감에 스스로 무너지게 만드는 계획은 성공이네요. 영화 소재로 딱이에요. 형사님, 갈까요?"

한은주는 구보를 지나쳐 기무라와 방을 나갔다.

그날 밤 구보는 집으로 돌아와 구겨진 양복을 벽에 걸고 쳐다봤다. 김종건 살인 혐의를 받던 한은주가 결국 밤에 자백했다고 기무라에게 연락이 왔다. 여러 증거를 들이밀자 실토했다는 것이다.

구보는 그녀에게 죄책감을 주려 잠시 김종건으로 살았다. 마음이 놓이면서도 착잡했다.

김종건은 아내가 잡히기를 바랐을까, 아니면 사건이 묻히기를 바랐을까. 구보는 의구심을 품고 잠에 빠져들었다.

그는 양복을 입고 밤바다에서 돛단배 하나에 몸을 의지했다. 달도 자취를 감춘 어둔 밤, 찰랑이는 검은 물결에 돛 하나를 붙잡고 위태로이 오갔다. 아무도 없었다. 와줄 이도, 배도 없었다. 검푸른 파도는 끊임없이 배를 흔들었다. 절망 또 절망. 주변을 돌아보나 사방이 캄캄했다. 물결 소리만이 귓가를 어지럽혔다.

"누구 없습니까? 여보시오? 어디 누구 없소?"

몇 번 말하다 드러누웠다. 몸을 일으켜 돛에 등을 대고 먼 바다를 봤다.

"내가 왔어."

어깨에 누군가 손을 살포시 얹었다. 상이다. 이 어둠, 일렁이는 물결 사이에서 상이 왔다.

"상이."

구보는 눈물이 그렁그렁한 채로 깼다.

아침이었다. 김종건은 아마도 꿈속 구보와 같은 심정으로 절박하게 망망대해에서 헤맸을 것이다. 영화들이 줄지어 망하고 제작비에 쫓기면서도 기필코 영화를 성공시키겠다는 열망에 양복도 새로 맞춰서 발표회 날 입으려고 했다.

밤바다에서 돛단배에 몸을 맡긴 외로운 김종건에게도 상 같은 친구가 있었을까. 한은주가 그런 역할을 할 수는 없었을까.

한은주 입장도 이해됐다. 남편이 삶의 안정을 해치는 영화 산업에 미친 것도, 아버지의 유품을 헛되게 버리는 것도, 사채업자에게 시달리는 것도 괴로운 일이다. 미친 사람과 붙어봤자 제정신인 사람이 나가 떨어지게 마련이다.

한편 김종건은 한은주가 경찰에 붙잡히기를 바랐을 수 있다. 왜냐면 죄책감은 그녀를 평생 괴롭힐 테니.

후련했다. 사건의 진실을 밝혀 억울한 죽음의 진상을 캤다. 범인에게는 죄책감 대신 정당하게 형을 언도받는 자유를 주었다.

구보는 양복을 잘 다렸다. 좋은 날 입고 나가야겠다는 생각이 들었다.

이화

군산의 보물창고

京城 探偵
LEESANG

금홍이 점심으로 내온 빵은 오늘도 형편없었다. 딱딱하고, 군데군데 탄 부분이 있어서 다 먹으면 쓴 맛이 감돈다. 시장에서 사 온다는데, 정말 먹기 싫었지만 군식구나 다름없는 구보로서는 무조건 맛있는 척 다 먹어야 했다. 언제 히트를 쳐서 번듯한 작업실도 얻고, 매일 맛있는 양과자를 먹을 수 있을지 요원하기만 하다.

구보가 빵을 다 먹고 맘을 다잡고 글을 쓰는데 상이 넌지시 말을 던졌다.

"군산에 가보지 않겠나? 실은 히로마스 가옥에 사는 주인이 의뢰를 해왔네."

"뭐? 히로마스 가옥? 그 유명한 금고방 있는 집?"

"그렇다네."

"모르는 사람이 어딨어? 거길."

군산이라면 고종 황제가 1899년 개항을 결정한 이래 각국의 공동 조계가 생기고 은행, 세관, 우체국, 재판소 등이 들어서면서 대대적으로 자유 무역을 한 도시다.

하지만 조선인들이 부강해질 거란 기대와 달리, 군산을 통해 일본은 자국으로 막대한 양의 쌀을 반출해 갔다. 군산에 돈이 그토록 돌아도 모두 일본인 주머니로 들어갔다. 그중 최고 부자 히로마스가 집에 금고방을 두어서 진기한 보물을 가득 채웠다는 소문은 구보도 익히 들었다.

"군산이라, 마침 소설 하나를 완성해 여유는 있네."

"기차를 타고 임피역에 도착하면 차가 나온다고 했네."

임피역은 군산선의 간이역으로 쌀과 농산물 등의 화물을 일본으로 반출하는 곳이다.

"언제 내려가지?"

"당장. 내일 새벽에 준비해 와."

구보는 어떤 사건과 마주칠까 겁이 나는 한편, 슬슬 함께 사건을 추리하고 쫓는 일에 길이 났는지 설렜다. 잘 해결되면 보람도 있다.

여행 짐을 싸니 자정이 넘었다. 이부자리에 파고 들며 생각했다.

'군산에는 수입물품이 경성보다 많다던데 유명 베이커리의 빵도 맛볼 수 있겠지.'

사건을 맡기 전에 먹을 생각이라. 스스로도 우스웠지만 금홍이 내오는 싸구려 빵과 과자를 당분간 안 먹을 생각에 기뻤다.

다음 날 그들은 경성역에서 출발해 호남선을 타고 가다 군산

선으로 갈아탔다. 임피역에 도착하니 밤이었다. 중간에 기차가 고장 나는 바람에 시간이 지체됐다.

임피역은 다녀본 기차역 중에서 가장 작았는데 단층의 목조 건물로 지붕은 맞배집 형태에 박공 장식이 있었다. 출입구와 개찰구는 직선으로 나란히 있었다. 구보는 가방을 들고 역을 나섰다.

"상, 왜 임피역이지?"

"사람들 시선을 피하려 했겠지."

구보는 고개를 끄덕였다. 의뢰인들은 속이 타들어가 죽을 지경에 그들을 남몰래 찾아왔다.

역사에서 좀 떨어진 곳에 검은색 포드 클래식이 서 있었다. 제복을 입은 기사가 나와 정중하게 인사를 하고 가방을 받아들었다.

그들은 뒷좌석에서 군산의 밤 풍경을 봤다. 가로등이 몇 없었다. 마차와 차량이 지나다녔으나 전체적으로 고적하고 조용하였다. 선박과 등대 불빛이 보였다. 항구는 수출입 물건을 옮기느라 밤에도 바쁘다. 저만치 쌀가마니를 쌓은 미두탑이 보였다.

항만 길을 달려 호젓한 논과 밭이 있는 마을로 접어들었다.

헤드라이트 불빛에 붉은 벽돌담이 보였다. 구보는 깜짝 놀랐다. 경성의 어느 집도 저렇게 크지 않다. 높고 긴 담장 안으로 들어가니 일본식 2층 목조주택이 어둠 속 희미한 불빛에 모습을 드러냈다.

전형적인 일본 무가주택으로 박공지붕에 기와를 얹고, 미닫이 널문이 건물을 둘렀다.

　차가 대문 앞에 멈췄다. 기사를 따라 들어서자 메이드복의 하녀가 마중을 나왔다. 하얀 자갈이 깔린 정원에 널찍한 돌이 군데군데 있다. 석등 불빛에 소나무 분재와 기이한 꽃나무들이 보이고, 연못 안에는 잉어들이 노닐었다. 정원은 저택 뒤로 이어졌다.

　상은 구보와 함께 주택을 돌아 정원을 걸었다. 어마어마한 규모에 입이 다물어지지 않았다.

　"우와, 말로만 들었지 이 정도일 줄 몰랐네. 경성은 이에 비하면 새 발의 피인걸?"

　"예로부터 지방의 세력가 집이 훨씬 컸지. 임금의 견제와 세금 추징을 피하려 먼 데에 큰 집을 짓고 떵떵거린 것이지."

　뒤쪽 정원에는 석상과 부도탑이 있고, 중앙에 수령이 제법 된 벚나무가 만개했다. 바람에 꽃잎이 날려 어깨 위로 떨어졌.

　"천국이 이럴까?"

　구보는 감탄했다. 아름다운 정원과 꽃잎, 조각상들이 한 폭의 풍경화다.

　"문화재를 약탈해 만든 가짜 천국이네."

　"그렇긴 하지."

　"자, 이제 들어가세."

　구보는 상이 집 구조를 파악하려고 주변을 둘러보는 걸 안다. 상은 항상 장소와 사건의 관계성을 중시 여겼는데, 특히 낯선 장소를 구석구석 살피고 자그만한 것까지 기억했다. 길치인 구보도 그를 따라다니며 그곳만의 특별한 상징을 기억해 길을 기억했다.

집 안으로 들어서자 복도에 다다미방이 곳곳마다 있다. 복도 안쪽으로 2층으로 오르는 계단이 보였다. 중년 부인이 나와 정중하게 인사를 했다. 키는 중간 정도였고 단정한 얼굴에 니혼가미(일본 여성의 전통머리)를 하고 기모노를 입었다. 여인이 입을 열었다.

"저는 집안일을 맡은 정현숙이라고 합니다. 편하게 정 집사라고 불러주십시오. 주인어른께 두 분을 극진히 모시라는 명을 받았습니다."

정현숙은 짐을 하녀들에게 맡기고 정중하게 1층 온돌방으로 안내했다.

"이 방이 선생님들께서 묵으실 방입니다."

그녀는 하녀들에게 짐을 놓게 했다.

"집 안을 둘러보고 싶소."

상이 말을 건넸다.

정현숙이 살짝 고개를 끄덕이더니 조곤조곤한 말투로 각 방들을 안내했다.

"1층에는 손님방과 주인어른 방이 있습니다. 주인어른은 복도 끝의 다다미방을 쓰십니다. 그리고 식사는 정문 맞은편 방에서 하십시오. 식후에 다실에 차를 준비합니다."

1층에는 다다미방 두 개와 온돌방 두 개 그리고 다실과 식당이 있었다. 하녀들 방은 별채에 따로 있었다.

정현숙이 계단으로 올라갔다. 2층에는 화장실과 다다미방들이 있었고, 가장 안쪽 복도는 두터운 나무문으로 닫혀 있었다.

"저쪽 나무문 안쪽엔 무엇이 있습니까?"

상이 물었다.

"금고방이 있는데 이중으로 문을 달았죠. 주인어른이 오시면 직접 안내하실 겁니다."

구보는 고개를 끄덕였다. 저 나무문 안에 금고방이 있었다. 일명 고쿠모쓰(일본어로 곡식이라는 뜻) 금고로 불린다는 금고방은 곡식을 보관하려고 만들었다지만 믿는 사람은 없었다.

"안녕하시오? 그대들이 다방에 사무실 차려놓은 이상과 구보 선생들이오?"

꽤나 경박한 목소리가 뒤에서 들렸다. 돌아보니 황색의 재킷에 검은색 바지, 물방울무늬의 넥타이에 서스펜더를 찬 남자가 웃음을 띠고 서 있다. 큰 체구에 중절모를 눌러쓰고 시가를 문 폼이 탐정 영화에 나올 법한 분위기였다. 한 손에는 위스키 얼음 잔을 들었다.

남자는 모자를 벗어서 고개를 까닥했다. 큰 눈에 높은 코, 두툼한 입술 그리고 콧수염과 불룩 나온 배까지 시절 좋은 한량 같았다. 남자는 자신을 소개했다.

"박남수 탐정이라고 하오. 미국의 핑커톤 탐정사무소에서 정식 연수를 받고 자격증을 받았소. 어영부영 사무소를 차리는 치들과 차원이 다르지. 다방에서 무슨 탐정 노릇이겠소. 문인 양반들은 본 직업으로 돌아가는 게 어떻소."

구보는 난감한데, 상이 웃으면서 대꾸했다.

"그런데 왜 선경묘 사장님이 우리에게 의뢰했는지 궁금합니다. 박 탐정님이 계시는데요."

박남수가 잠시 당황한 기색을 보이다가 이내 자신만만하게 웃었다.

"선경묘 사장은 워낙에 스릴 있는 도박판을 좋아하는 양반이라, 뭐든 승부욕을 자극할 경쟁상대를 바라지. 그러나 금고방은 내가 미스터리를 풀 것이오. 그러라고 내 방은 특별하게 금고 옆의 2층 방이오."

박남수의 너스레 섞인 허풍이 길었다. 정현숙이 차를 내왔다.

"주인어른 오셨습니다."

상과 구보, 박남수는 1층으로 내려가 선경묘와 인사를 나눴다. 선경묘는 작은 체구였으나 가늘고 옆으로 길게 찢어진 눈에서는 강한 빛이 나왔다. 턱은 사각 져 고집이 세 보이고, 입술은 얇아서 인색한 느낌을 주었다. 전체적으로 풍기는 분위기가 강하고 집요했다. 하역장의 인부들을 좌지우지하여 큰돈을 벌었다더니 소문대로였다.

간단하게 식사를 마치고, 선경묘는 차를 한잔하자고 했다.

"정 집사. 오늘은 뒷마당에 말차를 내오시오."

"네. 알겠습니다."

박남수는 방으로 올라갔다. 상과 구보는 선경묘를 따라서 뒷마당으로 나갔다.

"이 석상은 능에서 파온 것이 아닙니까?"

구보는 무인 석상 앞에서 고개를 갸웃하며 물었다.

"맞습니다. 히로마스가 집을 넘기는 조건은 자신이 모은 미술품들을 절대로 팔거나 원 자리로 돌려놓지 말라는 것이었소. 5년만 주면 일본에서 돈을 벌어 이 집을 되살 거라고 호언장담 했지. 집 팔고 얼마 못 가 타살됐지만. 왜 히로마스 가옥이라고 불리는 줄 아시오? 내가 이 집을 산 것을 세간에 알려주고 싶지 않아서요. 히로마스 부친도 의문의 타살을 당했고 두 사건 다 아직도 범인이 밝혀지지 않았소."

구보도 그 사실을 알았다. 경찰은 임금을 제대로 받지 못한 부두 인부들을 용의자로 보았으나, 범인을 잡지 못한 채 미제사건이 되었다.

선경묘는 차를 마시며 묵묵히 부도탑을 감상했다. 벚꽃 잎이 팔랑팔랑 내려와 찻잔 속으로 떨어졌다.

"이런 풍광을 매일같이 즐길 수 있다니 대단하시군요."

상이 선경묘의 긴장을 풀려는지 화제를 돌렸다.

"나야 이 집을 살 돈만 있었소. 금고방에 고려자기 같은 보물은 히로마스 부자가 모은 것이오. 보물들 값을 적당하게 쳐주고 샀지.

난 군산항에서 곡물을 수출하고 서양과 일본의 물자를 들여옵니다. 총독부가 전쟁 명목으로 쌀 매수 가격을 후려쳐서 제값을 못 받지만 한때 만경강 평야 쌀은 모두 내가 수매했소."

구보는 속으로 혀를 찼다. 경성에 굶어죽는 이들이 많은 것은 곡식을 일본으로 빼돌리는 치들 때문이다. 그 돈으로 이런 큰 가옥이나 구매하다니.

선경묘는 구보의 심경을 눈치채고 난처한 표정으로 답했다.

"허허, 난 어려운 노동자의 권익을 위해 거액을 쾌척했소. 노동자 휴식소와 숙박소도 지었소."

"사건을 자세히 듣고 싶습니다."

"병풍이 없어졌지, 감쪽같이. 사건은 인부들이 파업해 하역이 멈춰 속이 타던 중 소개꾼이 찾아온 게 시작이었소."

늦겨울 유래 없는 한파가 닥쳤다. 군산항의 인부들은 야간작업을 할 수 없다고 파업을 선언했다. 한파는 명분에 불과했고, 사실은 일당을 20퍼센트 올려달라는 게 목적이다. 선경묘는 곡물을 제때에 일본 각지에 출하하지 못하면 막대한 손해를 본다. 거래선이 끊기고 대금을 받지 못하면 농부들에게 줄 돈조차 못 건진다. 곡식은 묵혀두면 금방 값어치가 떨어지고 조선에서 풀면 큰 손실이 난다.

선경묘는 당시에 막대한 돈이 필요했다. 사치를 즐기지 않았지만, 50대에 접어드니 남부럽지 않은 집에서 살고픈 욕심이 나서 경매에 뛰어들어 이 집을 낙찰 받았다. 가옥의 보물도 인수해서 큰돈이 오갔고, 50퍼센트 이상을 은행에서 융자 받았다.

연일 이어지는 파업은 해결될 기미가 보이지 않았다. 노조 대표와 몇 날을 회의해도 진척이 없어 심신이 지쳐가던 차에 한 남자가 찾아와 노조 대표가 들락거린다는 도박장에 가자고 꼬드겼다. 개인적 친분을 쌓아서 일당을 10퍼센트만 올리는 선에서 합의를 보라는 것이었다.

선경묘는 소개꾼을 따라서 부둣가의 3번 하역장 근처 허름한 도박장을 갔다. 바다를 면하고 있는 공터에 천막 하나를 얼기설기 엮어 만든 곳이었다.

무척 추운 2월의 겨울밤이었지만 파업의 그림자가 짙은 도박장에는 하릴없는 사내들이 삼삼오오 모여 화초가 그려진 하나후다(화투)와 투전, 장기, 골패, 마작 등을 했다.

노조 대표는 고뿔에 걸려 집에서 쉰다는 도박장 주인 말에 선경묘는 맥이 풀렸다. 그러나 도박장 돌아가는 분위기에 마음이 끌렸다.

경성 유학 시절 카드놀이에 빠져서 큰돈을 잃은 적이 있어 평소 도박을 경계했다. 가끔 지인들과 카드놀이나 경마를 했으나 부둣가 간이 도박장은 처음이었다. 오랜만에 패를 잡으니 속 시끄러운 일을 잊고 빠져들었다. 소개꾼은 어느새 사라졌다.

선경묘는 도리짓고땡을 했는데 처음에는 몇 번 땄으나 점차 잃었다. 그가 판을 키운 게 발목을 잡았다. 판돈을 크게 잃고 사채까지 썼다. 다 털리고 거액의 빚을 지고 일어나는데 덩치 큰 사내 둘이 그를 내실로 끌고 갔다. 장막으로 가린 방에는 머리가 허옇고 등이 굽은 왜소한 노인이 있었다. 노인은 대뜸 여기서 진 빚을 당장 갚지 않으면 못 간다고 엄포를 놓았다.

"내일 사람을 보내 빚을 갚는다는데 못 믿으시오?"

"여기 그런 놈들 많지, 크크크. 지금 갚든지 다른 판을 한 번 더 해."

선경묘는 자포자기했다.

"알았소. 어음을 써 주리다. 어음을 걸고 한 판 더 하겠소."
"어음은 안 돼. 대신 당신 물건 중 하나를 걸어."
"물건? 대체 무엇을?"
선경묘는 의아했다.
"금고방에 있는 병풍."
선경묘는 소름이 돋았다.
"당신 누구야?"
함정에 빠졌다. 위험한 낌새를 느끼고 일어나는데 덩치들이 주저앉혔다.
"이 양반아! 도박하기로 했으면 지켜야지. 어서 물건을 걸어."
선경묘는 당황했지만 일단 안전을 위해 진정했다.
"좋아. 어르신은 무엇을 걸 것이오?"
"히로마스 가옥을 사느라 진 빚을 갚아주지. 그것 때문에 여기 왔잖아?"
선경묘는 노인이 뒷조사를 했고, 소개꾼을 접근시켜 미끼를 던졌다는 것을 알았다. 속았구나 싶었다. 하지만 묘하게 제안에 끌렸다.
"병풍? 금고방에는 물건이 많아서. 어떤 병풍?"
선경묘는 시치미를 뗐으나 노인은 넘어가지 않았다.
"모를 리가 없지. 순종의 천연두 회복을 기념해 만든 십장생도 병풍."
선경묘는 병풍을 알았다. 어쩌다 황제의 소장품이 군산의 일본인 손에 들어왔는지 몰라도 히로마스는 금고방의 가장 안쪽에 그 병풍을 전시했다. 해, 구름, 산, 물, 바위, 사슴, 학, 거북, 소나무 등의 장수를 상징하는 그림들이 그려 있다. 고미술상한테 금고방의 문화재 감정을 맡겼는데, 그 병풍은 고려자기에 버금가는 값어치였다.

병풍 하나 걸어서 가옥에 걸린 빚을 갚는다면 손해 보는 장사는 아니다. 다만 잃을 때에는 병풍을 뺏긴다. 상대방의 꿍꿍이도 의심스럽다.

"차라리 사람을 보내 보물을 팔라는 게 낫지 않소, 어르신?"

노인이 매서운 눈으로 노려봤다.

"군산에서 둘째가라면 서러울 욕심쟁이가 자기 보물을 내줘? 어림없는 소리. 너도 히로마스랑 똑같은 놈이야. 쥔 재물을 내놓을 줄 몰라서 집을 뺏길 지경에도 정신 못 차리지."

대체 이 노인은 누구란 말인가?

중간에 앉은 사내가 화투를 섞고 노인에게 패를 쥐게 했다. 노인은 양 가장자리 패를 두 개 집었다. 사내가 이번에는 선경묘에게 패를 내밀었다.

선경묘는 의심스럽지만 강압에 화투패를 집었다. 선경묘는 첫 번째 패를 슬쩍 보았다. 8이다. 다른 패가 1이 나오면 9끗 가보로 높다. 하지만 만약에 2라면······.

천천히 패를 밀어보는데, 2이다. 두 수를 합치면 10. 뒷자리가 0끗, 망통. 망했다. 선경묘는 눈을 질끈 감아버렸다.

노인이 깐 패는 1과 6으로 7끗이었다. 그에게 졌다.

집으로 돌아온 선경묘는 금고방에 들어가 봤지만 병풍은 그대로 있었다. 무척 피로해 눈을 붙였다. 새벽에 눈 뜨자마자 금고방부터 들어갔다. 간밤에 겪은 일이 심상치 않았다.

그런데 다른 미술품들은 있는데 병풍만 감쪽같이 사라지고 없었다.

선경묘는 거기까지 기억을 더듬었다. 구보가 물었다.
"내부에 도둑이 있다는 말씀입니까?"
"자물쇠가 잠겨 있었다는 게 걸리지만 금고방은 화재 시에 미술품을 빨리 대피하기 위해 바닥에 구멍이 있소."
"구멍이라뇨?"
"한번 보시겠습니까?"

선경묘는 구보와 상을 2층의 금고방으로 안내했다. 정현숙이 열쇠로 나무문의 자물쇠를 풀어 문을 열었다.

나무문 안으로 두터운 철문이 달려 있어 또 다른 두 개의 열쇠로 위아래 자물쇠를 열었다. 모두 삼중의 자물쇠가 달린 금고방이었다.

구보는 선경묘를 따라서 매캐한 냄새가 나는 금고방 안으로 발을 들였다. 백열등을 켜자 어슴푸레했던 안이 환해졌다. 벽면을 따라 늘어선 진열장 안에 고려자기와 조선백자 수십 개가 놓여 있었다. 그리고 불상과 석등, 병풍과 괘 수십 개가 한쪽 벽면을 차지했다. 구보는 그중에 시퍼런 날이 빛을 내뿜는 일본도를 유심히 보았다.

"아버지가 주신 유품이오. 일본 장인이 만든 명품이지. 내가 마음이 약해질 때 아버지는 그걸로 겁을 주셨소."

구보는 깜짝 놀랐다. 저런 잘 벼린 칼로 아들을 겁주다니. 상상만 해도 오금이 저렸다.

"덕분에 지금의 강한 내가 있게 된 것이오."

"병풍은 어디에 있었습니까?"

"이쪽이오, 이상 선생. 이 안쪽에 있었소. 그리고 이 아래가 숨겨진 문이오."

선경묘는 가장 안쪽 벽면으로 가 자리 아래를 손가락으로 가리켰다.

"아래에 문이 있어 1층과 통하오."

선경묘는 바닥의 다다미를 들었다. 문고리가 나왔다. 문고리를 힘주어 잡아당기자 문이 열리고 1층 복도 구석이 내려다보였다. 고리 옆으로 줄로 만든 사다리가 있었다.

"이 사다리를 걸치면 조용히 1층으로 병풍을 빼돌릴 수 있소."

"정 집사나 하인들이 이 사실을 압니까?"

구보가 물었다.

"정 집사는 알고 있소. 몇몇 하인도. 그래도 그동안 도난 사고는 없었소. 그 노인이 걸리오. 나를 함정에 빠뜨리려 작정한 모양새요. 병풍도 문제지만 노인이 인부들과 연계해 내 신변을 위협하고 있는 느낌이야. 히로마스처럼 죽을까 겁이 나서 잠을 잘 수 없어 이렇게 탐정님을 초빙한 것이오. 자는 사이에 병풍을 몰래 내가다니, 원."

"집안사람들 중에 의심이 가는 자는요?"

구보가 금고방을 둘러보다 물었다.

"없소."

"도박장은 후에 가보셨나요?"

"뒤늦게 가봤으나 흔적도 없이 사라졌소. 날 물 먹이려 도박장도 만들고 끌어들인 것 같소. 소개꾼도 온데간데없고."

상은 이상하다는 듯 물었다.

"사건이 일어난 것이 2월, 지금은 4월입니다. 왜 이렇게 늦게 의뢰하셨죠?"

"그거야 박 탐정이 사건을 해결 못 하니까 뒤늦게 두 분 명성을 듣고 모신 거요."

그들은 금고방을 나왔다. 선경묘는 정현숙을 불러 무언가를 시켰다. 잠시 후, 남자 하인이 서류 봉투 서너 개를 쟁반에 담아 전달했다.

"병풍 사진은?"

"이 봉투에 들었습니다."

"알겠어. 이건 뭐지?"

"부산 지점 사무소에서 온 장부입니다."

선경묘가 턱에 힘을 주고 입술을 일그러뜨렸다. 얼굴에 노한 기색이 역력했다.

"이 새끼가! 이런 건 재빨리 보고했어야지!"

"죄, 죄송합니다. 사장님."

"손님들 계시는데 소란 떨지 말고 썩 꺼져!"

상은 선경묘의 태도 변화를 날카로운 눈빛으로 놓치지 않고 살폈다. 구보는 놀랐다. 노동자 권익을 위해 쾌척한다고 했지만 어쩔 수 없는 팔도에 흔한 악질 지주이기도 하다.

선경묘는 다시 태평하고 점잖은 얼굴로 상에게 말했다.

"이게 병풍 사진이오."

선경묘는 십장생도 병풍 사진을 몇 장 보였다.

"내가 사진사를 불러다 찍었소. 고가의 물건은 사진으로 남겨두지."

"이 사진을 제가 보관해도 되겠습니까?"

"그러시오."

"그리고 미술 시장에 나왔는지 알아보게 몇 장은 이 주소로 보내주십시오."

"그렇게 하겠소."

선경묘는 주소를 받았다.

"도박장 있었다는 곳도 살필 겸 부두를 돌아보겠습니다."

"그러시다면 내일 운전사를 붙여서 부두에 안내하겠소. 허허, 마저 담소를 나눕시다."

구보는 선경묘의 친절한 모습에 가식을 느꼈다.

다음 날 상과 구보는 아침을 먹고 승용차에 올라타 부둣가 근처에 도착했다. 파업이 풀렸다더니 부두는 일하는 인부들로 가득했다.

"여기부터는 걸어가고 싶소."

운전사가 차를 세우고 문을 열어주면서 말했다.

"선생님들이 가시려는 데는 여기서 멉니다."

"그렇다면 저것을 타고 가게 해주시오. 천천히 현장을 보고 싶으니."

상은 맞은편 땔감을 싣는 마차를 가리켰다.

"알겠습니다."

운전사는 남자에게 부탁해 상과 구보를 마차에 타게 했다. 운전사가 2시간 정도 후에 데리러 오기로 하고 갔다. 마부는 빡빡 깎은 머리에 허름한 베옷을 입었고 얼굴에는 턱수염이 촘촘히 났다. 손목뿐 아니라 잠방이 밑으로 드러난 정강이도 무척 굵었다. 노동으로 다져진 몸이었다. 40대로 보이는 마부가 물어봤다.

"어데까지 갑니꺼?"

"3번 하역장 근처 도박장 좀 갑시다."

"거, 거기 없어졌는데예?"

"근처라도 갑시다."

"어, 비슷한데 저어기 생겼는데예."

"그럼 그곳이라도 가봅시다."

마부는 마차를 돌려 부둣가 밖으로 나갔다. 그리고 바다를 향해 달렸다.

"무토야! 달려! 달려! 이랴!"

구보는 말이 이대로 바다로 첨벙 들어가지나 않을지 걱정이 됐다. 마부는 막다른 곳에 다다르자 빠르게 말했다.

"좌회전! 좌회전!"

신기하게도 무토는 좌측으로 방향을 틀어 달렸다.

"워워, 천천히, 천천히!"

이번에는 무토가 달리는 속도를 줄였다.

"신기하시제? 말이 왜 말인 줄 압니껴? 선상님들."

"모르겠는데요?"

"사람 말을 잘 알아들어서 그런 깁니더."

구보는 입가에서 웃음이 비어져 나왔다. 유쾌한 마부였다.

마부는 부두에서 제법 벗어나 어시장이 있는 길에 둘을 내려주었다. 그가 손으로 가리킨 곳은 어시장 좌판 가운데 골목길이었다. 안쪽에 도박장이 있다고 했다. 골목을 들어가자 으슥한 곳에 게르처럼 지붕이 봉긋하게 솟은 천막이 있었다.

상과 구보는 안으로 들어갔다. 매캐한 파이프담배 냄새가 물씬 났다. 대여섯 개 되는 테이블에 남자들이 둘러앉아 보드게임을 하고 있었.

구보도 도박꾼들 어깨 너머로 본 적이 있는데 이 '대동아 게임'이라는 것은 일제가 점령한 국가나 점령 예정 국가들의 특산품을 연결해 점수를 얻는 게임이다. 남중국, 태국, 보르네오, 버마, 뉴기니에 이르기까지 여러 나라들의 영토가 지도로 그려져 있다.

참가자들은 특산품을 구매해 '처음' 자리에서 주사위를 굴려서 눈 수만큼 특산품을 옮겼다. 무인도에 걸리면 한 턴을 쉬고 열차나 비행기 칸에서는 한두 칸 더 진행한다. 그들은 게임을 하면서 돈을 걸었다.

상과 구보는 보드게임에 끼었다. 얼굴이 붉고 체격이 작은 사내와 키 큰 사내가 맞은편에 앉았다.

"나중에 땅과 특산품을 가장 많이 따는 사람이 판돈을 싹 다 가져가자구. 딴말하기 없기네."

"그렇게 하지라, 콜이랑께!"

상은 사내들이 하는 대로 1원을 걸었다.

"듣자하니 3번 하역장 부근 도박장이 2월까지 있었다던데 찾으니 없더군."

상의 말에 얼굴이 붉은 사내가 답했다.

"워낙 여기저기 생겼다가 없어지니까. 무슨 일인데?"

"친척 어른이 거기서 사기를 당하고 사라져서 찾고 있는데."

"도박장도 나름 규칙이 있지만 사기꾼도 껴 있기 마련이지, 안 그래?"

상과 사내 대화에 키 큰 사내가 끼어들었다.

"그 사람이 시방 누구다여?"

"이름은 그렇고, 부두에서 수출입 사업을 하는 6촌 어른이오."

"그렇게 싸게 미두취인소 가보쇼."

"선물 거래하는 데 말이오?"

"그래, 어르신 찾으러 오신 거시 맞지라오? 가족이 쪼까 부탁혀서."

"그렇소."

상이 답했다.

"도박장보다 쎈 데가 거기랑게. 꾼들 다 거기 갔지라우."

상과 구보는 한 게임만 하고 일어섰다. 도박이 목적은 아닌지라 판돈을 잃고 게임장을 나왔다.

"차가 오려면 1시간은 있어야 되는데."

"시간이 없어."

"가만 있자, 상이! 저기 아까 그 마차야. 잡아타자!"

구보는 마차를 향해 손짓을 했다.

"저기요, 마부 선생!"

"워워. 무토야! 멈춰라! 돈은 따셨습니껴?"

"잃었소. 미두취인소에 데려다주시오. 삯을 치를 테니."

"어서 타이소."

마부는 부둣가를 벗어나 15분을 천천히 달려 은행들이 즐비한 거리에 위치한 허름한 건물에 데려다줬다. 그들은 건물 입구로 들어갔다. 1층에는 고무신, 그릇, 양초, 남포등, 인형 등 잡화를 파는 양품점이 있다. 쌀 보관함을 끙끙대며 진열하던 주인은 상에게 고갯짓으로 뒤쪽 계단을 가리켰다.

"저기로 가시면 있소이다."

계단을 올라가니 교실과 비슷한 확 트인 공간 안에 성인 남자들로 가득 차 있었다.

사환 아이가 앞에 걸린 칠판에 무언가를 썼다 지우기를 반복했고, 남자들은 탄성과 환호성, 신음을 번갈아 냈다.

구보는 칠판에 쓰인 것을 읽었다.

"군산 지역 쌀 3원 20전, 보리 7원 10전, 밀 6원 10전, 조 6원

5전이라."

이런 식으로 곡식의 값이 매겨 있고 지역은 인천, 부산, 시모노세키, 오사카 등으로 다양했다.

부산, 인천항에도 선물 투자를 하는 미두취인소가 있었는데 서너 달 치 월급 밑천으로 40만원(현재의 400억)으로 불린 사내가 나오는 등 광풍이 대단하였다.

구보는 선경묘가 일러준 인상착의의 노인이 있는지 둘러봤다. 청년부터 중장년에 이르는 남자들이 득시글거렸다.

"아니, 왜 쌀값이 내린 거야?"

빡빡머리에 상박이 큰 사내가 웃통을 벗어젖히고 강하게 항의했다. 갑자기 장내가 소란스러워지면서 여럿이 언성을 높이더니 패싸움이 났다. 상과 구보는 쌈에 휘말릴 뻔하다 미두취인소를 빠져나왔다.

이렇게 별다른 소득도 없이 둘은 부두에서 대기하던 차를 타고 히로마스 가옥으로 돌아왔다.

그날 밤, 방으로 박남수 탐정이 왔다. 그는 시가를 입에 폼으로 물고는 서스펜더에 손가락을 걸치고 다가와 탐색하듯이 물었다.

"뭐 알아낸 것이라도 있소?"

구보는 심드렁하게 답했다.

"이리저리 군산 바닥을 훑고 다녔지만 없소이다."

"그래요? 스트레스 많이 쌓였겠구먼. 다른 친구는?"

"산책하러 나갔소."

박남수는 두터운 입술을 실룩이더니 구보를 의자에 앉히고는 마사지 해준다면서 뒷목과 어깨를 만졌다.

"괜찮은데요."

"내 배가 불룩 나와서 닿는 게 불편하겠지만 참아요. 업무가 주는 과중함은 풀어야지."

"술 좋아해 나온 배입니까?"

"미국서 맥주는 꽤나 마셨죠. 가만있어요. 여기 꽉 뭉쳤네."

박남수는 구보의 목과 어깨에 두터운 팔을 둘러서 고개를 획 꺾었다.

"으앗!"

"시원하죠? 우두둑 소리가 나는데."

통증이 느껴지긴 해도 팔꿈치 지압이 꽤 시원했다.

"괜찮죠? 미국에서 배운 스포츠 마사지요."

"이런 것도 탐정 과목에 있습니까?"

"뭐 비슷해요. 운동을 해야 뭉친 게 풀어지죠. 구보 선생, 야구 할 줄 아세요?"

구보는 고개를 저었다.

"고보 친구들은 야구했는데 저는 운동은 젬병이라서요."

"이럴 수가. 베이브 루스 월드 시리즌 전설인데요. 야구 힘들지 않아요. 가르쳐 드릴게요."

"달려야 되잖아요. 제가 다리가 약해요."

"아이고, 배트로 공을 쳐야 달리죠. 못 치면 못 달려요."

"그, 그런가요? 이제 됐어요. 시원하네요. 머리도 맑고요."

박남수는 슬그머니 손을 내려놓고 친근하게 물었다.

"그나저나 알아낸 것이라도? 공유합시다. 그럼 나도 미끼를 드리지요."

구보는 남자가 얻은 정보가 있나 싶어 조금만 흘렸다.

"도박장 위주로 뒤지고 있소. 수상한 자가 있는지 알아봤지요."

"구보 선생, 도박장은 나도 뒤졌지만 그 노인은 없고 수상한 자들만 한 트럭은 됩디다. 것보다 농사꾼이나 부두 노동자들을 가르치는 선일농민학교 문성주 교장한테 가봐요. 수상쩍은 교육을 시키는데 나는 교장 만나자마자 퇴짜를 당했소. 당신들은 또 모르지. 선 사장이 날 보낸 줄 알고 있더라구."

"거기가 왜 수상한데요?"

"그거 몰라요? 대대로 내려오는 히로마스 가옥 주인들의 의문스러운 타살. 미제사건이지만, 난 짐작이 가요. 경찰은 부두 노동자를 용의자 선상에 뒀지만 의외로 학교 선생일 수 있어요. 선생 중에 코뮤니스트가 있는데, 냄새가 나요. 그 사람이 혹시 선경묘도 위협하는 건지 의심해봤소. 상징적인 부자를 암살해서 지주에게 압박을 가하는 겁니다."

"그럴까요?"

이때 방문이 열리고 상이 들어와 그들을 쳐다봤다.

"마사지를 하니까 어깨와 목이 시원하죠? 이상 선생도 해드릴까요?"

"괜찮습니다. 정원에서 선 사장을 만났는데 달밤에 마작을 하자는군요. 하이볼을 곁들여서. 어서들 나오시죠. 저는 금고방에서 하자고 제안했습니다."

상과 구보, 박남수와 선경묘는 금고방에 모여 하이볼을 마시면서 마작을 했다.

구보는 마작에 서툴렀다. 상은 박남수, 선경묘와 실력이 비슷했다. 박남수가 패를 뒤집고 포기했다.

"이번 판은 졌습니다. 사건 해결뿐 아니라 게임서도 루저가 됐군요. 속 터지는 현안 해결을 위해 동맹을 맺읍시다. 저야 오래 조사했으니 자료가 많거든요."

박남수는 수염을 만지면서 상을 흘겼다. 상은 패를 집었다.

"구보가 원할까요?"

박남수는 허허 웃으며 구보를 봤다.

"당연한 거 아니오? 같이 조사합시다."

구보는 고개를 저었다.

"우리는 아마추어인데 프로 탐정님이 손해를 보십니다."

상이 답을 떠넘긴 것은 거절한다는 뜻이다. 박남수는 자존심이 상했는지 얼굴을 붉히고 씩씩 댔다.

선경묘는 대화에는 아랑곳 않다가 패를 뒤집었다.

"캉즈(똑같은 패가 4개 나오는 것)!"

상은 패를 엎고 고개를 숙였다.

"또 득점을 하셨군요. 박 탐정님, 말씀 좀 나눌까요?"

상은 선경묘에게 양해를 구하고 정원으로 나왔다.

"무슨 말을 하고 싶은 거요? 흠흠."

"공조하자면서요."

"거절했으면서? 선생이 정보를 내놓으면 나도 드리지요."

상은 잠시 정원을 걷다가 반석에 앉았다. 구보와 박남수도 맞은편에 앉았다.

"우린 부둣가의 도박장을 돌아보았으나 보드게임장만이 있었소. 미두취인소까지 갔지만 단서를 잡지 못했소."

"선 사장님이 말하는 그런 노인과 바람잡이는 없소. 술주정뱅이와 도박꾼들, 미두 값 1전 오르막내리막에 혈안이 된 치들이지."

상은 박남수를 살폈다.

"선경묘 사장과 오래 있었으니 묻고 싶소."

구보는 뭔가 중요한 이야기가 있다 싶었다.

"물어보시오."

"병풍 도난당한 이야기나, 도박장이나 다 한여름 밤의 꿈 같은데, 선 사장이 허풍 떨 사람은 아니고. 왜 프로조차 조사가 더디오?"

박남수가 어깨를 으쓱했다.

"사실은 미두취인소나 도박장 직원도 선 사장을 몰라요. 이상했지. 그러지 말고 선일농민학교 교장에게 가봐요. 사실 문 교장과 얘기하다 사환 여자아이 하나가 실종됐다면서 조사 의뢰하려던 걸 내가 무시했더니 마구 쫓아냈지. 거기 의심 가는 선생 이름이 모정수인데 거기 좀 찔러봐요."

상과 구보는 대화를 마치고 방으로 돌아왔다.

"상, 선경묘 사장 행동서 이상한 점이라도 발견했나?"

"그건 나중에 말하지. 농민학교에 내일 가보자구."

다음 날 저녁 그들은 박남수가 일러주는 대로 택시를 타고 부둣가 근처 선일농민학교를 갔다.

뒷골목의 작고 허름한 단층 건물이 학교였다. 언뜻 보기에도 창고 같은 가건물이지만 미닫이문을 열고 들어서자 남포등을 켜놓고 젊은 여선생이 노동자들에게 한글을 가르치고 있었다.

"어떻게 오셨소?"

백발 상투에 흰 두루마기를 입은 키 큰 노인이 다가왔다. 턱 밑까지 내려오는 흰 수염이 인상적이었다. 구보는 노인의 나이를 감안하여 큰 소리로 말했다.

"저희는 선경묘 사장님 밑에서 일하는 탐정들입니다. 알아볼 것이 있어서 왔습니다."

"이봐요! 교실서 큰 소리 치지 마소. 다 들리니! 따라들 오시오."

구보는 선경묘라는 이름에 노인이 눈가를 찌푸리는 걸 놓치지 않았다. 노인이 문성주 교장이었다.

"저번에도 탐정 하나를 쫓았는데 선 사장이 사람을 또 보냈단 말이오?"

상은 지금까지의 일을 대략적으로 말했다. 문성주는 언성을 높이고 불편한 기색을 드러냈다.

"이보시오, 여기 학생들을 의심하는 거면 썩 돌아가시오. 우리가 어제오늘 자본가들에게 시달리는 줄 아시오? 뼈 빠지게 일해서 모조리 그 사장 놈들에게 바치지 빼돌리거나 훔쳐낼 것이 없소. 합당한 방법으로 우리의 권리를 찾으려 배우고, 인권을 널리 알리려는 것이오."

구보는 그 마음을 십분 이해했다. 일본인이나 지주들에게 핍박 받는 노동자, 농민은 너무도 많다. 땀 흘려 수고를 해도 정당한 대가를 받지 못하고 헐값에 착취를 당한다. 농민운동, 파업, 태업, 데모 등으로 권리를 되찾고자 하나 경찰에 진압 당하고 수형을 살고 나오면 가족들은 흩어진다. 교육으로 아래에서부터 계몽해보려 하지만 갈 길은 멀다.

문성주는 눈에 힘을 주었다.

"먹기도 같이 먹고 굶기도 같이 굶어야지. 노동자만 일하고 굶소. 군산항에 하늘 끝까지 올라간 쌀가마니 탑을 보았소? 저 쌀들이 몽땅 일본으로 가고, 농민들은 빚에 허덕이오. 나는 노동자들에게 노동, 농민조합의 취지와 규율을 알려 정당한 방법으로 권익을 찾을 수 있도록 하고 있소."

1919년 3.1운동 당시 군산서도 대대적인 만세운동이 일어났다. 다수의 고등학생과 노동자, 농민이 참가했고 일제의 무자비한 폭력에 희생됐다. 하지만 3.1운동 정신은 승계돼 소작인 상조회와 야학이 생기고 문맹타파와 독립사상을 고취하는 농민운동이 일어났다.

상은 그에게 미안한 기색을 비치며 질문을 던졌다.

"모정수라는 선생에 관해 물어보러 왔습니다."

문성주가 혀를 찼다.

"허허 참, 모 선생은 지금 북간도로 갔습니다. 우리도 종적을 몰라요."

상은 화제를 돌렸다.

"박 탐정에게 사환의 실종을 의뢰하려 하셨다고요?"

문성주의 눈빛이 그제야 날카롭게 빛났다.

"그렇소."

"저희에게 말씀해주십시오."

"그게 여기서 일하는 열여섯 살 처녀아이인데, 부모를 여의고 오갈 데 없는 아이오. 오래도록 사무를 보았소. 그런데 어느 날 사라져서 알아보니, 선 사장네 하녀로 갔다는 소문은 있는데 선 사장은 그런 아이가 없다 했소."

"그게 언제 일입니까?"

"올 1월이오. 지금은 4월인데 아직까지도 소식이 없소."

"저희가 알아보지요. 선생님께선 선 사장을 어떻게 생각하십니까?"

문성주가 일갈했다.

"고쿠모쓰 금고방에 산더미 같이 곡식을 보관해 일본으로 빼돌리고 조선 백성들은 굶어죽는 게 말이 되오? 천벌 받을 놈."

구보가 이상해 물었다.

"아니, 아무리 금고가 넓어도 고작 방 하나에 불과한데 곡식을 쌓아 놓다뇨?"

"하나는 알고 둘은 모르셨군. 원래 원조 금고방은 바깥에 있어요. 쌀가마니를 보관하는 건물 말이오. 금고방에 쌀가마니를 쟁여놓고 누가 굶어죽어도 꿈쩍 안 하다가 곡식이 넘치면 부두로 옮겼지."

상의 눈빛이 비상하게 빛났다.

"그 말이 사실입니까?"

"그렇소."

구보는 의아했다. 선경묘는 사실 금고가 둘인 셈이었다. 바깥 금고방에 대해 왜 이야기를 하지 않았을까?

문성주는 의미심장한 말을 던졌다.

"소문으로는 선 사장이 인형을 아내 대신 사랑한다던데. 그런 거 못 보았소?"

문성주는 이내 농민학교 학생들을 조사하는 일엔 협조하지 않겠다고 했다. 상과 구보는 택시를 타고 오는 도중에 대화를 나눴다.

"고주동(《경성 탐정 이상3》 중 〈통영 해저터널에서 사라지다〉에 나오는 경성미술구락부 직원)에게 물어봤는데, 도난당한 병풍이 암거래 시장에 나오지 않았다는 거야."

"그렇다면 영영 사라졌나?"

"아직은 모르지. 그가 선경묘 사장이 준 사진을 여기저기에 돌려볼 거야."

"걸리는 게 있네, 상."

"뭔데?"

"실체가 없어. 도박을 벌인 노인도 없고, 병풍도 암시장에 나오지 않고. 혹시 자작극 아냐? 선 사장이 보험사기극을 벌이는 건가?"

"사건이 손에 잡히지 않네. 박 탐정이 실마리를 못 찾은 게 첨엔 실력이 없나 했어. 근데 다른 뭔가가 있어. 신경이 거슬려."

구보는 고개를 끄덕였다.

"참, 군산도 수입물자가 경성 못잖게 화려한 물건들이 많다던데 궁금해. 사실 군산 빵도 먹고 싶고."

"것보다는 번화가로 가서 인형 가게를 알아보자구. 교장이 단서를 줬으니."

상과 구보는 택시의 방향을 번화가로 돌렸다. 구보는 택시서 내리자마자 유명한 베이커리에서 팥빵을 사 먹었다. 달고 감미로운 맛이 혀를 녹이는데 저기 다양한 인형과 장난감들이 진열된 상점이 보였다.

"상, 저, 저기!"

그들은 수입 전문 가게로 들어갔다. 밖에서 보기에는 작았으나, 유리 진열장에 수백 개의 진기한 물건들이 빼곡했다. 음악에 맞춰 유리관속의 회전목마와 총 든 병정들이 도는 오르골도 종류가 다양했다. 타조 알에 보석을 입혀서 세공한 조각품들과 다양한 크기의 러시아 인형들도 있었다. 만듦새가 꽤나 정교하였다.

한쪽에는 신형 축음기와 카메라가 있었다. 구보는 정신없이 물건을 구경하다 놀랐다. 검은 긴 생머리에 키가 자그마한 소녀들이 구석에 서 있었다.

"깜짝이야!"

사람 크기의 인형이었다. 구보는 안경을 추어올리고 유심히 봤다. 발그레한 피부며 총총한 눈빛, 정교한 손가락이 사람과 비슷했다. 입고 있는 옷도 섬세했다.

"조심하십시오. 선생님들 1년 치 봉급으로도 못 사요."

구보는 머리카락을 만지던 손을 거두었다.

무척 왜소하고 얼굴이 새하얀 남자는 킬킬대면서 넌지시 말했다. 남자는 교토 말씨의 일본인이었다.

"인형을 가족보다 소중히 여기는 분들이 많죠. 큰돈을 주고 컬렉션으로 모으는 겁니다."

구보는 되물었다.

"누가 인형을 1년 치 연봉으로 사오?"

"많습니다. 선생들이 생각하는 것보다요. 무슨 일로 오셨습니까?"

"구경하러 왔소."

"선생들은 이 물건들과 관련 없는 것 같은데?"

구보는 기분이 나빴다. 주인의 오만한 태도도 비웃는 말투도 거슬렸다.

"여보쇼! 고객을 골라 물건을 파는 게 어디 있소?"

"여기에 있습죠. 낄낄낄."

구보는 나지막하게 말했다.

"상이, 가지. 말이 통하는 양반이 아냐."

"히로마스 가옥의 선경묘 사장을 아시오?"

"모릅니다. 돌아가주시죠."

"단골들의 명단을 보고 싶은데."

상이 주인을 똑바로 쳐다봤다. 그 순간 주인 얼굴이 무섭게 일그러졌다. 그는 고함을 쳤다.

"당장 가시오! 무슨 꿍꿍이로 온지 모르지만 인형에 관심 있는 거 아님 썩 나가시오!"

구보와 상은 가게를 나왔다. 구보는 귀를 어루만지면서 투덜댔다.

"아니, 무슨 사람이 덫에 걸린 멧돼지 마냥 꽥꽥대. 귀청 떨어지는 줄 알았네."

"구보, 일본 동화 중에 여우에게서 가죽신을 받은 원숭이 이야기를 아나?"

"들어본 것 같은데? 원숭이가 여우에게서 가죽신을 선물 받아 신다 해겼지. 다시 구해달라니까 여우가 무리한 요구를 했을 걸. 그러다 부하가 되잖아."

"경성 사람들이 환장한 서양과 일본의 신문물이 가죽신과 같지. 그 물건들을 사기 위해 수많은 쌀들이 일본으로 나가."

"상, 군수물자로 쌀들이 헐값에 팔리는 걸 직접 보고도 그런 말이 나오나? 사치품 때문만은 아냐."

상은 고개를 끄덕였다.

"맞는 말이네. 항만의 드높은 쌀가마니 탑을 보면서 소작농들은 굶지. 하지만 부자들이 합심해 자급자족해 수입품 빚을 지지 않을 수 없나? 조금이라도."

"자급자족해도 경성의 사치품들은 사라지지 않아. 러시아처럼 혁명이 일어나도 사치품은 늘 인간의 호기심과 기호를 자극했잖은가."

상은 고개를 끄덕였다.

구보도 포드 클래식 카, 최신형 축음기, 해외 원서, 수입 양복 등의 비싼 물건에 혹한다. 수중에 넣을 수 없는 물건이지만 백화점에서 넋을 빼고 본다. 인간의 온갖 기술이 집약된 결정체들은 사람의 마음을 움직인다. 그래서 그걸 손에 넣으려고 이렇게 돈돈돈 하는지 모르겠지만.

상과 구보는 집으로 돌아와 저녁을 먹었다. 박남수는 없고 선경묘는 귀가가 늦어진다고 했다. 식사 후에 상은 잠시 병풍 관련 자료를 훑었고, 구보는 글을 썼다.

구보는 잠시 쉬다가 상이 테이블에 올려놓은 병풍 사진을 봤다.

"상이, 이거 좀 이상하네."

구보는 돋보기안경을 병풍 끝머리에 갖다 댔다.

"여기 십장생도 중에 첫 번째 해를 그린 부분 모서리 끝에 뭔가 철물장식을 달았는데? 이게 뭐지?"

상도 고개를 갸우뚱했다.

"이 소중한 병풍에 철물장식이라니?"

"구보, 아까 시내에 금물점이 몇 보이던데."

"응, 나도 봤어."

"이 사진을 들고 물어보러 가지, 내일."

"그래. 일을 빨리 마무리하겠네. 연재하는 거라 우편국도 들러야 돼."

다음 날 구보와 상은 선경묘가 내준 차를 타고, 우편국에 들러 원고를 속달로 보내고 시내로 나갔다.

인형 가게에서 멀지 않은 곳에 금물점이 있었다. 첫 번째 금물점에 들러 병풍 사진에 확대경을 대고 보여주었으나 주인은 고개를 저었다. 두 번째 금물점은 〈서송금물점〉이라는 간판을 달고 있었다. 입구에 대정 12년(1922년) 창업했고, 건축용 금물, 목공구, 수도용품과 자물쇠 일체를 취급한다고 입간판을 세워 두었다.

가게에 들어서니 한복을 단정하게 차려입은 중년 여성이 맞았다. 큰 키에 두툼한 살집의 여성은 얼굴에 환한 기색이 넘쳤고, 또렷한 이목구비에 살짝 접힌 이중 턱이 자신감을 풍겼다.

"어서 오십시오, 손님."

"물어볼 게 있어 왔습니다."

상은 병풍의 사진을 내밀고 확대경으로 확대해 보였다.

"이 금물이 무엇인지 알고 싶소만?"

여성이 눈을 크게 뜨고 보다가 입을 열었다.

"우리 가게에서 맞춤 제작한 것인데요? 무슨 일이지요?"

상은 병풍이 도난당해 찾고 있다며, 왜 병풍에 금물이 달렸는지 연유를 물었다. 주인은 장부를 가져와서 주문 내역을 찾았다.

"우리 직원이 금물을 특별 제작해 달았어요. 작년 겨울에요. 주문 이유는 병풍의 십장생도를 감추기 위해 자물쇠로 채워둔다고 돼 있네요."

상이 예리한 질문을 던졌다.

"왜 그림을 감추는 것이오?"

"여기에는 그림을 누군가 모사하는 걸 방지하는 목적이랍니다. 주문자는 주소로 있습니다."

구보가 보니 선경묘 자택의 주소가 적혀 있었다. 기억력이 비상한 구보는 주소나 전화번호를 쉽게 외웠는데, 전화번호도 동일했다.

구보는 장부의 내역을 일단 수첩에 메모했다.

가게를 나온 상은 뭔가 깊이 생각하며 말을 아꼈다. 구보도 나름대로 머리를 굴렸으나 선뜻 떠오르는 게 없었다.

"병풍에 자물쇠라. 근데 상이. 일전에 남대문통 조지아 백화점엘 갔다 오르골 가게에서 신기한 장부책을 봤네. 유럽 귀족들이 쓰는 장부인데 금도금으로 두른 장식을 덧대어서 자물쇠를 만들었지. 그와 비슷한데? 비밀 장부니까 자물쇠를 단다지만, 병풍은 모사를 막는다? 선 사장은 누가 병풍 보는 걸 질색했나 보지?"

상이 뭔가 떠오른 듯한 표정을 지었다.

"뭔가 보여주지 않으려 감춘다, 자물쇠로 잠가둔다. 그렇군. 조금은 궤가 맞춰지는데? 일단 돌아가세나, 구보."

구보는 상이 더 말을 안 하는 것을 서운하게 여기지 않았다.

그날 오후 상은 고주동에게서 걸려 온 전화를 긴 시간 받았다.

구보가 통화를 마친 상에게 물었다.

"대체 무슨 전화를 그리 하나?"

"별거 아닐세. 마침 군산 미술구락부 사무소에 병풍의 대한제국 시절 사진이 있다더군. 그래서 우리가 보낸 최근 병풍 사진과 비교한대. 사진을 오늘 중에 어떻게든 지점에 보낸다더군. 그리고 고주동이 알아보니, 선 사장은 여러 미술품에 고액의 보험을 들어놨다고 하네."

"그래? 으흠. 그건 좀 걸리는군. 우리를 부를 필요도 없는 것 아닌가. 보험금을 타면 되니."

상은 고개를 저었다.

"아니야, 컬렉터의 본성은 돈보다는 그 물건을 소유하는 데 있네. 잃어버리면 무슨 대가를 치르고라도 찾으려고 할걸? 보험금은 그다음이지."

"그래?"

대화를 끝낸 구보는 글쓰기에 집중하고, 상은 골똘히 생각에 잠겨 병풍 사진을 들여다보았다.

저녁을 먹은 후, 상은 차를 내온 정현숙에게 물었다.

"선 사장님 방에 계십니까? 물어보고 싶은 게 있소만."

"사장님은 오늘 밤에 들어오시지 않는다고 전화가 왔습니다."

"정 집사님, 고쿠모쓰 금고방 말고도 가옥 안에 금고가 또 있습니까?"

정현숙이 무슨 말을 하려다 손으로 입을 가렸다.

상은 매섭게 다그쳤다.

"이 저택 안의 금고방 말고도 바깥에 금고가 있습니까?"

"아, 아니요. 저는 잘 모릅니다."

그녀 손가락이 미세하게 떨리는 걸 구보는 놓치지 않았다.

"조사를 하다가 어떤 분께 들었습니다. 가옥 밖에 금고가 있죠?"

"사장님께 여쭤보세요. 전 모릅니다."

그녀가 부랴부랴 나갔고 상은 뭔가 생각하는 듯 손으로 턱을 괴었다. 구보는 홍차를 마셨다. 향긋한 향이 코를 근질였다. 그는 피곤하여 꾸벅꾸벅 졸다 침상에 드러누웠다.

한밤, 집 안의 사람들이 모두 잠들었을 시각, 상은 구보를 거칠게 깨웠다.

"상이, 뭐, 뭐야?"

"산책 나가지 않겠나?"

구보는 상이 조심스레 걷는 뒤로 따라 나왔다. 환한 달이 떠 있다. 구보는 상의 손에서 램프를 받아들어 심지를 키워 불꽃을 높였다. 그들은 가옥을 나와 한참을 걸었다. 저쪽은 산이 인접한 곳으로 인가와 멀었다.

"어이, 상. 어두워. 산책은 동네로 해야지 어째서 산으로 가나?"

"알아볼 것이 있지."

상은 정원을 벗어나 산을 면한 황량한 공터에 멈췄다. 구보의 눈에 공터 풀숲 사이로 부도탑과 말 석상 등이 보였다.

"여기에 미술품이 또 있네?"

"우리는 저기를 가볼 참이야."

"저기?"

손가락이 가리키는 곳에 회색 벽돌 건물이 있었다. 황량한 2층 건물은 작은 창만 두 개 나 있고 입구에 두터운 철문이 있었다. 외벽은 벽돌로 꼼꼼하게 발랐다. 다가가서 보니 창고 용도로 쓰이는 가건물이다.

"이 문은 미국에서 수입됐군. 열기 힘들겠는데."

상이 가리키는 푸른색 철문을 보니 보통 두께도 아닐뿐더러 'made in USA'라고 적혀 있었다. 금고에 적합한 견고성으로 폭탄에도 화재에도 안전하다. 잡아당기니 꿈쩍도 안 했다.

"이 건물이 진짜 금고방이지. 원조 금고방."

구보는 실외에 원조 금고방이 있다던 문성주의 말이 떠올랐다.

"그렇다면 곡식 창고란 말이지?"

"들어가봐야겠는데."

"어떻게 들어가? 문이 저런데."

"자네가 목말을 타면 2층 창문에 간신히 손이 닿겠지?"

고개를 들어 창문을 보니 틈새가 살짝 벌어져 있었다.

"그래? 그거 참."

구보는 내키지 않았지만 상이 원하기에 일단 목말을 타고 창틀에 간신히 손을 뻗었다.

"잠, 잠깐만 손 좀 더 뻗게 허리를 세워."

가까스로 손이 창틀에 닿았다. 유리창 사이로 손을 넣으니 딱딱한 쇠창살이 만져졌다.

"안 되겠어. 쇠창살이 있어. 내려주게나."

상은 구보를 내렸다.

"선 사장한테 열쇠를 받아 오자구. 낮에 진행하면 안 되겠나?"

구보는 공터에서 오싹한 한기를 느꼈다. 날은 춥지 않은데 묘하게 피부에 닿는 공기가 차다.

"잠깐, 저 밑에 구멍이 있어."

상이 손가락으로 가리키는 곳에 족제비나 너구리가 드나들만한 개구멍이 있었다.

구보는 한숨을 쉬고 구멍으로 머리를 들이밀었다. 제법 구멍이 컸다. 머리가 들어가자 몸은 비비적거리며 흙을 뚫고 들어갈 수 있었다. 몸이 흙구덩이 속으로 또르르 구르면서 금고방 지하로 떨어졌다.

"으악!"

"구보, 자네 괜찮나?"

"어어."

금고방은 칠흑 같은 어둠이 깔려 있다.

구보는 조심스레 발을 디뎠다. 구석에 계단이 있지 싶었다. 손으로 바닥을 더듬으며 기었다. 혹시 구멍이 있어 떨어지면 낭

패다. 캄캄함 속에 선득한 기운을 느꼈다. 뭔가 스사삭 스치는 소리도 들렸다.

괜한 기분인가? 구보는 눈을 휘둥그레 뜨고 바닥을 더듬다 계단을 찾았다. 뒷덜미가 서늘하면서 뭔가 훽 지나갔다. 솜털이 곤두섰다.

뭐지 싶으면서도 두려움에 얼른 계단을 기어 올라갔다. 1층에서 손으로 더듬어 문을 찾았다.

"구보! 괜찮아? 어서 문 열게."

상이 주먹으로 문을 두드렸다.

구보는 철문의 잠금장치를 열었다. 그러나 문이 열리지 않았다. 자세히 보니 아래에도 보조 장치가 있었다. 힘을 주어 장치를 풀었다.

두터운 철문이 삐걱거리는 소리를 냈다. 상은 안으로 발을 디뎠다. 램프 불에 비친 금고 안은 금고방이라는 이름이 무색하게 텅 비었다. 오래 빈 것치고 먼지도 많이 없고 깨끗했다. 구석에 있는 나무계단을 상이 앞장서서 올라갔다. 2층도 비었다. 2층은 천장이 낮아서 고개를 숙이고 다녀야 했다. 밖에서 보이던 창이 있었다. 구보는 둘러보다 말했다.

"내가 들어온 지하로 가보자구. 거기서 계단으로 올라와 문을 연 거야."

"그러세."

상은 구석의 계단을 빠르게 내려갔다. 구보는 조심스레 뒤를 따랐다.

지하에서 상이 고개를 갸웃했다.

"1층과 2층에 비해 턱없이 좁아. 아무래도 지하에 다른 숨겨진 공간이 있는 것 같네."

"지금 보니 그러네."

구보도 동의했다.

상은 재빨리 올라가 1층 바닥을 램프로 면밀히 살폈다.

"모퉁이 부분이 지하에 없어. 여기 같은데……. 찾았다."

상은 구석에 있는 쇠고리를 발견하고 잡아당겼다. 마루로 위장된 문이 삐걱 소리와 함께 들리면서 숨겨진 지하 공간이 드러났다. 퀴퀴한 곰팡내가 코를 간지럽혔다. 상이 문을 잡고 구보가 발을 먼저 디뎠다. 왈칵 무섬증이 났으나 여기까지 왔는데 그냥 갈 순 없었다.

"조심하게나."

괴물이라도 있는 것처럼 괴괴했다. 그 어느 때보다 시간이 천천히 흐르는 것 같았다. 구보는 느릿느릿 내려갔다.

희미한 불빛에 의존해 샅샅이 살폈으나 위층과 마찬가지로 텅 비었다. 구보는 계단을 지지하는 돌에 발이 걸려 하마터면 맨 아래서 넘어질 뻔했다.

"조심하게, 상이. 돌부리가 있어."

말을 마치고 고개를 드는데 구석에서 희끗한 것이 보였다. 구보는 소스라치게 놀랐다.

"누, 누구세요?"

저도 모르게 말이 튀어나왔다. 혼자 있었다면 입도 뻥긋 못

했을 것이다.

"사, 상이. 저기 좀 비춰보게. 희끗희끗한 게 있어······."

구보는 귀신이라도 본 양 간신히 말했다.

상이 내려와 구보가 가리킨 구석 끝을 램프로 비췄다.

"하얀 천이네."

상은 무릎을 꿇고 천을 들어올렸다.

"여자 옷인가? 드레스 끝단에 다는 레이스 같은데."

"일단 가져가봄세."

상은 종이봉투를 주머니에서 빼서 레이스를 넣었다. 그러고 나서 구석을 돌면서 샅샅이 램프 불빛을 비추었다. 마치 물걸레질이라도 한 것처럼 깨끗했다.

"지하실이 유독 다른 층에 비해 깨끗해. 청소를 잘 했는데?"

"왜 그랬지? 무슨 일이 있었나?"

"이제 올라가세."

상이 먼저 계단으로 오르고, 구보는 상이 건넨 램프로 지하실을 마지막으로 비추는데 히익 하고 놀랐다.

"엄마얏!"

"무슨 일인가?"

구석에서 무언가 스윽 지나가는 느낌이 들었다. 등골에 소름이 돋았다. 램프를 들어 살폈으나 아무것도 없었다.

"아, 아냐."

구보도 올라가려는데 문이 쾅 닫혔다.

"어어, 상이. 이게 무슨 일이야. 문 열어줘. 제발!"

구보가 큰 소리로 외쳤다. 입에 램프 손잡이를 물고 고리를 찾았다. 하지만 안쪽 문에는 고리가 달려 있지 않았다.

이럴 수가, 이 문은 1층에서만 열게끔 되어 있다. 구보는 온 힘을 다해 문을 들려 애썼다. 어깨로 밀었지만 꿈쩍도 하지 않았다. 이마와 등에서 땀이 비처럼 쏟아져 난리를 치는데 문이 슬쩍 열리며 상이 얼굴을 들이밀었다.

"어떤가. 안에서 절대로 안 열리지?"

구보는 화를 버럭 내면서 문 사이로 비집고 나왔다.

"절교야! 사람이 장난도 정도가 있지."

"구보, 미안하네. 하지만 절박한 상황에서 누군가 갇히면 문을 열 수 있는지 궁금했네."

"뭐라고! 이봐, 상이! 내가 저번에도 비행기에 갇혔을 때 이러지 말라고 했지?(《경성 탐정 이상 2》의 〈공중여왕의 면류관〉 에피소드.) 내가 어두운 데랑 높은 곳을 무서워하는 것 모르나? 그런데도 또 이러나? 자네와 조사는 오늘로 끝이네."

구보는 금고방을 나와 뛰듯이 선경묘 집으로 향했다.

"구보! 구보!"

구보는 상이 미웠지만 공터를 혼자서 지나는 것도 싫어 적당하게 걸음을 늦춰 상이 따라잡길 기다렸다. 하여간 이 친구는 늘 사람을 곤경에 미는 못된 구석이 있다. 상이 다가와 등을 치자 못 이기는 척 화를 풀었다. 상은 사과했다.

다음 날 아침, 상은 식사를 방에서 하겠다고 했다. 하녀가 빵과 커피 등 아침식사를 차려왔다. 식사를 치우러 다시 하녀가 올라왔을 때, 상은 선경묘가 집에 들어왔는지 물었다. 부재중이라는 대답에 상은 집사를 부르라고 했다. 잠시 후 정현숙이 조심스레 들어왔다.

"어젯밤에 바깥의 금고에 다녀왔습니다."

그녀의 얼굴이 파랗게 질렸다. 당황한 듯 손으로 허리에 두른 오비를 만지작거렸다.

"저는 아는 게 없습니다."

"그 금고에서 뭔가 찾아냈습니다."

상은 종이봉투에서 레이스를 꺼냈다.

"이게 무언지 아십니까?"

정현숙은 고개를 숙이고 도리질을 쳤다.

"모릅니다. 그리고 이런 말을 나누는 걸 사장님이 싫어하실 겁니다."

"우리는 선경묘 사장의 의뢰로 물건을 찾고 있소."

구보도 다가와 다그쳤다.

"뭔가 알고 있죠? 말해주시오."

"저는 아는 바가 없어요. 거기에서 무슨 일이 벌어지는지 몰라요!"

상의 눈빛이 날카롭게 빛났다.

"무슨 일이 벌어지는지 모르다니?"

정현숙이 당황해 다급히 나가며 말했다.

"죄, 죄송합니다. 주인어른께 여쭤보시지요."

구보는 뭔가 싶어 의아한 얼굴로 봤다.

"상, 이제 선 사장 들어오기를 기다려야 하나? 오면 외부 금고에 대해 물어보자구."

"아니, 그 전에 고주동이 연락을 줄 거야."

"연락이라니?"

"어제 전화를 받았는데, 고주동이 전국에 사람을 풀어서 최근에 황실 병풍이 거래된 적 있는지 알아볼 수 있다더군."

"지난번에 흔적이 없다고 했잖아?"

"장물 미술품에 한정시킨 게 걸려 재차 부탁했지. 아침 10시에 전화를 주기로 했어."

전화는 정확하게 10시에 걸려 왔다. 하녀가 알려 1층 다실에서 전화를 받았다. 구보는 집사가 다실 집기를 살피며 내용을 몰래 엿듣는 것을 눈치챘다.

"알겠소."

상은 몇 분간 통화 후에 전화를 끊었다.

"구보, 같이 가도록 하지. 거래 흔적이 잡혔어."

상과 구보는 택시를 타고 시내로 향했다. 신흥정(신흥동) 일대의 일본인 가옥 중 제법 큰 집 앞에 택시가 섰다.

"여기가 마쓰무라 의원 댁입니다. 어디 아파서 오신 겝니까?"

"일 좀 보러 왔습니다."

택시 기사의 물음에 구보는 간단하게 답하고 셈을 치렀다.

현관문에 휴무라고 안내문이 걸려 있었다. 집 안으로 들어가 사람을 찾자 하녀가 나왔다. 일본인 하녀는 손님의 방문을 주인에게 알렸다. 잠시 후, 상과 구보는 방으로 안내됐다. 걸을 때마다 끽끽 소리가 나는 좁은 복도를 들어가자 안쪽에 미닫이문이 살짝 열려 있는 게 보였다.

"주인어른, 손님들 모셔왔습니다."

"들여보내도록."

하녀가 미닫이문을 열자 상과 구보는 안으로 들어갔다. 금매화 병풍 앞에 회색 하오리를 입은 60대 남자가 정좌했다. 서안에는 감정하던 도자기 몇 점이 있고, 돋보기와 감정서가 있었다. 구슬픈 샤미센 소리가 들렸다. 주변을 살피니 구석의 축음기에서 흘러나오고 있었다.

구보가 택시에서 상에게 듣기로는 마쓰무라는 조선 미술품을 수백 개 보유한 컬렉터였다.

"들어오시오. 선경묘 사장이 소유한 미술품과 관련해 왔다고요. 앉으시오."

"선경묘 사장님이 병풍을 도난당하여 조사 중입니다."

마쓰무라가 미간을 잠시 구겼다.

"차를 내오라 하지요."

잠시 후 하녀가 차를 내왔다. 마쓰무라는 녹차분말을 잘 저은 후 따랐다. 구보는 말차의 쌉쌀하면서도 그윽한 맛을 느꼈다.

"무슨 일 때문이오?"

상은 황실의 십장생도 병풍을 설명했다.

"좀 전에 도난을 당했다고 말씀하셨소? 그렇다면 상관없소. 도난품은 소장하지 않습니다."

구보가 따졌다.

"하지만 도둑들이 도굴해 부장품을 장물아비들에게 넘기면, 미술상들이 깨끗이 세탁해 안전한 미술품으로 만들잖습니까?"

마쓰무라는 차를 한 모금 마시고 잔을 내려놓았다.

"그 병풍은 내 수장고에 있소. 안전한 미술상에게서 산 것이오. 선경묘가 도난당한 물건이라면 결코 사지 않았소. 게다가 병풍에 추잡한 자물쇠 같은 금물을 달아놔서 하자 있던 물건이었소. 훼손될까 금물을 방치하고 있소만."

"그 병풍을 볼 수 있습니까?"

"병풍에 사연이 있습니다. 사건의 증거물이죠. 사건이 해결되면 다시 돌려드릴 겁니다."

마쓰무라는 몸을 뒤로 돌려 문갑에서 증서를 꺼내 건넸다.

"이게 안전 거래 증서요. 사실은 병풍을 산 뒤 뒤늦게 미술상이 연락을 했지. 병풍을 두 배 값을 쳐주고 다시 되산다더군. 거절했지. 그리고 경고했소. 내가 병풍을 소장한 걸 소문내면 다시는 거기와 거래를 하지 않겠다고. 거기서 얘긴 끝났지만, 이 바닥에서 마지막 컬렉터는 반드시 소문이 나지. 그래서 자네들이 찾아왔겠소만."

"왜 거래상이 되산다는 겁니까?"

"그런 일이 아예 없지는 않소. 사정은 있겠으나 모른 척했소."

"우리는 병풍을 빌리는 것입니다."

구보는 난감했다. 우리의 목적은 도난품을 선경묘에게 찾아주는 것이다.

"이봐, 상이. 잠깐 의논 좀 하세."

상은 고개를 저으며 작게 말했다.

"나를 믿게나."

마쓰무라는 말차를 한번 마시고 눈을 감고 주먹을 쥐었다. 긴 침묵 끝에 입을 떼었다.

"좋소. 내가 두 분 선생을 믿고 맡기겠소. 병풍은 직원이 원하는 장소로 실어다줄 것이오. 그리고 물건을 돌려받는 데 이상 선생이 신용을 걸어야 하오. 이 일은 경성미술구락부 직원도 신용을 걸게 하시오."

구보는 그제야 고주동이 정보를 알아내고 그의 소개로 여기 온 것을 알았다.

"알겠습니다."

상은 전화 몇 통을 걸어서 신용장을 받았다.

마쓰무라는 하인을 불러 병풍을 잘 포장해 병원 업무용 차량에 실어서 선경묘 자택으로 보냈다. 상은 마쓰무라에게 감사의 인사를 하고 밖으로 나왔다. 택시로 돌아가면서 구보는 다급하게 물었다.

"상이, 대체 어찌된 일이야? 장물이 아니라 정식 거래를 한 거라니? 게다가 돌려줄 거라니? 먼저 선 사장 의중을 물어야지? 선 사장이 물건을 받고 돌려보내지 않으면 어떡하나?"

"짚이는 게 있네. 과정을 추리해보았지."

"어떻게 된 것인가?"

상은 구보의 물음에 잠자코 눈을 지그시 감았다.

자택에는 병풍이 먼저 배달되었고, 정현숙이 상이 들어오기를 기다렸다가 물었다.

"저 물건은 무엇입니까?"

"아무것도 묻지 마시고 저희 방에 올려다주시죠. 내일 알려드리겠습니다."

"알겠습니다."

상은 구락부에서 걸려 온 전화를 긴 시간 받았다. 전화를 끊은 상은 구보를 박남수에게 보내 문성주가 한 말을 던지면서 정보를 캐라고 했다. 상은 두 손을 깍지 낀 자세로 병풍을 보면서 무언가 생각 중이었다.

구보가 박남수와 별 소득 없는 대화를 나누다 방으로 돌아왔다. 그런데 상이 다급하게 뛰쳐나갔다.

"구보, 병풍을 지켜. 난 급하게 다녀올 데가 있네."

상의 손에는 두툼한 종이봉투가 들려 있었다.

구보는 의아했으나 상의 말대로 방에서 꼼짝 않고 지켰다.

그날 밤, 상이 돌아왔다.

그는 집사를 방으로 불렀다.

"집사님, 이 병풍이 도난당한 것입니다. 박 탐정과 선 사장님을 금고방으로 부르고 그리로 병풍을 옮겨주십시오."

"알겠습니다. 선생님."

잠시 후, 금고방 병풍 주변으로 상과 구보, 박남수와 선경묘가 둥그렇게 섰다.

"이게 그 병풍이오?"

"그렇습니다. 확인해보시지요."

선경묘는 떨리는 손으로 케이스를 벗기고 병풍을 열었다.

병풍이 열리며 해, 구름 등의 십장생도가 서서히 드러났다. 선경묘의 목소리가 떨렸다.

"맞, 맞소. 감사하오, 이상 선생. 사례는 충분히 지불하겠소."

"그 전에 해명할 것이 있소, 선경묘 사장."

구보는 상의 단호하고 강압적인 말투에 놀랐다.

"이 병풍은 주인이 따로 있어서 돌려줘야 되지만 진실은 밝혀야지, 안 그렇소?"

선경묘의 눈빛이 떨리며 말이 거칠어졌다.

"뭐라고 했소!"

"집 밖에 원조 금고방을 왜 숨겼소?"

선경묘가 당황한 기색을 드러냈다.

"대체 무슨 말이야?"

"원래의 금고방은 뒤뜰에서 한참 걸으면 석상과 부도탑을 둔 공터를 지나서 있어. 그 공터의 2층 건물이 히로마스의 원조 고쿠모쓰지. 곡식을 보관하던 금고였는데 히로마스가 곡식을 부둣가에 보관하면서 빈자리에 미술품을 보관했어. 그러다 미술품을 집 안의 제2의 금고방으로 옮겼지."

선경묘가 굳은 얼굴로 있자 구보가 상에게 물었다.

"그렇다면 병풍과 그 금고 건물이 무슨 관계인 건가?"

"구보, 병풍은 중요하지가 않네. 문제는 원조 금고방에서 무슨 일을 벌였냐가 문제인 게지."

"무슨 일이라니?"

"그 이야기는 선 사장 입으로 듣는 게 낫지. 그 전에 병풍에 관해 말을 나눕시다."

상은 의미심장한 눈빛으로 선경묘를 봤다. 박남수는 불쾌한 기색으로 따졌다.

"사장님에게 잘못이 있는 듯 모는 태도는 무엇이오?"

"다 이유가 있습니다. 잠자코 계시죠."

"뭐요?"

박남수가 분을 참지 못해 씩씩대는데 상이 차분하게 말했다.

"저는 경성미술구락부 직원 소개로 고미술상을 알게 됐죠. 병풍 사진을 고미술상에게 급하게 부쳤고, 그는 선 사장이 건넨 사진과 오래전 찍은 사진을 비교했소. 이 병풍은 황실에서 흘러나온 병풍이고, 여러 컬렉터들의 손에서 손으로 넘어가며 시대별로 여러 사진이 남았죠."

선경묘는 상의 얼굴을 뚫어지게 보았고, 구보는 주의 깊게 경청하였다.

"자 이 두 사진을 보시오. 한 장은 선 사장이 내게 넘겨준 도난 전의 병풍 사진이고, 다른 사진은 미술구락부 군산 지점서 내가 받아 온 오래전 병풍 사진이오. 차이점을 알겠소?"

선경묘가 준 사진은 병풍만 클로즈업해서 찍었지만, 오래전 사진은 병풍을 편 채로 고관대작들이 한 관료의 칠순잔치에 모여 기념사진을 찍은 것이었다. 해 그림 부분은 가장 왼쪽이어서 자물쇠가 안 달린 게 확연하게 보였다.

선경묘의 낯빛이 어두워졌다. 박남수가 품속에서 돋보기를 꺼내 사진을 번갈아 보더니 바로 지적했다.

"탐정 연수원서 두 그림의 다른 점을 얼마나 찾았는지. 이게 바로 관찰력 훈련이라더군. 바로 여기 해 그림에 쇠 장식, 최근 병풍 사진에만 금물이 달려 있소."

구보도 사진을 확인했다. 상은 고개를 끄덕이고 말을 이었다.

"맞소. 도난 직전에 병풍에 이 자물쇠가 달렸다는 걸 시내 금물가게에서 확인했소."

"대체 이상 선생, 그게 뭔데 그러오? 그림이 공기 중에 훼손될까 잠가 놨겠지요."

"박남수 탐정님, 내 말을 경청하시오. 이것 말고도 두 사진의 차이점은 또 있지. 구락부 직원에 부탁해 미술품 감정사가 확대경으로 병풍 사진 두 개를 일일이 비교했소.

선 사장 사진에서 학 그림 중간 부분이 종이가 두껍게 배접됐다고 했소. 암실에서 강한 불빛을 비춰 재차 감정했는데 그 부분이 유독 뭉툭하답니다. 오래전 사진에는 그렇지 않은데."

구보가 박남수와 사진을 같이 보니, 정말로 관료들 사이로 슬쩍 보이는 학 그림은 배접 부분이 평평했다. 하지만 최근 사진은 그 부분이 유독 불거졌다.

배접은 그림이나 자수 등을 보존하는 방법이다. 종이를 덧대어 틀을 잡아서 작품으로 만드는 과정인데, 두껍게 배접된 부분은 의도적으로 그 안에 귀중한 그림을 보관하기도 했다.

"그게 무슨 상관이오?"

박남수가 중간에 끼어들었다. 상이 물러나라는 몸짓을 했다.

"선 사장님의 병풍 배접 부분에 뭐가 있는지 알아봐달라더군요. 궁금하다고요."

선경묘의 얼굴이 실룩거리면서 긴장했다.

상은 큰소리로 일갈했다.

"선경묘! 당신은 큰 거짓말을 했소!"

그의 얼굴에 당황한 빛이 잠시 스쳤으나 이내 표정을 가다듬고 웃음을 띠웠다.

"이상 선생, 무슨 말씀을 하시는 거요?"

"당신이 병풍을 그토록 찾은 이유는 따로 있소."

상은 주머니에서 아주 얇은 줄칼을 꺼내서 학 그림의 배접 부분을 조심스레 벌렸다. 구보는 병풍이 훼손될까 걱정이 되었다. 상은 틈에서 사진을 꺼냈다.

"이 병풍을 면밀히 검토했소. 무언가 발견했지. 그리고 새로 배접을 발랐고."

선경묘가 두 손을 부들부들 떨었다.

"난 당신이 도박장에서 병풍을 걸고 도박했다는 걸 믿을 수 없었지. 당신 같은 고급 취미를 지닌 부르주아가 노동자들 도박장에 끼어든다고? 아니. 내다 판 게지. 첨에는 그것을 도박장에서 잃어버린 척해서 노동자들을 사건에 끌어들이려는 줄 알았어. 그러다가 구락부 직원에게서 단서를 얻었지.

최근 군산에서 갑자기 다량의 진품이 풀려서 경매가 붙고 난리가 났다더군. 당신은 여러 미술품을 한꺼번에 팔다가 나중에야 실수로 병풍도 팔린 걸 깨달았지. 그것만은 되찾아야 했어. 그럴듯한 거짓말이 필요했지. 그러다 잔꾀가 떠오른 거야. 아예 도난품으로 치부해서 우리 같은 탐정을 불러 소동을 벌이고 보험회사에서 보험금도 받고 병풍도 되찾을 속셈이었겠지. 막대한 보험을 든 걸 구락부 직원에게 들었어."

구보는 상의 손에 들린 사진이 궁금했다. 선경묘는 돌처럼 굳은 채 사진에 시선을 집중하고 있었다.

구보는 궁금함을 참지 못하고 사진을 이상에게서 잡아챘다.

"박 탐정! 어서 저 사진을 뺏어! 어서!"

박남수가 그들에게 다가가는 순간 상은 고개를 저었다.

"병풍에는 이 사진만 숨긴 게 아냐. 다른 부분도 이중 겹지로 바르고 안쪽에 뭔가 숨겨놓았지. 그 사진들은 여기 없어. 어서 비켜!"

상의 협박에 박남수가 멈칫거리는 틈을 타 구보는 사진을 봤다.

구보는 깜짝 놀랐다. 첫 사진에는 벌거벗은 20대 여성이 두 손으로 가슴과 성기 부분을 가렸다. 두 번째 사진에는 동일 여성이 두 남성에게 손목을 잡혔다. 여성은 억지로 웃는 듯했다. 남성의 얼굴은 복면으로 가려 있다.

구보는 음화(淫畵)인가 했다. 한편 이 정도 사진으로 선경묘가 부들부들 떨면서 걱정할 일인가 싶었다. 세 번째 사진은 다른 내용이다.

다른 여성이 손과 발이 잘린 사진이 보였다. 그런데 여성은 표정이 담담하고 눈을 반쯤 뜨고 있었다. 어찌 된 일인가. 마취를 해서 고통을 모르는가?

구보는 서양에서 19세기에 유행했던 포스트 모템이라는 사진을 만물상에서 본 적이 있었다. 죽은 자를 살아 있는 걸로 연출사진을 찍어서 가족들이 간직하는 것이다.

네 명의 형제들 옆에 죽은 막내가 눈을 감고 의자에 줄로 고정된 자세로 찍혀 있었다. 죽은 아이를 안은 부부의 사진도 있었다. 죽은 자를 기리는 의식이다.

그러나 이 사진들은 그것과 달랐다.

눈앞의 사진은 참혹하게 죽은 여성을 찍은 것이다. 구보는 여성이 산 채로 손과 발이 절단된 것이 충격이면서도 신기했다. 다른 사진은 다리가 각각 하나씩 잘려 있었다. 그런데 피도 없고 여성은 무표정이다. 구보는 덜덜 떨리는 가슴을 한 손으로 붙잡았다. 목소리를 가다듬고 말했다.

"이 여성은 죽었소? 토막 살인을 저지른 거요?"

선경묘가 두 손으로 얼굴을 가렸다.

구보는 소리를 질렀다.

"저 자는 살인자요!"

박남수가 깜짝 놀라 구보에게서 사진을 낚아챘다.

"아니, 선 사장님! 이게 다 뭣이오?"

"그런 사진 수십 장이 병풍에 발라져 있소. 사진을 잘 보시오. 배경은 구보와 내가 조사한 바깥 금고방 지하요."

선경묘는 고개를 숙였다.

"선 사장님! 이 여자는 누구이며 살아 있소?"

박남수가 외쳤다. 이상은 담담하게 설명했다.

"조사를 해봐야겠지만 조작이오. 정교한 인형을 살아 있는 여성의 얼굴, 신체와 똑같이 만들어 연출해 찍었지."

"뭐라고요?"

"음화 중에서도 최고로 잔악하고 가학적인 사진이오."

선경묘가 화를 냈다.

"이건 다 오해야!"

"여성은 어떻게 섭외를 한 것이고, 인형은 누가 만들었지?"

구보가 힐난을 하자 선경묘는 입을 비죽이면서 웃었다. 차가우면서 비릿했다.

"나의 취미생활이 당신들과 무슨 상관이야? 돈도 받고 병풍도 찾았으니 된 거잖아? 이 사진들은 내 컬렉션이야. 당신들은 상상 못 할 금액을 주고 사서 병풍 속에 보관해둔 거라고."

상은 고개를 저었다.

"그런 일에는 노 리미트, 한계가 없지. 어느 정도까지 음험한지 모르겠으나 브레이크를 걸 사람은 필요해. 선일농민학교의 사환아이가 실종됐는데 문성주 교장에게 여러 사진을 보여 확인할 것이오."

선경묘는 상의 일갈에 반박하지 못했다. 두 손으로 얼굴을 감싸고 미동도 없었다. 이때 문성주와 함께 다부진 체격의 중년남자가 금고방 문을 열고 들어왔다. 정현숙이 난처한 얼굴로 뒤에 서 있었다.

문성주가 먼저 입을 뗐다.

"선경묘 사장, 이상 선생에게 미리 언질을 받았소. 이분은 새로 선출된 노조 대표요. 전임 대표는 자꾸 타협을 하려 해서 다시 뽑았소. 우리와 재협상을 합시다. 그리고 농민학교에도 기부를 하시오. 그 협상 내용에는 당신이 다시는 이따위 짓을 안 한다는 내용도 포함하겠소."

교장의 말에 선경묘가 당황했다.

"무슨 소리야! 다시 협상을 하려면 사진을 내게 넘겨!"

"이분들과 새로 협상을 하고, 언론에는 밝히지 않고 비밀리에 수사하는 선에서 끝내지요. 경찰 조사를 받고 죗값을 치르시오!"

상이 설득했다.

"내 취미는 서양에서 많은 사람들이 즐겨. 중개업자한테서 희한한 사진이 있다기에 사들였어. 수집가로서 말이지."

어느덧 선경묘는 냉정한 협상가의 모습이었다. 상은 고개를 저었다.

박남수가 덧붙였다.

"저를 고용한 사람이지만 방패는 될 수 없죠. 핑커톤의 명예를 걸고 당신을 경찰에 넘기겠소. 이 양반아, 남에게 피해 끼치지 말고 행복해야지. 남을 울리고 자기만 웃어요? 순순히 조사받으시오."

선경묘가 고개를 숙였다.

박남수가 상에게 물었다.

"이상 선생, 이 사실을 어떻게 알아냈소?"

상은 기억을 떠올렸다. 배접이 두텁다고 열어보라는 이야기를 전화로 듣고, 구보 몰래 열어 사진을 발견했다.

첨엔 인형이라고 여겼다. 집을 달려 나가 택시를 타고 군산 미술구락부 지점에 가서 감정사에게 두 개의 시대별 병풍 사진을 받았다.

상이 감정사에게 병풍서 발견한 기이한 사진을 보여주자, 그는 여러 번 확대해본 후 사람과 인형이 뒤섞인 것 같다고 했다. 상은 그길로 지점을 나와서 시내의 인형 가게에 다시 갔다. 주인은 절단된 건 인형이고 다른 몇몇 사진은 죽은 사람 같다고 했다.

인형이 사람을 쏙 빼닮게 만들지만 눈빛은 다르다며, 그는 몇몇 사진의 여인 눈빛은 죽은 사람 것 같다고 했다. 주인은 인형을 연구하려고 해부학교실서 해부도 참관한 이력이 있었다.

상은 큰 비밀이 병풍 속에 담긴 걸 간파했다. 선경묘가 찾고자 한 건 병풍이 아니라 사진이다. 상은 경찰서에 들러 사진을 맡기고 선경묘 자택으로 올 것을 청하고 돌아왔다.

"시신으로 추정되는 것도 있소. 경찰이 수사하겠으나."

구보와 박남수가 깜짝 놀랐다.

"뭐요? 살인이라는 겁니까?"

"그렇소. 여인을 금고방에 가둬 죽인 건가? 저 바깥 원조 금고방에서?"

선경묘는 답을 못 하고 아찔함에 눈을 감았다. 못된 술친구하나를 두어서 이 지경이 됐다.

남들이 보기에 번듯한 재벌로 보이겠지만, 선경묘는 늘 무언가에 쫓겼다.

엄격한 부친은 소작인들을 몰아붙여 막대한 이득을 취하는 법을 가르쳤다.

어린 아들이 하인을 불쌍케 여기고 마음 약한 모습을 보이면 일본도로 목을 겨눴다. 네가 물러터지면 아랫것들은 너를 올라타려 든다며, 선경묘를 한시도 쉬지 못하게 하고 악독한 지주로 만들었다.

아들은 오줌을 지리면서 아버지의 인색하고 잔인한 성품을 본받으려 했다.

선경묘는 부친이 돌아가자 재산을 바탕으로 쌀을 매수해 큰 부를 일구었다. 부친에게 혼나면서 배운 효악한 사업수단으로 노동자들을 몰아붙이고 한 방울의 피까지 짜냈다.

돈을 셀 수 없이 쌓았지만 허무하고 불안했다. 돈이 벌릴수록 그랬다. 아이들 학교 문제로 가족도 경성에 있어 외로웠다. 노동자들에 대한 죄책감이 불길처럼 번져 가슴을 태웠다.

하지만 노동자들에게 대우하면 그들은 끝없이 요구를 해온다. 자신을 올라타려 든다. 눌러야 된다, 힘으로 폭압으로. 하지만 마음 한구석은 여전히 불안하고 죄책감에 짓눌렸다.

도박, 여자, 술도 소용이 없었다. 히로마스 가옥을 무리하게 구입해 금고방에 도자기와 그림을 채워 넣었지만, 오히려 이 가옥을 구입하면서 평생 쓸 운을 당겨 쓴 것 같다는 패배의식에 사로잡혔다. 앞으로는 죽을 때까지 빚에 쫓기겠구나 생각하니 저택의 저주가 올가미처럼 씌우는 것 같았다.

기관단총으로 사람들을 줄 세워 쏴 죽이고 싶었다. 작업반장들 중에 인부들을 무자비하게 때리는 치들이 있다. 선경묘는 주먹으로 분노를 표출한 적은 없었다. 다만 총으로 쏴 죽이는 상상만 했다.

군산항을 개방한 황제, 수출입을 허가한 총독, 이자를 쓸어가는 은행 간부들을 죽이고 싶었다. 정현숙 같은 이 집안의 고용인은 하는 행동을 보아서 살려줄 용의는 있다. 상상의 대미는 안팎 금고방과 저택 그리고 항만을 불태우는 것이다. 미두탑을 시원스레 불사르고 유유히 빈손으로 군산을 떠나는 상상은 지끈거리는 머리를 시원하게 식혀주었다.

온갖 잡념으로 밤잠을 설치고, 일하다가도 자주 구토기를 느끼고 숨이 가빠왔다. 의사는 휴식을 권했지만 집에 누워도 숨이 찼다. 노동자 대표와 협상하는 자리에 앉아 있는 것도 힘들었다.

그 무렵 시내 고급 술집에서 만난 자가 이 씨다.

얼굴색이 검붉고 작은 키에 나이를 짐작하기 어려운 이 남자는 선뜻 다가가기 힘든 인상이나 친근감 있게 먼저 다가왔다.

신문사 기자라고 밝힌 이 씨는 이상한 약들을 술과 함께 권했다. 선경묘는 약을 먹으면서 마음이 편해졌다. 주기적으로 약을 받았고, 그는 돈 대신 이상한 요구를 했다.

"당신 집 금고방에서 재밌는 일을 합시다."

미심쩍은 제안이지만 약에 중독된 선경묘는 아무렴 어떠냐는 생각에 허락을 했다.

그날 밤 집사와 하인들을 내보내고 나자 이 씨가 한밤중에 찾아왔다. 그는 중년의 사진사와 묘령의 여인 둘을 데리고 왔다. 공터의 금고방 지하의 밀폐된 공간에서 이 씨는 여인들을 벗기고 그녀들이 몸을 밀착하고 기묘한 행동을 하게 했다. 그 모습을 사진사가 찍었다. 여인들은 이 씨가 건네는 약을 다량 복용한 상태로 일을 했다.

선경묘는 사진을 찍는 과정을 지켜보았다. 일주일 후, 이 씨가 사진을 보냈다. 그녀들의 얼굴은 영혼이 빠져나간 사람처럼 무표정하고 기이했다. 선경묘는 마음이 툭 풀렸다. 사람들 몰래 금지된 일을 하면서 마음의 어둠이 가시고, 뭔가를 완벽하게 통제한다는 자신감이 들었다.

내게 변태적인 성향이 있던가. 처음에는 자책도 했으나 이미 시작된 기묘한 짓을 멈출 수 없었다. 이 씨는 어느 날 여자들을 밧줄로 묶고 얼굴에는 자신의 손을 베서 그 피를 칠했다. 그날 찍은 여인들의 사진은 죽은 사람들처럼 나왔다.

이 씨는 또 다른 날은 사람과 똑같은 인형을 절단해 촬영했다. 그다음엔 선경묘에게 여성의 목을 손으로 조르고 푸는 걸 반복시켰다. 여자는 죽을 뻔했다. 선경묘는 소름이 끼치면서 해방감을 느꼈다.

이 씨에게는 큰돈이 건네졌다. 여러 번의 가학 행동을 이 씨가 시키는 대로 하면서 선경묘는 중독되어갔다.

한 번은 촬영을 끝내고 여자를 이 씨가 문을 잠가 못 나오게 했다. 그때 문을 잠가놓고 씩 웃던 그의 얼굴을 선경묘는 잊을 수 없었다. 여인은 다음 날 금고방에서 죽어 있었다. 밀폐된 공간에서 느낀 불안감, 저체온, 약물 남용 등 사인은 복합적이었다. 이 씨는 선경묘를 안심시키며 시신을 훼손하고 사진을 찍었다.

이 씨는 선경묘가 준비한 차량에 시신을 내갔다. 일주일 후에 또 연락이 왔다. 선경묘는 넘어서는 안 될 마지막 선을 넘었다고 느꼈다. 이 씨에게 이제 다시는 연락 말라고 했지만 그는 되레 사진으로 협박을 해왔다. 선경묘는 이 씨와 합의를 하여 막대한 돈을 주고 거래를 끊었다. 사진은 차마 불사르지 못하고 병풍 속에 숨겼다. 그 사진을 보면 이상하게 마음이 풀어지고 불안이 줄어들기에 나중에 필요하면 또 볼 생각이었다. 그러다가 일이 이 지경으로까지 번진 것이다.

부둣가 도박장, 이상한 노인은 모두 병풍 속 사진을 찾기 위해 만든 허상이다. 미술품들을 자금을 마련하려 남몰래 내다 판 다음 뒤늦게 사진이 떠올랐다. 그래서 은밀한 거래선을 통해 최종 컬렉터인 마쓰무라에게 병풍을 되사려 했다. 그리고 중간업자들 손을 여러 차례 탄 병풍을 탐정들을 통해 되찾는 쇼를 벌이고, 미술품 보험사에 보험금도 청구하려 한 게 도리어 발목을 잡았다.

잠시 후 금고방 문이 활짝 열리고 경찰들이 들이닥쳤다. 선경묘 손에 수갑이 채워졌다. 경찰은 사진을 넘겨받고 병풍을 통째로 들고 나갔다.

 다음 날 상과 구보는 병풍을 경찰서에서 받아 마쓰무라에게 되돌려주었다. 마쓰무라는 병풍에 얽힌 사건의 자초지종을 듣고 언젠가는 소장한 미술품을 올바른 조선인 컬렉터에게 보내겠다는 뜻을 밝혔다.

 상과 구보는 사건을 해결하고 경성에 올라왔다. 화창한 어느 날 경성 거리를 함께 산책하다가 노천카페에서 커피를 마셨다. 구보는 햇살에 눈이 부셨다.

 "상이, 선경묘는 겉으로 보기에 다 가졌잖아. 돈, 권력, 일. 그런데 왜 그런 일을 저지른 것이지?"

 "구보, 자네 소개공지 본 적이 있지?"

 "화재가 연달아 발생하는 것을 방지하려고 비워둔 공터?"

 "그렇지. 선경묘는 그 소개공지가 뇌에도 있어야 한다는 걸 깜박했지."

 "뇌에도 있어야 한다니."

 "빈 부분이 있어야 뇌도 쉬지 않겠는가."

 "자네가 어떻게 알지? 의사도 아니잖아?"

 구보가 잔을 내려놓고 물었다.

 "나 역시 그렇지. 자네도 마찬가지네. 글로 먹고 살 수 있을까, 언제쯤 사람 구실을 하며 가족에게 인정받을 수 있을까 늘 노심초사지. 난 빈 공간을 사건과 추리로 채웠어. 불안하면 사건에 매달리면서 모든 것을 잊네."

"그렇다면 선경묘는 변태엽기적 행각으로 채웠나?"

"뇌 속의 소개공지에 그걸 뒀지. 공포감을 밀어내면서."

구보는 고개를 도리질 쳤다.

"모르겠어. 여자를 정상적으로 사귀면 되잖나?"

상은 고개를 저었다.

"해보았겠지. 충족이 안 되니 한계를 넘은 거네. 비뚤어진 욕구를 잔인한 짓으로 풀었어. 지배하지 못하는 불안감을 다른 방식으로 지배하려 했지."

"불안하면 쉬면 되는데 왜 쓸데없는 짓으로 인생을 망치지?"

상은 씨익 미소 지었다.

"자네도 마감에 쫓길 때를 생각해보게. 극도의 불안감에 휩싸이면 무슨 짓을 해서라도 그 상황에서 탈출하고 싶지. 압박감의 무게만큼 일탈감은 더없이 달콤하네. 중독이 되지. 복어 독 맛에 중독된 돌고래가 복어에게 붙듯. 죽는 줄 알면서도 독을 즐겨."

구보는 과거를 되돌아봤다. 상이 맞다. 임자가 없는 양복을 사고는 악몽과 불안감에 시달렸다. 미스터리가 풀리고 실상을 다 알자 양복을 입어도 아무렇지 않았다.

결과가 미지수일 때 두려움은 크다. 누구에게나 미래는 공포다. 그걸 잊고자 소개공지에 많은 것을 욱여넣으려다 그르친다. 소개공지에 가득 찬 건 중독으로 변질된다.

상은 커피를 마시고 빈 잔을 들여다봤다.

"빈 공간. 그건 놔둬도 좋지. 긍정적인 걸로 채워도 좋구. 자네나 나는 질리지도 않고 거기에 추리를 채우고 사건을 쫓고 있지 않나."

상이 테이블에 기대어놓은 지팡이와 중절모를 들었다.

경성은 여느 때와 다름없이 따뜻한 햇살이 내리쬐고 오가는 사람들로 북적거렸다.

구보는 오랜만의 느긋한 산책과 노천카페에서 즐긴 커피 한 잔에 마음이 푸근했다.

인생도 이런 여유가 찾아오면 일단 내려놓고 즐기면 좋으련만, 무언가에 쫓기듯 살다가 휴식조차 만끽하지 못하고 위태로운 것에 매료되는가?

*이 작품은 군산 신흥동에 위치한 히로스 일본가옥의 금고방과 군산 개정면에 위치한 일본인 시마타니의 농장 내 시마타니 금고를 모티프로 했지만 내용은 허구임을 밝힙니다.

삼화

고래의 꿈

京城 探偵
LEESANG

구보는 심심했다. 글을 쓰다 말고 원고지를 덮고 상의 얼굴을 봤다. 아무리 집필 중이라도 조금은 말도 걸어주고 작품을 보면서 조언을 해주던 친구가 오늘따라 조용했다. 구보는 다짜고짜 물었다.
　"왜 바깥 풍경만 보는가?"
　"그럼 자네 얼굴을 봐?"
　구보는 어이없어 웃음을 터뜨렸다.
　"생각에 깊이 잠겨 있길래."
　"그런 게 아니라. 그냥 좀."
　"그럼 난 볼일 좀 보고 오겠네."
　상은 유리창 너머를 볼 뿐 대답도 없었다. 상은 요즘 우울했다. 말을 걸어도 대답이 없고 혼자만의 세계에 가 있다. 역시 그에게는 사건이 필요하다. 무료한 나날을 보내다보니 권태의 늪에 빠졌다.

"구보, 나간다더니?"

상이 침묵을 깼다. 귀는 열려 있었나보다.

"그게 저. 바쁜 건 아닌데."

"나도 따라가도 되나?"

"그러세."

구보는 미쓰코시 백화점 건너편의 경성우편국에 들러 친척에게 편지와 돈을 부치려 했다. 어머니의 심부름이다.

"참으로 무료한 게군. 우편국도 따라오고."

구보는 상을 보면서 중얼거렸다. 우편국은 르네상스 양식의 웅장한 건물로 외관이 붉은색 벽돌이다. 중앙에는 현대적인 돔을 얹고 창틀마다 아치형의 장식들이 있어 세련미를 풍겼다. 구보가 좋아하는 경성의 신식 건물이다. 우편국은 오전이라 그런지 한가했다. 전신환을 부치고 나서려는데 배가 싸하니 한기가 들었다.

"상, 상, 잠시만."

아침에 먹은 음식이 안 좋았는지 배가 싸르르 아팠다.

이럴 수가, 볼일은 항상 아침에 다 보고 나오는데.

"나 잠깐 어디 좀 들르겠네."

상은 미소를 짓고 손가락으로 화장실을 가리켰다. 구보는 걸음을 바삐 했다.

구보는 화장실에 들어가기 전에 깨끗한지 확인했다. 관공서라 역시 관리가 잘 되어 있었는데 일을 보면서 벽을 보니 각종 낙서가 있었다.

"이완용 바보, 이완용 나쁜 놈!"

"대한 독립 만세! 이 어리석은 사람들아, 먹고 사는 데만 신경 쓰지 말고 독립에 힘쓰자."

"제국일본 타도!"

"신도 부처도 재판장도 모두 돈, 돈, 돈! 돈으로 판결을 내리는가?"

지운 흔적 위에 또다시 새로운 낙서가 채워져 있다.

볼일을 마치고 나오는데 문 하단의 낙서가 눈에 띄었다.

"구보 선생, 이상 선생 살려주시오. 나는 배홍동이라는 사람인데 나를 구하고 싶으면 종로의 열대 수족관을 찾아오시오."

구보는 고개를 갸우뚱하다 밖으로 나왔다.

"상! 이상한 낙서를 발견했네. 나와 자네 이름이 적혀 있어."

"뭐?"

상은 화장실로 들어가 낙서를 읽었다.

"배홍동이라는 사람이 대체 누구야? 그리고 열대 수족관이라니?"

"그 수족관이라면 알고 있네. 열대어들이 아름다워서 넋을 놓고 봤었지. 날도 좋고 무료한데 한번 가볼까?"

하여간 상이란. 한낱 장난에 낚여서 수족관까지 찾아가는 저 집요함은 경성에서 따를 자가 없을 것이다. 그가 사건을 추리하는 이유는 정의를 구현하기보단 호기심 때문 같다. 궁금증을 풀지 않고는 못 배기는 것. 그것은 상을 사건에 뛰어들게 만드는 원천이다.

수족관은 5정목 근처의 연지동 골목에 있었다. 가게는 허름하고 작았지만, 대형 어항에는 수백 마리의 화려한 물고기들이 유유히 헤엄쳤다. 색색들이 수초들이 나부끼고 부드러운 물살에 몸을 맡긴 빨갛고 파란 열대어들이 뒤엉켜서 여러 방향으로 움직였다. 구보는 형형색색의 향연을 보았다.

"들어와서 보세요."

구보는 여인의 목소리에 휘둥그레 놀라 고개를 들었다. 단발머리에 둥그런 눈의 단아한 젊은 여성이었다. 하얀 블라우스에 검은색 스커트를 단정하게 입은 여성은 자그마하나 단단했고 표정에서 자신만만함이 보였다.

"저희는 열대어를 주로 판매하지만 각종 어항 관련 기기도 판매하죠."

구보는 머뭇거리는데 상이 성큼 발을 들였다. 가게 안은 의외로 길쭉하니 넓게 터졌다. 둥그런 어항이 자그마한 크기에서부터 구보의 몸보다 긴 사이즈까지 있었다. 열대어가 화려한 지느러미를 펼쳐서 우아하게 헤엄쳤다.

"마중 나온다고 예쁜 모습 보여주네요."

구보는 마음이 흐뭇하였다.

"안녕, 안녕! 바보 신사!"

구보는 깜짝 놀랐다. 여인은 활짝 웃으며 손가락으로 천장을 가리켰다. 파란색 앵무새가 깍깍댔다.

구보는 물고기들에 시선을 집중했다.

"지느러미가 환상이죠? 베타라는 물고기예요. 작은 어항에서도 기포장치 없이 잘 살지요. 하지만 두 마리를 한 수조에서 키우면 안 돼요. 암수 한 쌍도 싸워 반드시 한 쪽이 죽죠. 그래서 한 마리만 둬요. 옆 어항에 있는 물고기가 구피예요. 번식력이 어마어마한데 먹을거리가 적으면 자기 새끼도 먹는답니다. 그래서 새끼는 분리해요. 어떤 고객들은 번식력에 지쳐서 방치하는데 안 되죠. 그 옆의 물고기들이 수마트라예요. 몸체에 호랑이처럼 줄무늬가 있어서 '호랑이 미늘'이라는 별칭이 있어요. 성격이 사나워서 수마트라끼리만 키워야 하지요."

여인의 얼굴에는 자식을 보는 어머니의 자애로운 표정이 떠올랐다.

"여기는 해파리와 문어, 고둥. 이것들도 찾는 분이 계시죠. 다루기 힘들지만요. 해파리는 이름이 미뇨이고 문어는 꼬꼬리타예요. 그 옆 수마트라는 루시고요. 베타는 이름을 순심이, 순덕이처럼 조선식으로 지었어요."

"아니, 물고기들이 이름이 있습니까? 저 앵무새라면 몰라도."

앵무새는 구보를 보고 바보라고 반복했다.

"후후, 그럼요. 모두 다른 애들인데요."

"참 신기하군요. 저한테는 먹을 것에 지나지 않은데 애완용이라니요."

구보는 하늘하늘 유영하는 해파리를 찬찬히 봤다. 환상적인 자태였다. 문어는 특이하게 파란빛을 선명하게 발했다. 상도 어항을 지켜보다 질문했다.

"물고기들을 어디서 들여옵니까?"

"일본이오. 일본에는 전 세계 상인들이 열대어를 들여오죠. 배에 실어서 최대한 살아 있는 상태로 데려오는 게 보통 일이 아니에요."

구보는 상이 말을 꺼내기를 기다렸다. 여기 온 목적은 물고기 감상이 아니니까.

"물고기들을 구경하느라 인사가 늦었소. 나는 종로에 사는 이상, 이 친구는 구보입니다."

"저는 수족관을 운영하는 배진주예요. 인사가 늦어서 죄송해요."

"배홍동이라는 분을 압니까?"

여인의 표정이 굳었다.

"아버지신데 왜 그러시죠? 열대어를 사러 오신 분들이 아니군요."

"그렇소. 이 이야기를 하면 굉장히 우스울지 모르지만, 경성 우편국 화장실에 배홍동이라는 사람이 우리에게 살려달라고 메모를 해놨습니다. 자신을 살리고 싶으면 이 가게로 와보라고요."

배진주는 굳은 표정으로 고개를 저었다.

"아버지는 실종되신 지 2년이 넘었어요. 그 낙서가 최근에 써졌을 리가 없어요."

"낙서는 분명히 우편국에서 주기적으로 지우니까 적어도 최근에 썼을 겁니다. 혹시 실례가 안 된다면 실종된 연유에 대해 듣고 싶소만. 우리는 사실 탐정입니다."

배진주는 인상을 썼다.

"제가 왜 개인 가족사를 처음 보는 사람들에게 말하죠? 돌아가세요. 어서요!"

배진주는 그들을 가게에서 쫓아냈다.

"우리에게 할 말이 있으면 종로 거리의 제비 다방을 물어서 찾아오시오."

상의 말에 배진주는 가게 안쪽으로 깊숙이 들어가 들은 척도 안 했다.

"상이, 가지. 의뢰된 일만 하자구. 아무래도 안 되겠어."

다방으로 돌아온 상은 아침보다 활기찬 행동을 보였다. 금홍에게 간식으로 무엇 무엇을 내오라고 지정을 하고 보통 때보다 많이 먹었다. 게다가 구보의 소설을 읽고 코멘트도 자세하게 하고, 모차르트의 음악을 들으면서 지휘를 했다.

구보는 코웃음을 쳤다. 배홍동의 살려달라는 메시지, 그리고 배진주의 방어적 태도는 상을 자극했다.

역시 그는 미스터리에 흥미를 느낀다.

그날 저녁 구보가 원고지와 만년필을 챙겨서 일어나자, 상이 중얼거렸다.

"분명히 내일이나 모레는 전화가 올 걸세."

다음 날 상은 다방에 전화가 올 때마다 고개를 들고 귀를 기울였다. 직접 받으러 가기도 했다. 기대했던 전화는 없었다. 상은 실망하는 기색 없이 생생했으나 저녁에는 피로해 보였다.

"나 집에 가네."

"어머니께서 우편국에서 뭐 부치라는 것은 또 없나?"
"전혀. 내일 보세나."
다음 날 구보는 소설을 붉은 펜으로 수정하는데 전화가 왔다. 금홍이 받더니 상을 불렀다. 상은 부리나케 프런트로 가서 전화를 받고 자리로 왔다.
"구보, 어서 수족관으로 가세나. 배진주에게서 전화가 왔네."
"뭐라고 했는데?"
"도와달래. 오랜만에 의뢰가 들어왔어. 어서 가자구."

상과 구보는 다방을 나와 서둘러 수족관에 도착했다. 배진주가 나와 있다가 정중하게 인사를 했다.
"지난번에는 죄송했어요. 갑작스런 이야기에 당황해서 화가 났네요."
"괜찮습니다. 이해합니다. 어떤 일이 일어난 겁니까?"
"먼저 저와 아버지가 가게를 어떻게 꾸려왔는지 말씀드릴게요."
구보는 배진주가 건네는 차를 받아 입술을 약간 축이고 이야기에 집중했다.
"어릴 때 합천에 정착해 산 적이 있어요. 아버지는 수중 생물에 관심이 많아 여행을 많이 다니셔서 그전까진 여기저기 떠돌아다녔죠. 저는 따라다니면서 물고기 기르는 법을 배웠고요."
"합천이라. 거기에서 얼마나 사셨죠?"
"제가 한 아홉 살 정도였는데 1년 넘게 살았고, 집이 없어 황영수 박사님 댁에서 얹혀 살았어요. 그 후에는 종로에 정착했고요."

"황영수 박사요?"

구보가 질문을 던졌다.

"네. 합천에는 황영수 박사님이라고 어류 전문 박사님이 사시는데, 수족관 열 때도 도움을 받았어요. 혹시 아버지가 합천에 은거하고 계신 걸까요?"

"왜 유독 합천이라 단정 짓는 거요?"

상이 날카로운 눈빛으로 물었다.

"아버지가 워낙 술을 좋아하시고 한번 술을 드시면 인사불성이 되셔서 친구가 없으세요. 달리 가실 만한 데가 떠오르질 않네요. 제가 틈내서 합천으로 몇 번 찾아갔는데 안 계셨죠. 두 분께 정식으로 조사를 의뢰드릴게요."

"황영수 박사님과는 연락이 닿습니까?"

"네, 제가 미리 전화를 드릴게요. 친어머니는 어릴 때 돌아가시고, 아버지는 3년 전에 재혼하셔서 새어머니가 계시는데 아버지가 실종되시고 떠나셨어요. 사실 아버지는 방랑벽이 있어서 5개월 넘게 집에 안 들어오실 때도 있었어요."

"아버지가 집에 오실 때 어디 다녀오셨는지 물어봤습니까?"

"네. 그런데 답을 못 들었어요. 워낙에 독선적인 분이어서 그런가 해요. 따지면 맞으니까."

배진주는 소매를 내렸다. 구보는 손목에 난 흉터를 놓치지 않았다.

"어릴 때 심부름을 제대로 하지 못하면 담뱃불로 지지셨죠. 보기 흉하죠?"

구보는 한숨을 쉬었다. 배홍동은 못된 사내인가보다. 찾을 가치가 있을까.

배진주는 소매를 더 끌어내렸다.

"새어머니는 단순가출로 보셨지만, 우편국의 낙서도 걸리네요. 선생님들이 다녀가신 후 남자 화장실을 들어가 봤어요. 사정을 말하고 층마다 다녔지만 없었죠. 페인트칠을 새로 했더라고요."

배진주는 순간의 충동으로 그들을 돌려보냈지만, 실은 아버지가 걱정됐던 것이다.

상은 배진주의 의뢰를 받았다.

다음 날 그들은 경성역으로 가서 경부선에 몸을 실었다. 대구역에 도착한 다음 택시로 갈아타고 합천 용주면에 도착했다. 상과 구보는 지나가던 소달구지를 얻어 타고 황영수 박사의 집으로 갔다.

더운 날이었다. 구보는 재킷을 벗어 가방에 넣었다. 눈에 아름다운 풍광이 들어왔다.

경남 합천 용주면 가호리는 황강이 둘러싸고, 강 너머에 의룡산과 악견산이 자리 잡았다. 산은 나무들이 빽빽한 가운데 안개가 중턱을 어스름히 가리고 있었다.

"여깁니더. 어서 내리소, 욕봤심더."

노인이 내려준 곳은 가호리 논밭 한가운데 제법 너른 터에 자리한 기와집 앞이었다. 지주가 살던 집이라는데, 가까이 다가가니 위용에 비해 대문이나 담벼락이 군데군데 손질이 필요했다.

상과 구보는 아귀가 맞지 않아 빼꼼 열린 문틈으로 안을 들여다봤다.

"어르신, 계십니까?"

구보가 정중하게 인사를 했다. 잠시 뒤 백발노인이 적삼에 홑조끼 차림새로 모습을 드러냈다. 황영수였다.

"게 뉘시오."

"저희는 경성에서 내려왔습니다, 어르신."

상이 인사를 올렸다. 그리고 이곳까지 오게 된 자세한 내막을 설명했다. 노인은 고개를 갸웃했다.

"거 참. 여즉 실종이라니? 술을 솔찬히 자셔서 쪼매 걱정 가는 양반이었데예. 진주는 잘 있는교? 이만키로 작을 때 여거 와 살았는데. 지지난해던가 아비 찾으러 한 번 들렀는데예."

"잘 있지만 아버님을 걱정합니다. 합천에 계실 것 같다 하더군요."

"누추하지만 들어오이소."

황영수의 집은 너른 마당에 대형 어항이 들어차 있었다. 어항에는 조약돌과 모래 위로 오색의 수초들이 너풀거렸고, 문어, 해파리, 조개, 게들과 각종 어류가 유유히 헤엄쳤다.

"쪼까 신기한 게 많죠. 하나둘 잡아서 연구하다카이 이렇게 식구가 늘어뺀 기라."

"참 어여쁘네요."

"어르신, 배홍동 씨가 최근에 오셨던 적이 있습니까?"

상이 질문했다.

"없소. 여기 진주를 맽겨놓고도 동가식서가숙하던 양반입니더."

상은 배홍동이 합천에 머물 때 가던 곳이 있는지 물었다. 황영수가 우물물을 퍼서 구보와 상에게 건넸다.

"그 양반이 술 자시고 올라가던 서낭당이 있응게 가보이소. 높은 까까절벽에 있는 곳이니께니 단디하이소."

상과 구보는 황영수의 집에서 하룻밤을 신세 지고 새벽에 서낭당에 올라가기로 했다.

그날 저녁 황영수는 삶은 감자와 옥수수를 내오고 건넌방에 잠자리를 폈다. 상과 구보는 밤늦도록 물고기들의 헤엄을 보다 잠이 들었다.

이튿날 아침, 그들은 황영수가 일러준 길로 들어 마을 뒷산을 올랐다. 산중턱에 오르니 오색기들이 나풀거리는 서낭당 머리가 설핏 보였다. 힘을 내서 정상을 향해 발을 디뎠다.

산꼭대기 절벽 부근에 큰 당산나무가 있고 그 밑으로 크고 작은 돌탑들이 쌓여 있었다. 구보는 돌탑을 조심하면서 서낭당에 다가갔다. 자그마한 초가에 다 떨어진 창호지 문살이 보였다. 구보는 선뜻 열어보기가 꺼려져 주변을 둘러보았다. 당산나무 뒤로 허수아비 여러 개가 있었다.

사람들은 허수아비 몸속에 돈을 넣고 서낭당 근처에 버린다. 병을 쫓기 위함이다. 그러면 가난한 소년이 돈을 갖고 허수아비를 버린다. '귀신들린 재물'을 갖고 가는 자는 병도 가져간다고 믿었다.

구보는 어릴 적에 병으로 간 소년의 집 앞에 밥과 돈을 두는 것을 봤다. 가족들이 곡하는 가운데 이웃 아이가 그 돈을 몰래 훔쳐다 군것질을 했다. 아이는 부모에게 붙들려 엄청 혼이 났다. 귀신들린 재물에 함부로 손을 대면 안 된다는 의식이 있었다. 아무리 굶더라도 저승길 노자에는 손을 대는 게 아니다.

상은 서낭당 문을 열어봤다. 호랑이를 무릎에 둔 신선이 긴 수염을 쓰다듬으며 거대한 장죽을 들고 바위에 앉았다. 머리를 틀어 올린 동자 두 명이 웃고 있다. 초상화는 손본 듯, 곳곳에 물감을 덧칠한 흔적이 보였다.

상은 신발을 신고 성큼 들어가서 제단에 걸린 종이들을 살펴봤다.

종이에는 '합격 기원', '질병과 재앙으로부터 구해주소서' 등 소원을 바라는 기원문이 적혀 있었다. 상은 종이들을 뒤적거렸다.

"어이, 상이. 나오게나. 귀물을 만져서 좋을 것 없다네."

"구보, 이건 뭐 같은가? 기도문 아래에 잘 개켜져 있는데?"

구보는 상이 건네는 하얀 목면 옷가지를 들었다. 몇 년은 된 듯 먼지와 때가 묻어 있었다. 아주 작은 저고리였다.

"어? 애기 배냇저고리 아냐?"

구보가 배냇저고리를 열어 보니 그 안에 접힌 종이가 있었다.

하느님, 아이를 좋은 곳에 보내주시고,

저에게 아비를 용서할 힘을 주세요.

주님의 어린 양 효교HA

구보는 고개를 갸우뚱거리면서 생각을 했지만 떠오르는 게 없었다.

"이름이 립교하라, 아무래도 서낭당의 전통 기복 문화와 교회당을 착각한 신도 같군. 중국인인가? 그래서 한글로 적는 게 어려워서 한문과 영어를 혼용했나?"

"구보, 그러기에는 기도문 내용은 간결하고 글자도 깨끗한데?"

그들은 서낭당을 조사하고 배냇저고리를 제자리에 뒀다. 그리고 산을 내려와 황영수의 집으로 돌아왔다.

"잘 다녀왔습니꺼?"

"네, 어르신."

"어르신은 무신, 그냥 할배라 편하게 부르소. 밥은 묵었는지예?"

"저, 이 근처에 교회당이 있는지요?"

상은 황영수에게 질문을 했다.

"교회당은 뭐한다꼬예? 아, 예수교를 믿는 양반들이구만. 거야 저어기 의룡산 산꼭대기에 있심더."

"산꼭대기라뇨? 교회는 보통 마을에 있지 않습니까?"

"합천에 내려온 선교사가 절은 산속에 있다카면서 교회도 산속에 있어야 사람들이 온다꼬 그따가 세웠다 합니더. 거 갈라면 예 밥 묵고 가이소."

황영수는 대청마루에 밥상을 차렸다. 나물 몇 가지와 잡곡밥이 정갈했다.

"혼자서 사십니까?"

"쪼매 제자들이 찾아올 때도 있지만, 혼자 살지예. 배홍동 그 양반이 얼라 데리고 들어와 같이 살던 때도 있었고."

"그때 배진주 씨가 일을 배운 겁니까?"

구보가 되물었다.

"하문요. 아홉 살 때도 어찌나 키가 쪼매난지. 근디 야물딱진 게 보통 아닙니더."

"여기에서 배홍동 씨는 왜 사신 겁니까?"

"타지 사람이 어린 딸년을 데꼬 들어왔는데, 갈 데도 없다 카고 내가 손이 필요하니 여 집에 살았다 안 캅니꺼."

"무슨 일을 도왔습니까?"

"수족관 청소하고, 쟈들 먹이 주고, 강에서 생물 채취하고 그랬지예. 진주 가시나가 일은 더 잘했다 안 캅니꺼. 아가 싹싹하고 바지런혀서 나무랄 데 없었지예. 예수교도 다녀서 교회당도 하루에 한 번은 올라갔다 왔꼬, 강에 들어가서도 맨손맹키로 그물 하나 들고 잽싸게 장어, 잉어, 빠가사리, 모래무지도 잡아채 뿌리지예."

상과 구보는 황영수가 가르쳐준 길대로 정상을 향해 쉬지 않고 올라갔다. 날이 저물기 전에 다녀와야 했다.

중턱을 넘자 꼭대기에 기와집 머리가 조금 보였다.

"상, 저 큰 건물이 교회당인가? 아니 이 꼭대기까지 어떻게 자재를 날랐을까? 헉헉. 난 맨몸으로 오르는 것도 힘든데."

"직접 눈으로 보니 절도 아니고 교회당이 산속에 있는 게 더 놀랍군."

상은 주변을 둘러봤다. 절벽 아래로 너른 황강이 흐르고 주변으로 논과 밭이 멀리 보였다.

"아이구, 좀 앉았다 가자구. 학학, 죽겠네. 상, 저어기 저 밭은 무슨 농사를 짓기에 잎사귀가 푸른가?"

상이 허허 웃었다.

"에끼. 산에 오르느라 머리가 어떻게 됐는가? 먼 밭에 작물이 어찌 보이나?"

구보는 이번엔 머리 위 나무를 가리켰다.

"상! 이거 깨금나무 아닌가. 우리 깨금이라도 하나 따서 까먹을까?"

"깨금 꽉 깨물었다가, 자네가 무서워하는 도깨비라도 나타나면 어떡해. 어서 올라가자구! 자아, 힘내!"

"그나저나 교회당에 왜 가자는 거야?"

"이 좁은 마을에서 배홍동이 숨어 있다면 황영수 눈에 안 띌 리 없지. 아마도 교회당 같은 데 숨어 지낼지 몰라."

"그러면 자네만 가. 나는 혼자 내려가서 어르신 댁에서 늘어지게 잘 테니."

둘은 주거니 받거니 입씨름을 하며 간신히 꼭대기에 도착하였다. 옆으로 넓게 뻗은 2층 기와집이 서 있는데, 벽은 황토색으로 칠했고 건물에 널문을 꼼꼼하게 배치했다. 1층 가운데 정문은 열려 있었다.

구보가 다가가자 머리에 쪽을 지고 남색 개량 치마에 하얀 저고리를 입은 중년 부인이 나왔다.

"어디서 오셨어예?"

"저희는 경성에서 왔습니다."

구보가 얼결에 말했다.

"경성 교회당에서 오셨어예? 들어오이소. 식사 후에 강연이 시작됩니더."

"네?"

구보가 되물었지만 상이 입가에 손가락을 댔다.

안으로 들어가자 기다란 복도에 장지문이 달린 방이 늘어섰다. 머리기와만 한식이지 양식 건물이었다. 여자는 왼편 계단으로 2층으로 올라갔다. 구보는 열심히 따라갔다.

"식당에 손님이 많아가 두 분은 정자에서 드이소."

2층 복도 중간의 널문을 활짝 열고 나가자 신기하게 절벽이 나왔다. 넓게 터를 다진 마당 저쪽은 낭떠러지였고, 팔각지붕 정자가 외따로 있었다. 그 옆 전망대에는 거대한 돌계단을 놓아 두었다.

"절경 구경 먼저 하시겠습니꺼?"

여자가 돌계단을 앞장서 오르면서 손짓했다. 구보는 홀리듯 손으로 계단을 짚으며 힘겹게 올랐다. 절벽 아래 구름 사이로

울창한 숲과 강물이 흘렀다. 대단한 풍경이었다. 구보는 순간 난간이 없는 걸 깨닫고 몸서리를 쳤다.

"낭떠러지에 서면 무섭지 않습니까?"

여자는 구보에게 천연덕스럽게 답했다.

"왜 무서운데예?"

"떨어질까 봐서요."

"그래예? 좋겠네예. 산들이 포근해 보이는데 떨어지면 아프기나 하겠어예?"

"뭐라고요?"

여자는 배시시 웃었다.

"농담입니더. 내려오이소. 식사는 정자에 차려져 있심더."

여자는 돌계단을 빠르게 내려갔다. 구보는 그 모습을 보고 아찔했다. 올라올 때도 두 손으로 계단을 기다시피 올라왔는데 내려가는 건 더 두려웠다.

아니, 80도 경사에 왜 난간도 없는 것이야?

구보는 돌계단을 밟는데 다리가 후들후들 떨렸다. 두 손으로 짚어 뒤로 내려가려 해도 각이 나오지 않았고, 앉아서 가려 해도 엄두가 나지 않았다. 하는 수 없이 상이 내미는 손을 잡고 엉덩이를 계단에 걸쳐 내려갔다.

"안내하는 분이 경성 모던걸보다 적극적이고 내외하는 게 전혀 없네. 신기하지?"

무사히 계단을 내려가는 게 급선무인 구보에게 상의 말이 들릴 리 만무하다. 상은 식은땀을 흘리는 구보를 보며 피식 웃었다.

"어서 요기하세나. 이 꼭대기에서 뭘 얻어먹을 줄 몰랐네만."

그들은 팔각정으로 가서 밥을 먹었다. 나물 몇 가지, 국과 밥 정도의 간소한 차림이다. 그 옆에도 작은 상에 똑같은 찬과 밥이 차려 있다.

구보는 허겁지겁 먹어치웠다. 아지노모토(일본의 식품 기업) 조미료 광고에는 남편이 조미료를 쓰지 않은 밥상을 뒤엎는 모습이 그려 있다. 반찬에 그 조미료를 쓰나 싶을 정도로 맛있었다.

기와집으로 이동하면서 둘은 말을 나눴다.

"무슨 강연을 하기에 이토록 사람들을 대접하면서 기다리게 하지?"

"나도 궁금하네. 어떤 유명한 목사님을 불러다 강연을 하는지 들어나 볼까? 그러다 보면 서낭당의 기도문이나 배냇저고리에 대한 단서를 알아낼 수도 있겠지."

"상, 그게 걸리던가?"

"응. 경성우편국 화장실의 낙서, 그리고 배홍동, 배진주가 살던 합천, 기도문, 교회당, 이 모든 게 연결됐을 거 같단 말이지."

"그래? 난 별로인데?"

"배홍동이 숨을 만한 곳으로 이곳이 제격 아닌가?"

"십자가도 없고 일반 교회 같지는 않아. 사이비 교주에게 끌려왔다면 어쩔 텐가?"

"구보, 것보다는 화장실 낙서와 기도문 글씨를 비교하면 어떤가? 기억을 더듬어보게."

구보는 기도문과 낙서를 떠올려보았지만, 비교하는 게 불가능했다.

"사진이라도 찍어놨어야 비교 가능하지, 모르겠네."

상은 주머니에서 기도문을 꺼냈다.

"그렇지? 아기 옷은 뒀지만, 기도문은 가지고 왔어."

"뭐어? 상이! 벌 받으려고."

"후후, 이런 걸로 벌을 받으면 난 이미 죽은 목숨이야."

"하긴 그렇긴 해."

둘은 교회당의 열린 문으로 들어갔다.

어디선가 수런거리는 소리가 났다. 구보는 가스등이 빛을 내는 복도 안쪽으로 들어갔다. 방을 가르던 장지문을 모두 개방해 50명 정도의 남녀노소가 옹기종기 앉았다. 청중 앞에는 실크해트를 쓰고 갈색 턱수염을 길게 기른 연미복 차림의 서양인이 서 있다. 그 옆에 양복을 입은 30대의 잘생긴 남자가 목청을 돋웠다.

"안녕하십니까. 이번 주의 명사 강연은 미국 박사이며, 조선에 오래 머물러 여러 박물에 조예도 깊고 특히 지리와 해양생물에 박식하신 스탠우드 교수님이십니다. 이런 분을 모신 것은 교회의 영광입니다. 환영해주십시오."

박수가 터져 나왔고 강사가 인사를 했다. 구보와 상은 맨 뒤에 앉았다. 옆에는 하얀 두루마기의 중년남자와 상투를 튼 노인이 있었다. 경성과 달리 거의 모든 사람이 한복을 입었다. 애를 업은 아낙네, 머리를 땋아 내린 소녀들도 있었다.

스탠우드가 젊은 여인이 건넨 대형 두루마리를 펼치자 걸개 그림이 나왔다. 거대한 고래 그림이었다. 남자는 능숙한 조선어로 강연을 시작했다. 장내가 조용해졌다.

"저는 주립대학에서 지리학을 전공했습니다. 지금은 연구 목적으로 이곳에 살아 조선말이 능숙합니다. 오늘은 혹등고래에 관해 강연하고자 합니다. 이 대형고래는 이름이 '테이'입니다. 실상 몸체가 12미터에 달하는 대형고래입니다. 12미터는 약 40자에 이릅니다."

여기저기서 탄성이 터졌다.

"1883년 11월에 스코틀랜드 테이 강과 바다가 만나는 곳에서 수컷 혹등고래 한 마리가 잡혔죠. 영국의 포경선원들이 22시간의 사투를 벌인 끝에 놓쳤지만, 일주일 후에 스톤헤이븐 앞바다에서 이 고래가 등에 작살 3개가 꽂힌 채 잡혔습니다. 이후로 고래의 이름은 테이가 됐고, 고래 기름 상인 우즈가 226파운드에 낙찰 받아서 던디 항구로 인양해 오죠. 70톤의 대형 크레인에 단단히 동여맨 고래가 공개됐어요. 이제부터 역사상 가장 불쌍한 고래 이야기가 시작됩니다. 이것은 실제 사진입니다."

스탠우드가 구석의 이젤을 가져와 덮고 있던 흰 천을 끌어내렸다. 2절지 크기의 사진액자였다. 사진 속 고래 앞에 아주 작은 크기의 사람들이 인산인해를 이루었다.

"19세기에는 신체가 특이한 사람들을 전시해 돈을 받았죠. 심지어 일부러 신체를 변형하기도 했고요. 그다음으로 사람들은 신기한 괴수로 눈을 돌렸고, 테이 고래는 30마리 말이 모는 수레에 묶여 육지로 이동하게 됩니다."

스탠우드의 이야기는 구보의 관심을 끌었다. 구보는 상체를 세워 사진을 유심히 봤다. 다음 사진에는 고래를 100명이 손을 잡고 둘러쌌다.

"죽은 것일까요?"

강사의 이야기는 이어졌다.

"고래는 잡힐 때 이미 죽어 부패하고 있었죠. 우즈는 집 마당에 고래를 부리고 주둥이를 벌린 채로 고정해놓고 돈을 벌었습니다. 지방에서 열차를 타고 오도록 여행권 패키지를 팔았고 자그마치 5만 명의 관람객이 다녀갔죠. 고래가 썩자 배를 갈라 내장을 제거하고, 박제해 수레에 실어서 순회 전시를 합니다. 장장 7개월 동안. 그 후 뼈를 발라내 박물관에 안치합니다. 이게 그 사진입니다."

사진에 배를 갈라 해체하는 모습, 박물관에 뼈만 세워 전시한 모습, 크레인에 꼬리가 걸린 모습이 있었다. 관객들은 사진을 흥미롭게 주시했다.

"몸길이 12미터의 혹등고래는 괴물의 공포를 재현해 주목을 끌었죠. 혹등고래는 포경에 의해 멸종했습니다. 백두산 호랑이가 국권침탈 이전에 멸종한 것과 같죠. 여러분은 어떤 생각이 드십니까?"

스탠우드의 강연이 끝났고 청중들은 박수를 쳤다. 손수건으로 눈물을 훔치는 아낙도 있었고 이야기에 상기된 청년도 있었다.

그는 턱수염을 만지며 청중들에게 두루두루 인사했다. 스탠우드 조수들이 걸개그림을 걷어서 마는데 뱀이 삼각형으로 똬리를 튼 모양이 그림 뒷면에 보였다.

구보는 언뜻 레오나르도 다빈치가 발명한 크립텍스 암호가 떠올라 자세히 보려했으나 그들은 그림과 사진을 들고 강연장을 나갔다.

상은 스탠우드에게 통성명을 하고 잠시 대화를 청했다. 스탠우드는 그들과 자리에 앉았다.

"궁금하신 게 있습니까?"

상은 합천까지 내려온 계기를 말하고 탐정이라고 신분을 밝혔다. 그리고 서낭당에서 가져온 기도문을 보였다.

"배홍동이라는 분은 모르지만, 기억나는 소녀는 있습니다. 지금부터 10여 년 전에 저는 이곳에서 선교사 일을 도왔죠. 그리고 조선의 지리와 생물 연구를 했습니다. 그때 한 소녀가 여기 교회당을 다녔죠. 그 소녀는 다른 여인들과 다르게 솔직하게 고민을 상담했습니다."

"소녀의 이름은 뭡니까?"

"이름은 기억이 안 납니다."

"어떤 고민을 털어놨죠?"

"소녀가 묻기를 아버지가 죽으면 이 고통이 사라지냐고 하더군요. 저는 죽은 물질은 다른 장소로 이동해 순환한다고 말했어요. 소멸이 아니라 영원히 순환한다고요. 괴담에는 동서고금을 불문하고 비슷한 패턴이 있어요."

"패턴이 있다뇨?"

구보가 의아해했다.

"각별한 친구가 중병을 얻어서 요양원에 입원합니다. 6개월이 지났는데 자다가 선득한 느낌에 눈을 뜨니, 장지문 앞에서 그가 웃으면서 돈을 내밉니다. 빌린 돈을 갚으러 왔다는데 손이 차가워요. 친구는 항상 쓰던 털모자 차림이죠. 다음 날 눈을 떴는데 친구가 준 돈도 없고 꿈인가 싶지만 전화를 받습니다. 그가 간밤에 죽었다고요."

구보도 비슷한 이야기를 들었다. 망자가 다녀간다는 이야기. 자신의 원수나 친구 혹은 이웃에게 맡겨진 자녀에게. 환자가 다녀갔다지만, 그날 밤에 환자는 병원에서 죽었다고들 했다.

스탠우드는 진지한 표정으로 이었다.

"괴담은 대부분 현실을 과장한 허구지만 사실도 섞여 있어요. 영혼 물질이 다녀간 거죠. 이런 이야기 흥미롭죠?"

구보는 사실은 소설을 쓴다고 말했다. 스탠우드는 고개를 끄덕였다.

"두 분께 부탁이 있습니다. 이곳서 며칠 머물며 강연도 듣고 특이한 체험을 하시면 어떻겠습니까."

"체험이라니요?"

"제가 하는 연구가 있습니다. 조선의 괴담을 수집해 실제로 벌어지는지 연구합니다. 소설에 도움이 될 겁니다."

구보는 깜짝 놀랐다.

"실제 벌어져요?"

"괴담은 사회적 상황과 시대정신을 나타내요. 최남선 선생도 동일한 생각을 하고 계시더군요. 그분의 강연에서 들었어요. 괴담은 인과관계가 있어요.

테이 고래도 인간을 잡아먹는 괴수 판타지에 전시가 성공했죠. 괴담이 현실에 영향을 미친 겁니다. 저는 괴담을 연출 후에 관련된 일이 실제로 일어나는지 관찰합니다."

구보는 의아했다. 서양에서는 심령학, 악마주의를 대단하게 연구한다는데 그런 건가 싶었다.

스탠우드는 으스스한 괴담을 연달아 풀어놓았고, 괴담은 현실서 괴이한 물질로 순환한다는 말로 이야기를 끝냈다.

"부디 두 분이 저를 도와주세요. 상호 연구하고 의견을 교환합시다."

당황하는 구보와 달리 상이 흔쾌히 답하였다.

"그럽시다. 저희도 배홍동 씨의 행방을 캐면서 며칠 묵죠."

"고맙습니다. 저는 괴담과 범죄 발생을 새로운 각도로 봐요. 괴담은 사람 모이는 곳, 도시에 많습니다. 미제사건에 괴담이 따라붙는 겁니다.

죽첨정(충정로) 영아시신사건도 서양인들이 약으로 썼다는 괴담이 돌았죠. 그러나 이웃이 아이의 병을 구완하려 무덤에서 파낸 겁니다. 괴담이 수사의 근거가 돼 범인을 잡은 거죠."

그렇게 대화를 마치고 스탠우드는 그들을 2층 안쪽 방에 안내해 묵게 했다.

구보가 창문을 여니 낭떠러지가 어슴푸레한 어둠 속에 보였다. 식사를 했던 정자와 경사가 가파른 계단을 보며 중얼거렸다.

"참으로 이상한 곳일세. 과연 교회당일까?"

"절벽에서 절경 감상과 특이한 강연, 맛있는 음식까지 즐기고 괜찮지 않나?"

"근데 상이, 분명히 스탠우드 교수가 말한 소녀는 10년 전 즈음이라면서. 그런데 그 기도문과 배냇저고리는 아무리 잘 쳐주어도 3년 이상 되어 보이진 않아. 아마 다른 사람이겠지?"

상은 기도문을 유심히 보았다.

"서양에 글씨를 연구하는 필적학이라는 학문이 있지. 중국도 오래전부터 내려오네. 그림에 찍힌 인장이나 계약서 수결을 위조하는 일이 발생하기 때문에 필적학은 중요했지. 예전에 연구해봤는데, 남성과 여성의 글씨체가 다르고 노인과 소년도 다르지. 이건 아무리 봐도 어린 소녀 글씨는 아냐. 단정하고 필체가 잡혀 있어. 자음과 모음의 크기가 일정한 게 어른 글씨 같아."

"그러니 다른 사람이겠지, 아암."

그날 밤, 상과 구보는 방의 불을 끄고 작은 램프 하나를 든 채 방에서 나와 교회당을 살폈다.

1층의 방은 모두 잠겨 있었으나 강연을 들었던 너른 강당은 문이 열렸다. 그들은 안으로 들어갔다.

어디선가 희미한 신음이 났다.

"상, 인기척이 있어. 들어봐."

"쉬잇!"

상은 단상 안쪽의 병풍 뒤로 들어갔다. 안쪽에 작은 쪽문이 살짝 열렸고 희미한 불빛이 새어나왔다. 상이 조심스레 안으로 들어가니 시큼한 냄새가 코를 찔렀다. 다닥다닥 붙은 침상에 환자 10여 명이 누워 있다. 구보는 기도원이나 교회당에 난치병 환자들이 들어가 기도한다는 이야기를 들은 적이 있다.

가장 바깥에 누워 있던 백발에 등이 굽은 환자가 눈을 살그머니 뜨고 올려다봤다.

"주님, 저, 저를 데리러 오, 오셨습니까?"

구보는 무릎을 굽히고 할머니의 손을 잡았다.

"어디 편찮으세요."

"내, 내 애, 얘기를 들어주……, 목사님. 저……는 지옥에 가야 마땅……하지라우."

섬망에 시달려 정신이 산란한 노파는 구보에게 그르렁거리는 목소리로 고백했다.

"수많은…… 애기들을 받은 산파지만……, 유산허려는 여자들도 도왔지라우. 그, 그중에 처녀아이가……, 여기 활자방에서 자던 아이었는디……, 애기를 가졌당께……. 설득혀서…… 뗐지라우. 처녀아이가 도와달라 말하던 비밀을 모, 모른 척혀서 이리 아프지라우……, 그, 그걸 회, 회개……."

"말씀하세요, 들어드리겠습니다."

노파는 구보 말에 고개를 도리질 치면서 이번에는 진도 아리랑을 구슬프게 불렀다.

환자실의 반대편 문이 열리자, 상은 얼른 구보를 이끌었다.

"가세나."

상과 구보는 방으로 돌아왔다. 상은 뭔가를 골똘히 생각하며 메모하고, 구보는 피로함에 잠에 빠져들었다. 구보는 밤새 스탠우드가 환자들을 메스 등의 의료기구로 피 튀기며 수술하는 기기묘묘한 악몽에 시달렸다. 수술하다 고개를 든 스탠우드의 얼굴은 이런저런 상처로 일그러지고 피가 얼룩덜룩한 것이 괴기스런 흡혈귀 같았다.

"악!"

구보는 소리를 지르며 잠에서 깼다. 상은 벌써 일어나 단정하게 옷을 입고 있었다.

"어서 잠을 깨서 밥상을 받게나. 난 먹었네."

"상, 악몽을 꿨네. 묘한 분위기가 맘에 걸려."

이때 노크 소리가 들리고 뒤이어 에흠, 헛기침 소리가 났다.

"들어오십시오."

스탠우드였다. 구보는 그의 얼굴을 보자 소름이 쭉 끼쳤다.

"식사는 잘 끝마치셨는지요?"

"그렇소."

"어째 구보 선생님은 심기가 불편해 보입니다."

"잠을 설쳐서 그래요."

"악몽을 꾸셨소? 제가 나왔습니까?"

구보는 뒷덜미가 서늘했다. 무심코 고개를 끄덕였다.

"역시 그렇군요. 제 실험은 선생에게도 듣는군요. 괴담과 물질의 순환, 역병 꿈을 꾸셨지요?"

"맞습니다."

"괴담은 사람들 심리에 사고의 씨앗을 남겨 발전하고 떠도는 물질 순환설에 부합합니다. 실험이 성공했네요."

구보는 피가 거꾸로 솟았다.

"어제 이야기는 우리를 실험한 거요?"

"궁금하시면 제 방으로 오세요. 1층의 구석에 있습니다."

스탠우드는 말을 던지고 나갔다.

"배홍동이고 뭐고 내려가세. 얻을 게 없어."

상은 씩 웃었다.

"조금은 호기심이 생기는데? 가보자구."

상은 앞장서서 문을 드르륵 열고 나갔다. 1층 구석 방 앞에 상이 섰다. 구보도 마지못해 뒤따라가는데, 상이 성큼 안으로 들어섰다.

구보는 상의 어깨너머로 방의 풍경을 보았다. 신기하게도 꿈에서 본 것과 비슷했다. 다른 점은 수술대 대신 중앙에 의자가 있고, 그 주변으로 기계가 있다. 방바닥만 다다미일 뿐, 이과 실험실 같았다.

"들어오시죠."

스탠우드 목소리가 울렸다.

구보가 주변을 둘러보는데 벽에 감춰진 문으로 그가 들어왔다. 방 안에 또 다른 공간이 있다. 문을 닫으니 벽지로 발라 감쪽같았다.

"의자에 앉으시지요."

구보는 얼결에 스탠우드가 권하는 중앙 의자에 앉았다.

"저는 이 기계로 사람의 성격과 체질을 파악합니다."

스탠우드는 구보의 머리와 손발에 기계와 전선을 이었다. 그는 기계의 레버를 당기고 버튼을 누르는 등 요란하게 행동했다. 이상은 흥미로운 표정으로 지켜보았다.

"구보 선생, 나와 같이 미국으로 갑시다. 재단에서 연구비는 무상으로 대오. 선생의 특이한 체질과 지적 능력은, 조선과 미국의 괴담 비교연구와 관련해 인종적으로 특이기질이 순환되는 걸 증명할 거요."

구보는 남자의 말을 들을수록 귀신이 나락 까먹는 것처럼 괴이했다.

"아니요. 호의는 고맙지만 저희는 배홍동 씨를 찾으러 산을 내려갑니다."

구보는 전선을 떼고 분연히 일어섰다. 스탠우드는 이전까지 지은 적 없는 험한 얼굴을 했다.

"세인트루이스 전시회라고 들어보셨소? 거대한 고래를 이용하던 미개하고 비용이 드는 전시는 끝났지. 죽은 고래로 무슨 돈을 벌어? 1877년부터 1912년까지 자그마치 스무 번이나 넘는 대박 흥행 전시회가 파리에서 열렸어. 그 전시회는 바로 인종 전시회야. 에스키모인, 남미인, 코사크인, 소말리아인, 카리브 인디언, 인도인에 이르기까지 다양한 인종이 구경거리야. 난 말이지 더 큰 전시회를 기획해. 조선인 중에 남녀노소, 당신들

같은 지식인도 전시해서 다채로운 볼거리를 만들 거야."

구보는 아연실색했다. 눈앞의 박사인 척하는 남자는 인종 사냥꾼이자 노예상인이다.

"무, 무슨 말을 하는 거야! 어서 내보내줘!"

"난 눈앞에 들어온 사냥감은 죽기 전에는 돌려보내지 않아."

스탠우드는 갑자기 뒷문을 열었다. 건장한 남성들이 들이닥쳐서 그들을 붙들었다.

"클로로포름은 위험하지만 이것보다 확실한 것은 없지."

남자 중 하나가 총을 겨눴다. 다른 남자가 구보의 팔을 붙들고 손수건을 대려는 찰나, 상이 대차게 물었다.

"배홍동 씨도 당신이 납치한 것인가?"

"난 건강하지 않은 인간에게는 관심 없어. 말을 들어보니 건강한 종자는 아니잖아. 자네들은 전시회 상품에 제격이야. 어서 마취해."

그 순간, 상은 자신을 붙든 남자의 팔 안쪽으로 두 손을 거세게 들어 결박을 풀었다. 그런 뒤 남자의 목덜미를 손날로 내리쳤다. 남자가 고꾸라지자 이번에는 구보를 붙잡은 사내에게 주먹을 날렸다.

사내가 쓰러지면서 권총을 놓치자 상이 집어 들었다.

"꼼짝 마! 발포한다!"

상은 바로 앞에 리볼버를 든 사내의 팔을 쐈다. 사내가 악! 비명을 지르며 총을 놓쳤다. 구보가 잽싸게 리볼버를 들어서 스탠우드를 겨눴다.

구보의 뒤에서 다른 사내가 달려들자, 상이 한 방 쐈다.

"구보, 엄호해."

상은 신음하는 사내들을 헤치고 스탠우드의 턱 바로 밑에 총구를 겨눴다. 구보는 총성이 나도 다른 이들이 왜 안 달려오는지 의아했는데, 자세히 보니 벽에 방음재가 시공돼 있었다. 이 방에서는 무슨 일을 해도 바깥에 들리지 않는다.

"총 치웟!"

스탠우드가 버럭 소리를 질렀다.

"죽고 싶지 않으면 바른 대로 대! 왜 사람들을 납치하는 거지? 인종 전시회? 그 말을 믿으라고? 이렇게 벌려놓고 납치하는 건 이상해. 명치정 뒷골목에서 취객을 노려 인력거에 태우는 게 훨씬 품이 덜 들지."

"우리는 모두 지시를 받고 있다."

"뭐라고?"

스탠우드는 상이 권총을 목울대에 대고 공이치기를 당기자 덜덜 떨며 이내 실토했다.

"조선에 우리를 돕는 사람들이 있어. 친일을 종교처럼 신봉하는 자들. 이제 독립하기 글렀다 생각해 노골적으로 일제에 붙은 이들이다. 그들이 3.1 만세운동이 이어지는 걸 훼방 놓았어. 자제단이라고 들어봤나?"

구보도 자제단을 알고 있었다. 3.1운동 이후에 친일파 이진호를 주축으로 결성되어서 지주, 관리, 자본가들을 끌어들였다. 그들은 소작농과 노동자들을 강제 가입시켜서 만세운동의 조직원들을 색출해 신고했다.

"자제단 위에 결탁된 세력이 있다. 나도 잘 몰라. 듣기로는 10여 년 전 관동대지진 이후에 결성된 일본인 자경단들이 세력이 커져 하나의 조직을 이루고, 암살단을 조직했어. 그들은 조선인들을 지진의 원흉으로 몰아서 수만 명을 학살하는 데 한몫했지. 그들이 지금은 일본 정치인 중 반전을 외치는 자를 암살하고, 조선 지식인들과 독립운동가를 납치하라고 우리에게 의뢰했다."

스탠우드의 말로 그는 한때 연구원이었지만 사업을 하다 막대한 빚을 져서 조선으로 도망쳐 왔다고 했다.

상은 그의 얼굴에 총구를 거세게 밀어붙였다.

"그 세력의 이름은?"

"아, 아이 돈 노, 아임 저스트 캐츠 포."

스탠우드는 총구가 잠시 떨어지자 숨을 거칠게 몰아쉬었다. 상과 구보는 스탠우드를 놓아줄 수 없었다. 비밀 조직의 정체를 밝혀서 독립운동 단체에 알려야 했다.

이때 스탠우드가 잠시 느슨해진 틈으로 구보를 밀치고 뒷문을 열고 달려 나갔다.

"잡아!"

상과 구보가 뒤따라 나왔다. 문 밖으로 어두컴컴한 지하 통로가 이어졌다. 뛰는 소리가 났다.

"저쪽이야!"

상과 구보가 통로를 헤쳐 나오자 두터운 문틈으로 가느다란

빛이 비집고 들어왔다. 상이 오른쪽 어깨로 나무문을 쾅 부딪쳐 밀자 계단이 나왔다. 계단을 오르자 환한 빛 속에 정자가 보였다.

스탠우드가 절벽을 등지고 덜덜 떨면서 무릎을 꿇었다.

"갈, 갈 곳이 없어. 노 웨이. 살려주시오······."

구보와 상이 총을 겨누고 다가가는데, 어디선가 탕! 하는 소리가 났다. 총성과 함께 구보의 귓가로 총알이 스쳤다. 타는 듯한 통증을 느끼며 귀를 만지자 피가 흘렀다.

"저격이야! 상! 피해!"

스탠우드가 서서히 일어나면서 절벽을 향해 두 손을 들었다.

"헬프 미! 헬프 미!"

이때 탕탕 총성이 연발로 들리면서 스탠우드가 가슴에 두 발을 맞고 쓰러졌다. 상과 구보는 납작 엎드려 숨을 죽였다.

독일서 개발된 마우저 98K 저격용 소총은 망원조준기까지 달면 사정거리가 1,000미터가 훨씬 넘는다는 걸 구보는 어딘가에서 읽었다. 분명히 절벽 저 건너편에 이곳 교회당을 조준하는 저격수가 숨어 있다.

이때 교회당 문 안쪽에서 사내들이 웅성대는 소리가 났다.

"어떡하지? 상이! 절벽에서 뛰어내려?"

상은 몸을 낮추고 포복해서 미동 없는 스탠우드를 살핀 후 말했다.

"무슨 큰일 날 소리."

"진퇴양난이야! 앞에는 저격수랑 절벽, 뒤는 스탠우드의 부하들."

구보가 깎아지른 절벽을 향해 기었다. 이때 아래를 유심히 보던 상이 재촉했다.

"절벽에 계단이 있어!"

"저격수는 어쩌고?"

"모 아니면 도, 방법 있어? 서두르세."

상은 절벽을 파서 만든 계단으로 발을 디뎠다. 구보는 아찔했으나 다행히 줄이 있어 한 손으로 붙잡고 상을 따라 돌계단을 미친 듯이 내려왔다. 저격수의 총알이 몇 번 더 스쳐 날아갔다. 하지만 사내들이 교회당서 나오자 저격수의 총질은 멈췄다. 사내들은 절벽으로 와서 그들을 내려다보았으나 더 이상 쫓지 않았다.

아마도 스탠우드의 죽음을 목격하고 멈칫 했을 것이다.

산길을 몇 미터 앞두고 구보는 돌계단에서 발을 헛디뎌 굴렀다. 상이 부축해 간신히 일어났다.

"어서 가지."

구보와 상은 허겁지겁 산을 내려가 황영수의 집에 무사히 도착했다. 그들은 황영수의 도움을 얻어서 근처 주재소에 신고를 하고, 응급약으로 다친 부위를 치료했다.

날이 늦어 다음 날에야 순사들이 왔다. 산에 무장한 순사들과 오르니 교회당은 텅 비었고 세간살이와 요란한 기계 같은 것만 몇 개 남아 있었다. 난치병 환자들은 구빈원으로 옮긴다고 했다.

상과 구보가 사건을 알아보려 합천에 며칠간 머물며 경찰서에서 진술을 했다. 하지만 분위기가 묘하게 흘렀다.

일본 경찰이 상부의 명령으로 사건을 쉬쉬하면서 덮기에 급급했다. 경찰들 말하는 걸 들으니 교회당의 강연을 들으러 경성에서 유명 인사들도 내려왔는데 실종됐다고 했다. 상과 구보가 자초지종을 알아보려 했으나 경찰서에서 더 이상 상대해주지 않았다.

구보는 도무지 이해가 안 되었다. 어떻게 하룻밤 만에 그 많던 사람들이 사라진 걸까. 그리고 그날 이후, 마을에 청년 몇과 소녀들이 실종됐다는 소문만 무성했다.

그 사건은 그렇게 찜찜하게 끝나고 구보와 상은 며칠을 더 머물렀다. 내일은 경성으로 소득 없이 돌아가는 날이다.

황영수는 밤에 부침개와 막걸리를 대접했다. 툇마루에 앉아 음식을 먹는데 비가 조금씩 왔다. 노인은 술을 걸치더니 달을 보고 부슬부슬 내리는 비를 손으로 받으며 노래 한 자락을 뽑았다.

인생 일장은 춘몽이고 세상 공명은 꿈 밖이로구나.
생각을 하니 인생 가는 거 서러워 나 어이 할까요.
이리 가도 십 리요 저리 가도 십 리요.
좌우 십 리에 님을 만나, 님의 손을 내가 잡고, 나의 손은 님이 잡아
님이 울면은 내가 울고 나 울면은 님도 운다.

황영수가 〈수심가〉를 구슬프게 뽑았다. 노래를 마치고 나직한 목소리로 말을 이었다.

"아바이가 좋은 인간은 아니다카이. 술에 절어 살면서 비가 오면 미친 사람인 거마냥 산이고 강이고, 천지사방 뛰다니고 진주가 걱정했다 안 카나. 아비가 천지삐가리로 돌면서 빚을 져갖고. 숨어지내다 돌아다니꼬 우리 집이 젤루 오래 있었지. 진주 가시나가 아깝제."

그렇게 밤을 보내고 이튿날 그들은 경성에 올라왔다. 다음 날부터 상은 구보에게 말도 남기지 않고 어디론가 쏘다녔다. 분명히 혼자 무언가 분주히 알아보고 있다.

며칠 후, 상이 갑자기 다방으로 들어와 집필 중이던 구보에게 다짜고짜 외쳤다.

"구보, 전신국에서 교환원이 통화 시간을 재기 위해 의도치 않게 감청하는 걸 아나?"

"어? 정말? 이런! 불륜 상대와 전화하는 남자들은 조심해야겠군. 남이 듣는 걸 알면 함부로 말 못 하겠지."

"알아낸 사실이 있네."

"배홍동 씨가 계시는 곳?"

"아니. 장소는 모르지만 상태가 어떤지 감이 왔어. 수족관으로 가보세."

상은 구보를 일으켜 세워 다방을 나갔다. 구보는 재게 걷는 상을 따라잡았다.

"이게 다 무슨 일인가?"

"가서 물어봐야 돼. 조치는 취했어."

"조치?"

"가보면 알아."

그들은 뛰듯이 걸어 열대 수족관에 도착했다. 유리문 안으로 들여다보니 물고기들에게 밥을 주는 배진주가 보였다. 상은 문을 열고 들어갔다. 배진주가 미소를 띠었다.

"오셨어요?"

배진주는 상의 심상치 않은 표정을 보고 얼굴이 굳었다.

"아버지 일을 알아내셨나요?"

상은 고개를 저었다.

"다른 걸 물어보러 왔소. 전신국에서 교환원들이 감청한다는 사실을 알고 있습니까?"

그녀 얼굴이 하얗게 변했다.

"타인의 사생활을 엿듣는 것은 안 되오. 하지만 교환원은 통화 시간을 알아내 요금을 판단하니까 감청하지. 교환원을 찾아가 열대 수족관 전화번호를 주고 감청한 사실이 있는지 물어보았소. 당신은 배홍동이라는 사람이 무연고자 묘에 들어왔는지 매주 물어봤소. 합천 경찰서 관할 무연고자 묘지 사무소에. 그것도 가호리 부근."

배진주가 상체를 덜덜 떨다가 입술을 지그시 깨물었다.

"당, 당연한 거죠······. 실종됐으니 그런 거잖아요."

"실종되고 나서부터 바로 물었으니 의심되지. 교환원은 2년 전부터 주기적으로 걸려 오는 당신의 전화를 기억했소. 게다가 전보가 잘못 배달돼 되돌아간 것도 알지."

"뭐, 뭐라고요?"

"글자 수에 따라 요금을 받기에 사람들은 어떻게든 글자 수를 적게 만들지. 그러다 실수가 생기고. 종로 2정목에 종로 수족관이 있는데 사실은 여기로 왔어야 할 전보가 거기로 잘못 보내진 적이 있소. 당신이 하도 무연고자를 수소문하니, 무연고자가 나오자 전보를 보낸 거지. '받는 이 종로 수족관, 합천 무연고사망자 확인요망.' 합천 묘지 사무소에 전화했다가 전보 반송을 확인하고 전신국에 가서 알아보았소."

배진주가 손을 덜덜 떨었다.

"그래서 어, 어쩌자는 건데요. 무연고자 시신이 우리 아버지예요? 그걸 알려주러 온 거예요?"

"아니, 전화로 알아보니 그 시신은 인근 사람이 인수해 갔소. 왜 그렇게 아버지가 시신으로 발견됐는지 알아보려 했소?"

"말씀드렸잖아요! 걱정돼 그랬다고요!"

배진주의 격앙된 목소리와 대조적으로 상은 차분히 물어봤다.

"2년 여 전, 합천에서 아버지와 무슨 일이 있었소?"

배진주는 사색이 된 채 말을 잇지 못했다. 상은 결심한 듯 입을 열었다.

"아비를 용서할 힘을, 주님이 어린 양에게 내려주셨소?"

상의 도발에 배진주는 화들짝 놀랐다.

"네? 뭐라고요?"

상은 조용히 종이를 내놓았다.

"이 기도문을 서낭당 제단에서 가져왔소. 배냇저고리는 아이의 영혼을 위해 차마 가져오지 못했소. 대체 무슨 일이 있었소? 교회당 환자실 산파에게서 한 여성에게 유산 시술을 했다는 얘기를 들었지. 노파는 그 여성의 비밀을 덮은 일로 죄책감에 눌렸어.

난 글을 연재해봐서 신문인쇄 공정을 알지. 활자를 좌우반전으로 볼록으로 주조해서 조판한 다음에 오목으로 지형을 떠서 연판을 제작해. 이런 식의 공정을 지켜봐서 글자를 좌우 반전으로 보는 데 익숙하지."

상은 '배진주'를 종이에 써서 뒤집어 보였다.

효ㄲ HA

"이렇게 좌우로 뒤집은 다음 한 번 더 위 아래로 뒤집어서 봐야 하네. 그러면 '주'는 한문의 설 립(立)과 비슷하고, '진'은 뒤집히면 한글의 '교'자와 비슷하지. 그리고 '배'는 영어 대문자 HA와 비슷하고. 난 활자방에 머무르던 처녀가 인쇄활자판을 보고 이름을 그렇게 지었단 생각이 들었어."

배진주는 기도문을 받았다. 그녀는 종이를 구기고 두 손으로 얼굴을 가렸다.

"저를 바닥까지 끌어내리시는군요. 다방으로 전화를 하지 말

앉아야 했는데. 흐흑."

배진주는 오열했다. 상은 잠시 기다렸다. 구보는 무슨 말이 나올까 자못 궁금했다.

"아버지는 합천에 계세요."

구보가 놀라 되물었다.

"네? 황 박사님 댁에 묵고 계시오? 우리가 내려갔을 때는 안 계셨소."

배진주는 고개를 저었다.

"아뇨. 강물에 쓸려 내려갔어요. 어디로 가셨는지는 저, 저도 모, 몰라요."

배진주는 온몸을 떨면서 긴장했다. 상이 어깨에 손을 얹고 진정시켰다.

"꿈속에서 바다로 가 떠돌아요. 정말로 바다에 계실까요?"

"자세하게 말하시오."

"전, 전화가 먼저 왔어요."

2년 전 일이었다. 배홍동은 집을 나간 지 수개월이 지났다. 연락도 안 됐다. 배진주는 새어머니에게 물어보았으나 모른다는 말뿐이었다.

그녀는 잊으려 했으나 뒷골을 당기는 무언가가 계속 불편하게 했다.

그러던 어느 날 가게로 전화가 왔다.

"진…… 진주야……. 합, 합천에 있다……."

아버지였다.

'왜 그는 사라지지도 않는 걸까. 왜 끈덕지게 붙어 있나.'

배진주는 지옥에서 걸려 온 전화를 받은 듯 몸서리쳤다. 미치도록 그가 싫었다.

가슴속에 오래도록 뭉친 것이 꽉 막혔다. 음식이 안 넘어가 종일 굶다 밤에 솥째 밥을 퍼먹으며 폭식했다. 속에 담아둔 말을 그 남자에게 꼭 하고 싶었다.

'우리는 이제 다른 길을 가야 됩니다. 저는 다 컸습니다. 서로 도움이 되지 못하고 억누르는 억압된 관계라면 해방되어야 합니다. 이보세요, 세상에 공짜는 없어요. 대가를 치러야 합니다. 제발 사라지세요.'

그녀는 수없이 가슴, 머리로 되뇌었지만 직접 전하지도 못하고 답답했다.

배진주는 다음 날부터 전화를 기다렸다. 그러나 한 달이 지나도 연락이 없었다. 배진주는 그를 찾으러 갔다.

"여름에 합천에 내려갔어요. 왜 그랬을까 기억을 더듬으면 운명이라는 말밖에……. 여름에 장맛비가 하늘이 뚫린 듯이 쏟아지고, 마음은 천방지축으로 뛰놀고 일도 안 잡혔죠. 간신히 사람을 구해 가게를 맡기고 합천에 내려갔어요. 온몸이 방망이에 흠씬 맞은 것처럼 아팠어요. 몸도 정신도 만신창이었죠…….

사실은 합천 살 때 교회당에 산파 아주머니가 아기도 받고 암암리에 유산 시술도 해준다는 걸 알았어요. 산파는 할머니가 돼서 교회당서 밥 지으며 머물더군요. 난 아버지를 찾지 않고 일단 몸을 추스르기 위해 교회당에 들어갔어요. 남는 방이 없어

활자방에 머물렀고, 그토록 걱정하던 일이 현실이 되리란 불안에 사로잡혀 딱 죽을 것만 같았어요."

사라진 아버지 걱정이 아니었다. 배진주는 달거리가 몇 달째 끊겨 임신했다는 걸 깨달았다. 도서관에 가서 의학서를 봤는데 증세가 같았다.

뚜렷해지는 임신선, 소변에 섞인 하얀 액체 등. 도저히 용서할 수 없었다. 이제는 부녀지간이 아닌 그저 원수지간이었다. 하지만 이를 경찰에 신고해도 처벌할 법이 없었다. 가족 간의 고소는 받아들여지지 않고, 이런 은밀한 일들은 묻히고 딸은 동네방네 손가락질 받으며 아비를 고소한 패륜아로 낙인찍힌다.

속이 타들어갈 즈음, 눈치 빠른 산파 노인이 다가와 돈을 주면 시술해주겠다고 했다. 배진주는 밤에 활자방에서 노파가 뜨거운 부지깽이를 몸속에 들이미는 걸 죽을힘으로 참았다. 아버지의 죄를 고백하고 도움을 청했지만, 산파는 골치 아픈 일은 질색이라며 입 다물라고 했다.

그녀는 엄청나게 하혈을 했고, 일주일을 몸져누웠다. 그리고 교회당을 나와 기도문과 배냇저고리를 서낭당에 두고 왔다. 마지막으로 아버지의 행적을 한 번만 알아보려 했다.

만약 죽었다면, 모든 걸 묻고 다시 시작하려고.

배진주는 현실로 돌아와 차분한 목소리로 말했다.

"그렇게 몸조리를 마치고 교회당을 나와 황 박사님 댁으로 갔어요. 여행을 가셨는지 집이 비어 있었어요. 아버지 행장이 마당에 내쳐져 있었어요. 느낌이 왔어요. 장맛비에 뛰쳐나온 물고기들을 노획하러 강으로 갔을 거라는. 비가 거세면 물고기들은 바위 밑에 숨죠. 행장을 들고 강으로 달렸어요."

배진주는 눈을 위로 뜨고 허공에 시선을 두었다. 기억을 생생하게 더듬으며 손을 올려 흔들었다.

"미친 듯이 황강으로 내달렸어요. 가는 데가 있어요. 둘이서 고기 잡던 곳. 비가 온몸을 휘감았죠. 도착했을 때, 강에 아버지가 있었어요."

배진주는 온몸을 떨다가 진정을 했다.

"강으로 홀린 듯이 들어갔죠. 하늘이 뚫려 비가 무진장 왔어요. 우레가 치고 소낙비가 내리면서 황강은 엄청 불었죠. 아버지와 저는 강 속에서 오도 가도 못하고 떠내려갔어요. 아버지가 손을 내밀었죠. 다른 한 손에는 어망을 붙들고요. 저는 오른손으로 가까스로 떠내려 오는 나무둥치를 잡았어요. 그리고 왼손을 내밀자 그의 손이 잡힐 듯 말 듯했어요. 손가락이 닿으려는 순간, 이 손을 거두고 그를 버리고 싶다는 욕구가 치밀었어요. 그러면 나는 영원히 해방이다. 이제는 수족관도 혼자 운영할 수 있다. 지금이 아니면 영영 지옥에서 벗어날 수 없다."

배진주는 잠시 말을 멈췄다. 크게 심호흡을 한 다음에 천천히 이어나갔다.

"그래서 손을 놔버렸죠. 저는 떠내려 오다 강둑에 닿아 살았어요. 아버지를 놔주었습니다. 강물에."

배진주는 말을 멈추고 골똘히 생각했다.

만약.

'우리는 이제 다른 길을 가야 됩니다. 저는 다 컸습니다. 서로 도움이 되지 못하고 억누르는 억압된 관계라면 해방되어야 합니다. 이보세요, 세상에 공짜는 없어요. 대가를 치러야 합니다. 제발 사라지세요.'

이 말을 그 앞에서 했다면 벗어났을까. 그러면 얽매이지 않고 훌훌 털었을까. 그가 죽어도 벗어나지 못하는데, 살아생전 이 말을 했으면 벗어났을까?

배진주는 상념에서 빠져나와 현실로 왔다.

"왜 다방에 전화했는지 궁금하시죠?"

상은 의중을 찔린 듯 놀란 얼굴로 봤다. 그녀는 즉답을 피하고 화제를 돌렸다.

"모든 예쁜 것들은 독이 있죠. 장미에 가시가 있듯이. 파란고리문어는 앙증맞고 화려한 색감을 지녔지만, 복어와 같은 독을 피부, 이빨, 먹물에 갖고 있어요. 제가 왜 이 아이들을 좋아하는 줄 아세요? 누가 건드리지 않으면 절대로 먼저 해치지 않아요."

배진주는 맨손을 어항 속에 넣어서 해파리와 문어를 잡으려고 했다.

"그만두시오."

상이 나직하지만 강하게 말했다.

배진주는 고개를 저었다.

"안 죽을 수도 있어요. 오히려 복어의 독에 중독돼 따라다니는 물고기들도 있어요. 궁금하지 않으세요? 인생이 무료할 때는 만져요. 죽거나 말거나 러시안룰렛에 불과하니까."

배진주는 푸른빛 문어를 꺼내서 내밀었다. 구보는 주춤 물러났다.

"예쁘지 않나요? 문어를 서양인들은 기피하죠. 성경에 비늘 없는 물고기는 먹지 말라고 적혀 있어서. 그런데요, 다른 이유도 있어요. 문어 같은 두족류는 수컷이 채 자라지 않은 미성숙한 암컷과 교미해요. 참으로 음흉한 요괴들이죠. 이 문어가 발하는 오묘한 빛은 독이에요. 자, 만져봐요."

"밖에 경찰들이 와 있소. 그만두시오."

상이 말하자 배진주는 문어를 어항에 던지고 뒷문으로 달렸다. 그러나 뒷문에는 경찰과 군중이 포진하고 있었다.

언제 소문이 났는지 아비를 숨지게 한 딸을 보러 사람들이 모여 웅성댔다.

기무라 형사가 다가와 수갑을 채우는데 배진주가 발악했다.

"당신들 중에 아비의 폭정에 분노한 사람이 한 사람, 단 한 사람도 없소!"

군중은 배진주에게 진흙을 던졌다.

구보가 달래며 제안했다.

"어서 수갑을 차고 경찰서로 이동합시다. 여기 있다가는 위험해요."

"아뇨. 난 당당해요. 아버지는 저를 건드렸어요. 짐승입니다. 난 정당해요! 당신들 중에서 저에게 공감하는 사람이 없나요?"

여인 하나가 눈물을 터뜨리며 앞치마로 눈가를 훔쳤다. 배진주는 희미한 안도감이 들었다. 그녀는 갑자기 기운이 빠진 듯 순순히 수갑을 받았다.

구보는 그녀가 연민을 느끼는 아낙네의 위로를 받았다고 생각했다.

배진주는 눈물을 흘리며 기무라에게 물었다.

"형사님, 제가 잡혀가면 이 물고기들은 누가 돌봐주나요?"

군중이 야유를 보내며 돌을 던졌다.

"돌봐줄 사람을 알아보겠으니 걱정 마시오."

"제발 아무 데나 싼값으로 처분하지 마세요. 잘 돌봐줄 사람을 구해주세요. 이 아이들은 살아 있는 것만으로 존중받을 가치가 있어요."

누군가 고함을 쳤다.

그깟 물고기가 아버지보다 중허냐? 네년은 살인자다! 아비를 죽인 살인자! 근데 물고기 생명은 중허냐!

구보는 흥분하는 군중 속에서 경찰차에 오르는 배진주를 심란한 눈빛으로 봤다. 그녀의 어깨는 축 처졌고 옷은 오물에 뒤덮였다.

그동안 죄책감으로 얼마나 힘들었을까. 아버지를 실종으로 만든 후 2년 동안 열대어와 앵무새, 문어와 해파리 사이에서 허우적대고 위로를 받으면서도 고독했을 것이다.

'그 심연의 바다 속을 누가 들여다볼까. 그 상황에 처하지 않으면 절대 모르는 것을.'

법의 잣대로 형벌을 부과하는 인간은, 연민의 눈물 한 방울조차 없을 수 있다.

한 달 후 들은 소식으로는 배진주는 존속살해 혐의로 사형이 구형됐으나, 배홍동의 시신이 없는 이유로 살해 혐의를 입증할 수 없어 종신형으로 감형됐다고 한다. 배진주는 여전히 재판 중이다. 배진주가 주장하는 배홍동의 폭력과 성폭력 등도 조사 중이다.

재판정에서 과연 진실이 밝혀질까. 화장실 낙서에 재판은, 신도 부처도 재판장도 모두 돈, 돈, 돈이라던데.

구보와 상은 오랜만에 관훈정(관훈동)에 가서 그림을 구경했다.

"배진주가 배홍동에게 당한 폭력이 입증되면 정상 참작이 되겠지? 단지 손을 놓은 것이라잖은가."

상은 구보의 말에 의미심장한 미소를 지었다.

"강물에서 손을 놓은 것도 배진주의 말일 뿐 진실은 모르지. 게다가 배진주의 친모는 안 계시니, 어릴 적 학대도 진짜인지 아무도 모르네. 검사는 배진주가 수족관을 빼앗기 위해 배홍동을 죽였다는 데 집중하고 있어. 부녀간의 재산 다툼으로 인한 범죄를 입증하려 해. 아버지 밑에서 5년이나 직원으로 근무하다가 실종 상태로 만들고, 2년간은 자신이 사장으로 있었다니 의심될 만하지."

"만약에 그렇다면 배진주는 폭력관계 밑에서 일한다는 게 이해 안 돼. 선교사 하녀로 들어가도 급료는 나올 텐데."

"어려서부터 오랜 시간 힘으로 길들여져 온 관계를 벗어나기엔 심리적 저항이 컸을 거네. 하물며 남도 아닌 부녀간에야. 그리고 무엇보다 난 그녀가 생명체들을 사랑했다고 보네. 독립하기 힘드니 그렇게라도 일할 수밖에. 거기에 온 신경이 꽂히면 하지 않고는 못 배겨. 우리가 보기에는 같은 물고기라도 그녀에게는 모두 다른 개체야."

구보는 갸우뚱거렸다.

"배진주가 당한 일만 봐도 그 아비는 정말이지 죽어 마땅한 자야."

"재판 과정을 지켜볼 뿐, 진실은 둘밖에 몰라. 형사들이 합천으로 산파 노인을 찾았지만, 알다시피 그 사건 이후 스탠우드는 죽었고 일행은 그의 시신과 사라졌어. 몇몇 환자들은 구빈원으로 들어갔지만 노파는 돌아가셨네."

구보는 아리따운 소녀의 초상화를 보며 고개를 끄덕였다. 화가가 말하는 진실은 소녀의 눈빛 한 자락에 담겨 있으나, 그것을 확실히 아는 사람이 얼마나 될까. 다만 짐작할 뿐.

몇 개월이 지난 후, 상은 다방에 나온 구보를 재촉했다.
"나설 준비를 하세나. 가봐야 될 곳이 있네."
"어디인데?"
"가보면 아네."

상이 다급하게 택시를 불러 간 곳은 서대문형무소였다. 무엇을 하러 이곳에 왔나 의아했다.

"내가 면회 신청을 했지. 처음에는 거절하더군. 그러다 허락했어. 그게 오늘이야."

구보는 상을 따라 교도관이 여는 문으로 들어갔다. 거대한 철문 안에 또 다른 세상이 있었다. 너른 벌판이 있었지만 뛰어 노는 이가 없다. 붉은 벽돌의 건물이 위압적으로 다가왔다. 저 안에 복도식 감방이 있고 수많은 사람이 있다. 죄를 지은 사람도 있지만, 독립투사, 정치범들도 많다.

애국이라는 죄를 지은 사람들. 구보는 그들에게 죄스러운 마음뿐이다.

한편 상이 오자고 한 이유도 알 것 같았다. 그는 진실이 궁금한 것이다.

면회실은 한 평짜리 방이다. 온통 벽돌로 마감된 창 없이 꽉 막힌 방은 심리적 고문을 하듯이 가슴을 옥죈다. 잠시 후 철문이 열리고 배진주가 들어왔다. 의자에 앉아 마주 본 배진주는 몇 달 사이 매우 여위어 안쓰러웠다. 교도관이 배석한 가운데 말을 나눴다.

"힘들지 않습니까?"

"참을 만해요."

구보는 일제가 문화정치를 표방하면서 조선의 형틀 사진에 최신식 경성재판소와 서대문형무소의 깔끔한 시설을 비교하는 포스터를 봤다. 일제는 교도 행정이 발전했다고 선전했다.

하지만 곤장만 치지 않지 서대문형무소에 고문실이 있고, 중세 고문 기구도 있다는 건 주지의 사실이다. 아마도 상은 자신이 잘못 판단해 억울한 사람이 이 안에 있지나 않은지 압박을 느꼈을 것이다.

"물어보고 싶죠? 아비가 제게 못된 짓을 했는지요."

배진주는 두 손을 떨면서 침착하게 말했다. 추워 보였다.

"그렇소."

"재판에서는 범행의 동기는 중요하지 않아요. 살인 의도로 계획을 했는지 집요하게 물었어요. 제가 일부러 아비를 황강으로 불렀다며 계획적 살인이라고요. 그리고 제가 살인죄를 가볍게 만들기 위해서 폭력도 위증한 거라고 하더군요.

저는 우연히 만났고 손을 놨다고 했지만 검사는 믿지 않았죠. 판사는 시신은 없지만, 정황적 증거로 종신형 판결을 내렸고요. 저는 상급 재판에 항소하지 않고 형을 받았어요."

그녀는 담담했다. 눈빛에서 어둠이 엿보였다.

"불행한 유년 시절이었어요, 아버지로 인해 죽을 만치. 그런데 아버지가 기르던 생물들을 보면서 마음을 삭였죠. 전국을 따라다니며 어항에 채취한 아이들을 넣어줄 때가 가장 행복했어요."

배진주는 과거를 더듬었다. 술 먹고 화를 내는 아비, 손찌검을 하는 아비, 때로는 만져서는 안 될 곳도 만지는 아비. 하지만 가장 싫었던 모습은 그의 뒷모습이었다. 산에, 들에, 강에 걷기 힘들다고 우는 딸아이를 남겨두고 바삐 걸어서 사라진다.

배진주는 미친 듯이 아버지, 아버지하고 목이 쉬도록 불렀다. 그래도 돌아오지 않는다. 그녀는 마을에 홀로 내려와 울부짖으며 찾았고, 주막서 술고래가 된 그의 손을 붙들었다.

버려지는 두려움과 소외감은 느껴보지 못한 자는 알지 못한다. 하물며 기억이 있는 대여섯 살 어린 나이부터 겪은 일은 평생 사무쳤다.

아비가 밖을 잘 돌아다니지 못하자, 배진주는 가장 먼저 버려지는 아픔은 없겠구나 하는 생각이 들었다. 삶이 아이러니했다. 자신이 그를 버리고 떠나고 싶었다.

배진주는 기억을 곱씹었다.

"아비는 술고래가 되어서 방구석에서 주정을 부리고 저는 수족관을 이어받아 행복을 느꼈죠. 근데 아세요? 아비가 힘이 없어지자 유년 시절의 지긋지긋한 불행이 발목을 잡았어요.

잘 돼도 그의 탓, 못 돼도 그의 탓이죠. 장사가 잘 되어도 아비가 발목을 붙잡을까 염려됐고, 물고기가 아프고 하나둘 죽으면 나 없는 사이 어항에 술을 탔나 의심했어요. 어느 날 밤은 잘 걷지도 못하는 노인이 별안간 괴력이 나서 절 덮쳤어요. 그러고 나서 행방불명돼서 숨을 돌렸지만 무언가가 저를 잠식했어요. 날마다 뜬눈으로 밤을 지새웠어요. 그는 사라져도 형무소 건물만큼이나 큰 무게로 짓눌렀어요. 비교할 대상을 몰랐는데 여기서 알았어요."

구보는 그녀의 심리를 이해했다. 어쩌면 그녀가 한 일은 마음의 빗장이 열려 그렇게 된지 몰랐다.

"이 말은 재판에서도 변호사한테도 못 한 말입니다. 두 분께 말씀드리고 마음의 짐을 덜고 싶어요. 저는 술 취한 아비를 박사님 댁에서 발견해 강으로 인도해 손을 놓았습니다. 살인자 맞습니다. 그리고 옥에 갇혀서 무거운 형을 받는 게 무서워 제가 저지른 죄를 회피했어요."

잠시 침묵이 흘렀다. 구보는 짓누르는 진실 앞에 숨이 턱 막혔다. 배진주가 무고한 용의자이기를, 그래서 자유의 몸으로 풀려나기를 바랐다. 하지만 그녀의 자백 앞에 그 소망은 물거품처럼 사그라졌다.

배진주가 가느다란 손가락을 떨면서 구보의 손을 잡았다. 구보도 천천히 그녀의 손을 마주 잡아주었다.

그녀가 어렵사리 낸 용기를 다독이고 싶다.

"두 분 선생님들 탐정으로서 위상은 소문으로 접했어요. 경성우편국 화장실에 아비를 사칭하여 도와달라고 낙서를 한 것은, 두 분이 사건의 진상을 알아내고 저의 비밀을 들을 기회를 만들까 싶어서였어요. 이런 날이 오지 않을까 예상했고 그렇게 됐죠. 다방에 전화를 한 것을 후회한다고 말씀드렸죠?"

잠시 배진주가 입을 다물고 눈을 내리깔았다. 주변 공기가 턱 가라앉았다.

"아뇨. 낙서를 제 손으로 직접 한 것도 절대로 후회하지 않아요. 안 그랬다면 여전히 과거에 짓눌려서 숨도 못 쉬고, 내 손으로 물고기들의 생명을 빼앗거나 같이 죽는 비극적 결말을 맞았을지도 모르죠……."

배진주는 뜸을 들인 후 떨리는 목소리로 이었다.

"제가 아버지에게 부녀간의 인연을 끊자고 하고 돌아섰다면 이렇게 되지는 않았을까요……."

상은 담담하게 답했다.

"말한다고 끊어지지 않듯, 돌아선다고 끊어지지 않죠. 마음에서 해방되는 게 가장 빠른 길입니다."

배진주는 어두운 표정으로 고개를 숙였다가 다시 들었다. 얼굴에 희망이 언뜻 스쳤다.

"고맙습니다. 마음의 짐을 덜었어요. 아버지는 갔지만 저는 자유롭지 못했습니다. 진정으로요."

"수족관 물고기들은 잘 있습니다."

수족관을 인수할 사람이 나타나 가게의 생물들은 여전히 평온한 일상을 이어가고 있다. 그녀는 입가에 미소를 지었다.

"이제 됐어요."

배진주의 얼굴이 환하게 빛났다. 햇빛 한 줄 들어오지 않는 곳인데 해가 그녀의 얼굴을 비추는 것 같았다.

더불어 상의 얼굴도 그늘이 가셨다. 면회를 마친 길에는 만추의 해가 뜨겁게 내리쬐었다. 격벽장에 수감자들이 나와서 운동을 했다. 빡빡 깎인 머리, 날 선 눈빛의 그들에게 진실을 토하고자 하는 욕망이 가득해 보였다.

"편해졌는가?"

교도관이 열어주는 철문을 나서며 구보가 물었다.

"조금은. 그녀가 편하다니 다행이네."

"폭정에서 벗어나고자 그렇게 했지만, 저질러서는 안 되는 범죄 아닌가?"

"구보, 나도 이번은 잘 모르겠어. 판단이 안 서네."

구보는 고개를 흔들었다.

"사람과 어울려 아픔을 소통했다면 저렇게 되지는 않지. 물고기를 보고 즐거워한다지만, 마음속을 진정 토해낼 수는 없지. 곁에 사람이 없는 게 걸려."

상은 고개를 끄덕였다.

"오늘 면회로 그녀는 내면의 진실과 고통을 나눠서 홀가분했을 거야."

"고통을 안는 것은 큰 나무나 가능하지. 덥고 추운 환경을 고스란히 감수하고, 비바람이나 우박을 감내해 봄에는 꽃눈으로 아름다운 꽃을 피워내. 하지만 사람은 식물처럼 강하지 못하네. 사람과 어울려서 슬픔을 털어야 건강하지."

구보는 상의 말에 주변의 나무를 봤다. 백일홍 나무가 짙은 분홍빛을 뿜냈다.

저렇게 100일 넘게 꽃을 피우다니. 봄부터 가을까지 꽃을 피우려 얼마나 많은 고통을 감내했을까. 나무의 인내심에는 고개가 숙여진다.

"고래가 되려 했을 거야, 배진주는. 테이 고래처럼 인간에게 잔인하게 잡혀 해체되고 뼈만 남아 구경거리가 된, 그런 고래가 되려던 거야. 그런 운명을 지향한다면 누가 말려. 그렇게 될 수밖에 없는데."

구보는 나뭇가지로 손을 뻗었다. 100일이나 지속되는 꽃의 향은 어떨지 궁금했다. 상이 구보가 맡을 수 있도록 나뭇가지를 끌어 내렸다. 은은한 향이다. 스치듯이 잔잔하게 퍼지는 오로지 그런 향만이 100일을 견딜 수 있다. 진하나 순간 사라지는 향이 아닌, 억압과 고통, 인내 속에서 생긴 향은 은은하고 오래간다.

*고래에 관한 이야기는 〈경향신문〉 2016년 8월 13일자 〈콜미 이슈마엘: 최명애의 고래 탐험기〉에서 참고했습니다.

사화

백운산장의 괴담

京城 探偵
LEESANG

4월의 어느 화창하고 따뜻한 날이었다. 상은 다짜고짜 다방에 나온 구보에게 북한산 산장에서 하룻밤을 묵자고 했다. 구보는 처음에는 거절했지만 산기운을 접하면 글이 잘 나올 거라는 꼬임에 귀가 솔깃해져 따라나섰다.

택시에 올라서 1시간가량 달리니 북한산의 머리가 보였다. 택시에서 내려 산자락에 접어드니 산 초입에 노란 꽃 생강나무, 하얀 꽃 매화나무로 봄의 정취가 물씬 느껴졌다. 산수유나무는 말라붙은 열매 옆으로 잎눈이 싹을 틔웠다. 목련은 꽃눈이 봉긋하니 곧 만개할 듯했다.

구보는 오랜만의 산행이라 눈요기는 즐거웠지만, 사건이 터져 바삐 돌아다닐 때를 빼곤 운동이라고는 집, 다방만 오가는 게 전부라 금세 숨이 가빠왔다. 이런 체력으로 정상까지 갈 수 있을까 겁도 난다.

북한산 백운대와 인수봉, 만경대 세 봉우리의 삼각점 중앙에 자리 잡은 백운산장은 1924년 이해문이 움막을 지으면서 생겼다. 1927년까지 등산로 개설을 위해 100여 명의 사람들이 750원을 모아서 백운대까지 쇠 난간 계단을 설치했다. 이후 산장을 찾는 이들이 훨씬 많아졌다.

백운산장은 이름난 인사들이 찾는다는 소문이 자자했고, 산장 풍취가 명성이 자자해 기사에도 자주 오르내렸다. 구보도 궁금했는데 와보기는 처음이었다.

북한산은 바위가 많다더니 경사가 가팔라서 손으로 암벽을 짚고 올라가는 코스도 있었다.

구보는 앞서가는 상을 불렀지만 그는 잘 돌아보지 않았다.

"나 원 참, 아니 다짜고짜 산에 가잘 땐 언제고 불러도 나 몰라라 하는 저 인간을 언제까지 친구라고 같이 다녀야 돼?"

구보가 투덜투덜대는데 상이 와서 손을 내밀었다.

"무슨 사건이라도 터진 게야?"

상은 미소를 지었다.

"이렇게 좋은 날 거리 산책은 아깝잖은가? 쾌청한 공기는 여기서만 맡으니 얼마나 훌륭한가. 자, 어서 가세나."

상은 성큼 걸어가면서 손짓으로 따라오라 했다.

"아이구, 저 친구!"

구보는 여전히 다리가 후들거렸고 종아리 근육이 딱딱하게 굳었다. 입으로 거친 숨을 할딱거렸다. 땀이 비 오듯 흘렀다. 구보는 상을 불렀다.

"상이! 같이 가, 힘들어. 산장은 언제 나오나? 이러다 죽겠네."

상이 구보가 주저앉은 바위로 다가와 재촉했다.

"날이 저물면 안 되네. 산이 험해서 저녁 전에는 백운산장에 들어가야 돼."

"그거야 그렇지만. 이럴 줄 알았으면 편한 잠방이나 걸치고 올 것을. 영 재킷이나 바지가 불편해. 옷에 흙도 다 묻고."

"지팡이 삼아 짚게나."

상은 죽장 같이 생긴 나뭇가지를 발견해 건넸다.

"그거 짚고 눈을 감아보게. 시야를 차단하고 다른 감각으로 느끼면 공기도 다를걸."

구보는 눈을 감고 손을 내밀었다. 상이 손을 잡아 이끌었다. 구보는 잠시 걷다 눈을 뜨고 손을 팽개쳤다.

"오감이고 뭐고 난 포기하겠어. 내려가세, 상이. 지금 하산하면 어둡기 전에 종로 거리에 갈 수 있네."

"늦었어. 산장에서 하룻밤을 보내야 하네."

구보는 이마에 빗방울을 맞았다.

"이크! 한 방울 맞았네. 비까지 오면 낭패야. 어쩐지 제비가 낮게 날더라니."

"어서 서두르지."

구보는 상이 왜 이리 서두르는지 궁금했으나 묻지 않았다. 말할 힘조차 아까웠다. 사위가 어둡고 날은 저무는데 산장은 보이지 않아 초조했다. 만경대를 지나 산 정상에 가까이 왔다. 깎아지른 절벽도 돌아오고, 암벽을 맨손으로 올라가면서 이렇게 험하고 사람들도 드문데 무슨 산장이 있어 등산객이 머물까 의아했다.

"상이, 정말 여기 산장이 있어? 믿을 수가 없네."

"정상을 올려다보게. 어둠 속에 움막 하나가 나무들 사이로 보이지 않는가? 백운산장이 저것일세."

"뭐어?"

구보는 상이 가리키는 곳을 봤다. 고개를 바짝 드니 백운대 돌산이 보였고 암반 위로 움막 하나가 눈에 들어왔다.

"이럴 수가! 저게 말로만 듣던 백운산장이라고?"

"그러하네. 어서 가보세."

구보는 퀭한 눈으로 허위허위 팔을 휘두르면서 앞서가는 상을 바싹 뒤따랐다. 드디어 평평한 바위 위에 흙으로 지은 초가가 보였다. 굴뚝으로 하얀 연기가 모락모락 나왔.

상이 문 밖에서 조심스레 불러봤다.

"주인장 계십니까?"

등이 굽고 체구가 작은 노인이 문을 열고 나왔다.

"등산 오셨습니까? 어서 오시오."

"하룻밤 신세 좀 지겠습니다."

상은 그렇게 말하고 문으로 들어섰다.

"저는 주인장은 아닙니다. 이해문 씨는 자리를 비우셨고 저는 관리인 최 씨입니다. 산장 주인은 아마도 다음 주나 올라올 것입니다. 주인장은 손님 모두 안전하게 모시라 하셨으니 어서들 들어오시지요."

상이 숙박비를 지불하려 하자 최 씨는 마지못해 받았다.

움막 안은 남포등과 촛불 등으로 밝혀 놓았는데 생각보다 넓었다. 칸막이를 세워 만든 세 개의 방이 모두 만실이었다. 상과 구보처럼 간단한 행장으로 온 사람은 없었고 저마다 먹을거리나 옷가지, 텐트 등을 가져와 짐들이 만만찮았다.

벽에는 페치카에 불을 환하게 지폈다. 뒤로 문이 나 있었는데, 부엌 아궁이나 화장실로 통했다. 제법 훈훈하고 따뜻했다.

최 씨가 저녁을 준비했다. 나물과 쌀밥 그리고 따끈한 스프 냄새가 코를 간질였다.

산장에 머물던 사내들이 큰 방 화로에 둘러앉아 밥을 먹었다.

잘생긴 30대의 훤칠한 청년, 50대 후반의 점잖은 사내, 전라도 사투리를 쓰는 덩치 좋고 인상 좋은 40대 사내가 모여 앉았다.

청년은 절에 공부하러 가는 학생이었고, 점잖은 사내는 산을 다니며 물건을 파는 부보상, 사투리 사내는 일자리를 알아보러 경성에 온 김에 유람하러 왔다 했다. 구보와 상은 작가들인데 등산을 했다가 날이 저물어 묵었다고 말했다.

식사를 마치고 최 씨는 밖으로 나갔고, 사내들은 이야기를 나누었다. 화롯불 불티가 튀는 것을 보는 구보의 두 뺨이 발그레했다. 활활 기세 좋게 타오르는 불을 보고 있으면 빨려 들어갈 것 같다.

"제가 쪼까 커피를 가져왔는데 드실랑가요?"

사투리 사내의 말에 구보는 화들짝 놀랐다. 이 첩첩산중에 커피라니?

"경성에 올라오니 커피 맛이 겁나 좋아서 산에서도 쪼까 먹고자 가져왔지라잉."

사내는 투박한 나무 그릇에 커피를 네 잔 타서 상과 구보, 청년과 부보상에게 건넸다. 모두 커피를 아끼며 달게 마셨다.

"맛들은 어떻습니까?"

"이럴 수가, 제가 가는 다방의 커피보다 맛있는데요?"

구보의 말에 상이 쿡쿡 웃었다.

"산에서는 밥이든 커피든 뭐든지 아래보단 맛있지라잉. 무료하니 불길 그만 보고 얘기나 쪼까 해서 밤을 보내쇼이."

사내가 제안했다. 시골에서 상경한 그가 비싼 사냥용 가죽조끼를 걸친 것이 인상적이었다.

"저도 내일 암자에 들면 공부만 해야 합니다. 오늘 밤은 쉬고 싶네요."

판관 임용시험을 준비한다는 청년이 말을 했다. 그가 앉은 뒤로 자루 입구가 살짝 벌어져 있었는데, 법 관련 서양 원서와 일어 책들이 가득했다.

구보는 일본인들이 주로 붙는 시험에 합격할 수 있을까 의아했지만, 첩첩산중에서 공부에 매진한다는 청년이 기특했다.

"그럽시다. 혼자 물건을 팔러 다니면 금방 무료해지지요. 저도 이렇게 사람을 만나 이야기꽃을 피워서 시간을 때웁니다."

부보상도 동의했다.

구보와 상은 남의 이야기를 듣는 걸 좋아해 흔쾌히 동의했다.

구보는 아이디어를 떠올리는 데 타인의 경험을 중시했다. 본인의 경험은 제한적이고, 책을 읽는 것도 간접적이다. 그는 늘 사람들의 이야기를 즐겨 듣는다. 유명한 소설가 뒤에는 입담 좋은 이야기꾼들이 있다.

"제가 먼저 할까요? 저처럼 산속에서 공부하는 친구한테 들은 건데, 그 친구가 직접 겪은 건 아니고 그의 친구의 친구 이야기입니다."

잘생긴 청년이 커피를 한 모금 마시고 이어나갔다.

"호칭을 일단 친구라고 할게요. 이 친구가 오래 고시공부를 한 아저씨와 한 방에서 묵었죠. 친구는 낮에는 잠도 자면서 산도 거닐고 예불에도 참여했답니다. 그 친구는 밤이 깊어야 공부가 되는 체질이어서요. 아저씨는 반대로 낮에 공부를 하고 밤에 잤죠. 처음에는 둘이 잘 안 맞았지만 점차 길이 들고 익숙해졌대요."

구보는 청년의 이야기에 빨려 들어갔다. 화롯불의 매캐한 냄새와 사내들이 뿜는 기운, 이야기꾼으로서 진기한 소재를 얻으리란 기대감에 온몸의 털이 솟았다.

"그런데 아저씨가 점차 낮잠을 자고 밤에는 야행하더래요. 아침에 아저씨 옷을 보니 산속에서 구르다 온 것 같이 흙이 묻고 이슬에 젖었답니다. 신발은 엉망이구요. 만석꾼 집안 자제였던 아저씨는 인상이 좋았는데, 점점 얼굴도 초췌해지고 무언가에 쫓기듯이 불안해했습니다. 친구는 걱정 반 호기심 반으로 물어봤죠."

좌중이 청년의 입에서 어떤 말이 이어질지 숨을 죽이고 기다렸다.

"아저씨, 대체 밤에 어디를 다녀오세요? 아저씨는 밤마다 한 처녀를 만나러 간대요. 시골에 처자를 둔 아저씨인데요. 어떤 아가씨를 만나는데요? 물으니, 동네 처녀인데 밤마다 맘이 울적해 산에 오르는 처녀라 하더군요. 친구는 설마 했습니다. 밤에 산을 탈 수도 없고 마을도 먼데 말이지요. 화전민인가 싶었죠.

또, 아가씨가 말하기를 정상의 족두리 바위에 머리를 풀어헤친 처녀 귀신이 사는데, 귀신 입속에 수저를 넣어야 자신이 힘든 게 풀린다더랍니다. 소름이 끼치죠."

구보는 솔깃했다. 액자 소설 구조의 이야기였다. 마을 처녀가 야밤에 산행을 하는 것도 모자라서 산 정상의 귀신 입에 수저를 물리라니.

부보상 사내는 침을 꿀떡 넘겼고, 상은 대수롭지 않게 커피를 마셨다. 사투리 사내는 두 손을 꼭 쥐고 긴장한 얼굴이었다. 구보는 슬그머니 종이와 연필을 꺼냈다.

"아저씨는 며칠 더 퀭한 눈으로 나다니더니 보름달 밤에 기어이 마을 처녀의 힘든 것을 푼다면서 정상에 간다고, 같이 가달라고 청했답니다. 친구는 망설였지요. 이 아저씨도 정신이 나갔지. 누군지 모를 처녀며, 귀신의 입에 수저를 물리라니요. 아저씨는 사흘 후면 보름이니 그날 같이 가달라고 했대요.

친구가 숙박비가 모자라 아저씨한테 돈을 꾼 적이 꽤 있어서 모르쇠로 일관할 수도 없었죠. 이틀을 고민하다가 노스님께 마을 처녀가 밤마다 올라오는지, 처녀 귀신이 정상에 있는지 물었답니다. 그런데 노스님이 처음에는 그냥 듣다가 귀신의 입에 수저를 물려야 한다는 대목에서 깜짝 놀라시더랍니다."

구보는 침을 꼴딱 넘겼다. 하마터면 방귀도 나올 뻔했다. 움막에 온돌을 땠는지 바닥이 따뜻하고 나른했다.

청년은 구성지게 말을 이었다.

"스님은 친구에게 다음 날 아침 나무 숟가락을 건넸대요. 귀신 쫓는 복숭아나무 수저라며 반드시 귀신의 입에 이 숟가락을 꽂으라 했답니다. 친구는 숟가락을 어떻게 건네나 고민하다 잠이 들었죠. 밤에 아저씨가 잠든 친구를 깨웠습니다. 친구는 고민하다 숟가락을 귀신의 입에 넣겠으니 아저씨에게 꾼 돈을 탕감해달라고 했지요. 아저씨는 흔쾌히 그러마 했답니다. 친구는 스님한테 받은 숟가락을 보였습니다. 아저씨는 숟가락을 구하지 못했는데 잘됐다고 반겼고요.

친구는 아저씨와 산에 올랐습니다. 보름달이라 올라가는 게 그렇게 어렵지는 않았는데 벌레, 개구리 소리가 낮에는 정겨웠는데 밤에는 무섭도록 처연했대요. 저 멀리 희끗한 게 그 바위인데, 걸어도 걸어도 도착하지 않고요."

구보는 호젓한 산장에서 다 큰 사내들이 괴담에 무서워 떠는 모양새가 우스우면서도 소름이 돋았다. 등골이 서늘하고 뒷덜미를 누군가 잡아챌 것만 같았다.

"두 사람은 간신히 족두리 바위로 올랐죠. 달빛 아래 청초한 여자가 바위에 앉아 있었대요. 그런데 그녀가 갑자기 머리카락이 하늘로 솟고 귀신 몰골로 입을 떡 벌리는데, 그렇게 무서운

건 태어나서 첨 봤답니다."

구보는 이 대목에서 벌벌 떨었다. 사내들도 조용히 경청했고 상만이 무연한 얼굴로 청년의 뒤로 시선을 두었다. 구보는 귀신이라도 있나 상의 시선이 향한 곳을 유심히 봤다.

"친구는 간신히 다가가 귀신의 입에 수저를 물리려고 했습니다. 그런데 그때 여자가 입을 다문 겁니다. 그리고 눈동자를 데굴 굴려서 쳐다보는데, 하마터면 기절할 뻔했죠. 보다 못한 아저씨가 수저를 받아 입에 대는데, 그 여자가 계속 입을 꾹 다물었대요. 그래서……."

이때 끼릭 하면서 산장의 문이 열렸다. 구보는 온 머리카락이 곤두서면서 그때만큼 무서운 적은 없었다고 후에도 생각했다. 문틈으로 눈빛이 반짝이더니 최 씨가 유령처럼 홀연히 들어와 구석으로 가서 남은 음식을 먹었다. 사내들도 놀랐는지 한숨을 쉬고 다시 이야기에 귀를 기울였다. 청년은 이었다.

"친구가 아예 끝장을 보자는 생각으로 여자의 입을 두 손으로 잡고 억지로 쩍 벌렸답니다. 그리고 아저씨가 수저를 꽂고 뒤로 물러나는데, 그 여자가 수저를 물고는 발딱 일어나서 두 손으로 친구를 붙들어 절벽으로 내던졌답니다. 엄청난 괴성으로 아저씨에게 저주를 내뿜고 뛰어내렸고요. 후에 친구는 절벽 아래에서 시신으로 발견됐고 아저씨는 광인이 되어서 시골로 갔다고 합니다. 어때요? 기이하죠? 왜 여인이 바위에서 해괴한 몰골로 앉아 있었을까요? 한 맺힌 귀신일까요?"

청년은 어깨를 으쓱하였다.

구보는 이야기에 불과한데도 괜스레 무서워 주변을 둘러보았다. 혼자 들었으면 뒤도 못 보고 어깨가 굳었을 거다. 장정들 여럿이 있으니 마음이 놓였다.

부보상이 질문을 던졌다.

"친구의 친구라는 사람은 절벽에 떨어져 죽었다면서 우리가 어떻게 이 이야기를 들어요? 모두 거짓말 아니오?"

"그렁께. 이야기가 앞뒤가 안 맞는당께잉. 그러지라?"

사투리 사내가 응수했다. 구보는 그제야 헐헐 웃었다. 역시 괴담은 재미있다.

잘생긴 청년은 환하게 웃었다.

"이야기는 워낙 생명력이 강해 사람의 목숨보다 질기지 않습니까. 그 남자는 죽었지만 모르죠, 노스님이 전한 것인지도."

"하고야. 뻥도 심하지라우. 그랑께 하나는 절벽에 떨어져 죽어쌌고 하나는 미쳐뿌리고. 누가 믿을까나잉?"

청년이 헛헛하게 웃었다.

"그렇게 되나요?"

"이번에는 내 이야기를 들어보겠습니까?"

부보상은 입에 담배를 물고 허공을 보며 운을 뗐다.

"이래 봬도 나이는 쉰을 훌쩍 넘는데 여적도 이 산 저 산 돌아다니며 화전민들에게 생필품을 팔고 있습죠. 산장이 생기기 전에는 천을 나무에 걸어 비만 피하고 절벽 위에서 자기도 했지요. 새벽에 소피보러 가다 굴러 떨어져 죽을 뻔허고, 늑대나 멧돼지 밥 될 뻔헌 적도 있고요."

"음마, 호랭이는요?"

사투리 사내가 눈빛을 빛내며 물었다.

"백두산 호랭이가 씨가 말랐는가 그렇게 산을 댕겨도 못 봤소. 대신에 영물을 봤다면 믿겠습니까?"

"영, 영물이라뇨?"

구보가 귀를 쫑긋하고 질문을 던졌다.

"그 골짜기는 깊숙이 숨어 있어 저만 알고 있습죠. 여름에는 배롱나무와 싸리나무가 어찌나 예쁘게 꽃을 피우는지 매화나 벚꽃 저리가라 하는 아찔함이라 저는 소태 골짜기를 자주 가지요."

"소태라뇨?"

"소태나무가 둘러싸서 감춰진 골짜기라 제가 소태 골짜기라 이름 붙였습니다. 그날은 날이 따뜻허니 냉이꽃들이 자잘하고, 민들레와 제비꽃도 군데군데 피었습죠. 명자나무 붉은 꽃잎들은 마저 피지도 못한 게 얼마나 아름다웠는데요. 진달래도 민들레도 따 먹고 찔레꽃 가지도 꺾어 먹으며 놀았지요. 아늑한 골짜기에서 계곡물 소리를 감상하며 주먹밥을 먹고 선잠에 들었는데 귀기에 눈을 퍼뜩 떴지요."

구보는 사내에게 집중하였다.

"가슴이 답답허고 얼굴이 근지러운데 오묘한 기분이 들었죠. 세상에, 가슴에 똬리를 튼 뱀 꼬리가 얼굴을 살랑살랑 근질이고 있는 겁니다."

"아니, 참으로 절묘합니다. 왜 뱀이 인간의 몸 위에 올라왔죠?"

"그러게나요. 뱀이 고갤 돌려 나를 보는데 놀라서 기절하는 줄 알았습죠. 그 뱀은 그냥 뱀이 아닌 진정한 영물입니다."

청년이 다시 물어봤다.

"영물이라뇨?"

"귀가 쫑긋하니 뱀 머리에 달렸는데, 뱀의 눈동자가 지긋하니 나를 내려다보며 눈을 마주치는 게 믿깁니까?"

구보는 한기가 들었다. 괴이했다.

"갈색 몸에 하얀 진줏빛이 감도는 비늘이 덮이고 귀가 달린 뱀입니다. 반평생 전국 산을 떠돈 저도 처음 보는 영물이었죠. 처음엔 놀랐는데 계속 보고 있으려니 마음이 안정되면서 편해지는 겁니다. 친근한 느낌마저 들었습죠. 그런데 문득 이런 생각이 듭디다. 이거 비싼 구경거리가 되겠구나. 비싼 값에 팔아도 좋고.

뱀 잡는 거야 일도 아닌지라 슬그머니 몸을 일으켰습니다. 저는 스스르 내려가는 영물의 머리를 나뭇가지로 이래 탁 누르고 손으로 목을 잡아채서 자루에 넣었습죠."

사투리 사내가 맞장구를 쳤다.

"아따 신기하구마이. 쪼까 예서 구경할 수 있지라?"

구보는 부보상의 자루를 곁눈질로 훑었다. 밀폐된 산장에서 뱀은 곤란하다. 자다가 머리로 스르르 다가오면 어찌할까 싶었다.

"이야기를 끝까지 들어보십쇼."

사내는 곰방대를 자루에서 꺼내 물고는 한참 태우다 입을 열었다. 모두 숨죽여 다음 말을 기다렸다.

"그 영물을 들고 마을로 내려가 팔 생각만 했습죠. 곡예꾼들에게 팔까 약재상에게 팔까, 값은 얼마를 받을까 가늠을 하며 골짜기를 빠져나가 급하게 바위를 타다 미끄러져 나뒹군 겁니다. 그런 와중에도 자루는 놓치지 않고 있었지요."

사내는 연기를 지긋이 내뿜었다.

"그랑께 얼매를 받고 배암을 파셨는지라?"

"이야기를 더 들어보십쇼. 한바탕 대차게 구르고 정신을 차리고 보니까 말이죠, 수천 개의 깻잎이 달린 들깨도 하루아침에 비 맞으면 잎이 우수수 떨어지듯 갑자기 놔줘야겠다는 마음이 드는 겁니다.

그래서 자루를 열었지요. 뱀이 스르르 나와 귀를 나풀거리며 나를 보는데 고맙다고 인사하는 것 같았습죠. 귀 달린 뱀이라니 상상해보셨습니까?"

구보는 부보상이 소설가보다 비유를 더 찰떡같이 한다고 여겼다. 어째 오늘 이 산장에는 장안의 이야기꾼들이 죄 모였다. 깊은 밤, 고즈넉한데 기기묘묘한 이야기를 듣다니 소설가로서 최상의 경험이다.

"영물 기운을 받았는지 산속 외따로 사는 남자에게 진기한 물건을 받았습죠."

"진기한 물건이라뇨?"

"약품을 갖다 주는 화전민 남자가 있는데 그가 돈이 없다면서

버섯 캐다 주운 신기한 돌멩이를 줬습니다."

부보상은 보퉁이에서 삼베 천 뭉치를 끄집어냈다. 안에서 차돌멩이처럼 군데군데 반짝이는, 푸른색의 울퉁불퉁한 돌덩어리가 나왔다. 다섯 살 아이의 주먹만 한 크기였다. 구보는 부보상이 건네는 돌을 유심히 살폈다.

"보름 전에 그 영물을 보았고 일주일 전 이것을 받았습죠. 그 남자 말로는 산속에서 주웠다는데 어젯밤이 돈을 받기로 약조한 날이라 남자 집에 갔는데 온데간데없는 겁니다. 이 산장에 하루 머물면서 내일 다시 가보려고요. 약속이 깨지면 이 돌은 제 것이 됩죠."

"나 좀 쪼까 봅시다잉."

사투리 사내가 돌덩어리를 들고 살펴봤다.

"이거 나한테 파쇼잉. 값을 쳐줄랑께."

"네?"

부보상이 놀란 눈으로 봤다.

"돌이 예뻐 그란디 파쇼."

"돌 임자를 아직 못 만났으니 안 되오. 내일 오후에도 계신다면 다시 옵죠."

"쪼까 지금 아니면 안 되는디용. 내일 아침 산을 내려갈 것인디."

"그럼 아니 됩니다. 우리 같은 방물장수도 신용으로 살고, 저당 잡힌 물건을 함부로 판 적이 없소."

"하는 수 없지라. 마누라 주게 박가분이나 나중에 보여주쇼잉."

"그러지요. 제 이야기는 여기까지입니다."

상이 미소 지으며 말했다.

"물건에 영물까지 얽혔으니 이분이 돌덩어리에 혹하는 것도 무리는 아니지요. 이번엔 제 이야기를 해볼까요?"

구보는 깜짝 놀랐다. 상은 이야기판에 잘 끼지 않을뿐더러, 말하기보단 관찰을 좋아하는데 대체 무슨 얘기를 풀까 궁금했다.

"저는 글쟁이입니다. 옆의 구보 이 친구와 함께 글을 써서 먹고 살지요. 부업으로 다방을 하지만 영 시원찮아서 부업을 하나 더 하는데 그건 이따 얘기하고요.

제가 부업으로 받은 일거리가 있지요. 정확하게 일주일 전에 다방으로 손님이 왔습니다. 그분은 도난당한 물건이 있다고 했죠. 고가의 물건인데 집 안에서 도둑을 맞았고, 짐작 가는 사람이 있답니다.

그 사람은 행랑아범으로 주인 아들을 꼬드겨서 물건을 훔치고, 일을 관두고 고향으로 간다며 사라졌습니다. 행랑아범에게서 받은 돈으로 명월관에서 진탕 즐긴 아들은 추궁을 받고 물건을 헐값에 넘긴 걸 실토하죠."

상이 잠시 쉬었다. 사내들이 눈을 크게 뜨고 기다렸다. 구보도 처음 듣는 말이었다. 분명히 의뢰인이 구보가 다방에 없을 때 왔던 모양이다. 상이 말을 이었다.

"그 행랑아범을 찾아서 물건을 되찾아달라는 의뢰였습니다.

저는 거절했죠. 헐값에 집주인 아들과 거래한 것이니 물리력으로 되찾는 게 불가능하다고요. 의뢰인도 경찰한테 똑같은 소릴 들었다더군요. 하지만 집주인은 사람을 풀어서 행랑아범이 산속에 숨었다는 정보를 알아냈죠.

집주인은 물건을 받을 계책이 없겠냐고 했습니다. 강제적으로 받아내려면 다른 사람을 찾아가라 했지요. 그런 사람은 저잣거리에 널렸으니까. 사실 의뢰인은 점잖은 사람입니다.

그런데 의뢰인이 제 말에 덧붙였습니다. 어찌 된 일인지 그 행랑아범이 산에서 물건을 잃었답니다."

구보의 뇌리에 걸리는 것이 있다. 부보상의 돌멩이와 행랑아범이 잃은 물건이 같은 것은 아닐까?

구보는 물건을 다시 보고 싶었으나, 보퉁이 속에 있다. 부보상은 영 모르겠다는 표정이다.

사투리 사내가 날카로운 눈빛으로 물었다.

"근디, 그 물건이 무엇인디 난리를 치는 거라? 아까 당신이 보여준 게 그거 아니오?"

부보상이 당황했다.

"에이, 설마요. 그리 소중한 물건이라고요?"

"쪼까 본께 내나보쇼. 확인 좀 해볼랑께."

"아이구, 아닙니다. 아니요."

"시간도 없응께 내놔보랑께."

사투리 사내는 눈에서 묘한 빛을 뿜으며 몸을 일으켜서 다가갔다. 관리인 최 씨도 다가갔다. 구보는 무슨 일이 벌어질지 몰라 긴장했다. 상의 눈이 비상하게 반짝였다.

상이 상체를 일으키는데 사투리 사내가 허리 뒤춤에서 권총을 뽑아 겨눴다.

"꼼짝 마!"

어둠 속 꺼져가는 화로와 남포등 불빛, 무거운 침묵 속에 청년과 상, 구보는 그대로 자리에 앉아 있었다.

"어서 내놔!"

사투리 사내가 부보상에게 위협을 했다.

"물건 어딨어?"

부보상이 거칠게 말했다.

"다른 사람과 신용을 깰 수 없다. 총 치워!"

사투리 사내가 화가 난 얼굴로 최 씨에게 지시를 했다.

"손 좀 봐! 솔찬히 귀찮구마잉."

최 씨가 등을 천천히 펴자 덩치가 커졌다. 그는 완력으로 부보상을 누르며 소리쳤다.

"야! 뭐? 민들레? 제비꽃? 꽃이 보이디? 찔레꽃 가지가 잎에 들어가드냐 말이다. 거기 누워서 잠 처자면서! 남은 쎄가 빠져라 찾아다니는데! 영물? 순 거짓말. 골짜기서 돌 주웠지?"

최 씨의 어투로 보아 노인처럼 행동해 그렇지 생각보다 젊은 사람이었다.

사투리 사내가 강한 어조로 말했다.

"싸게 싸게 묶어버리랑께!"

사투리 사내가 부보상의 짐을 뒤져 돌덩어리를 찾았다. 그는 남포등을 비춰 살피더니 돌을 던졌다.

"이놈이 장난질도 칠 줄 아네잉! 이건 가짜야! 진짜 어딨어? 어따 두었냐고?"

"뭐라고?"

사투리 사내는 권총을 들어 허공으로 한 방 쏘았다.

"그놈 일으켜 세워. 다른 놈들은 일어나면 뒤진다! 자, 가자! 어서 보석 찾으러 나가야 허니께! 골짜기부터 싸게 싸게 가보자구잉!"

'보석? 그 돌덩어리가 원석이란 말인가?'

구보의 눈이 휘둥그레졌다.

상은 천천히 일어나면서 말했다.

"이제 그만두게나. 물건은 주인이 거둬들였다. 심마니들을 동원해 자네가 물건을 잃어버렸다는 정보도 접했고 물건을 찾아갔네. 그 골짜기서. 나를 이곳에 보낸 이유는 경고를 하기 위함이야!"

사투리 사내가 깜짝 놀라면서 상을 향해 총구를 겨눴다.

"시방 뭐시라 했당가?"

"들은 대로야. 금강석 원석은 주인 손에 돌아갔지. 부보상이 잤다는 골짜기서 심마니가 발견해 주인이 가져갔다. 자네가 흘린 것이지. 행랑아범, 어떻게 주인을 배신하고 아들을 구슬려 달아났지?"

사투리 사내는 인상을 찡그리면서 고함을 내질렀다.

"뭐? 배신했다고잉? 시방 나가? 아니? 배신 때린 것은 그 인간이랑께. 재산을 죄 싸들고 만주에 독립군 학교를 세운다는디 난 안 따라가겠다고 했당께. 근디 퇴직금이라고 건넨 게 얼마 안 돼. 시방 그 돈 먹고 떨어지라고? 그렇게 구두쇠로 군께 아들이 망종이지라. 아들이 뭘 혀도 일절 모르쇠로 일관허니께. 난 정당하게 갖고 온겨. 싸게 싸게 내놔!"

상은 고개를 저었다.

"주인에게 돌아갔다."

사투리 사내가 상에게 달려들었다. 상은 그의 명치에 발길을 날려 사내를 넘어뜨렸다. 이때 최 씨가 구보를 괴력으로 제압했고 사투리 사내가 일어나 다시 달려들었다. 상은 사내를 엎어치기로 메다꽂았다. 사내가 이번에는 구보에게 총구를 겨눴다.

"한 번만 더 이럼 이 친구는 끝이야!"

상은 사투리 사내에게 다가가려다 멈춰 섰다.

"그 총 치워!"

사투리 사내는 입가를 씰룩이면서 화를 버럭 냈다.

"어서 물건 내놓으랑께! 어디에 있냐니께!"

부보상이 사내를 뒤에서 덮쳤다. 청년은 관리인 최 씨를 덮쳤다. 사태가 역전됐다. 상과 구보는 사내의 손에서 권총을 빼앗고 부보상과 청년이 이 둘의 손발을 포박했다.

상과 구보는 둘의 도움에 고마움을 표했다. 곧 보석 임자가 사람을 보내 이들을 데려간다고 했다. 상은 부보상, 청년과 함께 그들을 산장 밖 창고에 가두었다. 창고 문을 잠그고 나오는데 으슥한 숲에서 바스락 소리가 났다. 구보가 움찔거렸다.

"숲에 누군가 있어."

상이 용감하게 부보상과 함께 숲으로 뛰어 들어갔다. 나무 밑에 남자가 두 손과 발이 묶인 채 재갈이 물려 있었다. 재갈을 풀자 그는 괴한 두 명이 손님을 가장하고 산장에 들어와 자신을 묶어놓은 지 사흘이 지났다고 했다. 재갈을 적시는 이슬만 먹고 탈진해 있다 간신히 정신을 차린 것이다.

그는 진짜 산장 관리인 최 씨였다.

사태가 진정되고 산장에는 평온함이 찾아들었다.

"상이, 어찌 된 일인가? 난 다방에 있어도 의뢰인을 코빼기도 보지 못했으니."

"내가 자택에 불려가 의뢰받았네."

구보는 쉬고 있는 부보상과 청년을 눈짓으로 가리켰다.

"저 사람들은 누구인가?"

"구보. 부보상도 내가 포섭한 분이네."

구보는 깜짝 놀랐다.

"뭐?"

"의뢰인이 소개한 만담가야."

"어쩐지. 이야기가 정말 솔깃하고 재미있었네."

"그랬나? 원고는 내가 썼지. 상황에 맞춰서 그럴듯하게 지어냈네."

"작가 아니랄까봐 어쩜 그렇게 거짓말을 잘 만들었나? 그런데 왜 그렇게까지?"

"범인의 심리적 불안감을 증폭시키고 의심을 하게 해서 그들의 행동과 말을 증거 잡으려고. 의도대로 사건에 맞추려 머리를 굴렸지."

"참 용의주도하군. 자네도 공작을 벌여서 범인을 옥죄는 경지에 이르렀구만."

"이 산장이라는 무대에 도난당한 물건과 범인들, 연기자들이 올라서 한판 승부를 벌였지. 괜찮았나?"

"에끼, 괜찮기는. 먼저 언질을 주면 어디 덧나?"

"그럼 재미없지."

"못 말리겠군. 저 청년은 누구야?"

"나도 여기 와서 첨 본 사람. 후후."

이때 잘생긴 청년이 다가왔다.

"사건을 통해 선생님들을 뵙는군요. 두 분의 작품도 읽었는데 탐정을 하신다는 말도 들었죠. 영광입니다. 이상 선생님, 구보 선생님."

상이 물었다.

"산장이 아수라장이 되어 놀라지 않았습니까?"

"놀라기는요, 흥미진진한 한 편의 극을 본 것 같습니다. 영화보다 재밌어요."

"다행입니다."

"어쩐지 부보상 아저씨 말이 신기했는데 사건과 관련이 있는 이야기라니 놀랍습니다. 그런데 제 이야기도 묘하다는 생각 안 드시나요? 실화에 바탕을 두었는데요."

구보는 궁금했다.

"아니, 수저 문 귀신 이야기가 사실입니까?"

잘생긴 청년은 서글서글하게 웃으면서 말했다.

"그게 저, 사실 절반은 제가 겪은 일입니다. 이래 봬도 신 내림을 거부하고 명산대천을 떠도는 신세입니다."

"네에?"

"선비 집안이나 대대로 내려오는 무속인 피가 있습니다. 증조할머니가 신 내림을 받으셔서 집에서 쫓겨나셨다고 들었는데, 제가 열다섯 살부터 시름시름 아프고 헛것을 봤지요. 절에서도 오래 살고 귀신도 자주 보고요. 무당은 내림굿을 받으래요. 몸도 아프고 잘 풀리는 일도 없고 재산만 까먹었습니다. 그래서 어느 날 찾지 말라고 하고 집을 떠났죠. 그 이후로 기이한 체험을 많이 했습니다."

구보는 고개를 끄덕였다.

"가족과 연락을 끊었습니까?"

청년의 얼굴에 한줄기 어둠이 드리웠다.

"그렇게 됐습니다. 얼굴 보기 미안했어요. 누이들은 절 볼 때 미안함이 뒤섞인 얼굴이죠. 신기운을 제가 받게 생겼으니까요. 이제는 제가 내림굿을 안 받으니 자신들에게 내릴까 불안하겠지요?"

청년은 서글픈 기색이 비쳤으나, 이내 밝은 표정으로 돌아와 웃었다.

"공부한다 했지만 작파하고 글을 씁니다. 으스스한 괴담 소설을 써볼까 했지만 두 분의 활약상을 보니 탐정 소설에 도전해보고 싶네요. 신이 허락하셔서 몸을 안 아프게 하면요."

밝은 얼굴 뒤로 이런 슬픈 사연이 있다니 놀라웠다. 구보는 청년과 긴 이야기를 나누고 조언을 했다. 인생의 어려움은 청년이 선배지만, 작가로서는 자신이 선배니까.

"언제고 방황이 끝나는 날 다방으로 찾아뵙죠. 감사합니다."

구보는 청년과 말을 마치고 눈빛을 교환했는데, 이상하게 어디선가 본 듯한 기시감이 들었다.

어디서 봤더라. 아니면 그냥 닮은 누구와 착각한 것인가. 상의 옆모습을 보았지만 그는 별다른 기색이 없었다. 상은 청년의 짐을 보았다. 책이 든 자루를 유심히 보니 특이한 문양이 새겨 있었다. 첨에는 군대에서 흘러나온 물건이라 고유 마크인가 싶었다. 뱀이 피라미드처럼 삼각형으로 몸을 똬리 틀고 있는 형상이었다.

관리인이 음식을 내왔다. 그는 죽을 뻔한 것을 살려주었다며 거듭 감사해했다.

잠시 후, 행랑아범과 가짜 관리인은 보석 임자가 보낸 사람들이 포박해 산을 내려갔다.

상에게서 듣기로 그들을 경성에서 쫓는 형식으로 일이 마무리 될 것 같다고 했다.

상과 구보, 부보상 행세를 한 이야기꾼, 청년은 음식을 허겁지겁 먹었다. 가만 보면 탐정일도 육체노동이다. 일이 끝나면 누가 쫓는 것도 아닌데 걸신들린 것 마냥 먹으니.

다음 날 눈을 뜨니 청년은 새벽 일찍 떠나고 없고, 만담가는 곤하게 잠들어 있었다. 구보와 상은 관리인이 차려준 조반을 먹고 산장을 떠났다.

새벽의 산은 이슬 맺힌 나뭇잎들로 반짝였다. 신선하고 쾌청한 공기가 코를 찔렀다. 구보는 산뜻한 마음으로 산길을 걸었다. 험한 절벽길이 나왔다. 구보는 나뭇가지를 손으로 붙들고 최대한 엉덩이를 낮춰 조심히 발을 디뎠다. 상이 뒤처지는 구보를 기다려주었다.

구보는 진지한 얼굴로 절벽을 봤다.

"상이, 하산하며 깨달았네. 나는 왜 뒤처진 사람들을 돌아보지 않았을까? 내려가고 싶어도 깎은 경사에 마음만 앞서지 발이 덜덜 떨리는데."

"내려가는 게 생각보다 힘들지? 쉬었다 갈까?"

상과 구보는 아름드리나무 둥치에 걸터앉았다. 버드나무 잎사귀 사이사이로 반짝반짝 햇빛이 들어온다.

"미안하네. 구보."

구보가 놀란 눈을 했다.

"뭘?"

"내가 늘 무작정 앞서가서."

구보는 잠깐 생각하다 고개를 저었다.

"아니, 앞서가서 나를 기다렸지. 뒤처진 사람보다 힘들어. 앞도 헤치고 뒤의 사람도 살펴야하니까."

상은 미안한 표정을 지었다.

"자네가 힘들지. 가까스로 날 따라잡으면 쉬지도 못하고 또 오르잖아."

구보와 상은 이심전심의 표정으로 말없이 마주 봤다. 잠시 후 구보는 입을 열었다.

"상이, 충분히 잘 쉬었네. 갈까?"

"그러세."

"잠깐, 이 친구 언제 이렇게 새치가 생겼지?"

구보는 상의 옆머리에서 새치 한 가닥을 뽑았다.

"간밤에 죽을 고비를 넘겨서 생겼나?"

"서로의 흰머리를 뽑는 시절까지 같이 왔네."

"어? 저 길은 올라오면서 참으로 조붓한 길이다 여겼는데 또 만났어."

상이 경치를 보며 넌지시 말했다.

"이 아름다운 광경을 언제 또 같이 보겠나. 자네도 인물일세. 누가 사람이고 누가 경치인 줄 구분이 안 가는걸?"

구보는 너털웃음을 터뜨렸다.

"허허허, 이 사람. 립 서비스는 금홍 씨한테나 하게. 그래야 나도 공짜 커피를 맘 편히 얻어먹지."

"그런가?"

"하이고, 언제 꽃이 이렇게 피었는고. 이 꽃은 복사꽃인가, 매화꽃인가? 그리고 애는 또 누구야? 겹벚꽃인가?"

상과 구보는 꽃구경을 하며 쉬엄쉬엄 내려갔다. 구보가 완만한 경사의 오솔길을 앞장서 걸었다. 또다시 바윗길이 시작되지만 든든한 친구와 같이 걷는단 생각에 그리 힘들지 않다.

구보는 여러 사람들에게 묻고 싶었다.

당신들은 산길에서 기다려주는 친구가 있는지.

그 한 사람만 있어도 세상천지 부러울 것 없으니, 꼭 그 친구와 산행을 권하고 싶었다. 구보는 눈을 감고 상의 손을 슬그머니 잡았다. 천천히 내려오면서 새소리, 물소리, 개구리 소리 등 자연에 오감을 활짝 열자 몸이 가벼웠다. 눈을 슬쩍 떴다.

드디어 마을이 훤히 보이는 지점이다.

"이제 북한산 끝자락인가? 만세! 야호! 야호!"

구보가 환희로 소리를 질렀다. 상이 활짝 웃었다.

"하하하! 정상이 아니라 산 아래에서 야호를 외치는 사람은 첨 봤네!"

"빨리 가세. 산 구경은 실컷 했고 상춘도 충분해! 어서어서 경성 거리로 감세."

구보는 댄스홀 무희들처럼 찰스턴 스텝을 밟으면서 날 듯이 산을 내려갔다.

오화

조선미인보감 살인사건

京城 探偵
LEESANG

다방 문에 걸어둔 풍경이 은은하게 소리를 냈다.

상은 요즘 들어 사건 의뢰가 끊겨 무료한 일상을 보냈다. 다방에서 한숨을 쉬며 시를 읊거나, 전화가 오면 혹시나 의뢰 전화인가 싶어 고개를 빼고 보았다. 예약 전화면 고개를 숙이고 끊었던 담배를 만지작거리면서 냄새만 킁킁 맡았다. 구보는 상관치 않고 새로 들어간 소설에 집중했다. 상은 갑자기 나직하게 무언가 중얼거렸다.

"흰페인트로칠한십자가에서내가점점키가커진다.성베드로군이나에게세번씩이나알지못한다고그런다. 순간닭이활개를친다.어이쿠더운물을엎질러서야큰일날노릇."

상이 지은 〈내과〉라는 시인데 역시 도통 모르겠는 말이지만 시상을 물어봐도 아무 말 없으니 그냥 들을 밖에. 구보는 씩 미소 짓고 하던 일로 돌아갔다.

집필에 몰두하던 구보는 갑자기 원고에 사람 형상의 그늘이

져 고개를 들었다. 기무라 형사였다. 훤칠한 그가 구부정한 자세로 주위를 두리번거리면서 불안해했다. 바지는 구겨져 있고 점퍼는 깃이 뒤집혀 있다.

평소의 자신만만한 모습이 아니다. 덥수룩한 수염이 턱을 덮었고 낯빛은 어둡다. 상이 커피를 앞에 놓았지만, 그는 본 척도 안 했다. 구보가 건네자 잔을 받는데 두 손이 덜덜 떨렸다.

"무슨 일이 있습니까?"

기무라는 상의 질문에 떨리는 눈빛으로 커피를 한 모금 마셨다.

"사흘에 한 번 꼴로 잠을 잡니다. 불면증이 심해 일상생활이 힘들 정돕니다. 아무 의욕도 안 나고 우울합니다."

구보는 병원에 가서 진단을 받는 게 먼저 아닌가 싶었다. 그는 구보의 속을 읽었다.

"병원에서 진정제와 수면제를 처방받아 먹지만 신통치 않습니다. 실은 한 달 전에 선배 형사와 범인을 잡다가 선배가 사고를 당하셨습니다."

그는 시장에서 난동 부리는 남자를 잡으러 출동했던 그날을 떠올렸다. 만취해 흉기를 휘두르는 남자를 제압하다 선배는 경동맥이 손상돼 목숨을 잃었다.

그 후로 기무라는 꿈에 피투성이 선배가 나타나 잠을 이루지 못했다. 목에서 피가 솟구치는 환각이 보이면서 면도도 할 수 없었고, 외모에 신경을 못 써 행색도 초라해졌다.

"제가 선배를 잘 지원하지 못해서죠. 지금 정상적으로 업무를 보지 못해요. 대일본제국에 민폐를 끼치고 싶지 않은데 그리 됐습니다."

기무라는 눈물을 흘렸다. 구보는 형사란 무척 고달픈 직업이구나 새삼 생각했다.

"그래서 두 분이 저 대신 사건을 해결해주십사 부탁드리러 왔습니다. 최근에 권번 기생들이 연달아 희생된 사건이 발생했습니다. 그런데 수사를 나갈 때마다 가슴이 두근거리고 몸이 떨려 증인 만나는 것도 힘이 듭니다. 보통 이러면 휴직계를 내야 하는데, 쉬다가 돌아올 수 있을지 확신이 안 서요. 병이 나을 때까지만 도와주십시오."

상은 그의 고통에 연민을 느끼는 한편, 간만의 의뢰에 솟아오르는 기대감을 숨기며 애써 근엄하게 말했다.

"사건에 대해 소상히 말해주게."

"감사합니다, 선생님. 경성권번에 소속된 기생 두 명이 목숨을 잃었습니다. 사인은 둘 다 경부압박질식사입니다. 먼저 8월 10일에 목숨을 잃은 한정연은 잔치에 불려가서 노래를 부르고 오다 당했죠. 인력거를 타고 가다가 중간에 값이 많이 나온다면서 종로의 권번 숙소 한참 못 미치는 곳에서 내린 후 밤 12시경 종로 피마골 골목길에서 죽었습니다. 털린 금품은 지갑과 시계, 목걸이입니다. 이틀 후 같은 권번의 이순진이 백화점 쇼핑을 갔다가 친구를 만나 커피를 마시고 술을 걸치고 늦게 권번으로 오다가 죽었죠. 그녀도 인력거에서 내려 명치정 쇼윈도를 구경했는데 뒷골목에서 질식사한 채 발견됐어요. 역시 지갑과 목걸이가 털렸죠. 그 사건 일주일 후 8월 19일 이주령이라는 기생이 종로 거리에서 자정 즈음 강도를 당할 뻔했는데 간신히 도망쳐 살았습니다. 그녀를 조사하다 세 명에게 다른 공통점이 있다는 것을 알았죠."

기무라는 잠시 뜸을 들였다.

"그게 무엇이오?"

"세 명 다 정동에 있는 경성방송국 전속 가수입니다."

경성방송국에서 송출하는 라디오 방송은 구보도 듣는다. 음악다방에서 틀어주는 라디오 방송에는 기생들이 나와 창이나 민요, 가곡을 불렀다. 그녀들이 교태를 부리며 말을 할 때면 나에게 말을 건네는 것처럼 다정하게 여겨진다.

"제가 서류를 만들 테니 두 분이 방송국과 권번에 가서 조사해주십시오. 체면상 차마 다른 동료들에게는 신경증 걸렸다는 말을 할 수 없어요. 조직은 승진을 위해 동료도 짓밟죠. 저의 약점을 노출시킬 수 없습니다. 1차 조사는 끝냈지만 단서는 얻지 못했어요. 선생님들이 사건을 진척시켜주십시오. 진행비를 제 봉급을 털어 마련해드리겠습니다."

기무라는 다급했다. 구보와 상이 번갈아 다독여 진정시키니 점차 눈빛이 안정을 찾았다.

상은 기무라의 의뢰를 받고 그를 돌려보냈다.

"상, 뭔가 감이 오는가?"

그는 고개를 저었다.

"아니, 기무라를 도와주려 선뜻 응했네. 조사해봐야 단서가 나오지."

다음 날 아침 일찍 기무라한테 전화가 왔다. 정보원에게 지급되는 진행비도 상사에게서 비밀리에 약속받았으니 정식 의뢰를 한다고 했다. 그는 경성권번과 경성방송국에 전화를 넣어 약속을 잡았다. 오전에는 권번에, 오후에는 방송국에 가면 되었다.

잠시 후 심부름꾼이 협조요청 공문서를 가지고 다방으로 왔다. 상과 구보는 증서를 챙기고 나갈 채비를 했다.

상과 구보는 명월관과 경성권번의 명성을 익히 들어 알았다. 비싼 술안주와 아리따운 기생들이 기예를 펼치는 명월관은 장안의 명소이다. 많은 이들이 들어가고 싶어 하나 웬만큼 재력이 받쳐주지 않으면 문턱도 못 넘는다. 구보도 당연히 가본 적이 없다.

조선의 관기 제도가 사라지자 기생들은 조합을 만들었다. 다동에 함화진, 한석진, 조이순 등이 설립한 정악전습소에서 정악을 가르쳤는데, 이 학교에서 기생조합이 파생됐고 경기 기생들은 따로 광교조합을 만들었다.

이 조합들이 후에 일본식 권번으로 발전해 종로권번, 한성권번, 조선권번 등 여러 권번들이 생겼고 각 권번들은 요릿집을 차려서 기생학교와 조합과 요리주점을 겸했다.

명월관은 종로 단성사 인근에 위치했는데, 장안의 유명 인사들이 일을 꾸미거나 접대하러 드나들었다. 돈 많은 한량들도 재산을 탕진하러 찾는다. 권번에는 일을 주관하는 남자 매니저와 기생들의 대모 역할을 하는 엄마가 있다. 이번 일에는 엄마 마담이 만나주기로 했다. 상과 구보는 빠르게 걸어서 명월관에 도착했다.

　명문가의 집을 사들여 만든 명월관은 높은 담벼락에 기와 대문이 늠름하게 서 있다. 안으로 2층 회색빛의 양옥이 있다. 소문에 듣자하니 아래층에는 일반 손님을, 2층에는 귀한 손님을 모시는데 그중에서도 가장 귀한 손님은 '매실(梅室)'에 따로 모신다고 한다. 궁내부 주임관 출신 안순환과 술 빚는 나인들이 힘을 합쳐 궁중요리를 선뵈니 얼마나 화려할지 짐작도 안 갔다.

　상과 구보는 거대한 나무 대문 앞에 섰다. 구보가 국화무늬 문고리를 붙잡고 두드리니 스르르 문이 벌어졌다. 안에서부터 향긋한 풀내음과 꽃향기가 풍겨났.

　가난한 작가가 이런 데 올 재간이 없다. 구보는 호기심에 가득 차 명월관에 발을 들였다. 하얀 모래가 깔린 일본 정원이 소나무 분재와 석등과 잘 어우러져 있었고, 뒤쪽 정원에도 아름다운 정원수들과 꽃나무들이 잘 가꿔져 있었다. 중앙에 대청마루가 보이고 양쪽으로 칸칸이 방들이 있었다. 건물에서 여인들의 가야금과 노래 소리가 들렸다.

　권번의 마담이 1층 접견실에 있었다. 그녀는 자그마한 찻상에 차를 내와 그들 맞은편에 앉았다. 마담은 익숙한 손짓으로 찻물을 우려냈다. 구보는 찻잔을 들어 마셨다. 우전차였다.

　마담이 호호호 웃으면서 입을 떼었다.

　"찾아주셔서 영광입니다. 문인이시라고요. 저는 기생들의 의식주 관련해 일을 봐주는 엄마랍니다. 편하게 호호마담이라고 하세요. 웃는 상이라 그리 붙었지요."

예순은 됐을까. 키가 작고 등이 약간 굽은 노파였다. 얼굴에 잔주름이 있지만 전반적으로 뺨도 불룩하고 코도 둥그렇고 이마도 툭 튀어나와 활기찬 인상이었다. 작은 눈은 반달처럼 휘었고 하얀 피부에 붉은색 연지를 발라 곱게 늙은 느낌이었다.

"문인 선생님들이 왜 저를 만나러 오셨는지요?"

호호마담이 눈에 웃음을 담아 부드럽게 물었다.

"최근에 연달아 죽은 기생들이 권번 소속이라 왔소."

"형사님이 부탁해 만날 뿐, 경찰서에서 말씀드린 것 외는 알지 못합니다. 호호호."

"듣기로는 친구를 만나거나 공연하고 오다 사고를 당했는데, 이곳 손님이나 내부 사정을 잘 아는 자를 조사하고 있소."

상의 말에 호호마담은 입을 손으로 살포시 가렸다.

"그럴 리가요? 이제부터 흘려들으세요. 하이고, 아이들에게 늦게 다니지 마라, 안전한 인력거를 골라서 타라, 비싼 장신구를 착용하지 마라 입이 아프도록 잔소리를 해요. 그네들이 늦게 다니고 술 먹고 빈틈을 보이니 당할 수밖에요. 길거리에 불한당, 강도들이 얼마나 많아요? 도리어 제가 자유를 억압한다고 난리치죠. 이 장사도 못 해먹겠어요."

호호마담은 심술궂은 표정을 지었다.

"살아남은 목격자 이주령 씨에게 이야기를 듣고 싶소."

"끝까지 들으세요. 그래서 인원을 감축했어요. 그 아이는 나간 지 이틀 됐어요. 어디로 갔는지는 저도 모르니 알아서 찾으세요."

"그럼 피해자들과 친한 동료들을 만나겠소."

"호호호. 말귀를 못 알아듣네. 이보아요, 물정 모르는 서생양반들. 저야 도박하는 아비 손에 예닐곱에 팔려 와 장죽 물고 턱짓으로 요리조리 가르치는 퇴물에게 배웠지, 지금은 달라도 한참 달라요. 평양기생학교는 저리 가라 할 정도로 정가, 판소리, 춤사위, 외국어 에티켓까지 가르쳐요. 양가 처녀도 제 발로 와 수업 받는데 우리가 뭔 말을 해도 듣지 않고 콧대가 하늘을 찌른다구요. 근데 지들 행방을 어찌 알아요? 다들 공주인데 내가 부르면 와요? 아셨지요? 돌아들 가요. 다시 오려면 땅 팔아 돈 싸들고 오세요. 작품 대박 내든가. 호호호, 죄송해요. 여보, 상월 아재요!"

장신에 덩치가 큰 50대 남자가 나왔다. 얼굴이 우락부락했고 나비넥타이에 검은 바지를 입었다. 그는 유독 커다란 손을 주먹 쥐고 눈을 부라렸다.

"무슨 일입니까?"

"손님들 배웅해드려요."

상과 구보는 매니저에게 등 떠밀려 명월관을 나왔다.

"어떻게 하지, 상이?"

"하는 수 없지. 라디오 방송국을 가서 캐세."

구보와 상은 부리나케 경성방송국으로 이동했다.

정동길의 경성방송국은 순헌황귀비의 빈전 동쪽에 위치한 곳으로 언덕배기에 자리 잡고 있다. 190여 평의 너른 대지에 지하

1층 지상 2층의 크림색 벽돌 건물로 따뜻한 이미지였다. 옥상의 높다란 송신탑이 눈에 띄었다.

경성방송국은 1927년 1월 20일 시험방송을 거친 후 2월 16일에 1킬로와트 출력, 주파수는 690킬로헤르츠로 방송을 시작하였다. 이후 사단법인 조선방송협회가 생겨서 경성뿐 아니라 부산, 평양, 광주 등에 지역방송국이 생겼다.

라디오 기계 값이 축음기보다 비싸서 쌀 100가마니 값 정도를 주어야 산다. 경성에도 라디오가 10,000대가 넘지 않아, 시민은 카페나 공공기관 같은 데서 라디오를 들었다.

그들이 방송국을 들어가는데 화려한 한복을 입은 한 무리의 여인들이 분 냄새를 풍기며 나왔다. 서로들 옷매무새를 자랑하며 택시에 탔다.

"예인들이라 엄청 요란하구만."

구보는 눈으로 그녀들의 뒷모습을 쫓기 바빴다. 방송국 경비원은 협조요청증서를 내밀자 들여보내주었다.

"2층에 녹음실과 사무실이 있습니다. 거기에 피디님 계시오."

2층에 올라가자 녹음 중인 스튜디오가 보였다. 유리창으로 내부를 볼 수 있었다. 기생들과 남자 배우들이 교태를 떨면서 만담에 가곡도 불렀다. 녹음실 반대쪽에서는 피디가 음향기사에게 손짓으로 지시를 했다. 녹음이 끝나고 피디가 다가왔다.

"형사님께 전화는 받았습니다. 이상, 구보 선생님 맞으시죠?"

키가 작고 깡마른 체구에 사각 안경을 낀, 예민해 보이는 남자가 상을 올려다봤다.

"저는 이범준 피디라고 합니다."

"최근에 벌어진 기생살인사건의 피해자에 대해 물으러 왔소."

"경찰에서 지긋지긋하게 캤는데요. 타 부서 형사님들이세요?"

"아니요, 돕는 조사원들이오."

"물어보시고 싶은 게 무엇입니까?"

"이주령 씨를 만나려는데 권번에서는 나갔다 하니 여기서 볼 수 있소? 그녀들에게 유독 관심 보이던 사람도 있는지 궁금하오만."

"팬들은 있죠. 편지도 보내오고요. 참! 이주령 씨는 아래층서 녹음할 텐데요. 노래 녹음해 녹화 방송에서 틀려고요. 한번 가 보세요."

그들은 계단을 달려 1층으로 내려왔다. 복도 끝 녹음실 문을 여는데 아무도 없다. 상이 당황해 경비원에게 물었다.

"여기서 녹음했던 분 어디 갔소?"

"이주령 씨요? 10분 전에 녹음 마치고 방송국 나갔는데요?"

"택시를 탔습니까?"

"모릅죠."

상과 구보가 방송국을 나와서 주변을 둘러봤다. 거리는 한산했다.

"혹시 저 사람 아냐?"

구보가 대로변에서 택시를 타는 여자를 가리켰다. 흰 바탕에 검은색 물방울무늬 원피스를 입은 여자는 검은 레이스 달린 칵테일 캡을 벗고 택시에 올라탔다.

"저기요! 이주령 씨!"

구보와 상이 달려갔지만 차는 이미 출발했다.

"기회를 놓쳤네."

"어디엘 가야 다시 만나나?"

"피디한테 가보자구."

피디는 작업을 끝내고 사무실에 있었다.

"이주령 씨 만나보셨나요?"

"아니요. 주소나 연락처 좀 알려주시오."

"명월관에서 못 들으셨나요? 이주령 씨를 쫓아다니던 남자가 있어요. 라디오에서 부르는 이주령 씨 노래가 자신을 위해서 불러주는 것 같다나요. 혈서도 보냈어요. 그래서 이주령 씨가 연락처와 거처를 바꿨죠. 오늘 스케줄은 미리 잡아놓은 거라 간신히 왔어요."

"그 혈서를 볼 수 있소?"

"이주령 씨가 맡긴 게 있어요. 모두 태운다고 했는데 혈서는 혹시 몰라 놔두었죠."

이범준은 서랍을 열고 하얀 봉투를 건넸다. 구보는 봉투에서 편지를 꺼내 읽어보았다.

경성에서 기생 제도를 철폐하라. 기생들은 권번 노예로 성노리개가 되어선 안 된다. 그녀들은 포주와 어멈, 기둥서방에게 등골까지 빨린다. 기생 제도를 없애고 그녀들을 예인과 스타로 대접해라. (중략) '이주령 당신은 나의 뜻에 동조해주세요.'

구보는 등골이 서늘했다. 취지는 좋으나 필시 처음에는 붉었을, 지금은 갈색으로 변색된 혈서에 소름이 끼쳤다.

상이 물었다.

"혈서를 쓴 극성팬을 만나볼 수 있소?"

"글쎄요, 주소 없이 와서요. 혹시 〈장한〉이라는 잡지를 아시나요? 기생들의 사진과 신상을 적은 《조선미인보감》이 고객 대상 책이면 〈장한〉은 진짜 그녀들의 잡지이죠."

"들어본 것 같소."

구보도 그 잡지를 알고 있었다. 1927년에 기생들이 만든, '기생 잡지'라고 불리는 잡지였다.

"그 잡지에 비슷한 글이 실렸어요. 우리는 신인을 발굴하려 구독하거든요. 사실은 오 탐정이라는 분이 찾아와 이 비슷한 얘기를 어제도 했구요."

"오 탐정?"

"네. 소설가면서 탐정도 한다는데요?"

이범준은 오 탐정 인상착의를 설명했다.

상은 고개를 끄덕였다. 이범준과 일별하고 염상섭이 있는 신문사로 발길을 옮겼다.

"오늘 내로 〈장한〉이라는 잡지를 훑자고."

마침 다행으로 신문사에 염상섭이 있었다. 구보가 자초지종을 말했다.

"이거 참, 기생들 보려는 게 아니라 살인범을 잡겠다구? 내 그럼 갖다 주지."

"참 선배, 소설가 중에 탐정이 또 있습니까? 오영지 탐정이라고 하던데요?"

"오영지? 추리소설 〈봄날의 음모〉를 써서 월간지에 발표했어. 자네들처럼 탐정이라구?"

상과 구보는 신문사 2층 회의실에서 〈장한〉 과월호 수십 권을 샅샅이 훑었다.

기생들 인터뷰와 사진, 그리고 인생살이를 한탄한 수필까지 다양했다. 구보가 한참 잡지를 살피는데 독자 투고란이 있었다.

"어어, 상이 여기 좀 봐. 아까 그 혈서와 비슷한 내용이야."

"뭐라고?"

투고란에는 혈서와 같은 내용이 실려 있었다. 기생 제도에 관한 폐해를 알리고, 인권을 고민하며 제도를 철폐해야 한다는 장황한 글이었다.

보낸 이는 황건이고, 보낸 이 주소는 익선정(익선동) 106번지다. 상과 구보는 염상섭에게 작별도 못 하고 다급하게 신문사를 뛰쳐나와 택시를 탔다.

그들은 관훈정 부근에서 내려 익선정 골목으로 서둘러 들어갔다.

건양건설사 정세권 사장은 익선동 땅을 대규모로 사들여 중소형 한옥을 지어서 분양했다. 중산층이 대규모 입주했고, 남촌에 거주하는 일본인 촌에 비해 근대적인 한옥촌을 형성했다.

대갓집이 즐비한 삼청정에 비하면 작지만 알부자들이 살았다. 뱀처럼 구불거리는 좁은 골목들의 낮은 담들이 운치가 있다.

상과 구보는 한참 골목을 헤매다 결국 105와 107번지 사이에서 찾았다. 기와집은 양식으로 개조해 철문이 달렸다. 담 너머 보니 대청마루에 문을 달고 안쪽으로 방을 만들었다.

앞마당에는 꽃을 곱게 가꾸었다. 이때 한 남자가 고개를 푹 숙이고 집으로 들어갔다. 구보는 이 남자라는 직감이 들었다.

"황건 군!"

덩치가 제법 큰 남자가 들어가려다 멈칫 서서 눈을 안 마주치고 고개만 슬쩍 돌렸다.

"이봐요! 불렀으면 봐야지."

구보는 남자를 잡았다. 남자가 그제야 시선을 마주쳤다. 살집이 있는 턱에 비해 작은 코와, 둥그런 뿔테 안경 속의 작은 눈이 인상적이다. 볼에는 여드름이 그득했다. 아기 얼굴처럼 앳됐지만 너끈히 스무 살은 넘어 보였다.

"당신! 이주령 씨한테 혈서 보냈지?"

"네? 대, 대체 왜 그러는데요? 좋아하는 가, 가수한테 팬이 편지 보낸 게 죕니까?"

"이주령 씨가 피습당한 거 알지? 뭐 아는 거 있나?"

구보는 정곡을 찔렀다. 상은 위압적인 표정으로 남자를 압도했다.

"뭐라고요? 나 참, 몰라요."

남자는 첨에 말을 더듬더니, 구보가 다그치자 말을 똑 부러지게 했다.

"편지로 왜 공포감을 조성했어, 어?"

"그거야 제 생각을 알리려 한 거죠. 저 방에서 잘 안 나와요. 어머니한테 물어보시면 거 뭐냐, 알리바이도 증명할 수 있어요."

"뭐 찔리는 게 있어? 왜 알리바이 타령이야? 좋아. 들어가서 어머니를 만나자구."

구보는 대차게 남자를 앞세워 집으로 들어갔다. 정원에서 꽃을 가꾸던 여자가 일어났다.

"건아, 무슨 일이니?"

"엄마!"

"누구시죠?"

상과 구보는 40대의 외모가 단정한 여인에게 안내를 받아 거실로 들어갔다. 앤티크 가구와 접시로 장식한 세련된 공간이었다.

"황건 군이 이주령 씨에게 겁박하는 편지를 보내 왔습니다. 경찰서의 의뢰를 받고 조사하는 중입니다."

상은 나직하게 이어 말했다.

"긴급 조사 중이오. 방을 볼 수 있습니까?"

모친의 표정이 굳었다. 그녀는 따라오라 하고 앞장섰다.

"엄마, 방 보여주기 싫어요."

"건아, 너는 잘못한 게 없으니까 괜찮다. 보여드리자."

건의 방은 뒷마당에 행랑채를 개조해 독채로 만들었다. 건은 고개를 숙인 채 뒤따랐다. 방문을 열자 구보는 깜짝 놀랐다. 벽에 이주령 사진이 여러 개 걸렸고, 바닥에는 그녀가 표지를 장식한 잡지들이 쌓여 있다. 그리고 책상 위에 쓰다 만 편지들이 있었다.

"어서 내보내요."

"건아, 잠깐 나가 있으렴."

건이 나가자 모친은 단정하게 상과 구보 앞에 앉았다.

"쟤가 덩치가 저래도 스물 하나예요. 사회생활도 안 하고 애처럼 굴죠. 그렇다고 기생을 좋아하는 게 죄인가요? 왜 경찰서에서 사람을 보내죠?"

"최근에 권번 여성들이 두 명이나 살해당했소. 이주령 씨도 죽을 뻔했죠. 그녀 주변을 조사하던 중 황건 군 혈서를 발견했소. 단순한 팬레터라기엔 정도가 지나치다고 생각하는데."

모친은 망설이더니 사진첩을 책상 서랍에서 뺐다.

"쟤가 돈이 어디 있어요. 요릿집에 갈 돈은 없고, 라디오에서 나오는 노랫가락에 반해 이렇게 사진첩을 사더니 쫓아다녔죠."

모친이 내놓은 것은 권번 기생 사진첩으로 《조선미인보감》이었다.

구보가 안을 살폈다. 기생들의 상반신 사진과 이름, 본적지, 현주소, 그리고 나이와 권번 소속 등이 적혀 있고 '성격은 온순하고 큰 눈에 두툼한 입술과 장미꽃 같은 미소를 지녔다'는 등의 설명이 첨부되어 있었다. 구보는 빽빽이 든 기생 사진을 보다가 간지가 끼인 부분을 펼쳤다.

이주령의 얼굴이 나왔다.

나이 23, 동그란 얼굴에 큰 눈과 이목구비 화려하다. 성격이 개성적이며 진정한 신여성스러운 기예를 지녀 목소리가 무척 곱고 아름답다. 마음씨가 착하고, 친절한 매력이 있다.

그 뒤로는 한정연과 이순진 등 피습으로 사망한 가수들의 사진과 이력도 있었다. 게다가 놀랍게도 한정연과 이순진 이름에 줄이 쳐 있었다.
"상이 이거 봐. 피해자들 이름에 줄을 쳤는데?"
상이 의미심장한 표정으로 살폈다.
그때 어느새 들어왔는지 건이 보감을 확 낚아챘다.
"이리 내놔······."
황건은 눈도 못 마주치면서 말을 얼버무렸다. 상이 날카롭게 물었다.
"한정연, 이순진은 이주령 피습 전에 살해당한 여성들이지. 이름에 왜 줄을 친 거지?"
구보는 황건의 반응을 살폈다. 황건은 적잖이 당황했다.
"그, 그건 이주령 씨가 위험할까 싶어 연구하던 참이었소."
"이 사람들의 이력과 소속, 활동사항을 보고 동선을 추측한 건 아냐?"
상의 도발적 질문에 황건은 얼굴이 붉으락푸르락했다.
대답이 없자 상은 질문을 달리 했다.
"이 사람들에게도 혈서를 보냈나?"
황건이 폭발했다.

"아니요! 아니라니까!"

모친이 그의 손을 잡았다. 황건은 화를 누르고 진정하려 애썼다.

"어머님은 잠시 나가주시죠. 물어보고 싶은 게 있소."

상의 요청에 그녀는 잠시 생각하다 밖으로 나갔다.

"왜 기생 제도를 철폐하고자 잡지에 글을 싣는 것도 모자라 혈서까지 보냈지?"

상이 다 조사하고 왔다고 압박하며 몰아세웠다.

"그녀들은 노래와 무용, 연극을 하는 예술인들입니다. 할리우드 스타와 같다구요. 어멈이나 기둥서방들한테 돈을 뺏기고 속박되어선 안 돼요. 가만있어서는 바뀌지 않습니다. 그런 내 뜻을 강하게 전하고자 보냈어요."

"취지는 좋은데 혈서는 심한 것 아닌가?"

황건이 답답하다는 듯 가슴을 쳤다.

"방구석에 틀어박혔다고 아이 취급입니까? 무슨 일이 있어도 난 그녀를 권번에서 탈출시킬 거요!"

구보는 황건이 보통 아닌 듯싶었다.

상과 구보는 몇 가지 질문을 더 하고 집을 나섰다.

"상이, 저 친구 적잖이 의심스럽네. 누군가를 광적으로 좋아하면 자기가 갖지 못할 바에야 그 누구도 사귀지 못하게 죽이기도 하잖아. 그런 유형일지 몰라."

박녹주 기생을 소설가 김유정이 쫓아다니며 구애하고 괴롭힌 일은 유명하다. 다행히 박녹주가 잘 달래서 김유정이 단념했지만.

"섣부른 추정을 하면 다른 가능성을 잃어. 조사를 더 하자구. 지금은 인력거 조합에 들르세."

"인력거 조합?"

"응. 앞서 죽은 두 기녀들이 인력거에서 내린 후 죽었으니 캘 게 있을 거야."

종로 뒷골목의 인력거 사무실 마당에는 10여 대의 인력거가 서 있다. 검정색 하오리에 뒷면에 힘 력(力)자가 쓰인 옷을 입은 사내 대여섯 명이 담소를 나누고 있다. 구보와 상이 사무실로 들어갔다.

"어서옵쇼. 인력거를 예약하셨소?"

"아닙니다. 물어볼 게 있소."

"물어볼 거라뇨?"

상은 협조요청증서를 보여주며 간략하게 말했다.

"아이구야, 형사님들 또 오셨습니까? 진저리 나게 말씀드렸잖습니까?"

"자세히 알아야 되오. 8월 10일 한정연 씨부터 짚어보죠. 잔치에 불려나갔다가 인력거 삯이 많이 나온다고 중간에 내려 피마골에서 죽었는데 그때 한정연을 태운 기사 좀 만나고 싶소."

"그게 저, 그날뿐 아니라 다른 기생 때도 같은 사람이 몰았지요. 지금은 쉬고 있습니다만."

"사무실에 안 나옵니까?"

"웬걸요. 열심히 나오는데 일부러 일거리를 안 주어요. 아무래도 꺼림칙하니까요."

두 사람 다 같은 인력거를 이용했다가 저세상으로 갔다니, 매우 의심스런 일이다.

"김 씨는 마당에 있을 겝니다. 가장 키가 작고 땅땅하고 다부진 이요. 나이가 일흔셋인데 힘이 장사죠."

마당으로 나가 담배를 피며 쉬고 있는 인력거꾼들에게 다가갔다.

"김 씨가 누구죠?"

"저기 있소."

다부진 체격의 청년이 가리키는 곳에 인력거를 들었다 놨다 하며 단련을 하는 노인이 있었다. 머리는 하얗게 셌으나, 벗어젖힌 몸통은 근육질이었다. 구보와 상이 다가갔다.

"어르신, 말씀 좀 여쭙겠습니다."

"아이고, 왜 또 귀찮게 하는겨."

"기생들을 8월 10일과 12일 밤늦게 태웠잖습니까? 그녀들이 술에 취했습니까?"

"10일 태운 사람은 잔치에서 술을 권했는지 볼이 볼구작작했는데 자꾸 나헌테 질을 돌아간다고 바가지 씌운다 헌께, 쪼까 기분 나빴지. 걸어간대기에 내려줬당께. 술에 취했어도 잘 걸었어. 나가 집으로 싸게 싸게 들어가쇼잉 헛제.

12일 태운 기생은 멀쩡한디 술 냄새 쪼맨시 나더만. 옷가게 본담시 명치정 대로에서 내렸당께. 그후 그렇게 됐제. 세 번째는 몰라. 음메, 나가 재수없을랑께 이랬당가. 소문이 겁나 나부

렸당게. 기분 나쁘게."

"선생님, 두 기생들 사이에 술 외에 비슷한 점은 없었습니까?"

"글씨 말이야. 옷이야 잘 입지, 목에 비단을 두르고, 양장이니 신기한 옷들이제. 뭐 치렁치렁 달렸고 화장도 짙고 뾰족 구두를 신었드라고. 남들은 그네들을 욕하고 손구락질 허도, 난 안 그려. 보통은 5정보(400미터)에 15전 가량 주는디 맘 좋은 기생들은 1원도 줘. 사납금 떼면 절반 남는디, 아들 월사금 내고 그라지잉."

구보는 5정보에 15전에 사납금 떼면 노동의 가치는 얼마인가 싶었다. 손의 굳은살과 어깨의 고통은 헐값 취급받는 세상이다.

"아니, 그 돈에 그리 힘든 일을 하셨습니까?"

"괜찮혀, 인자 우리도 핵교도 짓고 조합도 맹글어 단결혀."

상이 물었다.

"그렇다면 10일에 기생을 길에 내려놓고 사무실로 바로 왔습니까?"

노인이 갑자기 눈에 쌍심지를 켰다.

"시방 나를 범인으로 모는겨? 싸게 싸게 가. 일 줄 것 어니면."

노인은 상대 안 하겠다는 투로 말을 마쳤다. 그리고 다시 체력 단련을 했다.

인력거 회사를 나오며 구보가 물었다.

"술이 좀 들어간 모던걸을 노리는 강도인가? 길서 따라 붙다가 그녀들이 어두침침한 골목길에 들어서면 덮치는 것이지."

"이 퍼즐은 이주령을 만나야 맞출 것 같은데."

"짐작 가는 게 있나?"

"야심한 밤, 유흥가 뒷골목, 화려한 모던걸들, 금품을 털린 공통점. 비슷한 수법이야. 분명히 강도 이외의 이유도 있을 것 같아."

"상, 범인이 둘은 아닐까?"

"그러기엔 수법이 무척 비슷해. 피해자가 더 나오기 전에 막아야지. 범인 심리를 파악해야 해. 왜 술 취한 모던보이들은 건드리지 않지?"

"남자는 힘이 세잖아?"

"술에 취했다면 달라질 수 있지. 어찌 됐든 힘 약한 젊은 여성을 노린다는 공통점."

이때 버킷해트를 쓰고 베이지색의 플란넬 원피스를 입은 젊은 여성이 조합 사무실로 다가왔다. 젊은 인력거 기사가 휘파람을 불었다. 여성은 여유로운 얼굴로 목례를 가볍게 하고 들어갔다.

상이 고갯짓을 했다.

"혹시 오 탐정?"

구보가 갸웃했다. 30여 분을 기다리자 그녀가 사무실을 나왔다. 구보와 상이 다가갔다.

"안녕하십니까? 저희는……."

"구보, 이상 선생님이시죠. 저는 오영지라고 합니다. 추리소설가예요."

구불구불한 머리칼을 트레머리처럼 올린 오영지는 활짝 웃으며 경쾌하게 악수를 나눴다. 강하면서도 건강한 에너지를 발산하는 느낌이다. 키도 구보보다 약간 컸다. 구보가 오영지 구두를 힐끗 보니 굽이 낮았다. 구보는 고개를 세우고 등을 곧추세웠다.

그녀는 자신이 잡지에 발표한 소설을 소개하고, 지금은 희생된 여성들의 사연을 알아본다고 하였다.

셋은 카페로 들어가 커피를 시키고 마주 앉았다.

"소설 소재를 얻기 위해 사건을 캐는 겁니까?"

오영지는 고개를 슬쩍 저었다.

"아뇨. 돌아가신 어머니가 평양 기생이세요. 저는 남일 같지 않아 희생자들의 사건을 조사 중입니다. 이상하게 보는 분들이 많아 탐정이라고 둘러대죠."

"사건을 어느 정도 조사하셨죠?"

오영지는 가방에서 메모지를 꺼냈다. 글씨가 빼곡히 적혀 있었다.

"나름대로 정보를 모아봤는데요, 일단 8월 10일 한정연 씨는 이영호 변호사 부친 팔순 잔치에 불려 나갔다가 권번으로 오는 길에 죽었죠. 인력거 승차 값을 실랑이하다 종로 5정목서 내렸습니다. 변을 당한 시간과 장소는 밤 12시경 피마골 소소 빈대떡집 앞입니다. 사인은 액사입니다. 손으로 목을 졸렸어요."

구보는 의아했다.

"잠깐만, 신문에 실린 정보도 이 정도는 아니었는데요?"

오영지가 방싯 웃었다.

"물론이죠. 어머니 친구들이 권번 기예 선생님들이에요. 이모들한테 들었어요."

구보는 더 많은 정보가 있겠다 싶었다.

"한정연 씨가 털린 금품은 지갑과 시계, 목걸이였습니다. 이틀 후 이순진 씨가 쇼핑 갔다 오는 길에 친구와 몽뜨 카페에서 커피와 술을 마시고 인력거를 탔죠. 구경한다고 내린 게 화근이 되어 변을 당했고요. 사인은 동일합니다. 인력거 사무실에 들렀다가 선생님들 다녀간 후라 혼났어요."

상이 날카롭게 물었다.

"미심쩍은 부분은 없었습니까?"

"기사님이 같다는 게 걸렸죠. 근데 알리바이가 확실해요. 밤새 기생들을 태우고 인력거를 몰았다고 방금 전 기사님과 재차 확인했어요. 어제 이모들이 인맥을 동원해 기사님의 알리바이를 확인해주었구요. 범행을 할 여유는 없었어요. 첫 사건 날도 사무실 갔다 다시 손님을 모시고 동대문을 갔죠."

"근데 기사님을 왜 만나보러 갔죠? 알리바이가 있는데요?"

"나이가 궁금했어요. 여성들 상대로 참혹한 범죄를 저지를 정도면 젊은 남자일 거라 생각했거든요."

구보는 놀랐다. 그동안 상과 용의자들을 추리면서 한 번도 어떤 사람일 거란 고정관념을 가지지 않았다. 하지만 오영지는 범인에 대한 특정한 상을 만들었다.

"그럼 청년입니까?"

"중년도 가능하죠. 저는 이 범죄가 금품 약탈 외에 다른 동기도 있다고 봅니다."

"다른 동기가 뭡니까?"

상이 의중을 찔렀다.

"희생자들이 모두 젊고 화려한 직업을 가졌고, 대중에 노출돼 있어요. 기생이라는 건 차림새로 추측 가능하죠. 명치정이나 종로 거리 등 지근거리에서 10일과 12일 이틀 사이에 두 명이 동일수법으로 죽었어요. 정확하게 일주일 후에 이주령 씨가 강도를 당할 뻔했고요. 범인이 도보로 이동해 으슥한 곳에 숨어 있다 범행을 저질렀을 가능성을 염두에 두고 있어요. 저는 성적인 동기도 있다고 봅니다."

오영지는 조심스레 말하고는 커피를 한 모금 마셨다.

"성적인 동기요?"

"네. 저희 어머니도 그 이유로 돌아가셨어요. 남자의 집착과 분노죠."

오영지의 표정이 잠시 굳었다.

그녀는 기억을 떠올렸다. 세도가의 장남은 어머니를 두 번째 부인으로 맞이했고 오영지를 얻었다. 하지만 본부인에게서 냉대 받던 어머니는 영지를 본가에 맡기고 권번으로 돌아갔다.

그 후, 어머니는 단골에게 주기적으로 폭행을 당하다 목숨을 잃었다. 그녀가 다른 남자에게 시집갔다는 이유였다. 그는 일본 정치인의 아들이었고, 곧 풀려났다.

오영지는 아버지의 도움으로 유학을 다녀왔다. 이후 독신을 서약하고 작가의 길을 걸으면서 죽음을 연구해 추리소설을 썼다.

오영지의 작품을 평론가들이 분 냄새 풍기는 삼류 탐정소설이라고 폄훼했지만, 그녀는 낙심하지 않았다. 외국에서 추리소설은 하나의 문학 장르였다. 애거사 크리스티, 코난 도일, 에드거 앨런 포, 에도가와 란포의 작품은 그녀에게 추리소설에 매진하는 원동력이 되었다.

"저라도 그녀들의 죽음을 캐지 않으면 묻혀버립니다. 두 분께 사건이 의뢰됐다니 놀랍고 반가워요. 저도 열심히 도울게요."

"이주령 씨는 만났습니까?"

상이 질문했다.

"아뇨, 경성방송국에 찾아갔지만 만날 수는 없었고 이범준 피디는 봤죠."

"우리는 혈서를 보낸 황건 군을 만났습니다."

"아, 그 사람 찾아냈어요?"

"네. 잡지를 뒤져서 주소를 알아냈죠."

"선생님들, 대단하세요. 저는 거기까지는 못 했어요. 어떻던가요."

"확실한 증거는 없어요. 이주령에 대한 애정으로 기생들 인권까지 생각하는 청년입니다. 일을 벌이려 맘먹었다면 앞서 두 여성을 죽이기 전에 실행했겠죠."

오영지는 상의 말에 고개를 슬쩍 저었다.

"현실이 더욱 비정해요. 제가 추리소설을 쓰지만 실제사건의 잔인함을 못 이깁니다. 만약에 그 남자가 이주령 씨에 대한 집착과 분노를 두 여성에게 투사했다면요? 사건을 흐리려고 먼저 두 분을 희생시켰다면요?"

구보가 입을 벌리며 놀랐다.

"아니, 본 사건을 가리려고 죄 없는 두 사람을 희생시켜요?"

"그럼요. 추리소설에서는 있을 법한 트릭이죠. 저도 모르겠어요. 그건 소설이고 현실은 훨씬 더 복잡하고 무질서해요. 그게 사람 사는 거고요. 그래서 죽음에 천착하며 작품을 쓰는지도요. 죽음으로 사람들 관계가 극명하게 드러나거든요."

오영지는 어머니를 떠올렸다. 열 살에 집을 나간 어머니는 하얀 드레스에 실크양산을 들고 코티분과 붉은 립스틱 바른 얼굴로 마지막 인사를 했다. 한 번도 화낸 적 없고 늘 다정했다. 하지만 오영지는 어려서부터 본능으로 알았다.

그녀가 떠날 거라는 걸.

오영지는 여학교 시절에 어머니를 뵈러 갔다. 어머니는 아름답게 화장하고 노래를 연습했다. 일에 전념하는 모습이 보기 좋았다. 오영지는 시집가는 대신 직업을 갖고 떳떳이 독립해서 살고 싶었다.

어머니의 부고를 들었을 때 유학을 결심했다. 그리고 집안에 독신선언을 했다.

유학을 다녀와서는 신문 사회면에 실린 여성의 억울한 죽음의 원인을 밝히고 범인을 잡는 것에 집중했다. 여성이라 경찰이 될 수 없다면 소설 속에서라도 해보고 싶었다.

지금은 여성 연쇄살인사건에 조금이라도 도움이 되고자 동분

서주하다 진짜 탐정들을 만났다.

"제가 범인의 눈에 들게 함정수사를 해서라도 꼭 잡고 싶어요."

오영지는 결연한 의지를 보였다.

"그건 안 됩니다. 밤에는 절대 홀로 조사 다니지 마세요. 위험합니다."

"아뇨, 어떻게든 하겠어요. 저희 집 전화번호입니다."

오영지는 작은 메모지를 건네고 카페를 나갔다. 구보는 희생된 여인들의 억울함을 밝히려 하는 오영지의 모습에 감명 받았다. 그녀에게서 진취적인 신여성의 당찬 면모가 엿보였다.

다음 날 오후, 구보가 신문사에 들러 원고를 건네고 다방에 왔다. 상은 구보가 들어서자마자 얼른 지팡이와 재킷, 모자를 챙겼다.

"구보, 명월관에 가세. 호호마담이 우리를 급하게 찾는다네."

"뭐라고? 그 차가운 여자가 왜 우리를 찾지? 이주령 씨 연락처는커녕 무슨 거지 쫓듯 쫓아냈잖아?"

"서둘러. 시간이 됐네."

상과 구보는 부지런히 걸어 명월관에 도착했다. 호호마담이 정원수를 손보다가 그들이 들어서자 정중히 인사했다. 지난번과는 태도가 사뭇 달랐다.

"들어들 오세요. 얘야, 선생님들을 매실로 안내해드려라. 저는 좀 있다 가겠습니다."

댕기머리 소녀는 구보와 상을 2층의 가장 안쪽 방에 안내했다. 최고 손님만 모신다는 매실은 사방을 금색 벽지로 둘러 시선을 빼앗았다. 화려한 병풍이 서 있는 널찍한 다다미 방 중간에 고급스런 청동화로가 있었다. 그 옆의 대형 잔칫상 위에는 단출하니 청자 주전자와 찻잔이 놓였다. 구보가 차를 따라 마시려는데 호호마담이 들어섰다. 손에는 종이상자가 들려 있다.

"제가 해드리죠. 호호."

마담은 성냥으로 주전자를 데우는 램프를 켰다. 잠시 후 마담은 찻잔에 정성스레 차를 따랐다.

"국화차입니다. 가을에 따서 말렸다가 봄이 오면 지난 가을을 추억하며 마시지요."

구보는 이게 웬 입에 발린 소리냐 속으로 혀를 차며 차를 마셨다. 산뜻한 맛이 혀끝에 감돌았다.

"간밤에 큰 화재가 날 뻔했습니다. 그래서 급하게 연통을 드렸지요. 아무래도 선생님들이 조사하는 사건과 관련이 있는 건 아닐까요."

호호마담은 특유의 웃음기를 거두었다. 목소리도 톤을 낮췄다.

"다들 잠든 시각에 부엌에서 불이 났습니다. 다행히 종업원이 빨리 발견해 진화는 했지만 하마터면 변을 당할 뻔했어요. 누군가 우리에게 한을 품고 있는 게 분명합니다."

"짚이는 데가 있소?"

"글쎄요. 한두 사람이 아니라서요. 시골 유학생이 집 한 채 값을 날려서 그 아비가 해코지하러 온 적도 많고요. 우리에게 무시 받았다고 앙심 품은 공무원이 음식이 불결하다고 위생과에 신고하기도 했죠. 심지어 친일귀족과 일본 관리들이 드나든다며 폭탄을 설치하려던 사람도 있어요. 이토록 적이 많으니 제가 선생님들도 경계를 한 거랍니다."

얼굴에서 웃음기를 뺀 마담은 몇 년은 더 나이가 들어 보였다.

"웃음을 팔고, 예술을 즐기고, 젊은 애들과 자매처럼 어울려 사니 누구는 저더러 신선 같다는데 허울만 좋죠. 매상은 투자자들한테 가고, 전 상에서 떨어지는 부스러기나 먹으며 별별 험한 꼴은 다 본답니다. 몸도 예전 같지 않은데 이 나이 되도록 빚에 시달리고. 후우."

구보는 마담의 한탄이 진심 같았다.

"이 바닥에서 온갖 애들을 거느리다 보니 제가 눈치가 백단인데, 사실 좀 걸리는 게 있어요."

호호마담은 미간을 찡그리고 심각한 표정을 지었다. 구보는 무슨 말을 할까 궁금했다.

"그게 저, 물방울 스카프가 문제가 아닐는지요."

"네? 그게 무슨 말입니까?"

호호마담은 가지고 온 상자를 열어서 노란 실크에 파란색 물방울무늬 스카프를 몇 장 꺼냈다.

"권번 애들에게 창립기념일에 준 선물입니다. 몇몇은 촌스럽다 했지만 또 몇몇은 외출할 때에 양장이나 신식 한복에 맸어요. 곰곰이 생각해보니 이걸 두른 날에 그 아이들이 당한 듯싶어요."

마담은 죽은 이의 이름을 들먹이는 게 저어했던지 '그 아이들'이라고 불렀다.

"한정연과 이순진 양을 말하는 겁니까?"

"네."

"한정연 씨는 잔치에 다녀오다 변을 당했죠. 스카프를 맸을까요?"

상이 날카로운 질문을 던졌다.

"충분히 그랬을 수 있어요. 잔치가 끝나면 한복에서 양장으로 갈아입거든요."

"그럼, 이주령 씨도 같습니까?"

"그건 기억이 안 나는데, 앞서간 애들은 이 스카프를 유독 좋아했어요. 외출하는 날 두르고 나가는 걸 본 적 있어요."

"스카프를 가져가도 되오?"

"두 벌을 드릴게요."

상은 마담에게 스카프를 받았다.

마담은 허리를 깊이 숙여 인사를 하며 잘 조사해달라 재차 부탁했다.

상은 다방으로 돌아와 금홍에게 노란 스카프를 건넸다.

"이게 뭐야?"

"선물."

"선물이라니?"

"하고 나가는 날에는 나한테 말을 꼭 해주도록."

"알았어요. 내 취향은 아닌 거 알죠?"

금홍은 스카프를 옆에다 치웠다. 구보는 상이 하는 양을 보다가 귓속말을 했다.

"저걸 하고 나가면 위험하다잖아?"

"금홍이는 어차피 노란색을 싫어해."

"그럼 왜 준 거야?"

"저녁이라도 얻어먹으려고."

"참나, 싱겁기는."

구보는 다방서 금홍이 말아준 김치말이 국수를 먹으며 소설을 구상했다. 상은 신문을 뒤적거렸다.

"내가 며칠 전에 봐둔 기사가 있는데."

"무엇을 말인가?"

"아 찾았네. 이럴 수가. 바로 오늘인데?"

"어?"

"오늘 밤 기독청년회관에서 '조선 최신유행 여자옷 감상회'가 열린다는 것을 알고 있나?"

"최신유행 여자옷?"

"여성들의 나들이 옷, 연회복을 한자리에 모아 보여주는 쇼일세."

"무엇이? 의복 쇼라는 말인가?"

"그렇지. 외국에서는 패션쇼라고 하지. 기독청년회관에서 그 감상회가 열린다니 가보세. 경성의 잘나가는 기생과 가수들이 무대에 오른다구."

구보는 모델들 중에 이주령도 있을 성싶었다. 구보는 집에서 옷을 갈아입고 상과 7시에 다방에서 만나 기독청년회관까지 걸어갔다.

회관 앞에는 수십 인의 사람들이 북적거렸다. 포드 클래식, 뷰익, 크라이슬러 등의 차량들이 늘어서 있고, 외국인 저명인사와 부인들이 화려한 옷을 입고 차에서 내렸다. 한껏 차려입은 모던걸과 모던보이들이 삼삼오오 회관으로 무리 지어 들어갔다.

한쪽에서는 구경꾼들이 벌떼같이 몰려들어 인사들을 구경했다.

"거 밀지 좀 마쇼! 이런 구경 태어나서 첨 하나. 촌스러워서, 원."

"그런 당신은 태어나서 두 번하는 구경이라 이리 안달인가?"

"뭐라고? 이 양반이?"

구경꾼들이 어깨를 밀치면서 싸우는 통에 구보는 뒤로 떠밀려 밖으로 튕겨 나왔다.

구보는 자신의 옷차림을 내려다봤다. 갖고 있는 것 중 가장 좋은 옷으로 입었으나 살짝 늘어난 무릎, 엉덩이 부분은 핏이 떠서 크고, 재킷의 깃이 약간 비뚤어졌다. 좋은 옷도 자주 입으면 이렇다. 회장에 들어간 이들과 비교해보니 더욱 마뜩잖았다.

상이 자괴감에 빠져 있는 구보를 툭 쳤다.

"오늘 이주령이 모델로 나와. 확실해."

"어?"

"저어기."

상이 실크해트를 들어 고갯짓으로 가리키는 곳에 한 남자가 턱시도를 입고 회관으로 들어가는 모습이 보였다. 안경은 안 썼지만 여드름 가득한 앳된 얼굴이 분명 황건이었다.

"그녀를 보러 온 것이겠지. 어서 들어가 봄세."

"초대장은 있는가?"

"내가 누군가. 염 선배한테 기자 초대장을 얻었어."

"저 친구는 어떻게 얻었지?"

"한 가지에 미치면 뭔들."

클래식이 흐르는 대연회장을 가로지르는 무대 주변으로 원형 테이블과 의자들이 놓여 있다. 무대 맨 앞에 외국인 대사 부부들과 저명인사들이 앉고, 그 옆으로 일본인 공무원들과 기자들이 나란히 앉았다. 구보와 상은 무대의 끝자리가 배정됐다.

구보가 의자에 앉아서 테이블에 놓인 물을 한 모금 마셨다.

"빈티지 와인이며 산양 치즈, 발로나 초콜릿까지 엄청나구만. 왜 이런 쇼를 하는 겐가?"

"그야 백화점이 후원해서 옷을 팔려는 게지. 돈 때문이야. 후후."

빠른 리듬의 재즈가 흘러나오면서 모델들이 걸어 나왔다. 박수갈채가 터졌다.

뒷자락을 길게 늘인 이브닝 앙상블을 입은 여인, 신식 한복에 밍크 목도리를 두른 여인, 기모노 디자인의 애프터눈 코트를 입은 여인들이 옷맵시를 뽐내며 무대를 걸었다. 짙게 화장하고 성장을 한 여인들의 모습에 구보는 정신을 빼앗겼다. 그 순간 그녀가 우아하게 걸어 나왔다.

"저기, 저기, 이주령이 나오네!"

이주령은 웨딩드레스를 입었다. 분홍빛 진주가 벨라인 드레스에 촘촘히 달렸다. 수천 개의 진주들이 영롱하게 빛나 찬연했다.

구보는 주위를 두리번거렸다. 어디에도 황건은 없었다. 이주령이 무대에서 내려갔다.

"뒤로 가보세."

상은 민첩하게 움직여 연회장을 빠져나갔다. 구보도 뒤따랐다. 복도 끝에 대기실이라는 팻말이 있었다. 살짝 벌어진 문틈으로 실랑이하는 소리가 들렸다.

"이 편지를 전해야 합니다."

황건이었다. 상이 문을 확 젖히고 들어갔다.

대기실의 모델들이 뒤로 물러서 호기심 어린 눈으로 보는 가운데 황건과 무대감독이 실랑이를 벌였다. 감독은 황건을 어르느라 애썼다.

"아 글쎄, 이주령 씨는 회관을 나갔다니까 그래."

"편지라도 전할 길은 없습니까."

"황건 군, 무슨 내용인지 봐도 될까요?"

구보가 달래듯이 다가갔다. 황건은 순간 당황하다가 고개를 숙이고 나가며 한 마디 던졌다.

"귀찮게 하지 마십쇼."

구보가 이름을 부르며 뒤를 쫓았지만, 그는 쇼가 끝나고 우르르 쏟아져 나온 군중 사이로 사라졌다.

다음 날 아침 다방으로 전화가 왔다. 이범준이었다.
"구보, 저녁에 이주령이 방송국에서 만나겠다는군."
"아니, 정말이야?"
"오늘 약속 잡지 말게."

약속 시각에 그들은 방송국 사무실로 갔다. 노크를 하자 이범준이 문을 열었다.
"들어오셔서 말씀들 나누시죠."

남포등을 켠 사무실에는 이주령이 기다리고 있었다. 그녀는 검은색 슬림 실루엣 원피스에 같은 색 클로슈를 깊숙이 써서 얼굴을 가렸다.
"어머니한테서 들었어요. 사건을 알아보신다고요."

어머니는 호호마담이다.
"황건 군에게 괴롭힘 당하지는 않습니까?"

상이 거두절미하고 질문을 던졌다.

이주령이 천천히 고개를 저었다.
"아뇨. 편지만 주는 정도예요. 오히려 소문난 신사에 유부남인데 결혼하자는 팬도 있어요. 고가의 시계를 선물하기에 돌려보냈죠. 너무 집요해요."
"그분은 누구죠?"

"말씀드리기는 어려워요. 그분의 지체상 함부로. 그것보다 그간 말하지 못한 게 있어요."

이주령은 고요한 목소리로 나긋나긋하게 말했다. 노래를 목청껏 시원시원하게 부르던 사람이 맞나 싶었다.

"아버지는 날 적부터 없었고, 어머니는 저를 권번에 파셨지요."

그녀는 불행한 유년 시절을 담담하게 술회했다.

"손님 중에 곤충학 교수님이 계시는데, 염낭 거미라는 신기한 거미에 대해 말해줬어요. 이 거미는 짝짓기가 끝나면 알을 낳고 거미줄로 칭칭 감싸서 숨겨두죠. 새끼들이 나오면 엄마 거미가 먹잇감이 돼요. 그만큼 모성애가 강하대요. 거미만도 못한 게 사람이지만……."

이주령은 뜸을 들였다.

"어머니에 대한 분노를 삭일 수 없어 소리를 했지요. 노래에 몰입하면 어머니를 객관적으로 볼 수 있어요. 지금은 절연하고 돈만 부쳐요. 그런 어머니라도 보고 싶지만……."

이주령이 허심탄회하게 이었다.

"우울증에 시달려서 죽고 싶어질 때 의사를 찾아갔어요. 수면제 처방을 환자에 맞게 잘해 이름난 분이죠. 그분은 평소엔 친절한데 예약을 안 하고 가면 굉장히 차가워요.

한 번은 잠이 며칠째 안 와 예약도 안 하고 급하게 갔어요. 비난하듯 쏘아보는 눈초리가 잊히지 않아요. 나름 의지했는데 상처였어요."

그때의 상처가 다시 살아난 듯 얼굴에 그늘이 졌다.

"전 이래도 슬프고 저래도 슬픈데 웃으며 노래해요. 향기 없는 꽃이죠."

아름다운 얼굴에 쓸쓸함이 깃들었다. 젊지만 마음 속 나이테에는 상처와 내핍이 켜켜이 있었다.

그녀가 조심스레 말했다.

"병원에 정연 언니, 순진 언니도 다녔거든요. 그 부분이 겹치는 게 좀 그래요."

상이 눈빛을 빛냈다.

"그 병원은 어디입니까?"

"남대문 통 식산은행 뒤쪽 골목에 있어요. 은행이나 증권사 직원들도 알음알음으로 찾아가는 곳이죠. 화평 정신과라는 곳이에요."

"명월관 손님이나 팬 중에 짚이는 분은요?"

이주령은 고개를 저었다.

"아뇨. 잘 모르겠어요."

"황건 군은 어떻습니까?"

"설마, 우리 기생들을 그렇게나 걱정해주는데요."

구보가 물었다.

"광적 집착일 수도 있잖습니까?"

"그건 모르겠어요."

"한 가지 더, 노란 스카프를 사건 일어나던 날 매었소?"

"네. 맞아요."

상은 몇 가지를 더 묻고 구보와 방송국을 나왔다.

다음 날 그들은 화평 정신과를 찾았다. 식산은행 뒷골목 약방에 물으니 잘 가르쳐줬다. 상은 허름한 건물 2층으로 올라가 병원 문을 열고 들어섰다. 환자는 없었고 간호사가 맞이했다.

"진료 받으러 오셨나요?"

"네. 오전 중에 예약한 이상입니다."

"들어가세요."

진료실로 들어가자 어깨가 좁고 마른 체구의 남자가 책상 뒤에 앉아 있었다. 책상에 '의학박사 한상준'이라고 적힌 명패가 있었다.

"이쪽은 제 친구 구보라 합니다. 같이 뵈러 왔습니다."

"앉으시죠."

"환자가 저희밖에 없습니까?"

"지금은 더울 때라 환자가 많지 않지요."

"날이 더워지면 환자가 줍니까?"

구보가 물었다.

"환절기에 많죠. 어느 분이 진료를 보는 겁니까? 예약은 이상 씨가 하셨는데요."

"실은 이주령 씨 일로 왔습니다."

상은 곧바로 답했다.

"라디오 가수분요?"

"네, 맞습니다."

"무슨 일로 그러시죠?"

상은 자초지종을 말했다.

"저런. 큰일을 겪으셨군요. 어쩐지 최근에 발길이 뜸했어요."

"큰일을 겪으면 더 와야 되는 것 아닌가요?"

구보가 물었다.

"너무 큰 불안증에 시달리면 오히려 오기 힘들지요."

"무대에 서고 라디오 녹음도 하던데요."

"그거야 하던 일이니까요. 저도 가끔 무척 힘들지만 관성적으로 일을 하죠. 누구나 그렇습니다."

"동료 한정연, 이순진 씨도 여기에 약 타러 다녔다 들었소. 그녀들은 피살됐소."

한상준은 난처하다는 듯 답하였다.

"그분들은 가끔 수면제만 타는 정도였어요."

"혹시 환자분들 중에 그들에게 관심 가졌던 분이 있소? 오가다 마주칠 수도 있고."

"환자 개인정보를 공개하면 안 됩니다."

상이 다그쳤다.

"현재 두 명이 죽고 한 명이 피습당했어요. 한정연, 이순진, 이주령이 그들이오."

한상준이 버럭 화를 냈다.

"그 기사는 나도 읽었어요. 금품이 없어졌다면서요? 강도의 소행입니다. 함부로 환자들을 폄훼하지 마십시오."

"폄훼가 아니라 여러 방법으로 알아보는 거요."

"난 환자 정보를 발설할 수 없으니 돌아들 가시오!"

둘은 소득 없이 병원을 나섰다.

"상, 이제 어떡할 셈인가?"

"확실한 것은 아직."

"황건을 더 캐야 하지 않을까?"

"어떤 한 인물에 포커스를 맞추면 다른 인물을 배제하게 되네."

구보와 상은 다방으로 돌아왔다. 베이지색의 미니멀한 린넨 재킷과 펠트 클로슈로 세련되게 차려입은 오영지가 와 있었다. 구보는 반가이 인사하는 그녀의 환한 미소에 살짝 떨렸다.

"구보 선생님, 이상 선생님. 안녕하세요."

"아니, 오 작가님."

"제가 나름대로 추리를 해봤어요. 들어주세요."

"어서 앉아요."

그들은 금홍이 내온 커피를 앞에 두고 의논했다.

오영지는 종로 지도를 꺼냈다. 그리고 노란 스카프도 가방에서 꺼내 펼쳤다.

"이 스카프는?"

"권번서 받아왔어요. 마담이 어머니 직속 선배세요. 여러 번 뵙고 여쭤다 스카프에 관해 들었어요."

오영지는 진지했다.

"제가 그녀들이 당한 장소들을 지도에 표기할게요."

오영지는 한정연을 피마골 중심부에, 이순진을 명치정 위쪽 골목 끝에, 마지막으로 이주령을 종로 3정목 부근에 적었다.

"이주령 씨가 당한 곳은 3정목입니다. 아직 다른 사건이 일어나지 않았죠. 누가 당하고도 신고하지 않았을지 모르지만. 범인이 성적인 부분이나 금품, 외모에 집중했다면 다른 먹잇감을 노릴 겁니다. 여기에서."

오영지는 세 이름을 선으로 그었다. 그 안을 손가락으로 짚었다.

"여기서 멀지 않아요. 피마골, 종로, 명치정. 멀어야 황금정(을지로). 제가 스카프를 쓰고서 함정을 파고 싶어요."

"그건 안 됩니다. 너무 위험하오."

"그러니까 찾아온 거예요. 도와주세요."

"이렇게 합시다."

상은 머리를 맞대고 작전 계획을 짰다.

다음 날 밤부터 상과 금홍, 구보와 오영지가 2인 1조를 만들어 잠복했다. 금홍은 피마골이나 종로 등지에서 노란 스카프를 쓰고 다녔고 그 뒤를 상이 따라다녔다. 구보는 황금정과 명치정 뒷골목에서 오영지 뒤를 따라다녔다.

며칠간 별다른 일이 없었다. 새벽 3시 정도까지 다니다 집으로 돌아갔다. 구보는 오영지를 데려다주면서 글과 문단에 관한 이야기를 나누는 게 즐거웠다.

잠복한 지 닷새째 되는 밤, 여느 때처럼 오영지가 황금정 골목을 걷는데 한 취객이 오영지에게 집적댔다. 오영지는 가볍게 취객을 밀치고 빠르게 걸었다. 구보가 뒤따랐다.

새벽 2시경, 거리를 오가는 인력거와 사람이 뜸해졌다. 상점도 거의 문을 닫았다. 오영지가 또각또각 구두소리를 내며 걷는데 한 남자가 골목에서 나와 서성였다.

키가 작고 마른 체구의 남자는 검은 중절모에 같은 색 트렌치코트를 입었다. 쇼윈도의 처마 밑에서 오영지가 지나가길 기다렸다 따라붙었다.

구보는 긴장했다. 인적이 드물어 오영지의 구두소리가 또렷이 들렸다.

가로등 불빛도 거의 없는 으슥한 골목길. 오영지는 노란 스카프로 여민 머리 아래로 옅은 베이지색 린넨 원피스를 입어 밤에도 눈에 띄었다. 검은 중절모 남자는 조용히 저벅저벅 뒤를 쫓았다. 구보도 바싹 따라갔지만 눈치챌까 거리를 둔다는 게 그만, 미로 같은 골목길에서 놓치고 말았다.

오영지는 누군가 따라오는 걸 낌새로 느꼈다. 구보는 아니었다. 발소리가 달랐다. 남자는 구두가 아닌 가죽신을 신어 발소리가 작았다. 숨소리 같은 게 들릴 만큼 가까웠다.

"어이, 아가씨는 권번 소속인가?"

오영지가 뒤에서 들리는 남자의 높은 목소리에 멈칫 섰다. 뒷덜미에 소름이 오소소 돋았다.

"누, 누구시죠?"

"데이트를 하고 싶어 그런데 같이 술 먹으러 가지 않겠나?"

"희롱이라면 그만두시죠."

"뭐라고? 네가 뭔데 함부로 지껄여?"

남자는 주변에 사람이 있나 둘러보고 목청을 돋웠다. 째지는 목소리가 귀에 거슬렸다.

오영지는 긴장했지만 오른손을 핸드백 안으로 조심스레 넣었다.

"이리 와봐! 어서!"

오영지는 남자가 와락 달려들자 뒤로 물러났다. 남자는 스카프를 잡아챘다. 그가 무서운 얼굴로 다가왔다. 모자 밑으로 날선 눈매와 얇은 입술이 보였다. 나이는 30대 중반 정도였다.

"이리 오라니까."

남자는 두 손을 들고 달려들어 목을 조르려 했다. 그녀는 가방에서 기다란 막대기를 꺼냈다. 그리고 남자의 뺨과 머리, 어깨를 가격했다. 남자가 비명을 지르며 얼굴을 감쌌다.

"아야! 이, 이년이! 죽고 싶어?"

오영지는 학과 소나무가 새겨진 문진을 높게 쳐들었다.

"다치고 싶지 않으면 다가오지 마. 네가 한정연, 이순진을 죽였어? 네가 범인이야?"

남자가 덜덜 떨면서 뒤로 물러났다.

"너, 너, 누구얏?"

"네놈의 정체를 아는 사람. 경찰서로 가자!"

"뭐, 뭐라고? 너 이리 와! 널 죽여 후환을 없애야겠어!"

남자가 와락 달려들자, 오영지는 문진을 두 손으로 잡고 사정없이 남자를 쥐어 팼다.

독신 서약을 하고 작가의 길을 걸으며 스스로 번 원고료로 처음 산 물건이었다. 당당히 홀로서기를 하겠다는 결심이 깃든 물건이다.

아악, 남자가 비명을 질렀다. 누군가 오영지의 팔을 잡았다.

"오 작가, 내가 제압할게요."

구보였다. 오영지가 문진을 거둔 순간, 중절모 남자가 그녀의 목을 졸랐다. 그녀 손에서 문진이 떨어졌다. 구보가 남자의 얼굴에 주먹을 날렸다. 남자가 휘청거리며 오영지가 풀려났다. 남자는 구보에게 주먹을 날렸다. 이번에는 구보가 쓰러졌다.

그녀는 바닥에 떨어진 문진을 들어 남자의 머리를 세게 강타했다. 퍼억 하는 소리와 함께 남자가 바닥에 널브러졌다.

"괜찮아요?"

구보가 오영지 손을 잡고 일어났다. 구보는 남자 손을 스카프로 꽁꽁 묶었다.

"굉장합니다."

"뭘요. 제 손에 무기가 있는데요. 중국에 유학 갔을 때 남녀노소 불문하고 무술 익히는 걸 보고 감명 받아서 검도를 배웠죠. 호신술은 추리소설가의 기본 아닌가요? 근데 실전은 연습과 달리 만만치 않네요."

상과 구보가 중절모 남자를 기무라에게 넘겼다. 오영지는 뒤를 부탁한다고 하고 돌아갔다. 구보는 웬만한 남자보다 용감한 그녀가 멋졌다.

남자는 그간의 범행을 자백했다. 이름은 김고남으로 지방 유지의 아들인데, 명월관에 몇 번 드나든 적 있는 전문학교 늦깎이 학생이었다. 기무라는 김고남의 진술조서를 작성했다. 상과 구보는 뒤에서 지켜봤다.

"그러니까 노란 스카프로 권번 여성인 줄 알고 함부로 덤벼든 거 아니오? 사람이 죽어도 권번에서 쉬쉬하고 가족들도 연락 안 되는 경우가 허다하니 말이오!"

"아, 아니요! 전혀 아니오. 그녀들은 내게 공포감을 줬소. 항거 불능의 패닉 상태에서 나도 모르게 덤빈 것이오!"

"뭐요? 공포감?"

김고남은 덜덜 떨면서 말했다.

"그, 그래요. 나는 밀집공포증이 있소."

"뭐어? 밀집공포?"

"엉경퀴나 벌집, 연꽃 씨 구멍처럼 반복되는 모양에 두려움을 느껴요. 물방울무늬만 보면 온몸에 소름이 끼치고 앞이 깜깜해지고 어지럽소. 숨도 못 쉬고 죽는단 압박에 아득해지오. 그래서 그랬소! 그녀들을 쓰러뜨리지 않으면 내가 죽소! 그놈의 서양 옷에는 자잘한 무늬, 물방울무늬가 많단 말이오! 참으로 징그럽고 징그럽소! 그래서 죽였소!"

"그럼 왜 금품을 턴 것이지? 지갑과 시계, 목걸이를 털어갔잖아."

"그, 그건 그녀들이 노동을 하지 않고 웃음이나 팔고 헤프게 몸뚱이를 굴려 쉽게 번 거니까."

남자는 정당하다는 듯 당당했다.

"에잇! 이 양반아. 기생들이 거저 버는 줄 알아? 이리저리 치여 힘겹게 살아간다고!"

구보는 너무도 화가 났다. 이때 상이 남자가 기피하여 밑에 치워둔 물방울무늬 스카프를 꺼냈다.

"자, 잘 봐!"

상은 물방울무늬의 스카프를 남자에게 들이댔다. 남자는 으악 소리를 질렀다. 그리고 두 손으로 머리를 감싸더니 바닥에 주저앉아 온몸을 사시나무 떨 듯 떨었다. 마치 간질 발작 환자처럼 보였다. 연기가 아니고 진짜 공포증이 있어 보였다. 상은 더욱 스카프를 들이댔다.

"잘 봐! 이 무늬를!"

남자는 발작을 하다 고개를 푹 숙이더니 갑자기 일어나 상의 목을 졸랐다.

"크으악!"

상의 목에서 남자의 손을 떼려고 구보와 기무라가 달려들었다. 어디서 그런 괴력이 솟았는지 둘이 매달려도 역부족이었다. 순사들이 들어와 곤봉으로 남자의 어깨를 때려서 간신히 떼어냈다. 그의 광증은 대단했다.

김고남을 유치장에 구금한 후, 기무라는 법의학 박사에게 전화하러 사무실로 갔다.

"상이, 난감하군. 밀집공포증이라니?"

"의학 잡지에서 기사를 읽은 적은 있어. '구멍'을 뜻하는 그리스어 'trypo'에 공포를 뜻하는 'phobia'를 붙여 의학용어로 트리포포비아라고 하더군."

이때 기무라가 조사실로 돌아와 의자에 털썩 앉았다.

"정신질환이란 참으로 무섭군요. 이성을 잃고 사람을 죽이다니. 그간 범죄자들을 수없이 만났지요. 아무 이유 없이 사람을 해친 이도 있어요. 그때는 이해가 안 됐지만, 제가 아파보니 조금은 이해되네요."

구보가 물었다.

"재판 과정에서 범인이 지닌 질환이 고려되면 형을 감경시킵니까?"

"그런 판례가 있습니다. 취중에 죄 지은 자가 인사불성인 점을 고려해 감형을 받았지요."

구보는 고개를 저었다.

"저 자가 무고한 두 명을 죽였고, 한 명은 구사일생으로 살아났소. 형이 감경되어 풀려나면 안 됩니다."

"저도 압니다만, 우리는 수사만 할 뿐 형을 내리는 건 재판관들이지요."

구보는 조심스레 물었다.

"형사님은 괜찮나요?"

기무라가 고개를 약간 끄덕였다.

"나아지고는 있습니다만……. 저의 어머닌 평생 외도하는 아버지로 인해 외로웠습니다. 아버지는 어쩌다 집에 오셔도 말씀이 없고요. 어머니는 가끔 막내인 저를 뒷산 묘지에 데려가서는 한참 앉아 있다 제가 한눈팔면 몰래 숨으셨죠. 저는 울부짖으며 엄마를 찾아다녔어요. 그러다 또 나타나시긴 했지만 어머니가 유일하게 화 푸는 법이었겠지요. 그 충격이 지금까지 영향을 끼치고 있는 걸까요."

구보는 얼었고 상은 고개를 저었다.

"그 기억 때문은 아닐게요."

기무라는 고개를 끄덕였다.

"그렇겠죠? 하지만 저자처럼 저도 불안증으로 일을 저지를까 걱정이 됩니다."

구보가 확실히 말했다.

"김고남과 형사님은 다릅니다. 소나무, 잣나무를 구별할 줄 아십니까? 소나무는 가지가 늘어지고 구부러지면서 잎은 두 개로 갈라집니다. 반면 잣나무는 위로 곧게 올라가고 잎이 다섯 개로 갈라져요. 향도 더 짙지요. 게다가 잣나무 열매는 솔방울보다 크게 열려 2년에 한 번 수확합니다.

비교가 우습지만, 나무도 겉은 비슷비슷하나 속은 다 다르죠. 형사님이 김고남처럼 범죄를 저지를 확률은 낮아요."

기무라의 얼굴이 환해졌다.

"정, 정말 그럴까요?"

구보는 긍정의 미소를 보였다.

기무라가 둘의 손을 잡고 고개를 숙였다.

"두 분께 진심으로 감사합니다."

기무라는 진솔한 표정으로 말을 이었다.

"드릴 말씀이 있습니다."

"말씀하시죠."

"일본이 조선을 강제로 침탈한 일로 조선인들에게 미안한 마음이 듭니다."

기무라는 힘없이 말했다.

"국가라는 거대한 그늘에 숨어 공범자로 사는 저도 참으로 악인이구나 싶습니다."

구보는 허탈한 심정으로 생각했다.

그들도 밀집공포증 환자와 다르지 않다. 특정 대상에 이성을 잃고 히스테리와 불안증에 책임도 못 질 짓을 저지른다. 밀집공포증 환자는 반복적 무늬에, 일제는 제국주의와 식민지 침탈에 꽂혀서 비인간적인 참상을 벌인다. 누가 이 광적인 망상과 폭주를 깨부순단 말인가.

경찰서를 나온 상과 구보는 다방을 향해 걸었다.

"상이, 우리 약속 하나 함세."

구보는 사색에 빠진 상에게 제안했다.

"뭔데?"

"우리도 위험한 일에 발을 담갔지. 앞으로 몸이든 마음이든 아프거든 서로 도와서 잘 치료함세."

상은 미소를 지었다.

"그러세."

상과 구보는 손을 쥐고 굳건히 약속했다. 그날은 사건을 해결한 기쁨으로 가뿐히 헤어졌다.

일주일이 지난 어느 날 새벽 상에게서 연락이 왔다. 기무라에게서 다급한 호출이 왔으니 경찰서에서 만나자는 것이었다.

기무라는 그들이 사무실에 들어서자 조용한 곳으로 데려갔다. 자그마한 탕비실에 이르자 조심스레 말을 꺼냈다.

"무슨 일입니까?"

기무라가 목소리를 낮췄다.

"사건이 묘하게 흘러갑니다."

"묘하다뇨?"

"이판능 아십니까? 그 사건을 모르면 경찰이 아니죠."

기무라는 심각했다. 구보도 이판능 사건을 알았다.

1921년 도쿄에서 조선인 이판능이 17명의 시민을 죽였다. 일본에서 전차 차장으로 일하던 이판능은 하숙집에서 수건 세 장을 도난당하자 이를 따지다가, 주인 부부에게 맞고 경찰서에 억울함을 호소했다. 경찰은 반응이 없었다. 평소 차별을 받던 그는 그날 밤 칼로 부부를 죽이고 길거리로 뛰쳐나와 무고한 시민을 연쇄적으로 죽인다.

일본인 변호사가 변호를 맡았고 1심에서는 무기징역을 받았다. 그러나 후에 심신상실이 인정되어 일본 재판 사상 처음으로 정신병으로 인한 감형을 받고 2심에서 7년 6개월로 구형 형량이 줄었다.

구보가 조심스레 물었다.

"그 사건과 무슨 관계입니까?"

"혹시 김고남이 정신질환으로 감형을 받으려는 수작은 아닌지요. 이판능 사건 판례가 있어 7년 미만의 형을 받을지 모릅니다."

상이 물었다.

"왜 그런 생각이 들었소?"

"사실 범죄자는 잡기 전에는 그토록 만나고 싶고, 잡은 후에는 그들의 이야기를 들으면서 동정심을 느끼게 돼요. 피해자들에게 미안한 말이지만, 같이 조서를 쓰는 과정에서 친해지기도 합니다. 김고남은 조서 쓰는 데 적극적으로 도와 간식거리도 챙겼지요."

구보는 뒷말이 궁금했다.

"일전에 민원에 도움을 받은 할머니께서 감사인사로 산딸기를 갖고 오셨어요. 그걸 김고남에게 권했는데 잘 먹더군요."

상은 진지했고, 구보는 무슨 뜬금없는 소리인가 했다.

기무라가 얼굴을 손으로 쓸더니 이야기를 계속 했다.

"김고남이 딸기를 엄청 먹더라구요. 뒤늦게 생각이 들었는데 딸기 씨를 보면 물방울무늬처럼 작고 반복되는 패턴이 밀집공포증을 유발할 것 같지 않습니까? 그걸 거리낌 없이 먹는 게 걸려요. 제가 과민한가요?"

상은 고개를 저었다.

"아니요. 추호도 의심스런 점이 있어선 안 되오."

"고맙습니다. 상부에 보고하기도 뭣한 사소한 일인데, 이상하게 자꾸 맘에 걸려 두 분께 털어놨습니다."

"재판을 위해 정신감정도 받지 않습니까?"

"그럴 겁니다. 김고남도 선임 변호사가 정신과 의사를 알아본다더군요. 참, 한상준이라는 의사가 김고남에게 질환과 관련해 진료도 했답니다."

"한상준은 우리가 아는 의사요. 사건과 관련해 찾아갔소. 그 의사를 우리가 먼저 조사해보겠소."

기무라는 상이 알려주는 한상준의 정보를 받아 적었다.

다음 날 오후, 한상준이 경찰서에 왔다. 기무라가 임의동행을 요구했다.

조사실에서 상, 구보와 두 번째로 마주한 한상준은 얼굴이 파리하게 질려 있었다.

"선생님, 저는 잘못한 게 없고 이주령과 한정연 환자 등에게 약을 처방한 게 다인데 왜 경찰서에 불려온 겁니까?"

"환자 중에 김고남이란 사람이 있습니까?"

상이 물었다.

한상준의 얼굴이 굳었다.

"김고남 씨에게 소화제나 바르비탈 계열의 진정제를 처방했지요. 그 사람이 무슨 일을 벌였습니까?"

"그렇소. 그가 예의 연쇄살인사건 범인이오."

"네? 이럴 수가?"

"김고남의 병 증세에 관하여 말해주시오."

"음, 사실 그 사람은 정신적 문제가 있습니다."

구보가 은근히 물어봤다.

"자세히 말씀해주시죠."

"진실을 말하면 풀어주는 거죠? 그 사람은 주로 여성에게 집착하더군요. 저에게 나체 사진을 가져와 흥분되지 않나 물었어요. 관심 가는 여성이 있는데 어찌 하면 되냐고 물은 적도 있고요."

"심하게 문제된 것은 없소? 예를 들어 어떤 공포증이 있다든가 말이오."

한상준이 고개를 끄덕였다.

"공포라기보다는 분노가 있었죠. 권번 여성들을 굴종시키는 상상을 한다고 하더군요. 꿈속에서 납치해 죽이고, 일상에서도 여자들을 고문하는 상상을 한대요. 그게 머리에 꽉 틀어박혀 괴롭다 했지요. 실제 이루기 힘드니까 소화제나 진정제를 달랬습니다."

구보는 화가 났다.

"이봐요! 지난번에 우리가 갔을 때 말해줬으면 좋지 않소?"

"김고남이 범인이라는 확신도 없고 환자의 비밀을 누설할 수도 없죠. 상상만으로 죽인다면 누구든 살인자가 됩니다."

"이자가 밀집공포증이라고 정신감정을 받아 빠져나간다는데 어떻게 생각하오?"

"밀집공포증이라고요? 트리포포비아 말씀하는 거죠?"

"그렇소."

"그런 말 한 적은 없는데요."

"지금 그 말 정확하게 소견서를 써주고 진료서류를 경찰에 공개하시오."

상의 단호한 말에 한상준은 연신 고개를 숙이며 부탁했다.

"그러면 여기서 나가는 거죠? 숙부가 독립운동하시다 경찰서에서 고문당하고 후유증을 심하게 겪는 걸 봐서 관공서라면 경기가 납니다. 그래서 두 분을 그냥 보냈어요. 얽히기 싫어서요. 성심성의껏 도울 테니 나가게 도와주십시오. 부탁입니다."

한상준의 눈에 눈물이 어렸다. 구보는 한숨을 쉬었다. 누군들 트라우마가 없을까.

조사실을 나와서 구보가 물었다.

"상, 혹시 말이야. 김고남의 진술이 사실이지 않을까? 딸기에 거부감이 없는 것만으로 의심하는 게 좀. 실은 나도 밀집공포증이 약간 있어. 점박이가 들어찬 연꽃 씨를 보면 소름 끼치지만 딸기는 그냥 먹거든."

"흐음, 구보. 그동안 우리 추정이 틀린 사건도 많았지. 오셀로 장군처럼 아내를 의심하고자 하면 모든 게 확증편향이 돼. 그렇다고 간과할 수도 없어. 기무라에게 우리의 행동방향을 김고남에게 알리지 말라 했네. 기무라가 흥분해서 다그치거나 하면 자칫해 단서를 흘릴 수 있어. 이번 건은 나도 자네에게 말 못 하고 진행하는 게 있네."

예전 같으면 서운할 말이지만, 그간의 경험으로 상의 단독수사가 무엇을 의미하는지 안다.

범인을 잡을 결정적 한 방의 단서. 그걸 찾을 때, 구보는 자신이 배제되어도 이해한다.

재판 날, 김고남은 자신이 법학을 공부했다며 선임한 변호사 말고도 스스로 변호를 자처하였다. 그는 재력으로 판사 출신의 노련한 일본인 변호사를 고용했다. 그리고 저명한 경성제대 정신과 교수를 초빙했다. 상은 증인으로 대기했다. 김고남을 검거한 과정을 설명하기 위해서다.

정신과 박사 사노 교수는 선서를 한 후 증언을 하였다.

"제가 정신감정을 며칠에 걸쳐 한 결과, 김고남 씨는 트리포포비아 증세를 보입니다. 그리스 신화에 각종 정신병적 공포증이 나왔듯이, 인간은 수많은 공포증을 느끼죠. 밀집공포증은 인류의 10퍼센트가 넘게 있을 것으로 추정됩니다."

사노는 판사에게 말했다.

"존경하는 재판장님, 방청객들께 몇 가지 사진을 보여드려도 될까요?"

"사건과 관계가 있습니까?"

"물론입니다."

"좋습니다."

사노는 엄청난 구멍이 밀집한 연꽃 씨 사진을 돌렸다. 방청객 중에 몇 명이 으음, 하며 신음을 냈다. 피의자에게도 보였다. 김고남은 소리를 지르며 고개를 돌렸다.

"김고남 씨, 진정하시죠. 당신 증세를 설명하기 위해서요."

사노는 이번엔 자잘한 구멍이 가득한 물고기 지느러미에 남자 상체가 달린 괴물 그림을 보였다.

사람들이 놀라 탄식을 했다. 구보는 온몸에 소름이 돋았다.

"이건 병화어라는 괴물입니다. 하체의 지느러미에 엄청난 비늘이 포진했죠. 이처럼 밀집공포증은 사람에게 충격과 혐오를

줍니다. 이유는 벌집이나 뱀의 비늘을 두려워하던 태고적 기억에서 비롯됐다는 등 여러 가지 설이 있죠. 저는 김고남 씨를 문진하고 여러 심리시험을 진행한 결과 심각한 수준의 밀집공포증 환자임을 증명합니다."

전문가의 의견 피력은 판사와 방청객에게 신뢰감을 주었다.

"큰일 났군. 1심에서 적게 형량을 받으면 2심, 3심으로 올라가도 형량을 늘리지 않잖아. 상이, 어떻게 할 셈인가?"

"일단 증인석에 서야지 별수 있나."

상은 검사의 호명을 받고 증인석에 서서 선서를 마쳤다.

"이상 선생은 저명한 문인이자 탐정으로 활약하고 계셔서 진술에 한 치의 거짓도 없을 거라 믿고 묻겠습니다. 한상준 씨를 만난 일이 있습니까?"

"그렇습니다."

"뭘 알아보신 거죠?"

"처음에는 피해자들이 한상준 씨 병원에 다녀서 조사하러 간 것이고, 추후에 김고남에게 무슨 증세로 어떤 약을 처방했는지 물었습니다."

"자세하게 말해주시죠."

"김고남 씨는 한상준 씨에게서 바르비탈 성분의 진정제와 소화제 등을 처방받았습니다. 증세에 공포증은 없었고, 여성에 대한 적개심과 분노로 약을 받았다고 들었습니다."

상의 진술이 끝났다. 이번에 검사는 한상준을 증언대에 불러 질문을 던졌다. 한상준 역시 동일한 증언을 했다. 하지만 권위에서나 증언하는 태도에서나, 누가 봐도 한상준이 사노에게 밀렸다.

구보는 답답했다. 이때 심부름꾼 소년이 법정으로 조용히 들어왔다. 소년은 방청석으로 돌아온 상의 귀에 귓속말을 하고 메모지를 건넸다. 상이 검사의 곁으로 다가가 무언가 말을 건넸다. 구보는 짐작 가는 게 있었다.

김고남에게 피습당한 오영지가 아직 오지 않았다. 그녀도 검찰 측 증인이다.

"구보, 오영지 작가가 법정 밖에 서 있네. 같이 들어오게나. 아마 다른 분도 계실 거야."

구보는 조용히 법정을 나갔다. 문 앞에 오영지가 체구가 작은 여성의 손을 붙잡고 다독이고 있었다. 검은 슈트의 여성은 등을 숙이고 시선을 내리깐 채 미동도 없었다. 검은 칵테일 캡을 썼는데 긴 망사가 얼굴 전체를 가렸다.

그들이 법정으로 들어서자 검사가 일어났다.

"재판장님, 오영지 작가와 김희경 양을 증인으로 세우겠습니다."

이때 김고남의 변호인이 일어났다.

"말도 안 됩니다. 저 사람은 증인 신청에 없었습니다."

변호사의 이의 제기에 재판장은 검사와 변호사를 불러 합의를 보았다.

"재판장님, 긴급하게 멀리서 모셔왔습니다. 이 사건의 결정적 증인입니다."

"안 됩니다. 미리 알려주지 않고 새 증인을 올리는 건 용납 못합니다."

"검사님, 변호사님, 이렇게 하지요. 새 증인을 멀리서 오게 했으니 오늘 증언을 듣되 10분 이상은 안 듣는 걸로요. 다음 재판에 어차피 세울 것 아닙니까?"

이에 변호사가 마지못해 동의를 했다.

증언대에 오른 오영지는 자세하게 김고남의 피습과정을 설명했다.

"제 뒤를 바짝 쫓다가 제게 권번 소속인지 먼저 물었고, 제가 정체를 묻자 같이 술을 먹으러 가자고 했습니다."

검사가 오영지에게 물었다.

"이 법정 안에 그 사람이 있나요? 있다면 가리켜 보시죠."

오영지는 김고남을 집게손가락으로 바로 가리켰다.

"저 사람입니다. 확실합니다."

"증인, 김고남 씨는 밀집공포증을 앓고 있다고 합니다. 증인이 그날 두른 스카프에는 물방울무늬가 있고요. 마주쳤을 때 증세를 드러냈습니까? 몸을 덜덜 떤다든지 눈빛이 불안하다든지요."

"아뇨. 전혀 아닙니다. 오히려 제 손을 잡으려 하고, 완력으로 제압하려 했어요. 그리고 목을 조르려 했고요. 제가 피해자들 이름을 대니까 동요하면서 날 죽여 후환을 없앤다고 했어요!"

오영지의 또박또박한 말씨에 방청객은 술렁였다. 김고남의 어머니가 손수건으로 눈물을 훔쳤다.

검사가 이번에는 다른 증인 김희경을 세웠다. 김고남은 전혀 기억이 나지 않는 듯 긴장한 기색이었다.

"김희경 씨, 당신은 세명 여학교에 다닐 때 큰일을 겪으셨죠? 말씀해주시겠습니까?"

망사로 얼굴을 가린 김희경이 덜덜 떨면서 휘청거리자 얼른 오영지가 다가가 부축했다.

그녀는 물을 한 모금 마시고 말을 시작했다.

"제, 제가 1년 전에 겪, 겪은 일입니다."

김고남이 갑자기 눈을 크게 뜨고 당황했다. 변호사에게 귓속말을 했다. 변호사가 이의를 제기하려는데 판사가 손을 들어 저지했다. 김희경은 떨리는 목소리로 말을 이었다.

"저, 저는 한 남자를 학교 끝나고 일하던 백화점 향수 코너에서 만났습니다. 손님으로 온 그는 저녁을 사주고, 재밌는 말을 많이 했어요. 하루는 늦게 만났는데, 너무 치근덕대고 집요하게 집으로 가재서 거, 거부했습니다. 하지만 마지막으로 카페에서 커피 한 잔만 마시쟀어요……. 카페서…… 커피를 마셨는데 이후 기, 기억이 없습니다……."

"김희경 씨, 기억이 없다니, 무슨 말씀이시죠?"

"분명히 커피를 마신 건 기, 기억나는데……, 깨나 보니 발가벗겨져 있었습니다. 그 남자가 자신의 집으로 절 데려가 유, 유린한 것이었습니다. 남, 남자는 경찰에 신고하면 학교에 소문을 내고 가족도 죽인다고 해서 도망치듯 나, 나왔습니다……."

김희경은 잠시 끅끅대며 눈물을 흘렸다. 오영지가 손수건으로 닦아주었다.

"그 남자가 여기 있습니까?"

"네."

"누구입니까?"

김희경은 김고남을 정확히 가리켰다. 김고남이 벌떡 일어나서 소리쳤다.

"판사님, 모두 거짓 증언입니다. 허위입니다."

검사는 법정경위가 김고남을 앉히자 차분하게 증거품을 꺼냈다.

"이건 경찰이 김고남의 집에서 압수수색영장을 집행해 가져온 바르비탈 계열의 진정제입니다. 독성이 무척 강해 소량으로도 며칠간 잠을 재울 수 있습니다. 경찰은 1년 전 김희경 씨가 김고남과 함께 있다 기억을 잃었던 카페의 주인을 수소문해 증언을 받았습니다. 그 당시 김고남이 단골이라 기억하는데 여러 여성이 커피만 마셔도 정신을 잃어 부축해 나간 적이 수차례 있다고 했습니다."

김고남은 거짓이라고 거세게 항의했다. 법정경위가 포박을 하고 변호사가 조용하라고 하자 그제야 입을 다물었다.

검사는 한상준에게 처방한 약이 맞는지 확인을 했다. 한상준은 그렇다고 했다. 판결은 나중에 나오지만, 이날의 재판 분위기는 분명히 김고남에게 불리하게 흘러갔다.

법정을 나온 구보는 상과 오영지에게 다가갔다. 김희경은 부모가 기다리고 있다 데리고 갔다.

"아니, 긴급이라 이해는 하지만, 나만 쏙 빼놓고."

"어쩔 수 없었네. 사안이 급했어."

"구보 선생님, 죄송해요. 제가 김고남이 단골로 다니는 카페 등과 주변 인물을 수소문해서 증거를 얻는 중에 이상 선생님께만 극비로 말했어요. 김희경 씨는 오늘 오전까지도 확실하게 답을 안 주다가 간곡한 설득에 오셨어요. 더 이상 피해자가 안 나오게 하려는 의지로 어렵게 증언대에 선 거예요."

"대체 어떻게 피해자를 찾아낸 거요?"

"김희경 씨가 카페에 다시 와서 상황을 알아보느라 직장 연락처를 남긴 걸 제가 받아서 증인으로 모신 거죠."

구보는 고개를 끄덕였다. 오영지의 집념과 열정적인 정탐으로 사건의 결정적 증거를 확보했다. 이제 김고남은 밀집공포증으로 빠져 나가려 해도, 여러 여성들을 약을 먹여서 성폭행한 죄가 있으니 그 죗값부터 치러야 하고 살인죄도 가중 처벌될 것이다.

며칠 후, 상과 구보는 호호마담과 이주령에게 범인이 잡혔다는 걸 알리려 명월관에 들렀다.

호호마담이 그들을 보자마다 다가와 다급하게 부탁했다.

"아이구, 저 사람을 제발 쫓아내주세요. 우리 가게를 해코지 하려나봐요."

구보가 정문 앞에서 상월아재와 실랑이를 벌이는 황건을 보았다.

"그럼 그때 그 화재도?"

"그건 쫓겨난 하인이 저지른 짓이란 걸 밝혔어요. 어서 저 치 좀 쫓아내세요."

기생들이 나란히 선 가운데 황건이 결사적으로 상월아재와 일꾼들을 뿌리치면서 문을 활짝 열어젖혔다.

"도망쳐요, 이주령! 당신은 자유를 얻을 자격이 있는 여신입니다. 어서 도망치라구요!"

권번의 여성들은 황건을 비웃거나 걱정스레 보았다. 맨 앞에 서 있던 이주령의 얼굴이 굳었다. 호호마담은 씩씩대며 어쩌나 지켜보았.

이주령은 한걸음씩 황건에게 다가갔다. 마담은 지켜보다 상월아재에게 눈짓을 주었다. 상월아재가 거칠게 다가가자 상이 가로막았다.

이주령은 황건의 앞으로 다가가 섰다. 그리고 낮은 목소리로 말했다.

"자유와 권리를 진지하게 고민하게 된 건 당신 덕분이에요. 당신 말대로 여기서 벗어나 독립하도록 노력할게요."

이주령은 황건에게 손을 내밀었다. 황건은 가냘픈 손을 조심스레 잡고 눈물이 그득한 채 그녀를 봤다.

"고마워요. 진심으로."

이주령의 목소리가 떨렸다. 황건은 눈물을 훔치고 말했다.

"당, 당신에게 차마 하지 못한 말이 있습니다. 이 말을 하면 내가 두려워 떠날까봐 못한 말입니다. 사랑합니다. 앞으로는 당신이 꺼려하지 않는 방법으로 돕겠습니다. 뜻을 같이 할 사람들도 모아서 같이 지지할게요."

호호마담이 당황해 구보를 붙잡았다.

"탐정 선생. 우리가 얼마나 나쁜 짓을 한다고 저 난린지, 허참. 우리도 기방에 밤손님 받으면 문을 두드려서 손님을 불안하게 한다구요. 애들을 거칠게 대하지 못하도록 감시해요. 값도 비싸게 치르게 해서 아무나 받지 않는다구요!"

구보는 한숨을 쉬었다. 황건은 이주령이 아니라 이 마담을 붙잡고 설득해야 한다. 권번의 인권의식은 고용주부터 바뀌어야 생겨날 것이다.

"이것 보시오. 호호거리지 말고 남의 말도 들으시오. 기녀들이 권번에서 혹사당하는 시대에서 벗어나 가수가 됐소. 선불금 주었다고 옭아매고 엄한 남자에게 보내려 안달치지 말아요. 그녀들의 재능에 정당하게 후원하고 투자하시오."

호호마담은 구보가 단호히 꾸짖자 입을 비죽였다.

시대 흐름에는 천하의 악인도 굽힌다. 개방과 자유가 주어지면 권번도 그녀들을 속박할 수 없다. 황건 같은 후원자도 큰 몫을 할 것이다.

상과 구보는 이주령과 마담에게 사건의 결과를 알려주고 명월관을 나섰다. 저만치 일꾼들에게 쫓겨나는 황건이 보였다.

상은 의미 있는 미소를 지으며 그가 터덜터덜 걷는 뒷모습을 봤다.

"한여름의 뜨거운 태양이 배와 사과를 탄탄하게 익히듯, 이 일은 황건 군 일생에 큰 버팀목이 될 거네. 모종도 어울려 자라야 싹이 움트고 키가 불쑥 크듯 저 친구도 앞으로는 방을 나와 사회를 위해 무슨 일이든 할 거야. 그 마중물 역할을 이주령이 했는지도."

구보는 고개를 끄덕였다. 한 번도 기녀들의 인권을 생각하지 않았다. 해어화. '말을 아는 꽃'인 그네들의 꽃같이 고운 얼굴과 꾀꼬리 같은 목소리, 사치스런 생활과 소문 그리고 파란만장한 인생사에만 관심이 있었다.

그런데 지금은 황건 덕으로 달라졌다.

"난 처음에 황건이 범인일 거라고 의심했는데 자네는 그렇지 않았지."

"전혀 의심치 않았지."

구보가 이상해서 물었다.

"언제 황건이 범인이 아니라는 걸 직감했지?"

"황건도 용의자 선상에 놓기는 했지만, 그를 적극 지지하는 어머니가 계시고 안정된 생활이기에 잔인한 범행을 세 건이나 저지르기에는 안 어울렸어. 오 작가가 범인의 상을 추정한 가설을 듣고 생각을 바꿨지. 범인이 특정인을 목표로 삼는 것 같았어.

세 피해자들의 나이대나 외모, 직업도 비슷하고. 따라서 이주령에게만 집중한 황건은 용의자 상에서 거리가 더 멀어. 오 작가가 뒤의 사건을 가리려 앞 사건을 저지를 가능성을 던졌지만 소심한 황건은 더욱 아냐."

"오영지 작가의 공이 크군. 함정수사도 돕고 결정적 증인도 찾아내고."

"피해자를 생각한 용감한 여성이 사건을 해결했네. 우리는 그 범인이 빠져나가는 걸 도왔고."

며칠 후, 상과 구보는 거리를 산책하며 호객하는 상인과 손님들을 봤다. 어느새 뜨거웠던 여름이 지나가고 선선한 바람이 뺨을 스쳤다.

"소나기 철도 지나고, 더위 가시고 가을이 오면 나아지려나."

구보는 은근히 경성의 안위를 걱정했다. 안전한 도시가 되면 일거리는 끊기겠지만 평화로운 경성은 참으로 아름답다.

"어, 딸기다!"

구보는 좌판에서 산딸기를 발견했다. 늦여름의 산딸기라 귀했다. 조금 사서 상에게 권했다. 새콤달콤했다.

"그러고 보니 정말 밀집공포증이 생길 법도 한데. 이처럼 규칙적인 점박이가 가득한 걸 보니."

"구보, 황건 군이 엽서를 다방으로 보냈네. 이주령 씨가 권번을 나오게 됐대."

"듣던 중 반가운 소식이군."

"그 마담도 계약을 풀어준 걸 보니 어지간히도 귀찮은 일에 시달리기 싫었던가 보네."

"앞으로 이주령 씨는 어떻게 되지?"

"황건 같은 팬들의 성원에 가수로 활동하고 라디오에도 나오겠지. 이 사건을 계기로 독립하는 예인을 보니 기쁘네."

"응, 희생당한 여인들은 안됐지만."

"삶이란 참 그렇지. 안 좋은 일이 태풍처럼 휩쓸고 가면 깨끗한 바탕에서 좋은 일이 생기지."

"그러니 주역에서 가장 좋은 패는 겨울이 아닌가. 추운 시절이 지나면 꽃 피는 봄이 오고 싹들이 움트니."

상은 고개를 크게 끄덕였다.

"이제 가을이면 단풍 들고 낙엽 지지. 누군가 그립고 삶을 돌이켜보고 바람에 들꽃, 잔디 향이 실려 오네. 노을이 가장 예쁜 때이니 기다려볼까."

구보는 상이 언제 이리 감상적으로 변했나 헤아렸다. 가을에 대한 기대는 사람을 무르익게 만든다.

"오늘은 금홍 씨에게 이주령 씨가 부른 동심초를 틀어달랄까. 꽃잎은 하염없이 바람에 지고 만날 날은 아득하게 기약이 없네—."

구보는 동심초를 나지막하게 불렀다.

*조선의 괴물에 관하여 《조선 괴물 백과》(곽재식 지음, 워크룸 프레스, 2018년)를 참고했습니다.

육화

카프 작가의 실종

京城 探偵
LEESANG

추운 겨울날이었다. 구보는 길거리서 산 군고구마를 맛나게 먹었다. 상에게도 권했으나 거절당했다. 상은 다방의 중앙 난로에 장작을 넣고 군불을 세게 땠다. 구보는 상에게 재차 권했다.

"맛있어, 먹어봐."

"배 안 고프네."

"대체 누구를 기다려?"

"어떻게 눈치챘지?"

"이 밤에 집에도 못 가게 하니 말이지. 오죽 심심하면 내가 군고구마를 사 왔겠는가."

"자네도 아는 작가야."

"작가라구?"

이때 다방의 문이 드르륵 소리를 내면서 열렸다. 구보는 누군가 싶어 고개를 돌렸다.

문을 열고 들어선 사람은 구보도 알고 있는 작가였다. 이름은 김민성으로 문단 행사에서 몇 번 봤다. 그는 허름한 코트에 중절모를 푹 눌러쓴 초췌한 몰골이었다.

"여기 앉으시죠. 다른 손님은 없습니다."

상은 그가 오기 전에 다방 문을 닫았다.

"커피 좀 드시겠습니까?"

김민성은 불안한 눈빛으로 둘을 번갈아 봤다.

"감사하오."

따뜻한 커피에 안정을 찾은 그는 중절모를 벗고 등받이에 몸을 기댔다.

"오랫동안 숨어 다니느라 심신이 말이 아니오. 잠시 눈 좀 붙이겠소."

김민성은 눈을 감았다. 구보는 그럴 만하다고 여겼다. 얼마나 피곤하고 힘들었을까.

김민성은 문인 단체에서 여러 번 봤지만 사적인 장소에서 마주친 적은 거의 없었다. 순수문학을 하는 그들과는 다르게 카프(조선 프롤레타리아 예술가 동맹) 계열, 즉 계급운동 의식이 있는 작가였다.

10여 년 전만 해도 카프 계열과 민족주의문학 계열 작가들이 잡지나 신문 상에서 논쟁이 활발하였다. 그러나 몇 년 전부터 카프 작가들이 검거되더니 단체가 강제로 해산되었다. 김민성도 혁명 의식을 고취하는 글을 여러 군데 실은 탓에 경찰에 쫓기고 있다. 그런 그가 사건을 의뢰하러 왔다.

15분 후 김민성은 눈을 뜨고 식은 커피를 한 모금 마셨다. 그는 조심스레 운을 뗐다.

"친구를 찾아주시오. 박충선이라고 카프 작가인데 아마 알고 계시리라 짐작되오."

구보는 기억을 더듬었다. 박충선이라. 20대 초반의 젊은 남자 작가인데 키가 작고 약간 뚱뚱했던 것 같다. 3년 전에 시로 등단했고 활발하게 작품 활동을 한다는 것 정도만 안다.

"박충선 이 친구가 최근 잡지에 계급 해방운동에 대해 과격한 글을 써서 경찰에 쫓겨 다녔는데, 갑자기 실종됐소."

그게 바로 일주일 전의 일이라고 했다. 경찰의 수배령이 떨어지자 김민성은 박충선의 도주를 도왔고 같이 추적을 당하는 처지였다.

"자세히 말씀해주시죠."

"박충선 작가는 억울하게도 살인 누명을 썼소."

구보도 짚이는 바가 있었다. 늘 소설 집필 전에 자료 스크랩 겸 해서 신문을 천천히 훑는데 한 달 전에 일어난 일본 정치인 암살사건이 카프 작가와 관련 있다는 기사를 보았다.

김민성은 커피를 마시고 뜸을 들인 후 입을 열었다.

"모든 걸 말해야겠지요. 한 달 전에 일본의 고위 인사가 테러를 당해 죽었소. 중명전 경성구락부 파티에서 사격용 소총으로 2층 창문 밖에서 저격했소. 마우저 98K라는 저격용 소총을 이용한 암살이었소. 그런데 그 독일제 소총은 우리가 살 자금도 없거니와 그는 그런 일에 도통 능력이 없소. 단지 박충선은 글 쓰는 일이 돈이 안 돼 독일서 생필품을 수입해 도매상에 판 적이 있소. 헌데 지금 유력 용의자로 총독부 정보부에서 비밀리에 쫓고 있소. 독립운동 인사들에게 들은 바로는 사살해도 좋다는 명령이 내렸다고 하오."

구보는 한숨을 쉬었다. 정치인 암살사건을 조선인 용의자를 세워 덮으려는 의도가 다분해 보였다.

"그래서 비밀리에 그 친구를 빨리 피신시켜야 하오."

상은 차분하게 말했다.

"이미 정보부에 끌려간 상태라면요?"

김민성은 고개를 저었다.

"그럼 기사 1면에 떴을 것이오. 암살범을 잡았다고."

"도주 계획이 있었습니까?"

"쉽게 들통 날 수 있는 본가나 친척집을 피하고, 작가 중에 화교를 아는 분이 계셔서 차이나타운으로 피신하려 했소."

구보도 차이나타운에 대해 잘 알았다. 임오군란 직후 원세개를 따라 들어온 중국군들과 상인들 가운데 광동 지방 출신들이 명치정 일대에 자리를 잡고 장곡천정(소공동), 황금정 등지에 터전을 만들었다. 이후 중국인촌이 형성되었다. 중국인 특유의 느긋한 장사 기법은 조선인들의 마음을 사로잡았다. 그들은 음식점, 식재료점, 수입 상품점을 운영하였고, 일본 상인들과 완력싸움까지 하면서 상권을 잡았다.

아서원이라는 고급 요리점이 생겨나면서 장안의 유명 인사들도 청요릿집으로 가서 짜장면, 짬뽕, 라조기, 탕수육, 란즈완쯔 요리를 즐겼다. 한편 차이나타운은 아편굴이 많아 아편 냄새가 진동한다는 둥, 어린 소녀들을 중국으로 인신매매한다는 둥 무시무시한 소문도 많았다.

"실종되기까지 어떤 일이 있었나요."

"박충선이 갈 데가 없자 그 선배가 숨겨주려 집에 충선이를 불렀소. 하지만 그가 오자마자 경찰이 들이닥쳤고, 선배는 청풍루에 연통을 넣어 박충선을 그리로 보내려 했소. 인력거 삯을 쥐어주고 뒷문으로 내보냈다 했는데, 뒤늦게 소식을 듣고 나서 청풍루에 가보니 박충선은 없었소. 주인은 박충선이 오지 않았다고 하고, 인력거 조합에 물어도 그날 청풍루에 젊은 남자 손님을 태우고 간 적이 없다는 거요. 참으로 이상했소. 그 친구가 달리 갈 만한 데는 짐작이 안 가고, 선후배 집도 간 흔적이 없어요. 도피 중이라 청풍루를 떳떳하게 수색할 수도 없고. 여기 기사를 오려왔소."

구보는 신문지 조각을 받았다. 청풍루 단골을 인터뷰한 기사에 주인 부부 사진이 작게 실렸다.

"알겠습니다. 저희가 알아보지요. 작가끼리 의뢰비는 안 받겠습니다."

김민성은 다방을 나서기 전 거리에 누가 숨어 있는지 주위를 면밀히 살피다 나갔다.

겨울날이라 해가 지면 칠흑 같은 밤이다. 어둠 속으로 김민성이 사라지는 걸 지켜보던 상은 빙그레 웃으며 돌아봤다.

"구보, 선술집에서 파는 비지찌개에 질렸지? 청풍루에서 고급 청요리나 먹어볼까?"

상이 중절모를 쓰고 재킷을 걸쳤다. 청요리라니. 간만에 일품 요리를 맛본다는 기대감에 구보는 혀가 들썩였지만, 한편 또 얼마나 고된 일이 기다리고 있을까 슬그머니 걱정이 되는 것이었다.

상과 사건을 쫓다 보면 처음에는 흥미진진하지만 갈수록 목숨까지 위태로울 지경에 이르곤 했다.

까만 경성 거리의 상점들은 불을 환하게 켜고 영업을 준비했다. 퇴근하는 시민들은 종종걸음을 치며 귀가를 서둘렀다. 찬바람이 매섭게 뺨을 후려갈겼다. 추위에 덜덜 떨던 사람들은 노점상에서 어묵이나 만두를 사 먹었다.

명치정 뒷골목은 카페들이 문을 열고 손님을 반겼다. 상과 구보는 노점상에서 호떡 두 개를 주문했다. 둥글넓적한 밀가루 반죽에 흑설탕을 넣어 굽는 중국 호떡은 출출할 때 그만이다.

"요리를 먹는다더니."

"에피타이저로 호떡은 어떤가."

구보는 호떡을 좋아하지만, 내심 상이 괘씸했다. 미리 배를 채워 요릴 적게 시키려는 심산 같다. 어쩐지 의뢰비를 호기롭게 거절하더니.

"주인장, 장사는 잘 되십니까?"

노점 주인은 청나라 변발에 둥그런 모자를 썼다. 허름한 창파오 차림에 길게 기른 콧수염이 인상적이다.

"하오하오, 그럭저럭 괜찮소."

"청풍루 요리가 먹을 만합니까, 아서원이 먹을 만합니까?"

구보는 넉살좋게 물었다.

"가격이야 둘 다 비싼 것이 거기서 거기지만 그래도 맛은 청풍루가 낫지요. 내 입맛에는 말입니다. 조선인이야 둘 다 어슷비슷하게 갑니다."

"조선어가 능숙하십니다."

"부모 대에 들어와 산 지 이제 30년이 넘는뎁쇼. 저도 한때 잘나가는 청요릿집 사장이었지만 다른 사람에게 맡기고 도박장을 들락거리다 이 꼴이 됐지요. 자식 놈은 엇나가지 않고 공부를 열심히 하니 그 낙으로 삽니다그려."

상이 호떡을 먹다가 물었다.

"아드님도 고급요릿집을 여는 게 목표입니까?"

주인은 고개를 저었다.

"아뇨. 가게는 고생할 만큼 했으니 은행원이 됐으면 합니다. 청풍루 사장이 되어 돈 많이 벌면 뭐합니까? 집안이 엉망인데요."

"엉망이라뇨?"

"1년 전에 뭔 연유인지 장남이 죽었어요. 근데 장사치가 쉬고 싶어도 맘대로 쉴 수 있나요? 하루 이틀만 문 닫아도 손님들 떨어지니 장례도 하루 만에 치렀지요. 그놈의 돈이 웬수지. 청풍루에는 딸만 하나 남았으니 이제 사위가 그 가게를 차지하겠죠."

상과 구보는 노점을 나와 골목으로 성큼성큼 걸었다.

"동정을 파악하려고 그랬군?"

구보는 입안에 남은 호떡을 우물거리며 물었다.

"나이 지긋한 중국인 장사꾼이라 연유가 있어 보였지. 긴 콧수염이나 정돈한 변발이나 한때 이 바닥에서 잘나갔을 거로 짐작했네. 그런 사람이야말로 이곳 차이나타운에 빠삭하지 않겠는가?"

청풍루는 카페 골목 뒤에 있었다. 중국식 큰 담장과 대문을 가설로 세우고 간판을 내걸었다. 홍등이 달린 2층 건물로 1층에는 서양식 테라스가 있었으나 겨울이라 자리가 비었다. 구보와 상은 안으로 들어갔다.

안은 밖에서 보던 것과는 달리 그렇게 넓지 않았다. 전통 복식의 중국인, 모던보이와 모던걸, 직장인 등 다양한 사람들이 왁자지껄 떠들며 먹고 마셨다. 하늘색에 하얀 모란꽃이 수놓인 치파오를 입은 젊은 여자가 다가왔다.

"예약은 하셨나요?"

"아니요."

"테이블로 안내해드리지요."

구보와 상은 웨이트리스에게 모자와 외투를 맡기고 가게 중앙의 원형 식탁에 안내됐다. 구석에서 연주하던 악단의 곡조가 바뀌었다. 그들은 비파와 양금, 얼후 등 전통 악기로 아련한 곡조를 뽑았다.

"가게를 찾아주셔서 감사합니다. 저는 리웨이라고 합니다."

키가 크고 통통한 체격에 40대 중반으로 보이는 여자가 다가와 능숙한 조선어로 인사했다. 몸에 붙는 붉은색 치파오가 잘 어울렸다.

"저희는 북경요리를 주로 하지만 사천요리도 주문받습니다. 정통식사를 하시겠습니까? 술도 곁들이실 건지요?"

상은 반주를 하겠다고 했다. 여주인은 쇠고기 숙주볶음과 완자가 들어간 완탕을 권했다. 상은 리웨이의 추천대로 주문을 했다.

"기대가 되는데?"

"주변을 잘 훑게나. 부인을 보았으니 바깥양반을 찾아봐야지."

"상이, 저 사람 아닌가. 왜 주전자로 돌아다니면서 차를 따르는 저 남자 말일세. 신문에 나온 사진이랑 똑같네."

구보가 가리킨 곳에는 50대의 키 작은 남자가 돌아다니면서 차를 따르고 있었다. 웨이터가 찻잔을 채우는 게 보통이지만, 여기는 주인이 했다. 주인은 구보와 상이 앉은 테이블로 와서 차를 따르며 친근하게 말을 건넸다.

"저는 청풍루 주인 샤오자이 장입니다. 편하게 장이라고 불러 주십시오."

기다란 주전자 입구에서 찻물이 가느다랗게 나와 잔을 채웠다. 식당은 활기찬 노래가 흐르고 손님들의 분위기는 밝았다. 어디에도 이상한 기색은 없었다.

구보는 주인이 가자 목소리를 낮췄다.

"아무리 보아도 사람을 숨긴 듯한 수상한 기색은 안 보이는데?"

30분 여를 기다리자 요리가 나왔다. 구보는 완탕을 은수저로 떠먹었다. 뜨끈하고 얼큰한 국물이 입맛을 자극했다. 감칠맛이 돌아 자꾸 수저가 갔다. 쇠고기 볶음도 맛있었다. 역시 이름값을 하는 집이었다. 구보가 정신없이 요리에 심취했는데, 상이 손가락을 튕겨 주의를 끌었다.

"구보, 이것 좀 보게."

"어, 뭐를?"

상은 완탕에서 긴 머리카락을 젓가락으로 건졌다.

"자네 잠깐 배 아픈 척해."

"뭐라고?"

"어서."

구보는 하는 수 없이 배를 쥐고 고개를 숙이며 인상을 찡그렸다.

"이보시오, 주인을 불러주시오."

웨이트리스가 여주인 리웨이를 불렀다.

"무슨 일이십니까?"

"당신이 추천한 완탕에서 머리카락이 나왔으니 이걸 어떻게 한다? 이 친구가 배탈이 났소. 어떻게 할 테요?"

구보는 놀랐다. 머리카락이 언제 나왔는가 싶었다. 경성의 식당에서 머리카락이 나오는 게 어제오늘의 일은 아니지만, 고급 청요릿집도 이렇다니.

"죄송합니다. 새로 가져다드리겠습니다."

"아니, 그러기 전에 주방이 청결한지 보고 싶소."

리웨이는 당황하였으나 큰 요릿집 사장답게 금방 평상심을 되찾았다.

"그건 안 됩니다. 청풍루의 요리 비법을 알아내려는 수많은 사람들이 주방을 보길 원하지만 한 번도 허용한 적 없습니다. 요리 값은 받지 않겠습니다. 대신 다른 요리를 가져다드리지요."

"그렇다면 위생과에 신고해도 되겠소?"

리웨이는 단호했다.

"그러시죠. 이런 식으로 돈 뜯으러 다니는 사람들이 한둘인 줄 아십니까?"

리웨이의 얼굴에 결연함이 나타났다. 구보는 둘을 번갈아 봤다. 상도 원래 저런 식으로 트집 잡는 사람은 아니다.

"좋소. 이번만은 참지."

상은 만면에 웃음을 띠웠고, 리웨이는 잠시 후 면 요리를 내왔다. 그리고 웨이트리스를 통해 모든 요리는 공짜라고 전했다.

"이제 일어날까."

상은 요리도 술도 먹는 둥 마는 둥 하다가 일어났다. 구보도 여전히 아픈 척을 하면서 조용히 나왔다. 상은 받지 않겠다는 직원에게 값을 치렀다. 구보가 뒤를 돌아보니 리웨이가 걱정스런 표정으로 남편 장 사장에게 귓속말을 했다.

가게를 나와 걷다가 구보가 물었다.

"상, 머리카락이 언제 나왔나? 것도 모르고 막 퍼먹었는데."

"후후, 언제 우리가 그런 것에 신경 쓰던가. 그 머리카락도 금홍이 것을 하나 주워 가지고 와서 빠트린 거네."

"장난질을 친 건가? 돈 뜯으려는 수작질이었어?"

"내가 그런 치로 보이나? 난 다만 주방에 들어간다고 했을 때 주인 얼굴의 변화를 보고 싶었던 거네."

"그래? 어떻든가?"

"단순하게 위생과를 걱정하는 표정이 아니야. 결사적으로 막는 듯했네. 찰나같이 지나던 극도의 불안한 감정이지만 눈치챘지. 주방에 숨기는 게 있는 거 같아."

"그렇다면 박 작가를 숨겨주고 밖에는 없다고 둘러대는 건가?"

"면밀하게 조사해볼 필요가 있지."

그들은 종로 방향으로 걸었다. 어둠이 깔리자 갈 곳 없는 아이들이 식당을 돌며 구걸했다.

이렇게나 바람이 찬데. 구보는 걱정이 됐다. 경성에는 어른뿐 아니라 아이들도 많이 노숙을 했다.

골목 어귀에서 노랫소리가 들려왔다. 아이들은 돌멩이로 자치기를 하면서 노래를 불렀다. 상이 유심히 가사를 듣더니 길거리 사탕장수에게서 사탕을 한 주먹 사서 주머니에 넣고 아이들에게 다가갔다. 아이들의 얼굴에는 누런 코가 눌러 붙고 땟국물이 흘렀다. 나이는 여덟 살부터 열 살 너머까지 다양했는데 하나같이 옷이 꾀죄죄하고 허름했다.

"얘들아, 지금 그 노래 다시 불러주련?"

아이들이 상을 위아래로 한번 훑더니 긴장했다.

"왜 그러시는데요?"

"노래 가사가 궁금해서 그런다. 분명히 '청풍루 아가씨 홍화에게서 밥 얻어먹지 못한다' 이렇게 노래하지 않았니?"

키가 가장 작은, 예닐곱쯤으로 보이는 머리를 갈래로 땋은 아이가 고운 목소리로 다시 불렀다.

> 아해들아, 아해들아.
> 설날에 옷을 지어 입으려거든 왕서방네 비단집에 가려무나.
> 혹시 아니? 치파오 만들고 난 천조가리 얻을 수 있으련?
>
> 아해들아, 아해들아.
> 정월대보름에 음식을 얻어먹으려거든 아서원에 가려무나.
> 혹시 아니? 청요리 만들고 난 음식 한 꼬집 얻을 수 있으련?
>
> 아해들아, 아해들아.
> 아무리 배가 고파도 정월대보름이어도 청풍루에는 가지 마려무나.
> 청풍루 아가씨 홍화에게서 밥 얻어먹지 못한다.

여자아이는 아주 똑 부러지는 발음으로 노래를 마쳤다. 상은 주머니에서 사탕을 꺼내 아이의 손바닥에 얹었다.

"왜 홍화 아가씨한테서 밥 못 얻어먹는지 아는 사람에게 사탕을 주겠다."

카프 작가의 실종

가장 키가 크고 머리가 굵은 열두어 살은 먹은 아이가 앞으로 나섰다. 아이는 털모자를 벗으면서 예의 바르게 답했다.

"선상님, 홍화 아가씨가 작년하고 재작년 정월대보름날 우리가 가도 음식을 참 잘 주어서 배불리 먹었는데 내년 정월대보름은 미리 가지 말자고 하는 말입니더."

정월대보름에 아이들이 우르르 몰려다니며 함지박에 오곡밥과 나물을 얻어 비벼먹는 풍습이 있다. 구보도 어릴 적에 이웃 음식을 얻어 친구들과 냇가에서 먹었다.

"왜 청풍루 홍화 아가씨한테서 음식을 얻어먹을 수 없지?"

상이 사탕을 건네면서 물었다.

"홍화 아가씨가 올 겨울부터 보이지 않심더. 이유는 모르갓고 평소에도 음식 남은 거 저녁에 저한테 나눠 먹으라꼬 줬는데 한 달 전부터 영 보이지 않아가꼬 부른 겁니다."

상은 사탕과 돈을 아이들에게 모조리 주고 발걸음을 돌렸다.

"상, 홍화 아가씨가 보이지 않다니?"

"식당 직원 중 하나가 딸일 거라고 착각했군. 호떡 장수 말로는 아들은 1년 전에 죽었고 딸 하나 남았다기에 그런가 했는데 이제 보니 딸도 행방이 묘연한가보구만."

"시집이라도 보낸 건가? 중국으로 돌아갔다든가."

"중국은 결혼식을 온 동네가 다 알도록 크게 치러서 숨길 수도 없지. 가게를 물려줄 사위를 얻었다면 소문이 났을 거야. 중국에 가는 일도 쉽지 않고. 총독부가 이주를 쉽사리 허가 안 하잖은가. 그보다는 일주일 전 박충선 작가의 실종과 관련됐는지 알아봐야겠네."

구보 생각에 추리에 있어서 가장 중요한 점은 일상적이지 않은 사건의 연속이다. 벽에서 튀어나온 못처럼 사소하지만 간과할 수 없는 삐죽 튀어나온 일들이 사건으로 이어진다. 갑자기 딸이 보이지 않는 것은 의심스럽다.

"구보, 난 항상 실종사건은 사람의 생명과 직결되니 그날 해치우는 거 알지?"

그 말인즉슨 오늘은 철야 근무라는 거다.

"내가 주인 부부를 긁어놓았으니 뭔가 움직임이 있을 걸세. 내일이면 늦어. 가게가 문 닫는 게 자정 너머니 우리는 새벽에 옴세. 자네는 다방에 가서 몸 좀 녹여. 난 들를 데가 있어."

상은 어디론가 갔고, 구보는 홀로 다방으로 돌아왔다.

구보는 난로에 장작을 넣어서 불을 지폈다. 페치카를 설치해 예년보다는 온기가 돌았다.

구보는 원고 수정을 거듭하다 더 이상 가필할 수 없자 옮겨 적고 페치카에 태웠다.

난롯불을 멍하니 보고 있노라니 마음이 편해졌다. 불을 보는 것은 심신을 안정시킨다. 재가 코 밑에 묻는 단점이 있지만.

벽난로를 들여다보면서 구보는 망연하게 상상했다. 중국 갱단들이 잔악하여 사람을 납치해 판다는데 혹시 박 작가도 그런 일에 연루된 건가 싶었다. 그렇다면 큰일이다. 장정을 데려다가 무슨 일에 쓸까. 험한 노동을 시키나? 소문처럼 인육 만두에 쓰이는 건 아닐까?

삼국지에도 나오는 인신공양 풍습은 여러 사서에 전한다. 중국인들은 아직도 그런 풍습을 지켜나가는 건가 하는 의문이 들었다. 이런저런 상상으로 지루한 시간을 때우고 있자니 자정 무렵에 상이 왔다.

"누구랑 만났어?"

"사람하고 만나지 누구랑 만나? 인력거 조합과 인력거 빌려주는 상회에 다녀왔네. 심야에도 직원이 있더군."

구보는 더 이상 묻지 않았다. 사건을 알아보러 다녀온 것이다. 상은 말없이 커피 한 잔을 마셨다. 그리고 페치카의 불을 지그시 응시했다.

새벽 1시가 넘자 상이 일어났다.

"이제 가세. 밖이 추우니 옷을 단단히 여미게."

구보는 상의 충고대로 옷을 여미고 나섰다. 한밤중은 저녁과 또 달리 몹시도 추웠다. 달은 구름에 가리고 가게의 등도 몇몇 가게를 빼고 꺼졌다. 손님이 떨어지자 일찍 문 닫고 들어간 모양이다.

발걸음을 빨리 해 명치정 골목에 도착했다. 저녁에 호떡 장수를 만났던 곳을 지나 안쪽으로 들어가자 청풍루가 보였다. 테라스에 천막을 씌웠고 1층 문손잡이를 두터운 쇠 자물쇠로 옭아맸다.

"상, 자물쇠를 어떻게 한다?"

"뒷문을 보자구."

상과 구보는 후미진 곳으로 들어갔다. 캄캄한 골목에는 음식물 쓰레기통이 여러 개 있었다.

구보가 위를 가리켰다.

"저기 쪽창 하나가 열린 것 같은데?"

"구보, 자네가 목말 타고 올라가."

"요즘 살쪄서 불가능할 것 같은데?"

"해보자구."

구보는 내키지 않았으나 상의 어깨에 타고 창을 간신히 잡았다. 하지만 손가락 끝에 걸리는 창틀을 붙잡고 올라갈 수는 없다. 한참을 씨름하다가 내려와서 쓰레기통 옆에 주저앉았다.

"잠깐 숨 좀 돌릴게. 하이구, 추운데도 땀이 나는군."

"들어 올린 사람은 난데 왜 자네가 더 힘들어."

"이봐, 안 떨어지려고 얼마나 애썼는지 알아? 자네가 내 어깨에 앉아봐."

"그럴까?"

"아, 아니. 그것보다 여기 좀 보게!"

구보가 쓰레기통을 옮기자 그 뒤로 개구멍이 나왔다. 쓰레기를 내놓거나 재료를 들이는 구멍이다.

"내가 들어가볼게."

구보는 구멍으로 몸을 들이밀었다. 구멍이 큰 편이라 쉽게 통과했다. 안으로 들어가 뒷문을 열었다.

"어두워서 어쩐다."

"이것을 사용하지."

상은 주방 입구에 있는 램프를 들어서 심지에 불을 붙였다.

심지를 돋워 램프의 불빛을 환하게 한 후 주방 안을 비추었다.

주방에는 저장고, 조리대, 그리고 선반이 있었다. 깨끗이 정리돼 있다. 상이 주변을 훑었다.

"완탕에서 머리카락이 나왔다는데 왜 그렇게 당황했지? 완탕을 끓이는 대형 탕기가 어디에 있을 텐데."

구보가 램프를 받아서 샅샅이 비추는데 화덕이 보였다. 그 옆으로 거대한 무쇠솥들이 놓였다. 절간 가마솥 저리가라 할 정도로 큰 영업용 탕기이다. 두세 사람은 너끈히 들어갈 법했다.

"저기로 가보지."

상이 성큼성큼 걸어서 대형 솥으로 움직였다. 구석에 놓인 솥 중에 가장 바깥 솥뚜껑을 들었다. 구보의 심장이 두근거렸다. 안에 흉측한 것이 들었을 것만 같았다. 상이 구보에게 램프를 받아 비추었지만 컴컴했다. 유심히 보니 비었다.

상은 뚜껑을 닫고 구보에게 램프를 들라고 한 후 가운데 솥을 열었다. 가운데 솥 안에는 완탕 남은 것이 절반 정도 들었다. 구보는 램프를 갖다 대다 갑자기 비명을 질렀다.

"상이! 상이! 저 안에 사람 머리카락!"

"뭐라고? 쉬잇 목소리 낮추게. 내가 살펴볼 테니."

상은 옆에 걸린 대형 나무국자를 집어 완탕 안을 휘저었다. 검은 무언가가 딸려 올라왔다. 구보는 힉 놀라며 뒤로 물러났다.

"버섯이야. 버섯."

구보는 그제야 안경을 세우고 자세히 봤다. 목이버섯이었다.

상은 가장 안쪽 솥의 뚜껑을 잡았다. 뚜껑이 너무 무거워 들 수가 없다.

"내가 도울까?"

구보가 램프를 내려놓고 같이 뚜껑을 올리는데 뒤에서 큰 소리가 났다.

"누구냐? 도둑이냐?"

상과 구보는 꼼짝 못 하고 눈동자만 굴렸다. 장 사장과 리웨이가 노기를 띠고 손에 삽과 곡괭이를 들고 위협하며 다가왔다.

"왜, 왜들 이러시오? 우리는 아, 아까 손님으로 왔던 사, 사람들이오. 기억 안 나오? 그, 그것들 내려놓으시오."

구보가 덜덜 떨며 진정시키려 했다. 하지만 그들은 믿지 않았다.

"무슨 손님이 이 시간에 무단으로 침범해! 네놈들은 도둑이렸다!"

장 사장이 달려드는데 상이 크게 외쳤다.

"우리들은 박충선 작가의 실종을 수사하는 수사관이다! 어서 그 기구들을 내려놔!"

장 사장이 움찔했으나 리웨이는 무표정했다.

"일주일 전에 박충선은 선배를 통해 이곳을 소개받고 인력거를 타고 왔으나 당신들은 오지 않았다고 잡아뗐지. 인력거 조합에 물어도 이곳에 젊은 남자를 태워다준 적은 없다는군. 하지만 난 당신이 인력거를 빌린 곳을 알아냈어. 일주일 전에 키 작은 50대의 중국인 남자가 직접 와서 인력거를 반나절 임대했다더군. 천리마 인력거상회에서 알아냈어. 난 신문에 실린 당신의 사진을 보였고 대여업체 사장은 고개를 끄덕였지. 당신이 인력거에 박 작가를 태워서 이곳에 데려와 가둔 거야!"

장 사장이 움찔했다. 리웨이는 야멸차게 말했다.

"더 들을 것 없어요! 어서 잡아요!"

장 사장과 리웨이가 같이 덤볐다. 상은 장 사장의 삽을 든 팔을 붙들어 꼼짝 못 하게 했고 리웨이는 구보에게 달려들다 곡괭이가 무거워 도리어 넘어졌다.

상과 구보가 부부를 제압해 무기를 던지는데, 한 무리의 사내들이 들어왔다. 걷어 부친 팔이며 옷깃 사이로 보이는 가슴에는 용이나 호랑이 문신이 보였고 머리는 빡빡 밀었다.

그들은 사장 부부와 중국어로 이야기를 했다. 아무래도 어떻게 처리할지 묻는 듯하였다.

쪽수에서 밀리므로 상과 구보는 일단 그들이 원하는 대로 의자에 얌전히 앉았다. 장 사장의 지시에 남자들은 어디론가 사라졌다.

장 사장은 리웨이를 진정시키면서 천천히 말했다.

"형사님, 이렇게 불법 침입을 하면 이쪽도 폭력을 쓸 수밖에 없습니다."

구보는 어이가 없었다.

"우리가 할 말이오! 박충선 작가는 어디 있소? 설, 설마 솥단지 안에 들, 들어 있소?"

"그럴 리가 있겠소. 일단 가라앉히고 우리 이야기를 들어보시오. 아까 녀석들은 주방장들입니다. 저희 집 완탕에서 긴 머리카락이 나올 턱이 없죠. 뒷골목에서 굴러먹던 녀석들을 끌어내서 주방 일을 가르쳤지요."

장 사장이 허심탄회한 표정으로 말했다. 리웨이가 차를 내왔다. 구보는 약을 탔을까 싶어 마시지 않았다.

"우리는 경찰이 아니오. 사건을 의뢰받은 탐정이오. 진실을 말하시오."

장 사장은 차를 권하며 담담하게 입을 열었다.

"우리 부부는 어릴 적에 산시성 산촌서 자랐지요. 사람이 수십 명밖에 안 되는 마을에서 부모들은 도시로 떠났고 우리는 조부모 손에 컸습니다. 열다섯 되던 해에 제가 아내를 꼬드겨 야반도주를 한 후로 죽을 각오로 온갖 일들을 했지요. 먼 친척 어르신이 중국인촌에서 식재료상을 해서 우리도 어찌어찌 들어와 요릿집을 연 지 20여 년이 되어갑니다. 허름한 노점상에서 시작해 이렇게 키우기까지 우여곡절이 많았습니다. 장사에만 열중하느라 아이들에게 신경을 못 쓴 탓에 아들이 엇나갔지요."

리웨이가 손수건으로 눈가를 훔쳤다. 장 사장이 말을 이었다.

"아들 녀석이 일도 안 하고 기생집에서 무위도식하고, 유흥이나 아편으로 진 빚은 가게 앞으로 달아놓기 일쑤였지요. 오냐오냐 받아주기만 하다간 아들자식을 망칠 것 같아 독한 맘으로 의절을 했습니다. 그런데 아들이 버림받았다는 생각에 아편을 과하게 하다 죽었어요."

장 사장은 그때의 아픔이 되살아나는지 잠시 고통스런 표정으로 입을 다물었다.

"산시성에서는 젊은 남자가 결혼하지 않고 세상을 떠나면 죽은 여자를 찾아 영혼결혼식을 해줍니다. 비싼 가격도 마다하지 않고 처녀 시체를 찾거나, 병 걸린 처자를 놓고 흥정을 하지요. 그것도 안 되면 무덤을 도굴하거나. 하지만 우린 그냥 장례를 치렀소. 미친 사람처럼 일만 해도 손님들도 예전만큼 오지 않았소. 아들을 잘 보내지 않아 그런가 자책했지요. 3개월 전에는 주방에서 불이 나 요리사 하나가 죽었고, 한 달 전에는 그만……."

장 사장은 더 이상 말을 잇지 못했다. 리웨이가 눈물을 터뜨렸다.

"홍화가……, 우리 딸 홍화가 괴질로 죽었어요. 밤늦게까지 일하고 잘 자는 줄 알았는데 다음 날 방에서 죽어 있었어요. 흐흑흑."

장 사장이 아내의 말을 이어받았다.

"우리는 홍화의 죽음을 비밀에 부치고 젊은 남자의 시신을 은밀하게 찾았소. 아들은 외로이 보냈지만 딸은 적당한 남자를 찾아서 영혼결혼식을 시키고 싶었소."

"그런데 찾을 수 없었어요. 그러던 터에 한 남자를 숨겨달란 부탁을 받고, 그 남자가 똑똑한 작가라는 말에 우리 딸과 어울릴까 싶어 이리 됐어요. 우리는 살인자가 아니에요……."

잠시 침묵이 흐르는 가운데 리웨이의 흐느낌만이 들렸다.

구보는 등덜미에 소름이 오소소 올랐다. 그들은 죽은 딸을 위로하고 가게의 성공을 기원하기 위해 멀쩡한 남자를 죽여서 유령신부와 혼인시키려 한 것이다.

"박충선 작가는 어디 있소? 어서 데려오지 않으면 이곳을 주시하는 경찰이 들이닥치오. 가게를 샅샅이 뒤지고 폐업령을 내릴 것이오."

상이 호통을 치자 장 사장이 큰 소리로 사내들을 불렀다. 잠시 후 장 사장의 지시를 받아 남자 둘이 박충선을 데려왔다. 박충선은 두 눈이 풀린 채 힘없이 끌려왔다. 사내 하나가 장 사장에게 귓속말을 했다.

"아니 사람을 이렇게 만들다니 대체 무슨 짓을 했소?"

구보가 꾸짖으면서 박충선을 부축했다.

"난동을 부리기에 아편을 먹여 진정시켰소. 1년 전에 아들을 허망하게 보내고 우리는 반쯤 죽었고, 딸아이마저 잃은 지금은 다 죽은 거나 마찬가지요."

상이 부부를 매섭게 쏘아보았다.

"자식을 먼저 보낸 사람이 이 친구 부모는 어떤 마음일지 잘 알지 않나? 그런 말 할 자격도 없으니 피해자인 척하지 말고 자수해서 죗값을 치르시오. 잔악한 당신들이 만든 음식이 몸에 득이오, 독이오?"

장 사장이 표정을 싹 바꾸고 비릿한 웃음을 지으며 소리쳤다.

"경찰에 신고라. 지금까지 당신들 떠보느라 시간을 끌었는데 가게 주변에 잠복한 형사들은 없더군."

구보는 긴장했다. 장 사장은 가슴속에 맺힌 한을 쏟아냈다.

"내가 왜 주방장들을 덩치 좋은 놈들로 뽑았겠어? 조선 놈들이 얼마나 우릴 무시하고 위협하는지 알아? 뭐? 중국인들이 처녀들을 인신매매한다구? 증거 있어? 네놈들은 사람을 겪어보지도 않고 무조건 배척하지. 서양인들이 조선인 하인을 얼마나 욕하는지 알아? 주방에서 재료 빼돌리고, 쇠고기 살 돈을 받고 죽은 닭을 사 와 스프로 만든대. 너희들도 그러는 판국에 텃세를 부려? 당신네들만 일본 놈들한테 핍박 받아? 그 더러운 차별을 이겨내며 아득바득 살았는데 우린 생때같은 자식을 모두 잃었어!"

장 사장이 수십 년의 울분을 쏟아냈다. 이런 위급상황에서는 일단 안정시키는 게 우선이다. 구보가 어쩔 줄 몰라 하는데 상은 장 사장을 다독였다.

"그 울분은 십분 이해하나 사람의 목숨을 어떻게 하려 한 건 용서 못 하오."

장 사장이 야멸차게 말했다.

"어차피 경찰에 신고 못 해. 난 이 바닥에서 구르면서 정보 하나는 확실하게 얻는 법을 익혔지. 박충선은 지금 암살사건의 용의자야. 영혼결혼식을 준비하며 조사하다 알았지. 여기서 자네들과 사위를 싸그리 죽여도 싹 다 덮일걸?"

사위라. 구보는 목덜미 털이 솟았다.

장 사장이 눈빛으로 사내들에게 지시를 하자, 상은 일갈했다.

"정말 무력적인 충돌을 원하오? 우리도 준비했지."

상은 안주머니에 손을 얹었다. 구보도 긴장하며 싸울 태세를 갖췄다. 사내들이 노려보았다.

장 사장이 신호하자 사내 둘이 덤볐다. 상은 달려오는 사내의 명치에 주먹을 날렸다. 사내가 주춤하는 사이 이번에는 다른 사내가 구보를 덮쳤다. 그는 구보의 목을 죄었다. 상이 품속에서 브라우닝 1903 권총을 빼서 허공에 쏘았다. 총구에서 불꽃이 팡팡 튀면서 총성이 허공을 갈랐다.

"탕!"

사내들이 당황했다.

구보도 깜짝 놀랐다. 상은 구보에게 찡긋하며 주머니에서 콜트 M1911을 꺼내 던졌다. 구보는 얼결에 받았다.

"김민성이 독립단체를 통해 총을 구해 다방으로 비밀리에 보냈네."

구보는 고개를 끄덕이고 사내들을 향해 총을 겨눴다. 어쩐지 아까 다방서 뭘 챙기더니. 사실 사격을 제임스 모턴에게 배운 후로 여러 번 실전 경험이 있지만, 실탄을 쏠 때의 두려움은 쉽게 사라지지 않았다. 총신에서 뿜어져 나오는 화력과 귀청을 찢을 듯한 파열음은 살상력을 여실히 느끼게 한다.

"모두 멈춰!"

상은 장 사장을 겨눴다. 사내들이 놀라서 물러났다.

"무력 말고 합의를 통해 해결하자구!"

장 사장은 사내들을 내보내고 무릎을 꿇었다. 그는 다시 차분하게 말했다.

"데리고 가시오. 합의금을 내놓고 가게를 닫고 중국으로 가겠소. 나는 한번 내뱉은 말은 반드시 지키오."

상은 박충선을 구보와 함께 양쪽에서 부축했다. 그사이 정신이 돌아온 박충선은 다리에 힘을 주어 걸으려 애를 썼다. 상은 계속 장 사장에게 총을 겨눈 채로 움직였다. 사내들이 순순히 나가는 길을 터주었다.

　세 사람은 뒷문으로 나와 골목길을 뛰다시피 하여 종로로 향했다. 박충선은 절뚝였지만 필사의 힘으로 정신을 붙잡았다. 구보는 온힘을 다해 그를 부축하느라 땀을 비 오듯 흘렸다. 땀이 나면서 좀 전의 충격이 가시고 정신이 또렷해졌다. 그들은 힘겹게 걸어서 종로에 접어들었다. 구보는 그제야 침묵을 깼다.

　"후우, 장 사장이 우리 둘을 남몰래 어떻게 하려던 걸 생각하면 아찔하군."

　박충선은 어느덧 정신을 완전하게 되찾았다.

　"당장 갈 곳이 없다면 제가 운영하는 다방에 머무셔도 됩니다. 위급상황인 걸 알고 있소."

　상이 간곡하게 제안했다.

　"아, 아닙니다. 선배 문인이 마련한 장소가 다른 곳에 있습니다. 제 걱정은 마십시오. 그나저나 정말 감사합니다. 두 분 선배님들 도움이 없었으면 목숨을 잃을 뻔했습니다. 노선은 다르지만 진심으로 두 분의 글을 좋아합니다."

　상은 박충선을 똑바로 바라보며 말했다.

　"우리는 한마음으로 이 세상을 개혁하려고 글을 쓰는 겁니다. 부디 좋은 글 많이 써서 세상을 변화시키는 데 힘써주시오. 몸조심하시오."

"알겠습니다, 선배님. 이제 여기서 헤어져야겠습니다. 제가 갈 곳은 저 방향입니다."

박충선이 서서히 걸어 사라졌다. 구보와 상이 다방으로 향하는데, 골목의 어둠 속에서 미색 트렌치코트와 검은색 버킷해트를 깊게 눌러쓴 키 큰 여성이 나왔다.

구보는 섬뜩 놀라 뒤로 물러나는데, 여성이 다가와 말했다.

"불 좀 빌려주시겠소?"

무척 중성적인 목소리였다. 여자가 맞는가? 구보는 뭔가에 끌려 주머니에서 성냥을 빼서 그가 빼 문 담배에 불을 붙였다. 여자인가 남자인가 싶어 자세히 보는데 고운 눈 화장이 눈에 들어왔다.

그는 뚜벅뚜벅 걸어 박충선이 사라진 곳으로 사라졌다. 뒷모습이 호리호리했다. 스커트를 입은 모습이 분명 여자인 것도 같았다.

상이 갑자기 구보를 다그쳤다.

"뛰어!"

구보는 상과 함께 전속력으로 달려 좀 전의 기이한 사람을 뒤쫓았다.

탕!

총성과 함께 단말마의 비명소리가 들렸다. 그들은 총성이 난 골목 안쪽으로 황급히 들어갔다.

길바닥에 한 사람이 쓰러져 있고, 좀 전의 사람이 무릎을 굽혀서 쓰러진 사람의 상태를 살피며 총구를 손수건으로 닦고 있었다.

"꼼짝 마!"

상이 외치며 품에서 총을 꺼내 발사했다. 트렌치코트는 몸을 잽싸게 피하면서 기와집들이 들어찬 종로 뒷골목 사이사이로 재빠르게 뛰었다. 상이 추격전을 벌이면서 따라붙었다.

구보는 쓰러진 사람을 살폈다. 박충선이었다.

"서, 선배님……. 어머니께 유서를……."

박충선은 품 안을 가리켰다. 구보의 눈시울이 붉어졌다. 박충선은 도피생활 중에도 언제 죽을지 몰라 항상 유서를 품고 다닌 것이었다. 구보는 주위를 두리번거렸다. 상이 걱정됐다. 상대는 무시무시한 사격 실력의 암살범이다. 속이 타들어가는데 이리로 뛰어오는 발소리가 들렸다. 상이었다.

상은 괴인을 찾지 못하고 다시 돌아왔다.

"놓쳤네."

"상, 박충선이 갔네."

무거운 침묵이 흘렀다. 이때, 요란한 사이렌 소리와 함께 관용차량 두 대가 골목 입구에 도착했다. 기무라를 위시한 형사들이 달려와 당황하는 상과 구보를 둘러쌌다.

"아니, 이상, 구보 선생님! 저희는 하시모토 의원의 암살범이 이곳에 있다는 제보를 받고 왔습니다."

상과 구보는 박충선의 시신을 경찰들과 수습하고, 조사실에서 박충선 작가를 우연히 만났다고 했다. 장 사장 건을 이야기하면 김민성의 의뢰도 말해야겠기에 그 부분은 진술하지 않았다.

기무라는 의아해하는 눈치였으나 그대로 진술을 받아썼다. 그는 상과 구보를 풀어주고 의문의 남자에 관해 상부에 보고하겠다고 했다.

3일 후, 신문에는 하시모토 중의원 암살범, 박충선이 의문의 총격사건으로 죽었다는 기사가 실렸다. 그리고 경찰은 박충선을 죽인 용의자는 독립운동단체의 일원으로 노선이 달라 총격전을 벌였으리라 추정했다.

구보는 깜짝 놀랐다.

"이봐, 상이. 아무래도 경찰에서 사건을 조작하고 덮으려는가 보네."

상은 고개를 끄덕이며 무겁게 운을 뗐다.

"짐작은 했네만. 하시모토 의원은 조선에서 총독부를 철수해서 유럽 연합군이나 미국과의 전쟁을 피해야 한다고 주장하던 소수파였네."

지금 세계정세는 독일과 이탈리아, 일본이 연대를 하고, 영국, 프랑스, 미국과 소련이 연합을 하려는 움직임을 보였다. 그리고 일본은 중국군과 곳곳에서 무력 대결을 벌이고 있었다. 일본 내에서 전쟁을 그만둬야 한다는 소수파가 목소리를 높였다.

"박충선 작가는 안타깝게 희생됐고 억울한 죽음을 맞이했네. 그를 죽인 그 남자. 나에게 불을 빌려간 그자는 대체 누구지?"

상은 눈빛을 날카롭게 빛내며 답했다.

"미행을 당하는 낌새를 느끼면 바로 알려주게. 사격 연습을 게을리하지 말고, 내가 준 그 권총을 상비하고 다녀. 알겠지."

구보는 상과 진지한 시선을 교환했다.

위험은 늘 주변에 도사리지만 친구처럼 끌어안고 갈 뿐, 이 길에서 완전히 없앨 수는 없다. 그럼에도 불구하고 다시 일상으로 돌아가야 한다.

일주일 후, 구보는 상과 함께 명치정에 갔다. 약속대로 청풍루는 문을 닫았고, 들리는 소문에 의하면 상당한 액수의 기부금을 카프 동맹에 건넸다고 한다.

상은 노점으로 발걸음을 옮겼다. 주인이 능숙한 손놀림으로 호떡을 구우면서 알은 체를 했다.

"아고, 선생님들 또 뵙습니다그려. 그때 청요리가 어디가 맛있냐고 물으셨던 분이시죠?"

구보가 웃었다.

"기억력 좋으시네요."

"기억력이야 장사치들의 필수요건입죠. 청풍루가 문을 닫아 그만한 맛은 아서원밖에는 없지요. 며칠 전에 오셨어야 되는데 아쉽네요."

"왜요, 무슨 일 있었습니까?"

"청풍루 주인이 떠나기 전날 수십 가지의 진기한 요리로 길거리 아이들이랑 걸인들에게 대접을 했거든요. 저도 맛보았는데 어찌나 맛나던지 천국에 다녀온 것 같습니다. 그날 장사는 땡쳤지만요. 그 주인들 앞으로는 복 받을 겁니다. 그렇게 베풀면요."

 골목을 나오는데 어디선가 아이들의 노랫소리가 아련하게 들려왔다.

 아해들아, 아해들아.
 이제 청풍루 아가씨는 저 멀리 중국으로 떠났단다.
 청풍루 아가씨가 진기한 요리 대접해주고 복 받아 멀리 떠났구나아.

 가사는 바뀌었고 오늘따라 합창소리가 우렁찼다. 구보는 찬바람에도 훈훈함을 느꼈다. 홍화 아가씨가 중국으로 가족과 잘 돌아갔기를 바랐다.
 한편, 그 미지의 킬러에 대한 풀리지 않는 의문점은 아직도 머리를 어지럽혔다. 상은 침묵할 뿐이었다.

칠화

마리 앤티크 사교구락부

京城 探偵
LEESANG

최근 종로 거리에는 외국 수입 상품점들이 하루에 서너 개씩 생길 정도로 많아졌다. 먹기에 아까운 알록달록한 마카롱과 유럽 직수입 자수 테이블보, 라디오용 헤드폰 세트 등 경성에는 생소하고 진기한 물건들이 넘쳐났다.

그중에서도 유독 구보의 눈길을 끄는 가게가 있었다. 오래된 유럽 도자기들을 팔았는데, 문 연 지는 몇 달 됐고 종로 2정목의 목 좋은 곳에 있다. 쇼윈도에 로얄 덜튼 도자기 인형들과 마이센 자기들을 진열해놓았다.

거리 풍경을 세밀하게 그린 접시, 색색들이 꽃과 나비가 화려한 주전자와 찻잔, 프랑스 궁정 여인 모습을 아로새긴 대형 꽃병에 구보는 감탄을 금치 못했다. 서양인들의 다양한 취미에 놀랄 일이 많았는데, 앤티크 접시에는 반할 정도의 작품들이 많았다. 수천 개의 자잘한 진주 드레스를 입은 자기 인형을 본 순간 하마터면 가격을 물어볼 뻔했다.

저 비싸고 아름다운 접시를 수집하는 부인들은 누구일까? 대사관 부인들? 아니면 일본 귀족들이나 조선의 명문가 부인들?

가격은 어마무시 할 게다. 장인의 수천 번의 붓 칠로 완성된 정교한 작품들이다. 또한 깨지기 쉬운 물건이라 배송이 까다롭고, 멀리서 배로 싣고 오니 운송비도 많이 들 것이었다.

구보는 매일 쇼윈도의 새 접시를 구경하다 다방으로 갔다. 그런데 봄꽃 필 무렵, 문에 느닷없이 '임대' 팻말이 걸렸다.

세계대공황이 몰고 온 불경기의 여파인가. 거리에 걸인도 많지만 호사가들이나 재력가도 많다 싶었는데 고급 상점이 문을 닫았다. 구보는 세일이라고 적힌 쇼윈도의 접시들을 내려다봤다.

아름다운 접시에 할인된 가격이 붙자 슬쩍 정이 떨어졌다. 역시 귀한 물건은 가격을 모른 채 미지의 느낌으로 접할 때가 감동이다.

구보는 동냥하던 걸인에게 물어봤다.

"가게가 문 닫은 것이오?"

"그렇소만, 왜 물어보시오? 돈 없어서 구경만 하던 양반이?"

구보는 이 사람이 나를 아는구나 싶어 웃음이 나왔다. 매일 가게 앞에 서서 접시를 넋 놓고 보는데 모를 리 없다.

"부인들이 두 파벌로 나뉘어 싸움하다 살인까지 났으니 문을 닫지."

"살인이오?"

"그런 게 있다니까. 내가 매양 여기서 구걸하니 우습지? 이래

왜도 주식 거래인으로 일하던 황금 같은 시절이 있었소. 누구나 한 치 앞길은 모르는 법. 한 푼 줍쇼!"

구보는 주머니를 털어 걸인에게 돈을 건네고 다방으로 바삐 걸었다. 미닫이문을 드르륵 여는데 단정한 샤넬 슈트에 클로슈를 살짝 눌러쓴 30대 여인이 상 앞에 앉았다. 금홍이 신경을 써서 차와 쿠키를 내놓는 걸로 보아 상급 의뢰인이다.

구보는 헛기침을 하면서 상 옆에 슬그머니 가 섰다.

"제 일을 돕는 구보라는 친구입니다."

구보는 모자를 벗고 고개를 숙였다. 여인은 단정한 외모에 올백으로 넘긴 머리가 기품 있었다. 한편 얼굴에는 수심이 가득했다.

"정하영이라고 합니다. 종로 2정목에서 마리 앤티크 가게를 운영하고 있습니다."

구보는 깜짝 놀랐다.

"아! 저도 그 가게를 늘 지나쳐 옵니다."

상이 고개를 갸웃했다.

"자네 집서 여기 오려면 거기를 안 지나도 될 텐데?"

"왜, 나라고 고급스런 데에 시선 돌리면 안 되나? 접시만큼 유럽 문화를 잘 보여주는 물건이 어디 있어?"

구보의 말에 정하영의 얼굴이 환해졌다.

"앤티크를 좋아하시나요?"

"그거야 뭐, 경성의 사내로서 자랑스런 일은 아니오만 아름답잖습니까."

이때 금홍이 슬그머니 쿠키를 내오며 끼어들었다.

"마리 앤티크라면 그 아름다운 접시 파는 곳 말씀이시죠? 싸게 주시면 우리 가게도 앤티크 찻잔으로 분위기가 확 살 거예요."

"사건을 해결해주시면 의뢰비와는 별도로 접시 세트를 선물해드릴게요. 부탁드립니다."

정하영이 간절히 부탁했다.

"그거야 걱정 마세요. 이상 탐정님은 해결 못 하는 사건이 없는 대단한 분이죠. 그리고 저는 로얄 덜튼인가보다 그 뭐더라, 들은 게 있는데……. 맞아요! 존슨브로인가 하는 걸로 구해주세요."

"어렵지만 노력해볼게요."

정하영이 기쁘게 답했다. 상은 금홍에게 빠지라는 눈빛을 주었다. 금홍은 토라진 표정으로 횡하니 프런트로 갔다. 요즘 금홍은 손님에게는 친절하나 상과 구보에게는 사소한 일로도 짜증을 냈다. 구보는 당분간 금홍을 절대 건드리지 않으리라 결심하며 질문을 던졌다.

"저, 가게에 '임대'한다는 팻말을 보았는데요."

"네. 그러려 했지만 두 선생님을 수입상에게서 소개받고 왔어요. 사건만 해결되면 가게를 접지 않을 거예요."

정하영은 말을 아꼈다. 의뢰인들은 따로 날을 잡아 은밀한 장소에서 이야기를 털어놓으려 한다.

"내일 저희 집을 찾아와주세요."

정하영은 주소가 적힌 명함을 내려놓았다.

다음 날, 상과 구보는 약속한 시간에 주소지로 찾아갔다.

진고개(충무로) 너머 일본인 주택거리를 지나서 외진 곳에 서양 주택이 있었다. 르네상스 양식으로 지은 2층 주택은 아담하나 고풍스럽다. 상과 구보는 영국식 정원으로 꾸며놓은 앞마당으로 들어갔다. 정하영이 기다리고 있었다.

"어서 들어오세요. 마리 앤티크 사교구락부에 방문하신 걸 환영합니다."

정하영은 환하게 웃었다.

"앉으세요."

그들은 나무 테이블에 앉았다. 봄바람이 살랑살랑 불고 따뜻한 햇살이 비추는 환상적인 날씨였다. 버드나무 아래에는 그늘이 져 덥지 않고 쾌적했다. 꽃과 과일 문양을 수놓은 하얀 옥양목 테이블보 위로 복숭아와 배가 그려진 접시들을 놓았다. 접시 옆에 실버스푼이 있는데 파인애플 모양이 섬세하게 양각됐다.

오. 구보는 속으로 탄성을 내질렀다.

메이드복의 젊은 하녀가 주전자와 찻잔 그리고 밀크와 설탕이 담긴 슈가볼 크리머 세트를 트레이에 담아 왔다. 그 뒤로 뚱뚱한 체구의 중년 부인이 목에 하얀 펀칭 레이스가 있는 검은색 드레스 차림으로 접시를 내왔다. 화려한 눈꽃 모양 접시들이 시선을 끌었다. 중년 부인은 우 집사라고 자신을 소개했다.

"구보 선생님, 홍차에 설탕을 몇 개 넣어드릴까요?"

정하영은 그의 요구대로 설탕과 크림을 넣어 차를 따랐다. 은은한 장미 향이 코를 근질였다. 구보는 주변을 둘러봤다.

"홍차에 장미 향이 가미되어 향기롭죠."

정하영이 미소 지었다. 접시도 매너도 센스 있었다. 구보는 깊은 만족감을 느꼈다.

우 집사와 하녀가 연이어서 트리오 디저트 접시에 마카롱과 머핀, 쿠키와 케이크, 샌드위치를 담아 왔다. 구보는 화려한 접시들과 디저트의 향연에 놀랐다.

"이런 티파티도 오늘로 마지막이 되려나봅니다. 가게를 옮겨 구락부를 연다 한들 어느 부인이 참석하겠어요."

정하영은 담담히 자신의 과거를 말했다. 중매 결혼한 남편은 자식을 두기 전에 병사했고, 어떻게 사나 막막하여 일자리를 알아보다 수입상점에 취직을 했다. 그러다 앤티크 세계에 눈을 떴다. 수입상을 따라다니며 영국 앤티크 시장도 다녀오고, 미쓰코시 백화점에 그릇을 납품하다 독립하여 조그만 가게를 열었다.

안목을 인정받아 단골이 생겼다. 가게도 목 좋은 곳으로 옮기고 마리 앤티크라고 이름 붙였다. 한창 자리를 잡아가던 중 일이 벌어진 것이다.

"시작은 좋았어요. 조그만 가게를 할 때부터 단골들이 도움 주셨죠. 앤티크라는 것이 남이 쓰던 거라 홀대받는 게 아니고 세월이 흐를수록 더욱 값어치가 있죠. 그 해에 몇 십 세트만 생산하고 단종한 빈티지는 부르는 게 값이에요. 하지만 컬렉터들의 앤티크 사랑하는 마음을 돈으로 매기고 싶지 않아요. 그 이상의 값어치죠."

구보는 찻잔 옆에 놓인 작은 종을 흔들었다. 청아한 소리가 났다.

"덴마크 왕실 자기를 만드는 퀸 코펜하겐에서 공장 이전할 때 한정품으로 만들었지요."

종소리에 우 집사가 다가와 고개를 숙였다. 구보는 두 손을 내저었다. 우 집사가 아무 일 없다는 듯 자리로 돌아갔다.

"암울한 일들이 있었어요."

정하영은 잠시 뜸을 들였고, 구보는 차를 마셨다. 향기롭다.

"남자들 세력 싸움이 대단하다지만 부인들의 싸움도 그에 못지않답니다. 부인들이 패를 갈라 싸우거나 한 명을 찍어 소외시키면 회원들이 나가요. 제가 적극적으로 나서보지만 역부족이죠. 마리 앤티크 사교구락부를 사랑하는 부인들은 두 파벌로 나뉘었어요."

정하영이 잠시 구보의 접시에 디저트들을 덜어 건넸다. 구보는 케이크를 한 입 베어 물었다.

"일본 부인들과 조선 부인들로 파벌이 나뉜 겁니까?"

상이 물었다.

"아뇨. 대대로 명문가 출신 박씨 부인과 귀족 작위를 하사받아 벼락부자가 된 성북정 사시는 성북 부인이 계시죠. 두 분 성함은 사실은 박죽선, 오강자예요."

구보는 슬그머니 웃었다. 이름만 들어보면 죽순과 감자로 들렸다. 정하영 사장도 세련된 이름이지만 분명 토속적 느낌의 본명이 있을 게다.

"박씨 부인과 성북 부인을 중심으로 회원들이 나뉘었죠. 박씨 부인은 성북 부인을 매국노 변절자라고 뒤에서 욕했어요. 성북 부인은 박씨 부인을 쓰러져가는 양반 따라지라고 폄훼했고요. 서로 견제하느라 물건을 통 크게 사시니 저야 큰돈을 벌지만, 사실 맘은 불편해요."

정하영은 잠시 말을 쉬었다.

"성북 부인 쪽에는 고진승 님이 계세요. 나이가 가장 많으신데, 마음이 갈대 같아 자주 환불을 하세요. 앤티크 특성상 접시를 되파는 관행을 알고 그러시는 거죠. 아니면 다른 상인에게 팔거나. 그러다 빈티지 제품을 사들인 가격보다 높여 뒤로 팔다가 박씨 부인한테 딱 들킨 거예요. 저는 괜찮은데 박씨 부인은 친일파 변절자 같다고 신랄하게 비난했어요. 신춘 티파티에서 싸움이 났고 간신히 말려 부인들이 돌아갔어요. 그 와중에 접시도 몇 개 깨진 창피한 일인데, 그 후 모임이 깨졌죠. 저는 관계를 회복시켜볼 요량으로 구락부를 다시 열었는데 사건이 났어요."

정하영은 숨을 골랐다. 상과 구보는 기다렸다.

"오랜만에 연 티파티라 각별히 신경을 써서 접시를 준비하고 디저트도 마련했죠. 박씨 부인이 아드님 생일이라며 떡도 마련해 왔고 분위기가 화기애애했어요. 다른 부인들도 심심했다고 반기면서 참석했고요."

정하영의 얼굴이 파리해졌다.

"디저트를 내오기 전에 박씨 부인이 준비한 떡을 대접했어요. 그런데 진승 님이 떡을 드시다 사달이 났어요. 갑자기 자리에서 몸을 앞뒤로 흔들고, 재채기가 나더니 구토를 했어요. 그리고 무언가 두 손으로 설명하려다 갑자기 발작을 하시는 거예요. 캑 캑대고 호흡곤란을 겪다 그렇게……. 나중에 제가 강습 받는 테니스 선생님께 여쭤보니 기도 질식에 처치법이 있대요. 그걸 우리가 알 수도 없고 진승 님은 그렇게 돌아가셨어요."

상은 담담히 들었다.

"그 후 괴편지가 저한테 왔어요. 한번 보세요."

구보는 편지를 받았다. 편지지에 만년필로 '박씨 부인이 고진승을 죽이기 위해 일부러 찹쌀떡을 가지고 온 것이다. 나는 정의를 위해 투서한다'라고 적혀 있었다.

"봉투에는 주소도 없고 직원이 마이센 자기 밑에서 발견했어요."

"글씨체를 볼 때 떠오르는 사람 없으셨습니까?"

"전혀 모르겠어요. 수결 정도 받지 고객들에게 글을 써보라고 할 수도 없고요. 이 편지에다 이상한 소문도 돌아 가게 문을 닫게 생겨서 의뢰를 드린 거예요. 이상한 게 고진승 님이 찹쌀떡이 너무 딱딱하다며 그냥 드시다 사달 난 건데, 왜 그분 떡만 딱딱했을까요?"

구보가 의아해 반문했다.

"혹시 날이 더워 얼린 건가요?"

"아니요, 그렇지는 않았어요. 제가 먹은 건 부드러웠고요."

상은 몇 가지 질문을 던졌다. 정하영이 성심껏 답을 했다.

"내일 고진승 님 추모 모임을 할 거예요. 정식 추모식은 아니지만 구락부 정례회 겸 하려고요. 회원분들이 모이니 두 분도 참석해주세요. 여기서 합니다."

"알았습니다. 대신 부탁이 있습니다. 사건이 있던 날과 동일한 앤티크 접시와 세팅을 연출해주십시오."

상의 부탁에 정하영은 고개를 끄덕였다.

상과 구보는 집에서 나왔다.

"상, 정말 박씨 부인이 떡을 의도적으로 대접해 그런 걸까?"

"떡 드시다 돌아간 노인들도 꽤 계시니 일방적으로 생각할 순 없네. 내일 참석자를 보고 판단하는 게 맞아."

"그렇지. 증거를 캐러 다시 오세나."

다음 날 상과 구보는 시간에 맞춰 방문했다. 티 테이블에는 한 부인이 앉아 있었다.

"두 분 신사들이 고진승 씨 사건을 조사하러 온다는 탐정들인가?"

백발 머리를 부풀려 틀어 올리고 가슴이 푹 파인 베이지 드레스에 흑진주 목걸이를 여러 겹 두른 여인이 말했다. 드레스의 곡선 절개 디테일이 몸매를 드러냈다. 벌어진 드레스 자락 사이로 다리가 살짝 드러났다. 손에는 긴 담뱃대를 들고 의자에 앉은 품이 보통 우아한 게 아니었다. 나이는 쉰은 넘었으려나. 눈빛에서 느껴지는 연륜에 비해 피부는 무척 하얗고 고왔다. 몽연한 분위기에 살짝 내리까는 눈빛이 마를리네 디트리히를 연상시켰다.

"구락부에서 내가 제일 왕언니인가? 진숭 씨가 갔으니. 탐정 선생들 보기엔 몇으로 보여요?"

부인이 구보를 똑바로 쳐다보았다. 구보는 순간 당황했다.

'뭐라고 하지?'

부인은 답을 듣기도 전에 말했다.

"왜? 함부로 말을 놓는 걸 보니 나이는 많겠으나 얼굴은 도무지 짐작불가능?"

구보가 난처해하는데 정하영이 그녀를 상하이 부인이라고 소개했다.

"난 본명보다 상하이 부인이라는 닉네임을 사랑하지. 상하이에 가본 적이 있는지?"

구보가 고개를 저었다.

"안타깝군. 뉴욕보다 화려한 도시를. 상하이는 사랑에 빠질 수밖에 없어. 전 세계의 상인들, 정치가, 사상가, 작가, 화가, 마피아, 영화제작자, 배우들이 모여 밤낮으로 활기차게 돌아가지. 경성의 화려함도 상하이에 비하면 10분지 1도 아냐. 여인들은 최신 파리 드레스를 입고 미장원서 머리를 부풀리고 개인에 맞게 디자인된 향수를 뿌려. 그리고 상하이 구락부나, 마제스틱 호텔 댄스홀로 가. 남성들은 그들과 사교춤을 추면서 수줍게 고백하지. 한번은 1922년이던가, 러시아 난민 함대가 도착해서 젊은 장교들이 수십 명이나 댄스홀에 나왔지. 어찌나 잘생기고 매너가 있던지."

부인은 담뱃대를 물었다. 상이 불을 붙였다. 그녀는 나른한 몸짓으로 연기를 내뿜었다.

"김염이라는 배우 아는지. 아버지는 조선 최초의 의사이자 독립운동가 김필순 씨야."

구보도 김염을 알고 있었다.

"그 사람 영화는 무조건 대극장에서 사교구락부 부인들과 봐. 따뜻한 눈빛, 매너, 사려 깊은 말투에 반하지 않은 사람이 없지. 상대배우 롼링위, 후디에는 또 얼마나 미인이구. 영화가 끝나면 부인들과 경마장에 가거나, 시엔스 백화점서 쇼핑을 해. 것도 싫증 나면 네온사인 가득한 난징루 거리의 대오락장에서 마술이나 불꽃놀이를 보다 마작도 즐겨. 남자들이 건넨 연애편지는 셀 수도 없지."

부인은 은근한 미소를 지었다.

"남편이 사업 때문에 여기 데려와 오락거리도 끝나고 고작 구락부 파티나 하지."

상은 부인의 수다를 조용히 들었다. 수다가 끊기고 부인이 담뱃대를 재떨이에 걸쳤다.

"상하이 얘기나 들으러 온 건 아닐 테고. 본론 말해요."

상이 고개를 끄덕였다.

"그럼 여쭙겠습니다. 사건이 일어난 날 이상한 점은 없었습니까? 박씨 부인이 떡을 가져온 게 나중에 구설수가 됐다죠."

상하이 부인이 입맛을 다셨다.

"내가 먹을 떡에 풀 찌꺼기 같은 게 달라붙어 기분은 나빴어."

"풀 찌꺼기라뇨?"

"파티 중간에 자수 작품을 구경하느라 집 안에 들어갔다 나왔지. 떡에 파릇한 게 있었는데 풀 맞아. 망개떡도 아니고. 게다가 배열도 미세하게 달랐고."

"미세하게 다르다니요?"

구보가 의아해 반문했다.

"잠깐 그런 생각이 들었어. 더 기억 안 나."

"부인 옆자리에는 누가 앉아 있었습니까?"

"그거야 고진승이지. 그 옆에는 젊은 것들 나나코와 수정인가 하는 얌체 새댁들이 앉았고. 반대편에 정 사장, 박씨 부인, 성북 부인이 있었지. 좁은 경성서 여편네들이 어찌나 싸우는지. 끼기 싫지만 여유가 있는데 왜 집에 박혀 있어. 그네들은 풀떼기 붙은 떡보다 못났어. 겉은 고상한데 속은 골병 들어 그 화를 표출 못 하고 고작 한다는 게 패지어 뒷담화니, 원."

정하영이 집에서 나와 다가왔다.

"잠시 집으로 드셔서 다과를 즐기시면 다른 부인들이 도착하실 거예요."

"난 담배나 한 대 더 피지, 뭐. 탐정 선생들, 들어가봐요. 집 구경은 물렸어."

상과 구보는 안으로 들어가 키친 웨어가 전시된 거실과 방을 구경했다. 시간이 되자 집사의 안내를 받아 정원으로 나갔다.

"뒤쪽 정원에 준비했습니다."

거대한 아름드리 느티나무 아래 테이블이 세팅되었다.

정하영은 사건 날과 동일한 세팅이라고 귀띔했다. 구보는 손을 아래로 내려 수첩에 그림을 그리고 화살표로 접시의 위치를 표시했다.

퀸 코펜하겐 특유의 코발트블루 접시에는 잠자리와 들꽃이 그려 있다. 상은 접시를 들어 모두 같은 접시인지 확인했다. 상은 고개를 갸우뚱하면서 골똘히 생각했다.

구보도 접시를 살폈다. 접시를 내려놓을 때에 레이스의 문양을 살펴 동일한 자리에 놓았다.

우 집사가 다가와 구보가 하는 양을 보더니, 자신의 식대로 다시 간격을 맞춰 정확하게 세팅했다. 구보는 감탄했다. 워낙 타일 바닥 금도 안 밟는, 강박증이 있는 그는 고급 접시가 오차 없이 놓이는 게 멋졌다. 하녀들이 다과를 내왔다.

애프터눈 슈트와 한복, 기모노를 입은 다양한 나이대의 부인들이 안내를 받아서 테이블로 왔다. 테이블 중간에는 상하이 부인이, 맞은편에 모시 한복을 곱게 차려입은 중년 여인, 그 옆에 기모노와 실크 드레스의 젊은 부인들이 나란히 앉았다. 상하이 부인의 왼편에는 약간 뚱뚱한 체구에 붉은 드레스를 입은 중년 여자가 앉았다.

정하영은 테이블을 돌면서 회원들을 소개했다.

한복 입은 부인이 박씨 부인, 실크 드레스는 양수정, 기모노는 나나코, 그리고 붉은 드레스는 성북 부인이었다.

"저는 이상, 이 친구는 구보라 합니다. 정 사장님의 부탁으로 고진승 씨 사건을 조사하러 왔습니다."

그들은 정중하게 인사했다.

정하영은 파티 전에 일러주길 박씨 부인을 젊은 부인들이 따르고, 나이가 있는 고진승과 상하이 부인, 성북 부인이 친하다고 했다.

정하영이 상과 구보를 테이블에 앉혔다.

성북 부인이 깃털 부채를 흔들며 콧방귀를 뀌었다.

"그 사고는 진승 언니가 떡을 먹다가 일어난 일인데 탐정들이라뇨?"

정하영이 깊게 고개를 숙였다.

"죄송합니다. 가게의 명운이 걸려 있습니다. 흉흉한 소문에도 경찰은 형식적 조사에 그쳐 저의 결백과 회원들의 명예를 위해 부탁드렸어요."

고상한 풍모의 박씨 부인이 나긋나긋하게 말했다.

"조금은 불편하네요. 개화됐지만 바깥양반과도 내외를 하는데요."

상하이 부인이 비웃었다.

"아이고, 열녀 나셨습니다. 바깥 어르신 총애가 남다른가보오."

박씨 부인이 시선도 마주치지 않고 조곤조곤하게 말했다.

"성북 부인께서는 추모회인 줄 알면서 예의에 어긋나셨네요. 상복을 입고 오라는 건 아니지만, 상하이 부인께서는 절 비꼬기 전에 저분 옷차림부터 지적하세요. 추모식에 붉은 드레스를 입는답니까? 예법은 중요하죠."

박씨 부인의 지적에 상하이 부인이 싸늘한 표정으로 받아쳤다.

"중국은 붉은색을 좋아해서 상여도 붉은색이고 장례 주관 법사님 옷도 붉어요."

성북 부인이 말했다.

"저야 늘 이런 드레스를 입는데 추모라고 가릴 것 있나요? 속으로 뜨끔한 사람은 책잡히지 않으려 옷도 신경 써서 차려입겠지만."

분위기가 싸늘한데 성북 부인이 웃으며 부채로 입을 가렸다.

박씨 부인이 고름과 치마를 가다듬으면서 조심스레 일어났다.

"정하영 사장님, 저는 다음번에 참석하지요. 이만 일어나겠습니다."

"뭐라고? 분위기를 깨면 어떻게 해요? 진승 언니 추모하는 자리인데."

성북 부인이 벌떡 일어나면서 언성을 높였다.

"죄송합니다."

박씨 부인이 머리를 숙이고 떠났다. 정하영이 배웅하는데 성북 부인도 분개하며 부채와 챙 넓은 모자를 챙겼다.

"자존심 상해 더 이상 추모고 뭐고 못 하겠으니, 남은 부인들이 자리 빛내요."

성북 부인도 나가자 정하영이 당황했다. 상하이 부인은 웃음을 띠고 구보에게 손을 내밀었다.

"무슈, 빈자리를 채워주셔서 감사합니다. 그동안 살얼음판을 걸었는데 싸우니 속이 시원하네요. 수정 씨, 나나코 양은 이분들과 즐거운 시간 보내요."

상하이 부인도 일어났다. 구보는 얼른 일어나 인사하며 배웅의 예를 갖췄다.

상하이 부인은 구보의 귓가에 속삭였다.

"젊은 년들이 싸가지가 바가지야. 근데 남편들은 멀쩡하다니까."

구보는 웃음이 비어져 나왔으나 참았다.

잠시 후 정하영이 우 집사와 티파티를 진행했다. 어디선가 벚꽃이 날려 잔 안에 떨어졌다. 여인들의 신경전만 빼면 화창한 봄날의 휴식이다.

양수정은 고위 공무원의 부인이고, 나나코는 사업가의 딸로 일본인 은행원과 결혼해 개명했다. 양수정이 다과의 맛과 정하영의 노고를 치하하고 말했다.

"상하이 부인이 선생님들 지겹게 해드렸죠. 왕년에 얼마나 잘 나갔는지 모르지만 나이 들면 입만 사나봐요. 원로 우대해 구색으로 끼운 거지만 당최 현실감이 없어요."

나나코가 덧붙였다.

"쇠귀에 경 읽기죠. 소는 저고 상하이 부인은 경만 읽어요. 모두 흘려듣죠, 호호. 허구한 날 상하이 타령인데 어떡해요. 본인 말로는 시간이 멈춘 외모라지만, 시간 잘만 갔어요. 세월 직격탄 맞았는데요, 뭐."

원래 뒷담화만큼 재미있는 게 없는 법이지만, 노부인이 뒤로 저런 대접을 받는 게 안타까웠다. 양수정이 말을 받았다.

"진승 언니는 대접받지 못했어요. 여기서는 4, 50대 언니들이 힘이 있죠. 노부인으로 꿋꿋하게 버티던 진승 언니 가고 상하이 부인이 더 뻔뻔해졌어요."

양수정은 잔을 들어 차를 조심스레 마셨다. 그리고 쿠키 하나를 고상하게 베어 물었다. 오래도록 씹고 삼킨 후에 말했다.

"언니들이 좀 그래요. 여기 와 여왕 대접받고 돋보이고 싶어 하죠. 대갓집에 틀어박혀 사는 언니들이 아픈 거 많이 봤어요. 남편과 자식들, 첩의 자식들까지 뒷바라지 하다 속병이 나는 거예요. 박씨 부인도 그러다가 여기에 오면 해방감 느낄걸요. 저야 남편이 살뜰하게 챙기지만 결혼은 여자에게 족쇄예요."

나나코가 아쉬운 얼굴을 했다.

"저어기, 수정 씨. 경성 산부인과 예약 좀 단시일 내 잡을 수 있어요? 손님이 밀려 있어서요. 산전 진찰 받으려는데."

"어머, 나나코, 걱정 말아요. 저희 남편 말 한 마디면 충분해요."

나나코가 상을 나긋나긋하게 봤다.

"저도 여학교 자퇴하고 결혼했지만, 다시 공부하려 해도 남편 허락 없이는 못 하죠. 친정 부모님도 여자가 무슨 공부냐며 아이를 가지래요. 유일한 낙이 여기서 수다 떨고 예쁜 접시 구경하는 건데 모임이 깨져서 아쉽네요."

상은 이상하다는 듯 물었다.

"그날 모임에서 특이한 점은 없었습니까? 다른 때와 다르게 행동하는 사람이라든지 묘한 기류 말입니다."

양수정이 입을 열었다.

"그거야 박씨 부인과 성북 부인은 늘 으르렁대고요. 저야 찻잔과 접시의 간격만 맞으면 오케이구요. 그런데 그날은 안 맞았어요."

"간격이오?"

구보가 물었다.

"제가 좀 예민해요."

양수정은 모자에 달린 레이스를 슬쩍 들면서 배시시 웃었다.

"레이스 달린 옷도 배치 간격이 5미리라도 어긋나면 다시 박아달라고 해요. 여기는 항상 찻잔이나 주전자, 슈가볼 크리머 세트를 8센티미터 간격을 두고 벌리죠."

구보는 품에서 가죽 필통을 꺼내어 조그만 줄자를 뺐다. 여기 오기 전에 상이 준비하라고 일러둔 것이다.

구보는 세팅된 자기들의 간격을 쟀다. 양수정이 호기심 어린 얼굴을 했다. 정확하게 8센티미터였다. 부인들이 거의 접시에 손을 대지 않은 채였다.

구보는 신기했다. 우 집사가 아무렇지도 않게 늘어놓는 듯 보였는데 간격이 일정했다.

"구보, 어떤가?"

"부인의 말씀이 맞네. 정확하게 8센티미터 간격이야. 일정해."

상이 양수정을 직시하면서 테이블 위를 가리켰다.

"사건 일어나던 날은 지금과 같지 않았단 말씀이죠?"

양수정이 고개를 크게 끄덕였다.

"네, 자수 작품 구경하고 저는 좀 늦게 나왔는데 접시 배치가 제각각이었어요. 특히 진승 언니 접시는 크리머 세트와 10센티미터도 넘게 떨어져 있었고요."

"그날은 접시가 배치가 뒤틀렸다······."

양수정이 상에게 고개를 끄덕였다.

"맞아요. 뒤틀린 배치가 신경 쓰였죠. 하얀 찹쌀떡은 퀸 코펜하겐 빈티지 위에서 한 떨기 꽃처럼 생생했고요."

나나코가 거들었다.

"저는 떡을 싫어하는데 너무 예뻐서 먹었어요. 참! 수정 씨 왜, 그날 담벼락에 똥으로 이상한 글귀가 쓰여 있어서 우 집사가 당황해 지우려 했죠. 그래서 물장수도 급하게 불렀잖아요."

"맞아! 그랬죠? 비위가 상했는데도 떡을 먹었다니까요."

구보가 다그쳤다.

"뭐라고 쓰여 있었습니까?"

"누군가 '이년들아 경성 바닥서 인심 사납게 사느니 그냥 죽어' 하고 욕설을 써놨어요. 어찌나 소름이 끼치던지요. 천하의 몹쓸! 그 사람이 혹시 사건과 관련 있을까요?"

양수정이 말을 받았다.

"전 후각도 남달리 예민한데 담벼락에서 장미 향이 똥 냄새와 섞여서 났어요."

"정원에 장미꽃이 있나요?"

"인공 향 같아요. 백화점 향수보다 고급스런 느낌인데, 그 향이 테이블서도 났어요. 그날은 유달리 이상한 일이 많았어요."

상이 양수정을 직시했다.

"떡이나 차에서도 향이 났어요?"

"떡에서 조금 났어요. 누구 향수일까요?"

나나코도 거들었다.

"저도 그랬던 것 같아요. 장미가 탑노트라 진하던데."

구보가 고개를 갸우뚱했다.

"정확하게 어떤 느낌이 들었습니까?"

"개인 조향사가 만든 향수? 남편이 유럽 출장서 사 와서 알아요. 그런 가게가 여기도 몇 있어요."

"나나코. 왕민형 원장 가게 근처에 조향 가게 있지 않아요?"

"맞아요."

상은 그녀들이 자주 간다는 왕민형 원장의 미장원과 인근 향수 가게 위치를 자세하게 물었다.

제비 다방으로 돌아오니 오후 4시가 되었다. 금홍은 간단히 저녁을 차렸다. 구보와 상이 먹자마자 치우면서 기다렸다는 듯 짜증을 냈다.

"커피를 하도 나르느라 손목이 아파. 그런데 옆집 때문에 더 죽겠어."

금홍의 심기가 불편한 걸 느낀 구보가 수긍하듯 고개를 끄덕였다. 봄을 타는지 짜증이 많이 늘었다.

"옆 카페에서 〈사의 찬미〉를 하루 종일 틀어서 돌아버릴 것 같아. 이렇게 화창한 봄날에 저런 우중충한 노래가 가당키나 해요?"

금홍의 말대로 옆집에서 〈사의 찬미〉가 작게 들려왔다.

구보도 옆 가게 주인을 안다. 깡마른 40대 여성인데 갈색 한복을 주로 입었다. 얼굴은 표정 없이 푸석했다.

"나를 피 말려 죽이니 경찰 불러서라도 멈추게 했으면 좋겠어. 신경 쓰여 종일 먹거리를 달고 산다니까."

금홍은 쿠키를 입에 댔다. 요즘 들어 그녀는 유독 단 것을 찾았다.

금홍은 잠시 후 커피를 들고 와서 말했다.

"나 어때, 살쪄 보이지 않아?"

구보는 숨을 죽였다. 진실을 말하면 다시는 여기 있지 못하고, 거짓을 말하면 타박이 날아올 것이다.

"구보 씨는 어때요?"

구보는 말을 더듬으며 무슨 말을 할까 생각하는데, 상은 당당하게 진실을 말했다.

"자네가 요새 왜 살찌는지 알아? 항상 입에서 먹을 것이 떨어지지 않아서 그래."

순간 금홍의 손이 부르르 떨리고 입가가 굳었다. 그녀는 쿠키를 탁 내려놓고 상을 노려봤다.

"그래요, 나 살쪘어요. 뭐 도와준 것 있어요?"

"잠깐!"

상은 금홍의 손목을 강하게 잡았다. 구보는 두 사람만 번갈아 보는데, 상이 다가가 쿠키 접시를 들고 따지듯 물었다.

"이것 못 보던 것인데, 정 사장한테 달라 그랬나?"

금홍의 큰 눈에 눈물이 어렸다.

"뭐라구요? 사람을 뭘로 보구. 종로에 앤티크 접시 금 간 거 보수해 파는 데서 샀어. 정 사장네는 바가지지만 거기는 싸다구. 손님도 떨어져서 분위기 내본다구 일수 내서 간신히 구했어요. 근데 뭐? 정 사장한테서 뺏었을까 겁나서 그래요? 여기서 더 청렴하면 고쟁이에 적삼 입고 나를까? 앙? 그래요! 나 살쪘어요! 돼지라구!"

금홍이 어린아이처럼 울음을 터뜨리자 상이 그녀를 내실로 데려가서 달랬다. 상의 말이 주효했는지 10여 분 후에 금홍은 화장을 고치고 새빨간 립스틱을 바르고 나왔다. 뒤에서 상은 두 손바닥을 보이며 어깨를 으쓱했다.

"구보, 어서 일어나. 내자를 울렸지만 덕분에 중요한 정보를 캤어. 참 옆집 카페에 들르세."

그들은 채비를 마치고 나섰다. 간판도 없는 작은 카페 앞에서 상이 망설였다.

"이거 영 맘이 안 내키는군. 금홍이는 그 노래 좀 못 틀게 한다면 맘을 푼다지만 이깟 일에 사내가 둘이나 간다니, 겁주는 것도 아니고."

"금홍 씨 마음도 헤아려. 싫은 음악을 계속 들으면 노이로제에 걸리지. 아니 답을 정해놓고 묻는 사람에게 살쪘다고 용감하게 말하면서 그것도 못 하나? 내가 쌈닭이 되지."

구보는 앞장서서 카페 문을 열고 들어갔다. 카페는 인테리어도 이렇다 싶을 게 없이 낡은 테이블과 의자 등 집기만 보였다.

구보가 두리번거리는데 구석에서 액자를 닦던 여인이 스르르 다가왔다. '어서 오세요'나 '안녕하세요'란 말도 없이 눈을 내리깔고 손짓으로 의자를 권했다. 구보는 머쓱했다. 원래는 말만 하고 가려 했지만 미안한 마음에 엉거주춤 엉덩이를 붙였다. 상이 귓속말을 했다.

"금홍이가 말한 앤티크 싸게 판다는 가게에 속히 가야 돼."

구보는 하는 수 없이 정중하게 말했다.

"저어기, 아주머니. 아니요, 마담."

여인이 눈을 둥그렇게 떴다. 무표정하던 얼굴에 생기가 조금 돌았다.

"저는 요 옆 제비 다방의 단골입니다. 이 친구는 주인장이고요. 다름 아니라 제비 다방 마담이 예서 들리는 윤심덕 노래 소리가 너무 크다고 하는데, 볼륨을 줄여줄 수 있으신지요?"

여자는 입가를 씰룩거렸다. 구보는 결례를 한 건지 걱정됐다.

"알겠습니다."

걱정도 잠시 그녀는 순순히 축음기 볼륨을 낮췄다. 상은 머뭇거리는 구보를 끌고 나갔다. 구보는 미안한 마음이 들었으나 일이 먼저였다.

금홍이 말한 가게는 간판도 없었다. 약도를 그려주지 않았다면 찾기가 쉽지 않았을 것이다.

"금홍 씨는 이런 곳을 어떻게 귀신 같이 찾는 거야?"

"이 사건의 진상을 캐는 데는 우리보다 그녀가 낫지. 티파티는 여성들의 전유물이잖나. 들어가세."

문을 여니 방울 소리가 울렸다. 덩치 큰 남자가 쭈그리고 앉아 물건을 정리 중이었다. 어찌나 근육질인지 셔츠와 바지가 터질 지경이었다.

"어서 오십시오."

남자가 일어나니 구보보다 머리 하나가 더 있었다. 얼굴은 우락부락하고 어깨가 매우 넓었다. 그는 자잘한 프릴이 달린 흰 셔츠를 입었는데 가슴팍과 상박이 꽉 꼈다. 남자는 고운 목소리로 물었다.

"사모님들께 선물하실 앤티크 세트를 원하세요? 마침 스타일리시한 게 들어왔죠."

상은 손님처럼 가게를 둘러봤다.

"어느 분의 소개로 오셨나요? 저는 유럽 앤티크 마인석 사장이라고 합니다."

남자가 손을 내밀었다. 구보는 얼결에 악수를 했는데 보기와는 달리 손이 참 부드러웠다. 손가락이 짧고 통통한 것이 귀여웠다.

"정하영 사장님을 아는지요?"

"물론입니다. 이 바닥에서 정 사장님을 모르는 사람은 없지요."

"저는 정 사장님이 사건을 의뢰한 탐정입니다. 물어볼 것이 있어 왔습니다."

마인석의 얼굴이 약간 굳었다.

"사건은 소문으로 들었습니다. 앉으시죠."

마인석은 내실에 마련된 테이블에 그들을 앉혔다. 테이블에는 붉은 꽃잎을 수놓은 테이블보가 깔렸다. 마인석은 트레이 위에 손뜨개 레이스를 깔고 주전자와 찻잔을 가져와 홍차를 따랐다.

"무엇을 물어보시는지요?"

"뭐 이것저것 캐고 다닙니다."

마인석은 의구심 가득한 얼굴로 물었다.

"정 사장이 나한테 가보래요? 참 나."

상이 도발했다.

"뭐, 찔리는 게 있습니까?"

마인석 목에 핏대가 올랐다.

"내가 하자품 파는 거라고 이 바닥 사람들이 손가락질 하는데, 왕실 자기로 유명한 스웨덴에는 되드보라는 풍습이 있소. 유가족이 유품을 통째로 처분하는 것이오. 난 그걸 건네받아 수선해 파는 거요. 접시의 금은 고인의 손때이고, 그걸 수선하는 건 고인을 기리는 행위이기도 하오."

"이런 것들은 얼마나 합니까?"

상은 진열장의 채색 접시를 가리켰다. 마인석은 흰 장갑을 주며 끼라고 했다. 상과 구보가 장갑을 끼자 접시를 빼서 건넸다. 개구쟁이가 환하게 웃는 그림이 인상적이었다.

"요 아이는 마음을 웃게 하는 매력이 있죠. 유럽 장인이 붓질 하나하나에 정성을 쏟았소. 한 점당 100원을 받죠."

구보는 깜짝 놀랐다. 평범한 사무원 월급이 50원, 일반 은행원이 100원이다.

"너무 비싸지 않소?"

"아니, 접시 수선해 판다고 무시하오? 정 사장은 곱절을 불러도 가만 있으면서들. 노예가 이런 접시를 사용했겠소? 요걸 보시오. 프랑스 화가 프라고나르 그림이 프린트된 이 잔은 영국 귀부인이 선대에게 물려받은 것이오."

구보는 마인석이 건네는 도금 잔을 살폈다. 다정하게 앉은 귀족 커플이 돋보였다.

"빅토리아 여왕대보다 훨씬 올라가는 작품이죠."

구보는 이 잔의 주인이 몇 명 죽었는지 계산했다.

"원래 가격은 300원입니다. 하지만 빙렬 현상이 있고 모사한 것이라 200원에 파는 겁니다. 여기서 가장 좋은 제품이에요."

구보에게는 300원이나 200원이나 그게 그거였다. 어차피 그림의 떡이다.

"아까 채색 접시는 30원에 드립죠. 빙렬 현상이 있어서요."

"빙렬 현상이 대체 뭐요?"

"여기 금들을 봐요."

소년들의 얼굴에 자잘한 금이 가서 약간 일그러졌다.

"자기를 구울 때 높은 온도에서 유약이 안 녹으면, 식을 때 수축도가 달라 금이 가죠. 중국에서는 일부러 남송의 관요에 사용했지만, 앤티크서는 흠입니다. 더 깊은 금은 크랙인데 외부 충격으로 생기죠. 크랙 생기면 제값 받긴 글러요."

구보가 앤티크에 관심이 생겨 물었다.

"그럼 아까 되드보인가로 가져오는 접시는 크랙이 있으면 수선합니까?"
"그럼요. 석고가 섞인 특수도료로 매끈하게 만들죠."
"겉으로 티가 나나요?"
마인석은 구보 질문에 진열장에서 장미꽃과 나비가 그려진 접시를 뺐다.
"금이 보여요?"
"아뇨? 전혀요."
"제 솜씨가 이 정도입니다."
"아니, 이걸 팔 때 미리 손님한테 알려줍니까?"
마인석은 잠시 망설였다.
"나중에 들키느니 말하는 게 속 편하오. 정 사장은 컬렉터들의 미사용품만 취급해 크랙이 없다고 자부심이 대단하던데 아마추어가 보면 모르지, 암."
마인석은 구보와 상을 노려보았다.
"앤티크가 궁금해서 오셨소?"
상은 진지하게 물었다.
"사장님은 대체적으로 정 사장에 비해 흠 있는 걸 취급하십니까?"
마인석은 뜨거운 차를 단숨에 들이켰다.
"여보쇼. 내가 이 장사를 정 사장보다 7년 더 빨리 시작했어요. 그런데 왜 아직도 흠난 걸 파는지 아쇼? 티파티에 낄 수 없어서요. 정 사장 같으면 언니 동생들 부르는 게 일도 아니죠. 내

덩치와 얼굴을 보쇼. 누가 내 파티에 오겠소? 궁여지책으로 이렇게 하자품 팔면서 연명하고 있소이다. 10여년 전 나가사키에서 화란 상인만 만나지 않았더라면 잘살 텐데. 하필 그때 어울리지도 않는 앤티크에 빠져서, 후우."

구보는 진심 어린 충고를 했다.

"여자들이 낭창낭창한 남자들을 좋아하죠. 살 빼고 꽃단장하면 어떨까요? 애교도 부리고요."

마인석이 한숨을 쉬었다.

"이 덩치에 설령 살이 빠진다 해도 골격은 어쩌오? 타고난 장골인데. 그리고 애교랑은 당최 거리가 먼 얼굴이오. 내가 백석이나 윤동주 시인처럼 미남이 되려면 다시 태어나야 되지. 저번은 어떤 사모님하고 큰 싸움이 붙었어요. 그 사모님이 잔치 치른 후에 꼭 환불한단 말이오. 돈을 돌려주면 그릇은 또 안 보내요. 어디 한두 번이어야지. 1년을 참다 집으로 그릇 받으러 가면 하인이 사모님 없다고 돌려보내. 저잣거리에서 우연히 만나 싸웠는데 나만 욕 바가지로 먹었어요. 사모님은 아담한 체구에 얼굴은 천사야. 나는 보다시피."

구보는 진심으로 공감했다. 마인석은 넋두리를 이어갔다.

"집주릅(부동산) 영감이 여기 터가 도깨비 터라 대박 난댔어요. 원래 자리에 버드나무가 많아 반딧불이가 많았는데 도깨비불 같았대요. 그놈의 영감탱이, 대박은 무슨. 지금은 도깨비가 심술만 부리지. 이 접시 좀 만져보시오. 부드럽고 뽀드득 개운한 촉감, 이 매력에 끌려 예까지 왔지."

구보는 이렇게 수다가 긴 사람은 첨 봤다. 하소연이 길자 머리가 아파왔다. 탐정은 사람 얘기를 듣는 게 일이나, 이렇게 끝도 없이 길어지면 지친다.

슬슬 상에게 눈짓을 줘도, 그는 눈빛을 빛내며 하나도 놓치지 않으려 집중하는 모양새다.

"그러니 정 사장 하소연도 나한테는 꽃노래요. 그동안 명문가 언니나 동생들한테 뜯은 돈이 얼마인데 그 정도 리스크도 없소? 잘 조사하시오. 정 사장이 저리 순진하고 예쁜 얼굴을 해도 뒤로는 까다로운 여인들 다루면서 은근히 경쟁을 붙여 물건을 팔지. 중명전 구락부의 티파티 문화를 장사에 차용해 언니 동생 하면서 고객 관리를 하는 게 보통이 아니오. 무서운 여자야. 시장 판도를 바꿨다니까.

나한테 그릇 사봐요, 얼마나 정성껏 포장하고 애프터서비스도 확실히 하는데요. 손은 커도 손맛이 있다우. 디저트 세팅도 고급지게 뽑을 자신 있고."

상은 조용히 푸념을 듣다가 반문했다.

"정 사장 회원 중 당신에게 물건 산 사람 있소?"

마인석의 얼굴이 굳었다.

"모르오. 가게끼리 단골도 서로 공개 안 하오. 몇몇 고객은 양다리 걸치겠소만. 등잔 밑이 어둡다고 집사가 물건 빼돌리는 일도 허다해요."

구보는 우 집사의 엄숙한 얼굴을 떠올렸다.

"물건을 살 거 아니면 가시오. 말할 것은 다 했소."

마인석은 주섬주섬 일어나 잔을 치웠다. 그들은 가게를 나왔다.

"상, 의뭉스럽네. 푸념만 늘어지고 정작 중요한 이야기는 숨겨."

"두서없어도 꿰어 맞추면 단서가 나와. 앤티크는 경성에서 시작 단계고 시장이 좁아 주인들끼리 뭔가 있어. 이 사건은 여인의 질투뿐 아니라 더 연결된 게 있네. 앤티크 접시가 겉은 아름답지만 안은 크랙도 숨어 있지. 그처럼 활짝 웃는 얼굴과 속마음은 달라."

구보는 정하영의 기품 있고 예의 바른 모습이 사실은 가식인가 생각해보았다. 사람은 겉만 봐서는 모른다.

구보는 상과 헤어져 집으로 왔다. 잠들기 전 접시의 가격을 곰곰이 생각했다. 역시 부유층의 삶은 사건이 아니면 접할 수 없다. 구보는 알록달록한 접시들을 손에 들고 쓰다듬는 꿈을 꾸었다.

다음 날 구보는 가위가 다방 안쪽 문가에 걸린 걸 봤다.

"저게 뭐야? 상."

금홍이 대신 답했다.

"이웃 쌍둥이네서 얻어온 가위예요."

"쌍둥이네요?"

"가게 빠지라고요. 쌍둥이네 가위가 방 빼는 데 직방이라는 속설 알죠? 주인한테 나간다고 통보했어요."

구보는 뜨끔하여 상에게 귓속말을 했다.

"이 가게 자네 가게 아닌가?"

상은 씨익 웃었다.

"내 거라면 탐정, 작가, 다방 주인까지 직업을 세 개나 가졌을까?"

"가게 뺀다는 건?"

구보는 작업실이 없어진다는 생각에 아뜩했다.

"들은 대로야. 음악 소리가 시끄럽다고 뺀대."

"아직도?"

그러고 보니 소리가 들려오는 것도 같다. 구보는 맘이 급했다.

"어서 가세. 진짜 쌈닭 할게, 확실하게 말할게."

"그 문제가 아니구 금홍이가 권태를 느끼는지 우울해. 살쪄 보인단 말에 커피만 줄곧 마시고 종일 굶는다네. 그보다 바삐 갈 데가 있어."

이때 금홍이 아점이라고 쟁반에 음식을 내왔다. 큰 양푼에 허연 밥 덩어리 위로 김치와 깍두기, 콩나물을 한데 얹었다. 물 한 잔 없다. 숟가락만 달랑 두 개 꽂혀 있을 뿐이다.

상이 구보 쪽으로 상체를 숙이며 넌지시 말했다.

"이건 건너편 만물상에서 기르는 뽀삐도 못 먹겠는데?"

구보는 금홍이 눈치를 보며 나직하게 말했다.

"상이, 잔말 말고 먹자구. 더부살이하는 룸펜에겐 이 정도도 황송해."

구보와 상은 식사를 말끔히 해치우고 다방을 나왔다. 상이 성큼 앞장서는데 구보가 옷자락을 잡았다.

"왜? 뭐?"

"옆 카페에 다시 한 번 내가 말하겠네."

작업실이 없어지면 앞으로 어디서 작업을 해야 하나 막막하다.

구보가 앞장서 가게로 들어가려는데 옆에 노점상이 있었다.

"펄떡펄떡거리는 고등어 사가슈. 바다에서 방금 헤엄쳐 온 녀석들이쥬. 바다로 다시 도망가기 전에 어서들 들여가슈!"

구보는 할아버지에게 다가갔다.

"어르신, 물어볼 것이 있는데요."

"고등어 데려가시려우?"

"아니요, 나중에요. 이 가게 주인에 대해 여쭈어보려구요. 어떤 사람입니까?"

"노점 열게 해줘 좋다만 얼굴색이 어두운 것이 매가리가 없슈. 그게 남편이 갑자기 죽고 나서 좀 처진 것 같던데. 나도 그 이상은 모른다우."

"알겠습니다. 감사합니다."

구보는 용기를 내 들어갔다. 예의 그 푸석한 여인이 일어났다.

여인은 인사를 하다 상대를 알아보곤 입을 다물었다.

"죄송합니다. 저번에도 말씀드렸다시피 음악 좀 줄여주시면 좋겠습니다."

여인은 억울한 얼굴로 말했다.

"분명히 줄였는데요?"

들어보니 클래식으로 바뀌었고 소리도 작았다.

"그렇긴 하네요. 제비 다방 여주인이 좀 예민해서요."

구보가 미안해하며 허리를 90도로 숙였다.

"부탁입니다. 제발 조금만 더 줄여주세요."

구보는 정중했고, 안 그래도 칙칙한 여인의 얼굴이 더 어두워졌다. 나오자마자 구보는 한숨을 쉬었다.

"장사도 못 할 짓이군. 싫은 소리를 해야 하는 상황이 반드시 생긴단 말이지."

"누구나 자기 입장에서 한 발자국도 물러서지 않아. 저 여인은 그래도 인격이 괜찮아. 설득되잖은가."

"그래? 그럼 금홍 씨도 가게 뺀다는 생각을 달리 하겠지?"

"그것보다도 서둘러야 되네."

상은 지팡이로 땅을 짚으면서 명치정으로 향했다. 상이 명치정 뒷골목에 들어가서 한참 걷다 멈춰선 데는 미장원이다.

"여자들이 가는 서양식 미장원?"

"여기가 왕민형 원장이 한다는 가게야."

〈경성 미용원〉은 간판에 작은 글씨로 '얼굴과 머리를 곱게 해드립니다'라고 적어놓았다. 구보는 이발소는 종종 이용했으나 미장원은 난감했다.

"남자는 안 된다는 글이라도 있나? 얼굴을 곱게 해준다는데, 왜?"

상이 문을 활짝 열었고, 구보도 호기심에 뒤따랐다. 그간 상을 따라다니며 안 가본 데가 없다. 산부인과 등의 여성 전용 구역에도 발을 숱하게 디뎠다.

20여 평 됨직한 가게에는 손님이 두어 명 있고, 미용사 두 명이 머리를 손질 중이다. 고데기로 머리카락 지지는 냄새가 요란하였다.

"사모님을 찾으러 오셨나요?"

미국의 핀업 걸처럼 머리를 구불구불 말아 올린 30대 여인이 다가왔다.

"왕민형 원장님을 뵙고 싶은데요?"

"제가 왕민형인데요?"

"저희는 마리 앤티크 회원 소개로 왔습니다."

"아, 회원분들이 많이들 오시죠. 사모님이 앤티크 회원이신가요?"

왕민형이 구보를 위아래로 훑더니 헤어스타일에 시선을 고정했다.

"제가 세련된 이태리 신사 스타일로 바꿔드리지요."

"저희는 고진승 씨 사건을 조사 중입니다."

"아!"

왕민형이 놀란 얼굴로 감탄사를 내뱉고 슬픈 표정을 띠었다.

"말씀 좀 나눌까요?"

"홀에는 손님이 계시니 뒤쪽 마사지실로 들어오세요."

왕민형은 커튼을 걷고 그들을 들였다. 상과 구보는 마사지 침대 옆 의자에 앉았다.

"형사님이신가요?"

"정 사장님 의뢰를 받은 탐정입니다. 사건이나 앤티크 회원에 대해 아는 걸 말해주시오."

"그게 저, 고진승 사모님이 그날 오셨어요. 헤어를 업스타일로 해드렸죠. 그 후 몇 시간 뒤에 돌아가실 줄은 꿈에도 몰랐어요."

"이상했던 점은 없었습니까?"

"전혀요. 오히려 즐거워하셨죠. 정 사장이 스페인 앤티크 빈티지를 자신에게만 판댔다고 소녀같이 웃었어요."

"그 말씀은 고진승 씨는 정 사장과 각별하단 건가요?"

"잘은 모르죠. 그런 것까진."

"박죽선, 오강자 씨들도 여기 단골들이 맞지요?"

"박씨 부인과 성북 부인요?"

"그렇습니다."

"네, 자주 오세요. 박씨 부인은 남들 모르게 밤에 오세요. 저한테만 머리를 맡기시죠."

구보가 물어봤다.

"이유가 있습니까?"

"미장원을 나설 때 시선이 따갑잖아요. 미장원 드나드는 모던 걸을 화류계 여성으로 보는 시선도 있으니까요."

"그럼 서양 복식은 잘 안 입겠군요?"

"여기 오실 때는 남몰래 입어요. 머리하시고 나면 거울을 보며 굉장히 흡족해하시죠."

구보가 재차 물었다.

"앤티크도 서양 물건인데요?"

"그건 좀 다르죠. 세간살이니까요. 그리고 앤티크에는 가치가 있어 한정품은 되팔 때 시세 차익도 나니까 수집 개념이지요."

"정 사장이 가품이나 하자 물건을 팔기도 합니까?"

왕민형이 당황했다.

"왜 저한테 묻죠?"

"정 사장 의뢰로 조사 중이니 말해주시오."

"잘 모르지만 물건 속여 파는 일은 어디나 있죠. 사람 사는 덴 다 똑같아요. 미용업도 아수라장이에요."

"아까 고진승 씨가 정 사장이 빈티지를 자신에게만 판다 했는데, 무슨 의미요?"

구보가 물었다.

"그거요? 어장 관리죠. 다른 회원한테도 그럴 거예요. 미묘한 갈등 없이 어떻게 물건을 팔겠어요."

상은 마지막으로 물었다.

"참, 이 근처에 향수를 조향하는 가게가 있다는데 아십니까?"

왕민형은 위치를 자세히 일러주었다. 골목에서 대로로 나가 건너편의 막다른 골목으로 들면 첫 번째로 나오는 가게였다.

나무 간판에 깔끔하게 〈파리스 파퓸〉이라고 적혔다. 쇼윈도에는 여러 가지 색색들이 향수병을 진열했다. 구보가 문을 열자 강한 냄새가 코를 찔렀다. 벽에는 작은 호리병이 수백 개 있었는데, 이름표를 보니 자연 유래 침출액들이다.

금발을 단정히 묶은 서양인이 안쪽서 나왔다. 키가 훤칠하니 잘생긴 젊은 남자였다.

"무슈, 봉주르."

"안녕하십니까? 구경해도 됩니까?"

"편하게 둘러보세요."

남자는 향수를 천장에 대고 분무했다. 구보의 코를 향긋한 냄새가 간질였다.

"어떠신가요?"

구보가 눈을 지그시 감았다. 상이 다가왔다.

"이 가게가 언제부터 생겼는지 궁금하오만."

"이곳은 3년이 채 안 됐는데, 프랑스에서는 100년이 넘었죠. 고조할아버지서부터 아버지까지 모두 조향사입니다. 저는 세계 곳곳을 돌며 재료를 찾다 조선에 정착했지요. 파리 가게는 동생이 맡고 있습니다. 경성의 아리따운 마담, 마드모아젤이 제 고객들이지요."

구보는 향을 뿌린 스틱을 들고 냄새를 킁킁 맡았다. 기분이 묘했다.

"부인들에게 선물할 향수를 찾으시나요?"

"그렇소. 추천을 부탁드리오."

"이 향수는 프로방스의 싱싱한 들꽃에서 채취한 향을 베이스로 오렌지 향을 가미했죠. 베스트셀링 상품입니다."

상은 아무 생각 없겠지만, 구보는 흥미가 생겼다. 여인들의 향수를 그다지 접하지 못했지만, 전차에 탄 여전 학생에게서 은은한 향기를 맡은 기억이 났다.

"부르고뉴 시골을 누빌 때 소나기를 만나서 비를 피하려 느티나무 아래로 들어갔는데 들장미를 봤죠. 검붉은 들장미에서 영감을 받아, 저는 부르고뉴 장미에서 향을 추출해 역동적인 에너지의 향수를 만들었어요. 이 향수 이름은 블랙 로즈 드 부르고뉴입니다."

구보는 향수를 손목에 뿌렸다.

"오우 노노, 향수는 그렇게 시착하는 게 아닙니다. 입는 것입니다. 손등에 뿌려야죠. 손목은 체온이 높아 향수가 미지근해져서 금방 향기가 날아가거든요. 손등에서 코까지 향이 도달하는 여정을 느껴보세요. 향의 여행에 스토리가 숨어 있습니다."

조향사의 말은 꿈같이 들렸다. 진짜 부르고뉴의 장미가 연상되었다.

"아하, 좋네요. 얼마입니까?"

구보는 얼결에 가격을 물었고 상은 황당하다는 얼굴로 봤다.

"신상품이라 가격은 비쌉니다. 50밀리리터에 100원입니다."

구보는 뜨악했다.

상이 조향사에게 단도직입으로 물었다.

"우린 향수를 사러 온 것이 아니라 정하영 사장의 티파티 회원 중 단골이 있는지 알아보러 왔소."

조향사의 얼굴에 그늘이 드리웠다.

"정 사장이야 몇 번 본 적 있죠. 선생들이 왜 알아보시는 겁니까?"

상은 간략하게 설명했다.

"단골 성함을 밝힐 수는 없습니다."

"나중에 문제가 돼 경찰 조사를 받으면 더 골치 아플 텐데, 설마 그걸 원하진 않겠죠?"

구보는 은근하게 밀었다.

조향사가 한숨을 쉬더니 구보의 귓가에 작게 말했다.

"정 사장님도 고객 선물로 블랙 로즈 드 부르고뉴를 몇 개 사 갔고, 상하이에서 오신 분도 제 고객입니다. 향수를 주기적으로 바꾸시죠. 제가 말한 건 비밀로 해주세요."

"알겠습니다. 향수를 조금만 살 수 있습니까?"

"사건을 조사하는 데 필요한 거면 그냥 드리지요."

조향사는 작은 용기에 향수를 덜어 건넸다. 그들은 향수를 받아 나섰다.

"상, 정 사장이 선물로 몇 명에게 줬다면 누가 그 향수를 썼는지 확실하지 않잖아."

상은 고개를 끄덕였다.

"향수 쓰는 누군가 떡을 만져서 옮긴 것 같네."

"우 집사? 집사가 음식이나 그릇 배치를 하잖아."

"아니, 음식 준비하는 사람은 향수를 안 써. 손님 중에 건드린 사람은 없을까? 배치가 묘하게 어긋났다는 증언이 걸려. 알아볼 데가 있어. 가자구."

"어디를 가는 건데?"

"마인석 사장네. 어젯밤에 어떤 생각이 스쳤다네. 접시 뒤의 연호에 관해서 말이지."

가게에 도착했는데 다행히 마인석은 접시에 광을 내며 가게를 지키고 있었다.

"왜 또 오셨소?"

마인석은 짐짓 험상궂게 바라보았지만, 내심 방문을 반겼다.

그의 눈에 살짝 미소가 실리는 걸 보며 구보는 슬쩍 웃었다. 덩치는 산만하지만 누구라도 붙들고 앤티크의 역사를 들려주고 싶어 안달 난 사내구만.

상은 진열장의 접시를 들어서 뒤집었다.

"어허, 조심하시오. 흠집 나면 그대로 값을 물을 것이오."

"이 접시 뒷면에 적힌 글자들의 뜻이 궁금하오."

마인석은 은은한 미소를 지으며 두 손을 우아하게 들고 프런트 뒤쪽 책장에서 책을 꺼냈다. 《왕실 자기의 역사》라는 원서이다. 그는 손때가 많이 탄 책을 조심스레 넘겨 퀸 코펜하겐 장을 찾았다.

"그거는 퀸 코펜하겐이 쓰던 제품 표기요. 1775년 여왕님의 후원으로 설립된 코펜하겐은 왕실 도자기로 명성을 얻었소. 그림을 그리고 유약을 바른 후 고온에서 여러 번 굽는 언더글레이즈 기법이 특색이지. 코펜하겐 블루라 불리는 청색 자기가 유명하다오."

상은 진지한 표정으로, 구보는 신기해하는 얼굴로 경청했다.

"아차차, 접시 뒤 영문 표기 말이오? 자아, 봐요. 1935년부터 퀸 코펜하겐 덴마크라는 영문을 박고, 글자 옆에 생산년도를 표시했지. 1935년은 대문자 R 바로 옆에 이렇게 막대를 그리오. 1936년은 대문자 O 옆에 막대를, 내년 1937년은 대문자 Y 옆에, 1938년은 대문자 A 옆에 막대를 그릴 거라 들었소. 여기 책에 계획이 다 나와 있지."

구보는 꼼꼼하게 메모를 했다.

 1935 R-
 1936 O-
 1937 Y-
 1938 A-

마인석은 메모하는 구보를 흘깃 보면서 뭔가 더 설명하려 했지만 상이 나갈 채비를 했다.

"참, 코펜하겐 제품에 이 표시가 없는 건 뭐요?"

"빈티지에 이게 없다면 뒤로 빼돌린 거지. 폐기품이오."

"고맙소. 담에 또 들르겠소."

"아니, 이 양반들아, 물건 안 사도 좋으니 앤티크 종류와 쓰임새에 관해서 더……."

"담에!"

구보는 상에 이끌려 가게를 나왔다.

"상, 뭔가 단서를 잡은 게야?"

"내일 밝히겠네. 지금은 일러."

구보는 의아했지만 더 묻지는 않았다. 그러다 이상하다는 듯 툭 던졌다.

"상이, 그런데 그 접시에 마인석이 말한 표기가 없던 것도 있었어. 설마 정 사장이 폐기품을 쓸까?"

구보는 정하영 집서 접시를 뒤집어 본 걸 기억했다.

1935년에 생산된 것을 의미하는 R이 있는 접시들이 대부분이었는데 없는 것이 두어 개 있었던 것 같다. 구보는 영어나 일본어 단어를 외우는 데 귀신이었다. 법학 공부 중에 법조문 외우는 것이 어렵지 않았다. 적성에 맞지 않아 문인의 길을 택한 것이지만.

"짚이는 것이 있어. 내일 늦지 않게 다방에 오게나."

"참, 신문사에 오전에 들러야 돼."

"들렀다가 바로 와야 되네."

"알았네."

이튿날 구보가 오전 중에 신문사에 들러 원고를 건넨 후 다방에 가자 상이 서둘렀다.

"오늘 오후에 정 사장에게 회원을 모으라 했네. 서두르지."

그들은 택시를 타고 정하영의 집으로 향했다.

상과 구보가 택시서 내리는데, 정문에서 우 집사와 지게꾼이 실랑이를 벌였다.

구보가 다가갔다.

"무슨 일이십니까?"

우 집사가 도움을 청했다.

"선생님, 잘 오셨어요. 이 사람 좀 잡아가세요. 번번이 담벼락에 똥을 싸고 낙서를 해요. 처벌해주세요."

"이 여편네야! 내가 뭘 했다고 야단이야? 응?"

"이 사람이 담벼락에 똥으로 '이년들아 경성 바닥서 인심 사납게 사느니 그냥 죽어'라고 낙서했다고요!"

"저번 날 이 아줌마가 내가 똥을 싸는데 주저앉혀서 그랬시다. 노상에서 화장실이 급하면 쌀 수 있지, 나만 그라요? 화장실이 없는데 어쩌요?"

우 집사는 고개를 처들고 남자와 싸웠다.

"이 양반아! 생긴 건 멀쩡해서 왜 남의 집 담벼락에 싸? 하도 어이없어 앉혔다. 그런다고 똥 낙서를 해? 선생님들, 이 작자가 해코지를 한 거 분명 그 사건과 관련 있어요. 살인범이니 잡아가세요."

"뭐라고? 왜 생사람을 잡아? 나는 황금정에서 야채 배달하는 사람이오. 나무가 우거져서 가리기에 담벼락에 실례했소. 사람 죽은 일은 나랑 상관없소."

지게꾼은 우 집사의 손아귀를 거칠게 뿌리치고 갔다.

"사건과 저 남자가 관련 있다는 건 어떤 근거에서 나온 겁니까?"

우 집사가 퉁명스레 말했다.

"고약한 사람이 이런저런 짓도 저지르잖아요. 고진승 님 간 날 아침에 재수 없는 낙서를 했으니 의심스럽죠."

구보는 슬쩍 우 집사의 의도를 캤다.

"그래서 낙서를 어찌했나요?"

"뭘 처먹었는지 지우고 지워도 냄새가 고약해서 향수를 뿌렸어요."

상이 다그쳐 물었다.

"혹시 장미 향 향수요?"

우 집사는 억울하다는 듯 답했다.

"네, 그랬어요. 사장님께서 주신 거지만 음식을 다루니 잘 안 쓰고 아껴두던 건데 아깝지만 뿌렸죠."

"그럼, 음식을 서빙할 때도 손에 향이 밴 상태였나요?"

우 집사가 눈을 동그랗게 떴다.

"아뇨? 그럴 수 없죠. 손을 비누로 깨끗하게 씻고 날라요. 그럼 이만, 준비를 해야 돼서요."

우 집사가 허둥지둥 정원으로 들어갔다.

"어떻게 생각해?"

"다른 사람도 알아봐야지. 하필 그날 아침 집사가 열 받은 것은 의미심장하군."

"의미심장하다니."

"그냥 그렇다는 말일세. 들어가자구."

정원에서 꽃나무를 살피던 정하영과 마주쳤다. 정원의 테이블에는 박씨 부인과 성북 부인이 마주 보고 사이사이 양수정과 나나코가 앉았다. 상하이 부인은 처음 보는 노부인과 나란히 앉았다. 상은 낯선 노부인에게 인사했다.

"부인, 처음 뵙겠습니다. 저는 이상입니다. 실례지만, 기존 회원만 모아주십사 했는데요."

정하영이 말했다.

"신입 회원이신데 중요한 얘기가 있대도 다음 달에 일본에 가신다며 참가하셨어요. 여기서 나온 말은 외부에 절대 말씀 안 하시겠대요."

상은 하는 수 없다는 듯 고개를 끄덕였다.

"그럼 말을 하겠습니다."

좌중의 시선이 상에게 집중되었다.

"저는 조향 가게 파리스 파품을 찾아갔습니다. 신상품을 정 사장님이 몇 개 사 가셨고, 상하이 부인이 단골이란 걸 알아냈죠."

상하이 부인이 턱을 쳐들고 상을 노려보았다.

"그게 무슨 상관이죠?"

"그날 테이블에서 장미 향이 났다는 말을 들었죠. 향수를 받아왔는데 확인해주시죠."

상은 양수정과 나나코에게 용기를 건네 향을 맡게 했다.

"그날 테이블에서 난 향이 맞습니까?"

양수정이 고개를 끄덕였다.

"맞는 것 같아요. 탑노트가 장미고 중간 향은 나무 냄새였어요."

"알겠습니다. 정 사장님, 향수는 누구에게 선물로 드리셨죠?"

정하영이 조심스레 말했다.

"말하기가 좀 그런데요. 개인적 선물입니다."

"사건 해결에 결정적인 단서가 될 수 있습니다. 그날 특정 향이 났다면 향수의 주인을 알아야죠."

"우 집사님이 고생하기에 드렸고, 고 고진승 부인께 선물해드렸어요."

박씨 부인과 성북 부인이 서운하다는 눈길로 한번 봤다.

"그날 집사님은 향수를 뿌렸습니까?"

"아니요, 담벼락에 뿌리고 나서 손을 씻었어요. 식기를 만질 때는 조심합니다."

"상하이 부인께 여쭐게요. 그날 장미 향수를 뿌렸습니까?"

상하이 부인이 고개를 저었다.

"향수 바꿨어요. 이태리 향수 써요. 그윽한 무스크향요. 그 가게 안 간 지 좀 됐다우."

상이 알았다는 듯 고개를 끄덕였다.

"그렇다면 고진승 씨가 향수를 손목에 뿌렸고 세팅에 손댄 걸로 보입니다. 그날 세팅이 달라졌다고 양수정 님이 말하셨죠. 왜 그랬을까요?"

우 집사가 슬며시 고개를 돌렸다.

"앤티크 접시는 크랙이 간 부분에 약품으로 덧칠해 금을 감춥니다. 만약 정 사장이 내온 접시에 이런 하자가 있다면 친한 사이였던 고진승 씨는 감추려 했겠지요. 어디까지나 추측입니다만."

정하영이 손을 들어 부드럽게 저지했다.

"그럴 리가요. 전 제가 가진 앤티크에 자부심이 있어요. 그런 부분에 민감해 최상의 제품만 내놓습니다."

"이야기를 마저 들어주시죠. 저는 다른 앤티크 가게와 미장원에 들러 정보를 알아냈죠. 물건을 뒤로 빼돌리면 돈을 만진다더군요."

상이 우 집사를 보았다. 그녀는 시선을 내리고 엄숙하게 서 있었다.

"접시의 배열은 묘하게 흐트러졌죠. 우 집사가 배치했다면 그런 일은 없을 텐데요. 저는 정 사장님의 고진승 님 드신 떡만 딱딱했다고 하는 증언이 있어 얼린 떡이라 추정했죠. 파티 중간에 자수품을 보러 부인들이 이동한 시간에 누군가 언 떡을 특정 접시에 올려놓은 것입니다. 교양을 중시 여기는 파티에서 언 떡이 목에 걸려도 고상한 부인이 볼품 사납게 난리 치지 못하고 죽을 수도 있으니까요. 고의적인 의도가 있죠. 무서운 수작입니다. 접시는 누군가 배치를 바꿨고, 고진승 씨는 언 떡을 먹을 수밖에 없고. 대체 누가 원한을 가진 걸까요?"

상은 좌중을 둘러봤다. 여인들이 일순 긴장했다. 그러나 박씨 부인은 알 수 없는 표정이다. 성북 부인은 아무렇지도 않다는 듯 자신만만한 얼굴이었다.

상은 예리한 눈빛으로 박씨 부인을 봤다.

"먼저 부인께 묻죠. 정말로 그날은 아드님 생일이 맞습니까?"

부인의 눈빛이 흔들리는 것을 상은 놓치지 않았다.

"정확하게 말해주셔야 됩니다. 금방 들통이 납니다."

"생일은 지났어요. 특별하게 만든 떡을 갖고 오는데 마땅히 이유가 없어 핑계를 댔지요."

구보는 박씨 부인의 저의가 의심스러웠다.

'왜 거짓말까지 만들어내면서 간식으로 갖고 온 거야? 티파티에는 떡보다 쿠키가 어울리지 않는가.'

잠시 좌중이 술렁이며 부인들이 끼리끼리 귓속말을 주고받았다. 상하이 부인이 걸걸한 목소리를 냈다.

"잘못이 누구에게 있는지 자명하군."

나나코가 대들었다.

"어머, 그런 말 함부로 말아요! 뭘 안다고?"

상하이 부인이 나나코와 양수정을 노려봤다.

"니들도 정신 차려. 친일파 따라지 여편네들 같으니라구."

그녀는 담배를 물었다. 나나코가 못마땅하다는 듯 목소리를 높였다.

"부인은 어떻고요? 상하이서 놀던 버릇으로 명치정 댄스홀서 밤마다 버선발이 검도록 춤춘다면서요."

구보는 나나코의 도발에 깜짝 놀랐다.

"그걸 고진승 언니에게서 들었어요. 진승 언니가 죽기 바란 건 상하이 부인입니다. 비밀을 아니까."

상하이 부인이 발끈하면서 담뱃대를 던졌다.

"뭐라구? 요 어린 게 뭐라 지껄이는 거야?"

양수정이 덧붙여 말했다.

"상하이 부인 좋아하시네. 외국인들 상대의 야오얼(몸 파는 기녀) 주제에! 당신이 청음소반(淸吟小班, 차와 술을 파는 기루)에서 일한 걸 아는 사람이 있어요! 허벅지 안쪽에 암퇘지 문신도 어떤 변태 부자가 했다던데, 진짜예요?"

상하이 부인이 의자가 넘어지게 탕 차고 일어나 양수정에게 덤볐다.

"뭐? 네년 남편은 야쿠자 일 봐주는 거 내가 모를 줄 알고? 고급 공무원이 그런 자리더냐? 네년 등에도 얼치기 용문신이라도 있지?"

상하이 부인이 긴 손톱을 양수정의 얼굴에 대려는데, 상이 다가가 부인의 허리를 잡고 떼어냈다.

"진정하십시오. 부인."

상하이 부인은 의자를 세워 앉았다. 그녀는 담뱃대를 입가에 가져갔다.

"그년이 내 얘기를 하던? 망할 년. 잘 죽었네."

지금까지 보인 우아함과 정반대다.

"아뇨. 당신의 말을 듣고 진즉에 알아챘죠. 어느 조선 부인이 그렇게 놀았겠어요? 유흥가서 남자들 비위 맞추는 일을 했겠죠. 진승 언니는 확인만 해줬어요. 것도 고급스런 '관'이나 '원'이 끝에 붙는 데가 아니라 '숙', '점' 등 유흥주점서 일했다면서요."

"훗, 그럼 나 이혼한 것도 알겠네?"

양수정이 고개를 슬쩍 끄덕였다.

"나쁜 년들. 남편 있는 척한 게 뗐냐? 왜 모른 척했어? 나나코. 너 말해봐."

상하이 부인이 담뱃대를 나나코 얼굴에 확 던졌다.

나나코가 겁에 질리면서도 대차게 말했다.

"경성 미용원에서 파마 한 번 하면 누구는 남편이 바람났고, 누구는 사업이 망했는데 안 그런 척한다고 다 들어요, 안 듣고 싶어도. 당신이 잘난 척하는 게 싫었는데 뒤서 실컷 비웃었죠."

상하이 부인이 냉소적으로 말했다.

"네년들이 쥐, 바퀴벌레 나오는 데서 살아는 봤냐? 인생 밑바닥 가봤냐구? 나는 살아봤어. 그런데 나한테 개겨? 니들 그런다구 눈 하나 깜짝 할 줄 알아? 개똥밭에 굴러도 이승이 낫다고? 아니. 난 이승에서 저승 끝까지 가본 년이야. 그러니 니들이 자신 있으면 나이프로 날 찔러. 개똥보다 못한 인생 살아봤다면!"

상하이 부인은 식탁의 나이프를 집어 들고 휘둘렀다. 양수정과 나나코가 비명을 질렀다. 정하영은 뜯어말리는데 성북 부인과 박씨 부인은 싸늘한 표정으로 외면했다.

구보도 말리러 가는데 상이 어깨를 누르면서 강한 어조로 말했다.

"가만히 있게나."

상하이 부인은 제풀에 지쳐 털썩 주저앉았다.

돌아보면 녹록치 않은 인생이었다. 빚에 쫓겨 야반도주한 부모 탓에 그녀는 동생 둘과 남겨져 빚쟁이에게 시달렸다. 아비의 행방을 모른다고 해도 믿어주지 않는 빚쟁이들에게 아비가 돌아오는지 자기 집에서 자보라고 할 만큼 당찬 아이였다. 타고난 미모와 화술로 화류계에서 이름을 날리다가 사업가 남편을 만나 상하이에서 명문가 부인으로 거듭났다. 하지만 남편이 마작에 빠져 재산을 탕진하자, 그녀는 채권자들 몰래 가구나 패물을 팔아서 외국인을 상대하는 기생집을 차렸다. 남편에게 이혼장을 보냈고, 후에 그가 폐인이 됐다는 소문을 들었다. 중국에 전운이 돌자 부랴부랴 재산을 처분하고 경성에 와 명문가 부인 행세를 했다.

굴곡 많고 억척스런 삶이었다. 이제 좀 편하게 쉬려나 하는데 다시 이런 일이 생겼다.

상은 상하이 부인을 직시했다.

"부인께서 혹시 다른 사람을 무고하는 편지를 가게에 놓고 가지 않았습니까?"

상하이 부인의 얼굴이 파르르 떨렸다.

"뭔 소리! 난 박씨 부인을 무고하지 않았어!"

"저희는 박씨 부인이라고 말한 적 없소만."

상하이 부인의 안색이 새파랗게 질렸다.

"그, 그래서 그랬어! 의심이 가서. 이상하잖아. 왜 떡을 해 온 날 고진승이 그걸 먹고 죽었겠어. 의심이 가서 그런 거야! 것도 그렇고 우 집사 말이야."

갑자기 불똥이 우 집사에게 튀었다. 우 집사의 얼굴이 굳었다.

"당신이 물건을 빼돌려 파는 걸 고진승이 알았어. 박씨 부인과 짜고 그런 거 아냐?"

"네? 부인, 무슨 말씀을······."

정하영이 당황스런 얼굴을 했다.

"고진승이 그랬는데, 우 집사가 노부인에게 폐병 환자의 이불을 비싸게 팔았대. 정 사장이 버리라 한 것을. 피 묻은 자수 부분을 뜯어 새 이불 호청을 붙여 팔았다는군."

좌중의 여인들이 놀랐다.

"고진승에게 사라 했는데 환자 이불이란 걸 눈치채고 안 샀다는군."

"누가 그 이불을 가져간 거죠?"

새로 들어온 노부인이 물었다.

"모르겠어요? 바로 당신이죠. 어디 아프시진 않았나요?"

노부인이 쓰러졌다. 정하영이 찬 물수건으로 얼굴과 목을 닦자 노부인은 정신을 차렸다. 우 집사가 고개를 푹 숙였다가 얼굴을 들었다.

"이상 선생님, 성북 부인도 조사받아야 돼요. 평소 고진승 님이 정 사장님과 친하다고 시샘을 했어요."

성북 부인은 우 집사의 말에 발악을 했다.

"뭐라고? 그래요, 고진승이 정 사장하고 팔짱 끼고 남대문 시장 다닌다기에 질투했어요! 정 사장하고 친하다고 어찌나 자랑질을 하던지. 고진승 그년은 여기 붙었다 저기 붙었다……. 여자들은 말이죠, 누구랑 먼저 친해졌고 더 친한지 따지고 재고 그래요."

성북 부인은 우 집사를 노려봤다.

"우 집사가 저런 게 처음인 줄 아세요? 저번에는 나한테 물건 하나를 팔았어요. 정 사장 몰래 빼돌렸다고요. 꽤 주고 빅토리아 여왕 초기 시절 그릇을 장만했죠. 그런데 뜨거운 찻물을 붓자 마자 금들이 좍좍 가는 거예요. 금에 흰 물감으로 몰래 덧칠해 다시 구운 거더라구요. 기분 나빴죠. 사기 당했지만 우 집사와 몰래 벌인 일이라 조용히 입 다물고 있었어요."

정하영이 놀란 눈으로 우 집사를 보았다.

"우 집사님, 이게 다 어떻게 된 일이죠?"

"죄송합니다, 사장님. 하지만 두 아이의 학교 월사금이 필요했어요."

"모든 걸 사실대로 말씀해주세요. 그 일은 나중에 따로 묻겠습니다."

정하영은 피로한 얼굴을 했다. 진심으로 몰랐다는 얼굴이었다.

좌중이 다시 우 집사에게 시선을 돌렸다. 하얀 수건을 꽉 쥔 우 집사가 입술을 잘근잘근 깨물었다.

"사실은 떡을 얼려서 냈어요. 고진승 님께 내진 않았어요. 그러니까 전 책임이 없습니다."

상이 날카로운 눈빛으로 물었다.

"누구에게 그렇게 했죠?"

우 집사가 좌중의 눈치를 살폈다.

"상하이 부인요. 그렇게 해달라고 하신 분들이 계셔서요."

성북 부인의 눈이 불안하게 흔들렸고, 박씨 부인은 시선을 아래에 두고 목을 길게 뺐다.

"계속 하시죠. 어차피 증언하실 거 확실하게 하십시오."

우 집사가 꾸물거리는데 상이 매섭게 좌중을 둘러보자, 성북 부인이 못 참고 말했다.

"그래요, 사실은 언 떡을 상하이 부인에게 먹여 애먹이려고 했어요! 박씨 부인도 동의했고요."

모두 놀라서 박씨 부인을 봤다. 그녀는 미동도 없었다.

"이게 사실입니까?"

"저는 그냥 떡을 예쁘게 만들어 온 것밖에 없어요."

박씨 부인이 조용하게 말했다. 성북 부인이 흥분해서 소리쳤다.

"이봐요, 이게 나 혼자 잘못이에요? 장난을 치고 싶다, 그러니까 당신이 떡을 만들어 오겠다 이야기가 오갔잖아요."

"아니요, 그런 적 없습니다."

성북 부인이 울먹였다.

"제가 우 집사에게 시켰지만 어쨌든 떡을 가져온 사람은 박씨 부인이잖아요. 그 떡 때문에 사달이 났으니 책임을 져야죠."

구보가 물었다.

"아니 상하이 부인과 친하지 않나요?"

성북 부인이 솔직하게 털어놓았다.

"사연이 있어요. 제가 남편과 사이가 안 좋아서 이혼하게 생겼어요. 고진승 씨가 그렇게 가기 며칠 전에 나랑 미쓰코시 커피숍에서 만난 적이 있어요. 그때 이혼할지도 모른다 말했는데다 안다고, 앞으로 남편 덕 볼 수 없으니 고개를 어떻게 들겠냐고……."

그녀는 울분에 차서 울음을 터뜨렸다.

"얼마나 제 속이 아렸겠어요. 제 일 아니라고 남의 불행을 아무렇지도 않게 여기는데."

상하이 부인이 어이없어 했다.

"근데 왜 나한테 언 떡 주라 했어? 고진승이 아니라."

"당신이 나 이혼한다고 소문내지 않았어요? 맞잖아요? 미용실에 다 퍼졌던데!"

상하이 부인이 난처해하며 시선을 돌렸다. 성북 부인이 억울하다는 표정으로 상을 봤다.

"제 잘못은 아니에요. 박씨 부인이 떡을 가져온 거잖아요."

상이 우 집사를 봤다.

"그럼 성북 부인 부탁에 떡을 얼렸나요?"

우 집사가 답했다.

"네. 그날 날씨가 더워 찹쌀떡을 시원하게 하려고 얼음 저장고에 둔 게 잘못인가요?"

상은 고개를 저었다.

"아뇨. 문제는 당신이 특정인에게만 언 것을 주었다는 거죠. 당신은 정 사장이 버리라는 크랙이 간 물건을 손보아서 처분하는 것도 모자라 진품을 뒤로 판 적이 있지요?"

우 집사의 눈이 커졌다.

"그, 그걸 어떻게……."

"진품을 빼돌리고 크랙이 간 하자품을 테이블에 올렸죠."

상은 정하영이 준비해둔 사건 당일 쓴 접시를 일일이 들어 뒤를 살피고 그중 두 개를 빼서 뒤집었다.

"정 사장님, 이 퀸 코펜하겐 빈티지는 언제 어떤 경로로 산 것이죠?"

"작년 한정 생산품을 일본인 수입업자에게 특별하게 부탁했어요."

상은 접시를 건넸다.

"그런데 왜 이 접시에만 35년 생산품이라는 특유의 로고인 대문자 R이 없는 거죠?"

정하영이 눈을 크게 뜨고 당황하였다.

"미처 몰랐어요. 분명히 살 때는 다 확인했는데요."

"저는 여기 오기 전에 다른 앤티크 가게 사장에게 이유를 들었죠. 설명해주시죠."

정하영이 작게 한숨을 쉬었다.

"생산 당시 크랙이 간 제품은 폐기하지만, 직원이 뒤로 빼돌려 팔기도 하죠. 금을 감추고 수선해서요. 하지만 고유의 대문자 R은 그들도 양심이 있어 안 새기는 사람도 있어요."

우 집사의 얼굴이 붉게 상기됐다. 그녀는 손에 든 수건을 세게 구겼다.

"우 집사님, 이 제품 중 두 개는 진품과 바꿔치기 한 겁니까?"

우 집사는 고개를 숙이고 침묵했다. 침묵은 긍정을 의미하는 듯 보였다.

상은 진지한 눈빛으로 좌중을 둘러보았다.

"뒤로 빼돌린 접시는 금 간 곳이 희미하게 드러나 보였죠. 지금 이 접시를 자세히 보시죠."

부인들은 상이 루페와 함께 건넨 접시를 돌려보았다. 상의 말이 이어졌다.

"고진승 씨는 접시의 크랙을 정 사장 체면을 고려해 일단 떡으로 감추고, 원래 자리에 접시를 놓으려 하다 그만 자신의 떡을 바닥에 떨어뜨렸죠. 상하이 부인의 떡에 풀이 묻은 것은 그래서일 겁니다. 바꿔치기한 거니까."

우 집사의 얼굴이 퍼렇게 질렸다. 상하이 부인도 놀랐다. 상은 자신감 가득한 미소를 띠고 좌중을 둘러봤다.

"접시에서 향수 냄새가 났습니다. 장미 향수를 선물 받은 사람은 고진승 씨입니다. 일리가 있는 추정입니다."

부인들은 조용했다. 다만 상하이 부인이 심란한 표정으로 혀를 끌끌 찼다. 그리고 부인들을 번갈아 노려봤다. 성북 부인은 손수건으로 눈물을 닦으며 훌쩍였다. 나나코와 양수정은 말없이 차만 홀짝거렸다. 박씨 부인은 시선을 아래에 두었다.

구보는 난처한데 이때 우 집사가 다가와 정하영에게 귓속말을 했다. 정하영은 상에게 말을 전했다. 구보는 무슨 일인가 싶었다.

나무들 사이로 누군가 다가왔다. 기무라 형사였다. 그는 상에게 동의를 얻어 좌중을 향해 섰다.

"고진승 사망자 사건에 대해 밝혀진 사실을 알려드리러 왔습니다."

구보는 눈을 크게 뜨고 상과 정하영을 번갈아 봤다. 정하영의 얼굴에 낙담한 기색이 보였다.

"고진승 씨는 기도에 떡이 걸려 사망했다는 검시관 의견을 받아 부검의가 부검했으나, 결과적으로 사망 원인은 다릅니다. 경찰은 부검의 의견을 토대로 확실한 사망 원인을 밝혔죠. 부검 보고서를 보시죠."

상은 기무라에게서 보고서를 받아 읽고 구보에게 넘겼다.

보고서에는 사망 원인이 '붉은 개미에 물려 전신성 알레르기 아나필락시스 쇼크사'라고 적혀 있었다. 구보가 깜짝 놀라 보고서를 정하영에게 넘기자, 그녀는 잠깐 본 후 상하이 부인에게 건넸다. 좌중이 돌려보는 동안 기무라가 말을 이었다.

"발목에 불개미에게 물린 흔적이 다섯 개 정도 있었습니다. 부검의가 추정하기에 향으로 개미를 끌었고, 얇은 스타킹을 착용해 피해를 봤다고 합니다. 발을 비롯해 목과 귀 뒤쪽으로 발진이 심했고 얼굴에는 아무런 발진이 일어나지 않은 탓에 처음에 검시관이 알아채지 못한 겁니다. 자세한 부검과 약물 검사를 통해 이 같은 사실을 알아냈습니다."

성북 부인이 발끈했다.

"그럼 여기 잔디밭에 불개미가 있다는 거예요? 저는 개미한테 물려 죽었다는 소린 첨 듣는데요?"

"사실은 앤티크 접시를 수입하는 과정이 문제죠. 고베 항구 수입품 컨테이너에서 맹독성 불개미가 발견돼 방역했습니다. 부두 노동자 중에 불개미에게 손목을 물려 죽은 이가 여럿 생겼고요. 수입 과정에서 개미가 그릇에 붙어 온 것 같습니다."

부인들이 근심스런 얼굴로 서둘러 갈 채비를 했다.

"부인들은 가까운 병원을 방문하여 열이 나는지, 호흡곤란이나 가려움증은 없는지 문진하시고 귀가하시기 바랍니다."

성북 부인이 눈물 자국을 손수건으로 깨끗이 닦고 가장 먼저 일어났다. 나나코와 양수정도 스커트 아래로 다리를 살피며 황급히 일어났다. 서두르다 나나코가 넘어지기도 했다. 박씨 부인이 정하영에게 형식적 인사를 건네고 갔다. 상하이 부인은 담배를 태우면서 숨을 깊게 내쉬었다.

"정 사장. 앞으로 어떻게 되는 거죠?"

기무라가 대신 답했다.

"영업 정지 명령이 곧 하달될 겁니다. 그동안 장사를 하면 안 되고 가지고 계신 물건들은 모두 위생과 직원이 나와 방역할 테니 협조하시오."

정하영은 고개를 끄덕였다. 구보는 귓속말을 했다.

"상, 이게 어떻게 된 일인가?"

"음. 기도가 부어서 떡은 도저히 삼킬 수 없었나보지. 불개미가 먼저 물었으니 불개미가 범인이군."

"그렇게 되나? 누구에게도 잘못을 물을 수 없군. 서로에 대한 깊은 불신과 질투, 미움만 까발려진 채 파티는 영원히 끝났군."

상은 잔잔한 미소를 짓고 바람에 날리는 머리를 손가락으로 가지런하게 쓸었다. 상의 쑥스러운 표정이 고스란히 보였다.

기무라는 이것저것 정하영과 말을 나눈 후, 상과 구보에게 인사하고 돌아갔다. 정하영이 다가왔다.

"사건이 해결됐으니 다음 주에 의뢰비를 마저 드리고 계약을 해지합니다."

상이 고개를 숙였다.

"그렇게 하시지요."

구보는 정원을 떠나다가 뒤를 돌아봤다. 정하영이 궁금했다. 그녀는 부인들이 떠난 테이블을 정리하다가 의자에 털썩 주저앉았다. 블라우스와 스커트를 단정히 차려입었으나, 신산함이 묻어나왔다.

다시 그 부인들과 티파티를 가질 수 있을까?

구보는 고개를 흔들었다. 그녀들에게는 모두 휴지기가 필요하다.

구보는 며칠간 집안 행사로 바빠서 간만에 다방에 얼굴을 비췄다. 여전히 문에 가위가 걸려 있는지 확인하는데, 웬걸. 가위가 없었다. 영문을 몰라 두리번거리는데 금홍과 옆 카페 주인이 다정하게 앉아 이야기를 도란도란 나누는 모습이 눈에 들어왔다.

구보는 상 맞은편에 앉아 조용히 물었다.

"어떻게 된 일이야? 금홍 씨가 저 여자 그렇게나 싫어하더니."

"그게 말이지, 자네 안 나온 며칠 새 저 여주인이 다방에 놀러 와 수다를 떨었다네. 옆집 주인은 남편을 급성 폐병으로 보내고 자신도 죽을까 하는 마음에 〈사의 찬미〉를 틀었던 것이야. 금홍이는 장사도 안 되고 나와 결혼도 쉽지가 않아 우울했지. 둘이 속내를 털더니 저렇게 단짝이 됐네."

"아니 언제는 이상한 여자 취급을 하더니."

"이상하다기보다 외로운 여자?"

구보는 피식 웃었다. 참으로 모를 것이 봄 날씨하고 노인의 건강이라더니 사람 마음도 거기에 포함시켜야겠다. 소통이란 또 얼마나 중요한가. 원수도 말 몇 마디로 친구가 되니.

"다방 계속 하는 거지? 나 여기서 작업해도 되나?"

"그렇다네. 걱정 마시게. 금홍 마담, 우리 나가요."

금홍은 여주인과 이야기를 나누며 귀찮다는 듯 나가라 손짓했다.

날은 화창했고, 거리에 사람들이 분주히 오갔다. 상과 구보만이 한가로웠다. 새로 생긴 서점에 들어가 책을 살폈다. 구보는 샤르트르의 원서를 훑고 상은 새로 나온 문예지를 봤다.

"상이, 상류층 그녀들이 왜 서로 잡아먹지 못해 이 사달까지 난 건지 알다가도 모르겠네. 그 안에는 오해, 불신, 질투, 소외되는 마음도 컸지만."

"안데르센의 《미운 오리 새끼》가 떠올랐지."

"미운 오리 새끼?"

"애초에 이 땅에서 여성들은 명문가 여식이라도 결혼 전엔 아버지에게 눌리고, 결혼 후엔 남편의 지배 아래에 놓이지. 순종과 복종만을 강요당하는 삶에서 자존감은 자라나기 힘드네. 개성은 억압되고, 조금만 화장이 짙어도 음탕하다지. 첩을 둔 남편에, 자식들은 타지로 떠나고 사회 활동은 제한돼. 욕구불만을 풀 데가 없어 숨이 턱턱 막혀.

결혼 후 학업을 중단한 부인도 있고, 남부끄러운 과거를 세탁한 부인도 있어. 이들이 유일하게 티파티 사교계서 사람을 만났어. 모두 백조가 돼서 비싼 물건을 사며 환심을 얻고 싶었지."

"남을 미워해서야 백조가 되겠는가?"

"맞는 말이네. 백조는 자신의 뼈를 깎는 노력으로 되지. 그러나 사회는 여성들에게 너무도 가혹하네. 몸으로 받는 억압을 남에게 쏟아낸 걸지도."

구보는 고개를 저었다. 문득 일전에 읽은 일간지 기사가 떠올랐다.

"하인리히 법칙이라고 들어봤나? 미국 보험회사 직원 하인리히가 발견했는데 큰 사고는 우연히 발생하는 게 아니라 이전에 경미한 사고들이 반복됐다고 하네. 그걸 방치했을 때 대형사고가 터지지. 정 사장은 여인들 간의 반목과 갈등, 고뇌와 분노를 알고도 조치하지 않았지. 그러다 터진 것이네. 난 정 사장의 우아하고 아름다운 태도가 가식인지 진심인지 궁금해."

"정 사장은 물건 판매에 질투가 효과가 있단 걸 알지. 사건으로 깨달은 바가 클 거야."

이상은 긍정의 미소를 엷게 보였다.

"종로 101번지나 102번지나 고만고만한 행복과 불행이 공존하는 걸 알면 서로 밉지 않을 텐데. 권세나 돈으로 치장하지만, 누구나 고통을 겪는걸."

상은 서적 한 권을 집고 값을 치렀다.

"헤르만 헤세의 《나르치스와 골트문트》?"

"응. 헤세의 신작이 나와서 샀지. 주인공들의 우정 이야기라니 궁금했지. 다 읽고 빌려주겠네."

"알겠네."

경성의 날씨는 어느새 하늘이 흐리고 우중충했지만, 비가 올 것 같지 않았다. 해가 반쯤 가려 시원한 바람이 뺨에 부딪고 옷깃을 슬쩍 날렸다.

어디서인가 하얀 벚꽃 잎이 꽃비처럼 내렸다. 주변을 살피니 능수 벚꽃나무가 홀로 늦게 개화해 시선을 끌었다. 다른 나무들이 꽃 피웠을 때, 이 나무는 주목을 받지 못했다. 그러나 지금은 홀로 펴 아름답다.

누가 친구는 죽마고우가 좋다 하더냐. 늦게 만났어도 곁에 있어 든든하고 웃음꽃이 피게 하는 친구가 더 좋은데. 늦게 핀 꽃이 아름다울 줄 누가 알랴.

2개월 후 마인석 사장에게서 연락이 왔다. 정하영의 집을 임대계약을 맺었다는 것이다. 방역 작업도 마쳤고 영업 정지도 풀렸지만, 그녀는 쉰다면서 떠났다고 했다.

그는 티파티에 그들을 초대했다.

"오로지 두 분만을 위한 파티입니다. 집을 빌리는 조건으로 정 사장이 내세운 유일한 조건은 두 분을 대접하라는 거였지요."

구보는 내심 불개미는 없을까, 두터운 양말에 발등을 감싸는 구두를 신고 가야겠다고 생각했다.

약속한 날 오후 구보는 점심도 굶었다. 주린 배를 안고 간 집에는 집사 복장을 한 마인석이 팔에 하얀 냅킨을 걸고 기다리고 있었다. 정원 테이블에 깐 흰 린넨 테이블보에는 MIS라는 이니셜이 새겨져 있었다. 테이블에는 사과꽃 문양의 황금 테두리 접0시를 세팅했고, 따뜻하게 데운 홍차와 더불어 진기한 쿠키 등 맛난 베이커리가 준비되었다.

"영국의 헤롯 백화점에 가본 적은 없지만 사진을 보고 비슷하게 꾸며봤습니다."

마인석의 입가에는 잔잔한 미소가 걸렸다.

"영국 여왕이 마시는 애프터눈 스페셜 티로 은은한 향이 일품입니다."

홍차는 향기로웠다. 벚꽃 진 정원에는 수수꽃다리와 사과꽃이 피었는데, 향기가 진했다. 구보와 상은 천국에 온 듯 디저트를 즐겼다. 일급 호텔보다 세련되고 정성이 깃든 티파티였다.

"제 손님을 많이 만들어 쿠킹 클래스도 열 겁니다. 남자가 하는 수업이라 거부감은 있겠지만 정성을 다하면 알아주겠죠. 가을에는 새로이 초대할 테니 티파티에 꼭 오십시오. 멋들어진 물건을 가져다 둘 거니까요. 저도 쉬운 인생은 아니었는데 요번에 정 사장 일도 보고 해서, 이제는 행복해도 더 행복한 듯, 안 행복해도 행복한 듯 웃으면서 지내렵니다. 하하하!"

구보는 진정으로 마인석을 존경했다. 자신의 일에 자부심과 정성이 대단했다.

"이 빵은 쇼송 오 폼므라는 프랑스빵인데 발레 슈즈처럼 끝이 막혀 있죠. 제법 맛있습니다. 앞으로 다양한 빵을 선보일 겁니다. 자주 오실 거죠? 물건은 안 사셔도 되니 제 말이나 들어주세요, 하하."

빵에서 신선한 버터의 풍미가 물씬 느껴졌다. 홍차와 잘 어울렸다. 굶은 보람이 있었다. 구보는 활짝 웃었다.

"마 사장님이 초대하는데 누가 안 오겠습니까? 빵이 참 맛납니다. 허허허."

"그런데 구보 선생님, 작가시니 묻는 건데, 이름을 무슨 앤티크라 할까요? 상호를 바꾸려구요. 좀 부드러운 이미지로 했으면 합니다."

구보는 한참 생각하더니 손가락을 튕겼다.

"마 사장님 성씨인 마! 반짝거리다는 뜻의 블링을 합쳐 마블 앤티크 어떨까요? 블링은 인도네시아어로 도자기란 뜻도 됩니다."

마인석이 고개를 갸웃했다.

"역시 작가라 다르시군요. 근데 부드러운 느낌을 줄까요?"

"그럼요. 100년 후는 모르겠지만요."

마인석은 주먹을 쥐고 굳은 결심을 보이며, '마블 앤티크'를 입으로 여러 번 외쳤다.

"좋습니다. 그렇게 하죠. 대박스런 느낌 좋네요."

구보는 활짝 웃었다. 천국이 있다면 이런 풍광일 것이다. 같은 장소와 그릇과 음식을 두고도 서로 원망하는 마음만 그득하다면 그곳은 지옥이다.

　마인석이 축음기에 레코드판을 걸었다.

　〈고양이 춤〉이라는 피아노곡이었다. 독일에서 나온 악보에 작곡자가 벼룩이라는 단어로 돼 있어서 벼룩 왈츠로 알려진 곡이다. 통통 튀는 경쾌한 멜로디가 정원에 울렸다. 상쾌한 기분이 들었다. 바람이 상의 구불거리는 머리를 들어올렸다. 상이 손가락으로 박자를 맞췄다. 오후의 아름다운 티파티였다.

*이 작품에 나오는 앤티크 역사는 《빈티지 팩토리》(안지훈 지음, 학고재, 2012년)를 참고해 작품에 맞게 고쳤습니다.

팔화

극장 주임변사의
죽음

京城 探偵
LEESANG

오늘도 변함없이 구보는 제비 다방에서 작품을 쓰고 상은 신문을 뒤적였다. 마침 금홍이 레코드판을 갈아 끼우자 축음기에서 만담이 흘러나왔다. 구보는 잔잔한 클래식에서 만담으로 바뀌자, 무슨 일인가 싶어서 잠시 펜대를 놓았다.
　조선의 찰리 채플린이라 불리는 신불출 변사의 만담이었다.
　노신사와 카페 여급이 주거니 받거니 하는 대사가 또렷하게 들렸다.
　"커! 술맛 좋다. 네 이름이 무어냐?"
　"이름은 알아서 뭐 하셔요? 약주나 드셔요."
　"네 이름이 뚱그런 명월이냐?"
　"아뇨."
　"그럼, 뾰족한 송죽헌이냐?"
　"아뇨, 끝없는 수심이랍니다."

이런 식의 만담이 흥겹게 들리는데 상이 구보에게 넌지시 신문을 건넸다.

"자네 지금 나오는 신불출은 들어봤겠고, 성정운 변사도 들어보았나?"

구보는 고개를 끄덕였다.

"알지. 성정운이 해설하는 무성영화를 꽤 보았네. 왜 그러나?"

"신문을 보게. 3일 전에 사망했네. 그것도 소속 극장 화장실에서 시신이 발견되었다는군. 사망 원인은 아직 확실치 않고 말이지."

"뭐라고? 성정운이가 단성사 화장실에서 의문의 죽음을 당했다고?"

구보는 깜짝 놀랐다. 경성의 인기 변사 성정운은 노인, 여성, 아이 심지어 애기 울음소리도 똑같이 흉내 내서 인기가 많았다. 유성영화에 밀려 무성영화가 점점 인기를 잃어간다 해도 아직은 변사가 극장에 상주해 영화를 설명한다. 그런데 그 유명한 변사 성정운이 하루아침에 시신이 됐다. 그것도 자신의 일터 화장실에서.

"그 사건을 의뢰받았네. 오늘 중에 단성사에 가보자구."

구보는 펜과 원고지를 챙겨서 가방에 넣었다. 궁금증도 들뿐더러, 이제 성정운의 밝고 쾌활하면서 힘찬 목소리를 못 들을 거라 생각하니 가슴이 아렸다.

상과 구보는 종로를 걸어 단성사에 도착했다. 단성사는 문이 닫혀 있다. 공연 준비 중이라는 팻말이 있었다. 극장을 끼고 돌아 후문으로 향했다. 열린 문으로 상이 앞장서 어두컴컴한 극장으로 들어갔다. 후문은 극장 2층과 연결돼 있다.

어둡고 좁은 복도를 들어가자 작은 문들이 보였다. 그리고 왼편에 발코니처럼 철제 난간이 있었다. 난간에 서자 아래로 뻥 뚫린 공간에 무대와 객석이 보였다. 천장서부터 긴 커튼이 무대까지 드리워 있다. 무대를 가스등이 비췄다.

상은 주변을 둘러보다 좁은 복도로 향했다.

"분장실서 감독과 배우부터 탐문해보세."

복도가 갈라지는 곳에서 상이 왼쪽 복도로 들어섰다. 복도 중간 즈음에 분장실이라고 적힌 문이 있다.

문을 열자 환한 불빛 속에 몇 사람이 보였다. 한 남자가 다가왔다.

"어떻게 오셨습니까?"

"저는 이상이라는 탐정입니다. 전송주 사장님 연락으로 왔습니다."

"아, 들었습니다. 저는 하도진이라고 합니다. 연출을 맡고 있습니다."

30대 초반의 키가 작고 땅땅한 체격의 남자는 악수를 청했다.

"수사는 진척이 있습니까?"

하도진은 쓸쓸한 표정을 지었다.

"어제 듣기로는 마약 중독으로 혼미한 상태에서 스스로 목을 매단 사고사로 부검 결과가 나왔다고 합니다. 마약을 구입한 경로나 범죄 연루 가능성 등은 계속 수사 중이랍니다. 극단의 불명예이고 저희도 충격이 큽니다."

"신문에는 사망 원인은 나오지 않았는데요."

"네, 소수의 관계자들만 알고 사장님이 기자들 입막음을 했을 겁니다. 마약 중독에 사고사라니 보통 큰일이어야 말이죠. 저도 탐정님들이 오신다고 해서 놀랐습니다."

"사건은 명확하게 밝힐수록 극단 명예를 지키는 데 도움이 되지요."

상이 이어 말했다.

"성정운 변사님이 돌아가시던 날의 일을 말씀해주시겠습니까."

하도진은 잠깐 소름이 끼친다는 듯 몸을 떨면서 당시를 떠올렸다.

"저녁에 극이 예정되어 있어서 리허설을 하려고 배우들이 오전 9시에 모이기로 했지요. 그런데 변사님만 안 계신 거예요. 그래서 일단 배우들에게 연습을 하라고 하고 무대 주변과 분장실을 둘러보며 찾았습니다. 혹시 화장실에 계신가 해서 가보니 문이 잠겨 있더군요. 평소 행인은 사용 못 하도록 잠가둘 때가 많지만, 그날따라 느낌이 이상하더라구요. 소유미 씨가 와서 문을 잡아 뜯고 성정운 변사님을 발견했습니다."

"어떤 상태였습니까?"

상이 날카롭게 물었다.

"세상에, 얼굴이랑 몸에 토사물이 가득하고 입에는 거품을 물고 있었는데 하얀 가루가 섞여 있더군요. 그리고 목에는 연극

무대에서 쓰는 밧줄을 감았는데 끝이 세면대 수도꼭지에 묶여 있었습니다. 나중에 찾아온 경찰들 말을 엿들어보니 마약을 하면 환각 상태에서 자살을 시도하는 경우가 흔하다고 하대요. 에휴, 그렇게 가실 줄이야. 사장님이 자가용에 실어 병원에 모셨지만 돌아가셨죠."

상은 사건 장소로 안내해달라고 했다. 하도진은 화장실로 앞장섰다. 화장실 문은 자물쇠가 뜯겨 있었다.

"소유미 씨가 배우인데 힘이 세요. 사안이 급해 잡아 뜯었지요."

구보가 화장실을 둘러봤다. 칸막이로 나눈 화장실이 세 칸에, 입구에는 세면대가 있었다.

상이 정중히 부탁했다.

"죄송하지만 발견 당시 성 변사님의 모습을 재연해줄 수 있겠습니까? 조사하는 데 도움이 될 겁니다."

하도진이 목에 밧줄을 두르는 시늉을 하면서 바닥에 드러누웠다.

"꼭 이렇게 상체가 비스듬히 들린 채로 누워계셨습니다. 이 수도꼭지에 밧줄 끝이 묶여 있구요."

"밧줄은 누구나 가져갈 수 있습니까?"

"네. 무대 뒤에 배경 장치를 고정하려고 쌓아놓은 데가 있어요."

구보는 화장실을 올려다보았다. 자그마한 환기창이 열려 있다.

"저 창은 늘 열어둡니까?" 구보가 물었다.

"네. 환기를 위해서죠."

"상이, 밀실인데 자력에 의한 죽음이네. 의지와 상관없이 환각 상태서 목을 맸으면 자살이 아닌 사고사로 봐야지."

"한번 창을 살펴볼까?"

상은 하도진에게 의자를 가져다 달라고 했다. 잠시 후, 상은 의자 위로 올라가 창밖으로 머리를 뺐다. 하지만 어깨가 걸려 나갈 수가 없었다.

이번에는 구보도 시도해보았지만, 마찬가지였다.

"소년같이 자그마한 체구 아니고서는 어림없겠네. 어, 잠깐만. 상이, 이게 뭐지?"

구보는 창틀에 낀 천 오라기를 집어 들었다. 하얀색의 부드러운 천이었다. 상은 오라기를 받아서 종이봉투에 넣었다.

그들이 분장실로 돌아오는 길에 하도진이 말을 이었다.

"기댄 자세로도 죽을 수 있다니 놀랐어요. 나무에 매달아 죽는 것만 상상해봤는데."

"한쪽을 고정한 채 강한 힘이 주어지고 몸무게가 실려 압력이 가해진다면 가능하죠."

상은 덧붙여 중얼거렸다.

"바닥에 지지한 상태라면 불완전 의사겠군. 혹시 별다른 이상한 점은 없습니까?"

"글쎄요, 제가 발견했을 때는 이미 숨을 쉬지 않았고 말씀드린 그대롭니다."

"일단 알겠습니다. 배우들도 만나보고 싶은데요."

하도진은 흔쾌히 답했다.

"그렇게 하시죠. 배우들이 연습을 끝내고 왔을 겝니다. 사장님도 다들 적극적으로 도우라고 하셨어요."

상은 분장실로 들어갔다. 한 남자 배우가 서 있었는데, 어찌나 큰지 외국인 같았다. 구보는 고개를 들어 남자를 살폈다. 남자는 서양의 근세 복식인 쇼오스 바지에 타이츠를 받쳐 입고 머리에는 갈색 가발을 썼다.

"안녕하십니까. 말씀 좀 여쭙겠습니다."

거인이 돌아서며 인사했다.

"안녕하세요."

남자 목소리가 아니었다. 남장을 했을 뿐 눈매나 얼굴선을 보니 여성이 확실했다.

"놀라셨죠. 후후."

"아! 죄송합니다."

구보는 놀란 표정을 얼른 수습했다.

"저희는 성정운 씨 사망을 조사하는 탐정들입니다. 이상과 구보라 합니다."

구보가 질문했다.

"남장을 하신 이유가 있습니까?"

"극이 문란해진다고 여자 배우를 안 뽑아서 별수 없이 남자 역할을 하는 조건으로 간신히 들어왔죠. 덕분에 여성 역은 남자가 맡고, 저는 남자 역을 맡아요. 소유미라고 합니다."

소유미는 키가 180센티미터가 넘고 날씬하지만, 어깨나 팔뚝에 근육이 꽤 있었다.

구보가 화제를 돌렸다.

"어떤 극을 준비하십니까?"

"로미오와 줄리엣이오. 경성 시민들이 좋아하는 전통극은 아니지만 야심 차게 준비하는 작품이에요. 저는 줄리엣 사촌 티볼트를 맡았어요. 배우들 중에 저보다 검술을 잘 하는 사람은 없죠. 보실래요?"

소유미는 테이블에 놓인 펜싱 검을 들어 멋지게 휘둘렀다. 구보는 움찔했다.

"연극용 소품이에요. 다치지 않아요."

웃는 얼굴이 귀여웠다. 소유미는 인조 구레나룻이 자꾸 떨어지자 손으로 귀 밑을 문질렀다.

"분장을 직접 하니 서툴러요. 분장사는 월급이 밀려 극단을 나갔죠."

스태프의 월급도 밀렸는데 무명 배우들이야 오죽 하랴. 아마도 소유미는 연기를 하는 것만으로 만족할지 모른다.

"주임변사님이 잘해주셨는데 그렇게 가시니 너무 슬펐어요."

소유미의 눈가에 눈물이 비쳤다. 슬픔을 숨기고 애써 태연한 체하고 있었을 뿐이다.

"사실은 담대한 척하지만 아직도 그때 일을 떠올리면 무서워요. 제가 변사님을 가장 먼저 발견했거든요. 목을 매다니……분명 고통스러우셨겠죠."

소유미가 코를 훌쩍이다가 눈물을 훔치고 고개를 숙여 속삭이듯 말했다.

"무대선 자신만만한 분이 평소 소심하시고 말씀도 잘 안 해요. 술, 담배도 안 하고요. 그런데 언젠가 무성영화 상연 날 아침에 분장실에서 쓰러지신 채 발견됐는데, 마약으로 정신을 잃으셨던 거였어요. 병원에 가면 소문나니까, 한때 병원서 일했던 선배가 호스로 위세척해 토하게 해서 깨어나셨죠."

"그분이 누구죠?"

"저분이세요. 줄리엣 역으로 나오는 임윤국 선배요."

소유미가 가리키는 곳에 러플 장식 드레스를 입은 뒷모습이 보였다. 그들은 임윤국에게 다가갔다.

"말씀 좀 여쭙겠습니다."

임윤국이 분첩을 놓고 뒤를 돌아봤다. 순간 구보는 자신의 눈을 의심했다. 어깨까지 치렁치렁한 금발에 가슴이 파인 베이지 드레스를 입은 그는 남자라고는 생각할 수 없을 만큼 고왔다. 그윽한 눈매에 수줍은 듯 시선을 피하는 모습이 영락없는 숙녀다. 하지만 자세히 보면 눈매는 갸름했으나 코가 높아 남자로 보였다.

"무슨 일이신지요."

목소리는 중성적이다.

"저희들은 성정운 변사님 사건을 조사하는 탐정들입니다. 물어보고 싶은 게 있는데요?"

"앉으세요."

임윤국은 의자를 가져왔다.

"변사님이 일전에 마약 중독으로 쓰러졌을 때 위세척으로 살렸다고 들었습니다."

"네, 두 달 전 일이에요."

임윤국은 말투도 커피를 마시는 모습도 조심스럽다. 그게 역할 때문인지 평소에도 그런 건지 궁금했다.

"병원에서 일하신 적이 있다고요?"

"간호사로 잠시 근무했죠."

"어느 병원에서 일하셨습니까?"

"김유성 내과에서 일했습니다."

"종로 네거리에 있는 내과 말씀하시는 겁니까?"

구보도 지나치다 간판을 본 적 있었다.

"네. 병원에 음독하고 실려 오는 사람도 있어 응급처치를 배웠어요."

상은 날카롭게 물었다.

"성정운 변사가 마약 하는 걸 알았습니까?"

임윤국은 고개를 저었다.

"전혀요. 말수가 적은 분이라 몇 번 대화를 나누지도 않았죠."

"무대에 오르는 분들이 긴장감을 피하려 약을 하는지요?"

임윤국이 기분 나쁘다는 투로 말했다.

"아편굴서 손님 직업을 물어보시오, 연기자만 있나. 그건 편견입니다. 어디까지나 성 변사님 개인 일이오."

"마약으로 쓰러진 상황인데 극장에 별다른 조치 없이 그냥 넘어갑니까?"

"다들 성인이고 사생활과 관련된 민감한 부분이라서요. 경찰 조사도 큰일이고 그러다 극장이 문이라도 닫으면 거리에 나앉아요."

"그래서 숨길 수밖에 없고 병원보다 안에서 일을 처리하는 게 낫다?"

임윤국은 단호했다.

"대중은 선입견을 갖고 사람을 맘대로 판단해요. 기사가 나면 단원 모두 중독자로 몰리지요. 그래서 내부에서 처리한 겁니다. 결국 돌아가셔서 경찰이 개입했지만 수사는 끝났습니다."

"완전히 끝난 건 아닙니다."

"그런가요. 어차피 그들은 일본인 사건에만 관심을 가질 텐데요."

임윤국은 더 이상 할 말 없다는 듯 몸을 거울로 돌려 화장에 집중했다. 상은 소유미에게 사장의 사무실을 물었다. 복도 끝에 있다고 했다. 그들은 분장실을 나왔다.

구보가 고개를 갸웃했다.

"자네, 임윤국을 너무 몰던데 뭐 의심 가는 데라도 있나?"

"한번 도발해봤네. 개인 생활을 침범하면 안 된다는 신조는 확실하던데? 언제 김유성 내과를 가볼까 생각중이네. 구보, 좀 이상한 게 왜 밧줄이었을까. 부드러운 스카프 같은 걸로도 충분하지 않았을까?"

"환각 상태에서 아무거나 집을 수 있잖아."

"사실 밧줄을 무대 뒤에서 챙겨 갖고 갔을 때는 미리 작정한 건데."

구보가 심각한 표정을 지었다.

"상, 사드 후작이 쓴 《소돔의 120일》 말이야. 그토록 변태적인 내용을 1700년대에 썼다는 것도 놀랍지만, 기이한 성적 일탈이 말도 못 하지."

상이 말을 받았다.

"색정사 얘기하는 거야? 스스로 목을 조르면서 성적으로 도취되었다?"

"가능성을 말하는 거야. 경동맥이 차단되면 산소가 희박해지고 환각에 빠져. 그 쾌감을 즐겼다면?"

"그럼 목에 자국이 여러 개 나 있었겠지. 여러 번 했을 테니. 하지만 그는 무대에 서는 자야."

"분장으로 커버할 수도 있지. 여기가 사장 사무실일 것 같은데."

구보는 문에 노크를 했다. 문이 활짝 열리고 머리를 포마드로 올려붙인 키 크고 마른 50대 남자가 손을 내밀었다.

"전송주라고 합니다. 이상과 구보 선생님, 와주셔서 반갑습니다."

전송주 사장은 얼굴이 길쭉했고 눈 코 입은 단정했다. 얼굴에 항상 미소를 띨 것 같이 부드러운 인상이다. 눈매는 속 깊고 정도 있었다. 한편 이맛살의 주름이나 근심 어린 기색이 우울한 분위기를 슬쩍 풍겼다. 구보 생각에 저런 사람은 평생 살이 찌지 않을 것 같았다.

"분장실에서 감독과 배우는 만나고 오셨습니까?"

"네, 감독님과 소유미 양, 임윤국 씨를 만나뵀습니다."

"사건의 진상이 밝혀질까요? 자칫하다 극장 문을 닫게 될까 걱정이 되어 가만있을 수가 없었습니다."

구보가 세간서 듣기로 극장과 극단 투자자가 여럿이고 대표는 전송주가 맡았다고 했다.

"한창 때 예인들이 재담으로 관객을 웃기고, 어릿광대들과 줄타기꾼, 남도창 하는 기생들이 손님들 혼을 빼놨죠. 박춘재 같은 궁중 광대가 쇼를 펼치는 것도 이젠 볼 수 없어요."

박춘재는 황제의 사랑을 받았다는 전설적 인물로 〈경복궁 타령〉 작곡가이자 무용가였다. 만담으로 관객들에게 웃음을 함박 안겼다. 그가 영친왕 이은을 달래서 울음을 뚝 그치게 했다는 일화는 유명하다.

"서양극으로 기생들 비위도 맞춰가면서 열심히 극을 올려도 늘 적자를 못 면합니다."

전송주는 시가를 권했다. 구보가 고개를 젓자 그는 시가에 불을 붙이고 입에 물었다.

"기생들이 극장 최고 고객이지만 연극서 기생이 남자 등치는 장면을 내보내면 야유를 보내죠. 우리도 여기저기 눈치 보는 신세입니다. 관객 구미에 맞추려 하면 작가, 감독들이 싫어하고, 작가, 감독들 뜻대로만 만들면 관객이 외면하지요. 사공이 많으면 배가 산으로 간다고, 극도 엉망이 됩니다. 이런 데다 변사사건까지 터지니, 원. 남사당이 극단 사장이 됐으면 출세한 건가."

전송주는 남사당패거리 막내에서 시작해 매니저, 배우, 감독을 거쳐 제작자가 됐다고 했다.

"부디 잘 부탁드립니다. 사건만 해결하면 사례비뿐만 아니라 극장 VIP 고객으로 모시고 항상 초대권을 보내드리지요. 2층 맨 앞좌석으로요."

구보는 슬그머니 웃었다. 싼 입장권이 1원이 넘는다. 만만치 않은 가격에 극장 구경은 쉽지 않은데 그렇게 되면 더 바랄 게 없다.

"사장님, 성정운 변사가 마약에 중독될 정도로 괴로운 일이 있습니까?"

"그야 인기의 덧없음 같은 거죠. 나도 배우를 해봤지만 무대의 희열과 긴장이 내려오면 불안이 됩니다. 그런 생활에 염증을 느껴 감독이 됐어요."

상이 날카롭게 물었다.

"두 달 전에도 마약 중독으로 큰일을 치렀다구요."

전송주는 입을 다물고 고개만 끄덕였다.

"환각 상태에서 목을 조르다 사고로 죽은 건 확실한 겁니까?"

"일단 그 방향으로 수사가 진행 중이긴 하나, 아직 확실한 건 아닙니다."

"성정운 씨가 혼자 목을 조르는 데 쾌감을 느끼는 성향이 있습니까? 성적 성향 말이죠."

상의 도발에 전송주는 짐짓 엄격한 얼굴을 했다.

"고인을 확정되지 않은 사실로 모독하는 건 삼가주시죠."

"알겠습니다. 그럼 혹시 마약 거래상이 극단에 드나드는 건 아닌지요?"

전송주는 상의 물음에 고개를 저었다.

"아니요. 그런 건 내가 용납 못 합니다. 월급을 넉넉히 주진 못하나 직원들을 가족처럼 챙깁니다. 나쁜 짓은 애초에 못 하게 막죠. 아마 아편굴 같은 데서 구했을 겁니다."

그들은 몇 가지 더 질문을 주고받았다. 돌아가려던 상과 구보에게 전송주가 제안했다.

"공연장을 둘러보고 극도 보고 가시지요. 나갑시다."

무대 뒤로 배우들이 서 있고 스태프들이 분주하게 움직였다. 전송주는 이곳까지만 안내하고 사무실로 돌아갔다. 주변을 둘러보던 구보의 눈에 체구가 작고 선이 고운 여성이 눈에 들어왔다. 무척 아름다웠다.

구보는 옆에서 연습 대기 중인 소유미에게 물었.

"저분은 누구시죠?"

"전설의 춤꾼 최승희와 맞수였다는 서리사 선생님이에요. 사장님 사모님이세요."

구보는 깜짝 놀랐다.

이럴 수가, 일곱 살에 극단에 들어가 전조선 순회공연 최연소 출연자라는 화려한 이력을 가진 서리사가 여기 있다. 그녀는 무용과 잡가, 연극에 탁월한 재주를 보인 대스타였다. 구보가 어릴 적에 서리사가 없으면 극장에 안 간다는 말도 있었다. 그러나 서리사가 일본으로 건너간 뒤 못 보았다.

"저분이 그 서리사라구요? 그동안 어디에 있었어요?"

"일본서 돌아오신 지 꽤 됐대요. 저도 나중에 대단한 분인 걸 알았죠."

서리사는 팽팽한 피부와 선명한 이목구비, 단아한 자태로 30대 초반으로 보였다. 권번 기녀의 딸이라는 소문도 있고, 판소리 명창에게 복중 사사를 받았다는 말도 있었다. 나이는 아마 마흔을 훌쩍 넘겼을 것이다.

"무대에 올라갑니까?"

소유미는 상의 질문에 고개를 저었다.

"안타깝게도 가창력을 잃으셨어요. 평소 대화하는 일도 거의 없고, 말씀도 아끼세요."

"무슨 일로 그리 되셨죠?"

"저도 잘 몰라요. 일본서 사고를 당하셨대요."

천하의 명창이 무대에 못 선다니 안타까웠다.

"출연자 의상과 화장을 손봐주시고 연기 지도를 하시죠."

서리사는 임윤국의 연기를 지켜보다 움직임과 대사할 때의 입 모양을 잡아주었다. 임윤국은 그녀에게서 가르침을 받는 게 자연스러워 보였다.

"일본에서 험한 일을 당한 것이 아닌가?"

구보는 상에게 귓속말로 속닥거렸다. 스타에게 선물 세례를 퍼붓다 결혼해주지 않으면 죽이겠다고 협박하는 팬도 꽤 있다.

"모르는 일이지. 병을 앓았거나 사고를 당했을 수도."

구보는 소유미에게 다가갔다.

"서리사 선생님과 필담을 나눌 수 있을까요?"

"낯선 이들을 경계하시는데 제가 여쭤볼까요."

"그래주시면 고맙겠소."

구보는 서리사에게 성정운이 평소 마약을 하던 걸 아느냐 물었다. 서리사는 필담으로 모른다고 했다. 더 물으려 했으나, 그녀는 노골적으로 불편해했다. 어찌 알았는지 전송주가 다가와 필담을 막았다.

배우들이 준비를 마쳐서 상과 구보는 객석으로 이동했다. 간단한 마당극이 올랐다. 〈로미오와 줄리엣〉은 다음 순서였다. 대세는 서양 연극이라도 아직은 전통극을 서막에 올린다.

둥그런 무대를 둘러싼 1층은 입석이고 2층은 넓은 좌석에 다다미에 화로도 있다. 1층에는 노동자들과 사무원들이, 2층에는 화려한 양복으로 멋을 낸 한량이나 기모노, 드레스를 차려입은 기생이 앉았다. 상과 구보는 2층 특석에 앉았다. 남자들의 땀 냄새와 기생들의 분 냄새로 가득했다.

30여 분간 펼쳐지는 전통극은 아리땁고 가련한 '월화'라는 기생이 손님과 사랑에 빠졌다가 실연하고 도박과 사치, 향락에 타락하는 내용이었다. 오페라 〈라 트라비아타〉와 비슷했다. 기생들은 환호하고 눈물 짓다가, 주인공이 술에 중독되고 거칠어지자 자신들을 비하한다며 역정을 냈다. 한 기생이 버럭 소리를 질렀다.

"우리를 무시하려 이딴 헛짓을 보이는 게냐? 돈 돌려내라."

"시간 가는 줄 모르는 게 아니라 시간이 아깝다. 이딴 게 연극이냐?"

기생들이 우루루 극장을 나갔다. 객석이 썰렁한 가운데 〈로미오와 줄리엣〉이 시작됐으나 신임변사의 말 더듬는 실수에 객석서 조롱이 나왔다.

그러나 극은 곧 물 흐르듯 진행됐고, 복수를 하려고 로미오가 티볼트에게 도발을 하는 장면에 이르렀다.

"이놈, 머큐쇼를 죽이고 넌 살아서 날뛰느냐! 관용이 다 뭐냐. 하늘에 팽개치자. 머큐쇼의 혼령은 우리 머리를 떠돈다. 티볼트 너를 죽이고 나도 따라가련다!"

티볼트 역의 소유미는 로미오에게 거칠게 답했다.

"나쁜 자식! 여기서 네가 그놈의 짝이었듯 저승에서도 그놈의 짝이 되거라!"

소유미는 검술사처럼 칼을 멋지게 빼서 로미오에게 달려들었다. 로미오와 소유미는 몇 번 검을 주고받다 로미오의 칼에 소유미가 쓰러졌다.

변사가 애절하게 낭독했다.

"아아, 이 무슨 비극이란 말인가. 줄리엣과 사랑은커녕 사촌 티볼트를 죽이다니. 비밀결혼도 무슨 소용이던가."

변사가 손수건으로 눈물을 훔치자 몇몇 관객들도 따라 울었다. 악극단이 슬픈 음악을 연주하고 무대 위로 영주와 몬터규와 캐플리트 가문의 사람이 올랐다. 영주가 두 귀족들에게 로미오를 추방하는 명령을 내렸다.

이어, 줄리엣 임윤국이 등장했다. 애절한 목소리로 대사를 읊었다.

"로미오 님, 밤을 낮같이 비추시는 당신 어서 와요! 밤의 날개에 올라탄 당신은 까마귀 등 위에 내린 눈보다 희답니다. 정다운 사랑의 밤이여, 우리 로미오 님을 가져다 다오."

변사가 이어나갔다.

"아아, 불쌍한 줄리엣. 아직 로미오가 티볼트를 살해한 것을 모르고 애절하게 찾고 있구나. 불어 닥칠 불행의 씨앗에 어찌 될 것인가."

구보가 잔뜩 극에 심취해 있는데, 상은 옆자리에 양해를 구하고 슬쩍 자리를 떴다. 구보는 오랜만에 연극을 보는 데다 무대와 가까운 자리라 배우들의 몸짓, 호흡까지 더욱 실감났다.

임윤국은 분장실에서는 곱상한 남자지만 무대에선 아름다운 줄리엣이다.

손가락의 유연함이며, 표정의 진지함과 가냘픈 어깨까지 완벽하다. 미세한 떨림으로 사랑에 힘겨운 몸짓을 표현한다.

문득 상이 궁금했다. 오래 자리를 비운 걸 보면 화장실은 아니다. 몸을 일으키는데 상이 들어왔다. 구보가 목소리를 낮추었다.

"어디 다녀오는 게야?"

"무대 뒤편을 살펴보았네. 극이 상연될 때 누군가 들어오면 알아차리는지 시험했지."

"어떻던가?"

"정신이 없어. 아무도 신경을 안 써. 문지기도 없고."

상과 구보는 극이 끝나자, 스태프들과 배우들을 차례로 탐문했다. 마지막으로 로미오 역의 한희주에게 이것저것 질문을 했다. 그는 대화 내내 손을 가만 두지 못하고 눈동자를 이리저리 불안하게 움직이는 등 산만했다.

"어디 불편하신가요?"

구보가 물었다.

"상문살이라고 아시죠? 상가집 귀신 장난이오. 제가 변사님 죽음으로 아파요. 핑핑 현기증이 나고 물만 마셔도 토하고 입이 비릿해요."

"무대에서는 날아다니던데요?"

"일할 때는 잊지만, 일상으로 돌아오면 손을 떨어요."

이 말을 하는데 어디선가 새끼손가락만 한 갈색 나방이 들어와 천장을 뱅글뱅글 돌았다. 구보는 오싹했다. 사건을 쫓을 때면 문득 선득한 느낌이 들 때가 있다. 망자의 영혼은 실제로 존재하는가?

이때 비명이 들렸다.

"꺄악! 이상 선생님, 구보 선생님! 어서 와주세요."

소유미다. 상과 구보는 분장실로 달려갔다. 소유미가 고개를 푹 숙이고 기절한 임윤국을 붙들고 있다.

"이게 어찌된 일입니까?"

"저도 모르겠어요. 들어와 보니 대답도 안 하고 이러세요. 흔들어도 의식이 없고요."

상이 다가가 임윤국의 맥박을 확인하고 두 눈을 뒤집었다. 그리고 그의 입가에 묻은 하얀 거품을 주의 깊게 살폈다.

"토사물 냄새로 봐 독극물을 섭취한 것 같은데. 이것은 임윤국의 잔이 맞소?"

상은 거울 앞 화장대에 놓인 장미 그림 잔을 들었다. 희미한 홍차 향만 남고 안은 비었다.

"맞아요. 그걸로 드시는 걸 봤어요. 취향이 고상하셔서 손수건도 유럽제만 써요."

"이 찻잔은 증거품으로 경찰에 의뢰하겠소. 어서 경찰 불러요."

구보가 고개를 갸웃하며 질문했다.

"서리사 씨와 사장님은 어디에 계시죠?"

이때 분장실 문을 열고 서리사가 조용히 들어왔다. 소유미는 상황을 설명하고 서리사는 필담으로 대답했다.

서리사의 얼굴에 걱정이 어렸다.

"사장님께 빨리 연락해야 하오."

상의 말에 소유미가 대답했다.

"참, 제가 30분 전에 사장님 전화 받았어요. 무대 소품을 사러 가셨는데, 저한테 혹시 필요한 소품이 있는지 물었어요. 교환원이 미쓰코시 백화점이라 했고요."

구보는 서리사에게 극장에 있었냐고 물었다. 서리사는 메모지에 적었다.

〈잠깐 집에 다녀온 후에 무대감독과 회의했어요.〉

상이 소유미에게 질문을 던졌다.

"분장실에 임윤국 씨 말고는 누구 없었소?"

소유미가 고개를 저었다.

"선배 혼자 있었어요. 저는 사장님 사무실에 있었거든요. 사장님이 무대 끝나고 바로 전화 대기하라 해서요."

"잘 알겠소."

이때 경찰이 도착을 했다. 검시관이 토사물의 냄새나 시신의 상태로 보아 독극물이 의심된다고 했다. 경찰이 시신을 실어갔고, 찻잔과 주전자와 홍차 샘플 등을 수거했다.

분장실에는 뒤늦게 전송주가 도착해 사태를 파악했다.

"이상 선생님, 제가 외출한 사이 이게 다 어떻게 된 일입니까?"

"알아보는 중입니다. 경찰이 시신을 수습했소. 일단 외상은 없지만요. 백화점에 다녀오셨다구요?"

"네, 그렇습니다. 가발이나 여성 의류 등 소품을 보았는데, 가격이 올라서 사진 못했죠."

상은 소유미에게 물었다.

"임윤국 씨가 평소에도 차를 즐기나요?"

상은 화장대의 홍차 상자를 들고 냄새를 맡고 구보에게 넘겨주었다. 미세한 사과 향. 영국에서 유행하는 과일 향 차다. 경찰이 내용물을 수거해 빈 갑만 있었다.

"네. 항상 영국제로 드세요."

"배우들의 수입이 꽤 됩니까?"

구보가 의아해 물었다.

"저는 신인이니 심부름 값 정도지만 선배는 인기배우죠. 팬한테 선물도 많이 받고요. 한번은 비싼 시계를 받은 것도 봤어요."

"시계를 보낸 사람 연락처를 알 수 있을까요?"

소유미는 고개를 저었다.

"그런 사적인 얘길 가볍게 하는 분도 아니고 소포로 배달됐어요. 사장님 아시면 경을 치세요. 팬들이 자기가 좋아하는 배우의 출연 비중 높이려고 참견하거든요."

상과 구보는 조사를 마치고 극장을 나왔다.

며칠 후 둘은 종로경찰서로 기무라 형사를 찾아갔다.

기무라가 상의 요청에 부검 보고서를 보여주었다.

"임윤국의 위에서 다량의 아편이 발견됐어요. 찻잔에서도 아편 성분이 나왔구요. 마약 과용으로 급성 호흡마비가 온 겁니다."

구보가 질문을 던졌다.

"만약에 누군가 아편을 홍차에 탔다면 알아채지 않나요?"

"과일 향이 진하더군. 생아편 농축액을 홍차에 타고 설탕으로 단맛을 내면 모를 수 있지. 아편에 중독된 상태라면 더욱 더."

상의 답에 기무라가 고개를 끄덕였다.

"전송주 사장은 백화점에 있었다고 소유미 씨가 알리바이를 댔죠. 서리사 씨는 집에 다녀오고 나서 무대감독과 있었고, 달리 목격자는 없고요. 소유미 씨는 첫 목격자니 용의선상에서 배제할 수 없습니다. 다른 스태프와 배우들은 모두 조사 중입니다."

구보가 물었다.

"형사님, 소유미 양을 조사할 겁니까?"

기무라는 볼에 홍조를 띠었다.

"그래야겠죠. 그런데 멋진 여자분이 남자 역을 한다니 연극이 볼 만할 것 같습니다. 저도 보러 가려구요."

구보는 기무라의 수줍은 모습에 웃었다.

다음 날 상과 구보는 오전에 미쓰코시 백화점을 방문했다.

미쓰코시 백화점은 고객들이 쓰는 유료 전화가 층마다 있다. 백화점 고객뿐 아니라, 전화기가 귀해 주변 상인들도 많이 이용하였다.

상은 1층부터 관리 직원에게 혹시 수요일에 키 크고 마른 중년남자가 전화를 빌려 썼는지 조사했다. 1층 직원은 전송주 사진을 보고 고개를 저었다.

"아뇨, 이분은 잘 모르겠어요. 비슷한 차림새의 사장님들이 종종 오시는데, 이분은 기억이 안 나요."

2층으로 올라갔다. 2층 직원도 고개를 갸우뚱했다.

"그게 저, 비슷한 분들이 오셔서 좀 헷갈리네요. 이런 중산모 쓰신 분이 하루에도 서너 분은 오시거든요."

상은 3층으로 향하였다.

"상, 옷차림이 비슷한 사람들이 많을 거야."

"그래도 알리바이 확인은 확실히 해야지."

3층의 여직원 역시 사진을 보고 고개를 저었다.
"이분은 본 적 없어요."
검은 눈동자가 또렷한 직원은 확신했다.
"그날은 주로 여성 고객들이 전화를 이용하셨어요."
"그렇소?"
상은 전송주 옆의 서리사를 가리켰다.
"혹시 이분은 기억이 안 납니까?"
직원은 서리사를 유심히 봤다.
"잘 모르겠어요."
"그럼 혹시 평소와 다르게 이상한 점은 없었나요?"
구보가 물었다. 직원이 갸웃하다 생각났다는 듯 답했다.
"아참! 키가 무척 작고 호리호리한 몸에 딱 맞는 슈트를 입은 멋쟁이 신사가 왔었어요. 헌팅캡에 라이방 선글라스를 쓴 모습이 배우처럼 멋지더라고요. 그런데 신식 스타일에 안 맞게 목소리가 중후하고 굵었지요."
"목소리가 중후하다고요?"
"네. 참 젊게 봤는데."
상의 표정이 굳었다.
"참, 여기 이런 섬유의 옷이 찢겼다면 수선할 곳이 있소?"
상은 안주머니에서 봉투를 꺼내 지난번 극장 화장실 창틀서 가져온 하얀 천을 보였다.
"실크네요. 천연이라 비쌀 텐데. 이런 옷은 백화점서 맡기는 곳이 따로 있어요. 명품 수선 가게가 몇 안 되거든요."

직원은 메모지에 주소를 적어서 상에게 건넸다. 상은 몇 가지 더 물어보고 백화점을 나섰다. 그들의 발걸음이 종로로 바삐 향했다. 구보는 상에게 말을 걸었으나 그는 듣는 둥 마는 둥 했다.

"대체 어디 가는 건가. 말 좀 해!"

"다 왔네."

상은 종로 네거리의 허름한 건물 앞에 서서 구보에게 말했다.

"바로 이 병원이 임윤국이 근무했다는 병원이야."

간판에는 〈김유성 내과〉라고 적혀 있었다.

"맞아, 오다가 봤어."

"구보, 너무 늦게 왔군. 더 일찍 왔다면 사건의 양상은 달라졌을지 몰라."

건물 1층의 병원 문을 열고 들어가니 의사가 프런트에 있었다.

"어떻게 오셨습니까?"

"원장님 뵈러 왔습니다."

"제가 김유성입니다. 간호사가 점심 먹으러 가서 대신 자리를 지켰죠. 무슨 일이시죠?"

구보는 자초지종을 말했다. 의사는 임윤국이 죽었다는 말을 듣고 깜짝 놀랐다. 로비에서 할 이야기가 아닌 거 같아 구보와 상을 진료실로 안내했다.

"아니, 어쩌다가! 그거 참. 임윤국은 2년 전에 저희 병원에 근무했죠. 나중에 배우가 됐다고 해서 놀랐어요."

"임윤국 씨는 얼마간 근무했죠?"

"10개월이 채 안 됐던 걸로 기억합니다."

"관두게 된 이유가 있소?"

상이 연달아 집요하게 캐물었다.

"다른 일을 하고 싶다고 하더군요."

"마약중독사로 가서 그런데 당시에도 약을 했소?"

김유성이 망설였다.

"잘 모릅니다. 개인적인 일이잖아요."

상이 단호하게 말했다.

"어차피 경찰이 오면 말해야 됩니다."

"실은 병원의 정신과 약을 빼돌렸죠. 그렇다고 바로 해고할 수는 없고 주의를 줬어요. 그런데 이런저런 일로 관두더군요."

"정신과 약이라뇨?"

"정신과가 흔치 않으니, 저희 내과도 진정제를 처방합니다."

"아편도 혹시 처방합니까?"

김유성이 화를 냈다.

"극심한 진통에 시달리는 환자에게 소량의 모르핀 처방은 어쩔 수 없습니다. 이렇게 조사하려면 영장을 갖고 보건국 관리와 동행하시오."

"임윤국 씨가 간호사였다면 그때 고객 관리를 했겠죠."

"그랬죠."

"그 당시의 환자 리스트를 볼 수 있을까요?"

김유성이 고개를 저었다.

"환자 신상정보는 극비입니다. 진료 내용도 그렇구요. 불가합니다. 임윤국이 약을 판 정황은 있어요. 빼돌린 약은 거의 수거했죠. 더 이상 할 말은 없군요. 곧 예약 환자들이 옵니다."

구보와 상은 병원을 나와 거리를 걸었다.

"상, 임윤국이 약을 빼돌려 판 전력이 있으니 성정운의 죽음과 관련이 있지 않을까?"

"생각한 바가 있네. 내일은 전 사장을 만나 마무리 지을 게 있어. 거짓에 관해서."

"거짓?"

"응. 참, 명치정 쪽에 수선집이 있었어. 가보자구."

상은 품에서 메모지를 찾았지만 없었다.

"아니, 어떻게 된 거지?"

구보가 허허 웃었다.

"자네도 덤벙거리더군. 메모지를 받고도 직원에게 몇 가지 더 묻다가 데스크에 놓고 온 걸 내가 챙겼지. 자, 여기."

상은 픽 웃고는 주소를 보고 명치정 쪽으로 발걸음을 옮겼다. 청계천을 지나서 명치정 초입에 다다르자, 골목 뒤쪽에 수선집이 보였다. 수선집이라고 간판에 적혔지만, 외양도 깔끔하고 쇼윈도에 고급 양장이 걸려서 얼핏 의상실로 보였다. 가게에 들어가니 마침 머리가 하얀 노인이 옷을 다리고 있었다. 드레스나 슈트 등이 수십 벌 걸려 있는 것이, 척 봐도 고객의 수준을 알 수 있었다.

상은 노인에게 다가가 하얀 천 오라기를 보였다.

노인은 머리에 두른 수건으로 땀을 닦으면서 다리미의 열기를 식혔다.

"음, 분명히 다룬 적 있는뎁쇼."

노인은 굳은살이 박이고 거칠게 갈라진 손가락을 비비면서 뒤에 걸린 옷들을 둘러봤다.

"아참, 이렇게 하얀 실크 블라우스는 주로 극단서 온 옷인데, 이거 아닌가?"

노인은 옷들 사이로 쑥 들어가서 하얀 블라우스를 들고 나왔다. 오케스트라 단원이나 무용수가 입는 부드러운 실루엣의 무대용 블라우스였다.

"여기 소매가 찢겨서 제가 모두 다 뜯고 다시 재봉을 했는뎁쇼."

구보는 천 오라기와 블라우스를 비교했다. 뜯긴 자국은 수선으로 없어졌지만 같은 재질이었다. 옷 끝단에 단 꼬리표에 '단성사'라고 적혀 있었다.

"상, 극단서 맡긴 옷이야."

상은 의미심장한 얼굴을 했다.

"중요한 건 이게 누구 옷이냐인데."

노인은 그들이 옷을 극단에 가져다준다고 해도 허락하지 않았다. 극단에서 직원이 와야 한다는 것이다. 구보가 이름을 물으니, 이름은 모르지만 무척 키가 큰 여자라 했다. 구보는 고개를 끄덕였다.

상과 구보는 수선 가게를 나와서 종로경찰서로 가 기무라를 찾았다.

마침 그는 성정운의 사건 기록을 다시 들여다보고 있었다.

"잘 오셨어요. 그렇잖아도 자문을 구하려던 참입니다. 두 명이나 마약과 관련해 변사라니요."

상은 그동안 조사 과정에서 알아낸 것들을 설명했다.

"우리는 말하자면 밀실사건이라서 당연히 자살로 단정했고, 또한 창문도 살폈지만 오라기는 발견 못 했어요. 이것 참 창피하군요. 다시 성정운의 감식사진을 보고 있는데, 법의학적으로 의문점이 있습니다."

기무라는 사진을 보였다.

"성정운은 몸이 바닥에 누운 채 목이 매달리는 식의 불완전 의사입니다. 목을 매단 현수점이 후두부 중앙이 아닌, 측면의 귀 밑에 있어서 비전형적 의사죠. 마약에 중독된 상태에서 의식이 불분명한데, 삭흔을 보면 강한 힘을 가해 뚜렷해요. 두 개의 삭흔이라면 두말없이 타살이지만, 삭흔은 하나였죠. 근데 삭흔이 너무 강하게 새겨졌어요."

기무라의 말에 상이 답했다.

"몸무게가 실려 늘어지다 보면 저절로 강한 힘이 가해지오."

"그렇죠. 그런데 여기 손을 보세요. 올가미 안에 손을 넣어 낀 자국이 보이지요."

구보가 안경을 세워 유심히 보았다.

"그러네요. 타살이 의심되는군요. 누군가 죽이고 올가미 안에 낀 손을 뺀 거로 보이네요."

"네, 구보 선생님. 그럴 가능성도 고려해봅니다. 오늘 부검의에게 물어보니 눈꺼풀 안에 일혈점이 조금이나마 발견된 걸로 보아서 타살 가능성도 있답니다."

상이 기무라에게 물었다.

"설골(목울대)이나 갑상연골의 골절이나, 출혈은 없었소?"

"그 부분도 문제입니다. 알다시피 자살이라면 높은 곳에서 목을 매고 뛰어내렸을 때 설골이 골절되잖습니까? 그런데 이런 낮은 위치에 목을 맨 것치고 골절 흔적이 미세하게 있죠. 누군가 거센 힘으로 잡아당겼을 가능성이 보입니다."

"기무라 형사, 재수사 시 알려주시오."

"알겠습니다."

상과 구보는 경찰서를 나와 신문사로 갔다. 염상섭에게 부탁해 자료실에서 서리사 관련 기사를 찾았다.

"상! 찾았어. 여기 사진 봐봐."

오래전 신문에 서리사가 일곱 살 정도의 모습으로 마술 공연에서 작은 상자에 들어가는 묘기를 선보인 기사가 있었다. 서리사가 상자에 들어간 후, 칼로 상자를 찌르는 사진도 있었다. 이외 전성기의 사진도 몇 장 찾았다.

"창문은 작아도 몸이 유연하고 체구가 작다면 들어갈 수 있겠어."

"추정이 어느 정도 힘을 받았네. 이제 어떻게 할 참인가."

"정면 승부를 보는 수밖에."

상은 눈빛을 빛내면서 기사를 사환아이에게 등사할 수 있는지 알아보았다.

"상, 증거를 들이민다고 순순히 자백이나 진술이 나올까?"

"어려운 일이지. 하지만 범행을 저질렀다면 내적 불안이 있을 거고, 그래서 우리를 불렀을 수 있네. 사설탐정을 통해 진실을 은폐하려고."

"모든 건 추정이잖나."

"응, 그래서 증거를 세세하게 수집해 우리가 당신의 범행을 안다고 들이밀고 내적 불안을 높일 때 나올 반응을 기다리는 거지."

구보는 긍정했다. 형사도 탐정도 신이 아니다. 범행을 지켜본 게 아니기에 증거를 히든카드로 들이밀어 그들의 반응을 유도하는 것이다.

다음 날 분장실에서 상과 구보는 전송주를 은밀하게 만났다.

"범인을 잡았습니까?"

상은 전송주를 추궁했다.

"사장님의 거짓말에 따라 진실이 드러납니다."

"무슨 말이죠?"

"임윤국 씨가 죽을 때 서리사 씨는 집에 다녀오지 않았습니다. 사장님도 백화점에 있지 않았죠."

"저요? 전 그 시간에 백화점에 있었어요. 리사도 집에 다녀온 후에 회의를 했고."

"아뇨, 서리사 씨가 백화점에 다녀왔죠."

전송주의 얼굴이 하얗게 질렸다. 그러나 태연히 받았다.

"무슨 소리를 하는 거요? 사람을 못 믿소?"

"분명히 미쓰코시에서 전화를 했습니다. 남자 목소리로요. 그래서 사장님 알리바이가 증명됐고요. 서리사 씨는 남장을 하고 갔소. 직원이 아주 작은 키의 날씬한 남자가 전화를 했다고 증언한 데서 단서를 얻었죠. 서리사 씨는 실력 있는 배우입니다. 누구라도 성대모사와 연기가 가능하죠."

그는 상의 말에 놀라면서도 태연한 체했다.

"오늘 오전에 서리사 씨의 전신을 찍은 신문기사 사진을 다시 들고 백화점에 가서 확인했죠. 서리사 씨와 전화를 걸었다는 작은 체구 남자와 실루엣이 비슷한지 물었고 직원은 맞다고 대답했소."

구보는 상이 떠보는 중에 전송주를 살폈다. 그의 눈빛이 흔들렸다.

"시간을 주시오. 첨부터 말하려면 아주 긴 시간이 필요하오."

"아내분을 어떻게 만났죠? 아무리 긴 이야기라도 들어드리죠."

전송주는 시가를 물었다. 무거운 침묵이 내려앉았다. 그가 마침내 입을 뗐다.

"어린 시절 극단에서 만났지. 지금도 미인이지만 그땐 천하에서 가장 예뻤소. 비비안 리, 잉그리트 버그만은 저리 가라 할 정도지. 수많은 사람들이 구애했소. 어찌나 열불이 나던지. 다 때려치우고 고향으로 가려고 했지만 그럴 수 없었지요."

과거를 회상하며 그는 시선을 허공에 무연히 두었다.

"성정운의 죽음부터 말하시죠. 그게 설명이 되어야 실마리가 풀리니까요."

"성정운이 마약에 빠진 걸 알았지만 모른 척했소. 그간 스타의 비밀을 숱하게 봤지. 알코올, 마약, 성중독까지. 성정운은 아편굴에 드나들지만 일은 끄떡없이 해서 말없이 지켜봤어요. 팬들도 많았고. 그러다 결국 중독사에 이르렀지. 그 뒤에 임윤국이 있었소."

"어떻게 알게 됐죠?"

"성정운의 밀린 월급을 유가족에게 지급하려 했는데, 경리 직원이 모든 월급은 임윤국에게 가야 된다고 하더군요. 성정운이 빚을 졌다고. 물론 마약 관련 빚이죠. 극단 내부 거래는 용납할 수 없습니다. 해서 임윤국을 불렀어요."

상은 진중한 얼굴로 경청했다.

"극단에서 나가라고. 헌데 임윤국이 도리어 협박하더군. 비밀을 폭로하겠다고."

"어떤 비밀입니까?"

전송주는 머뭇거렸다. 상이 눈빛을 마주쳤다.

"서리사 씨 관련 소문 맞습니까?"

전송주가 한숨을 쉬었다.

"알고 계셨습니까, 그걸?"

"네에, 뭐라구요?"

구보는 깜짝 놀라서 둘을 번갈아 봤다. 상이 담담하게 말했다.

"어느 정도는. 확신은 없었지만."

"리사에게는 비밀이 있습니다."

전송주는 양주장을 열어서 위스키를 꺼내 상과 구보에게 권했다. 거절하자, 그는 스스로 위스키를 따라 입에 털어 넣었다.

"금주이지만 한 잔은 눈감아도 되겠지."

전송주는 두잔 째 마시고 가슴을 쥐었다.

"술주정뱅이 아비가 리사를 다섯 살에 여장을 해서 권번에 팔아넘겼어요. 예쁘장한 외모에 속은 기생 어미는 리사를 여장해서 기녀들 심부름을 시켰소. 그런데 이 아이가 판소리를 듣고 따라하는 데 천재였던 거라. 제대로 입혀서 연회에서 노래시켰는데 영감들의 돈이 쏟아졌지. 무대에 세워 널리 알려졌지요. 복동이라는 본명은 까마득하게 잊히고 리사라는 이름으로."

전송주는 무대에서 독백을 하는 배우 같았다.

"조선 땅도 좁은 잡가의 천재였지. 신비한 분위기에 고아한 몸가짐, 목소리는 천상의 것이지. 파리넬리가 살아 돌아온 줄 알았소. 난 극단서 매니저, 심부름꾼도 하면서 곁에 맴돌았어요. 그러다 그녀가 아주 중요한 제안을 했어요. 일본에 같이 가지 않겠느냐고. 흔쾌히 응했소. 그녀는 세계로 나갈 목소리를 지녔거든. 그게 비극의 씨앗일 줄은……. 내가 안 간다고 했다면 그녀도 안 갔을 텐데……."

서리사는 일본에서도 큰 인기를 얻어 많은 무대에 섰지만, 뒤로는 극단 사장의 학대를 받았다고 한다. 사장은 본처에 첩까지 있었는데도 그녀를 놔주지 않았다.

구보는 얼마나 고통이 컸을지 짐작됐다.

"리사는 종종 손목도 그었는데, 어느 날은 목을 맸어요. 늘어진 그녀를 업고 병원으로 내달렸지요. 간신히 목숨은 건졌으나 성대가 상해 아름다운 목소리로 노래하는 걸 다신 들을 수 없었소. 사장은 리사를 버렸고 시골구석에 무용수로 돌렸지만 나는 죽을 각오로 맞서서 둘이 도망쳐 돌아왔소. 꾀꼬리 같은 소리를 잃은 게 천추의 한이죠. 고운 가성을 못 내 입을 다물었지만, 딱 한 번 내 알리바이를 만들려 전화를 건 겁니다."

상은 단도직입적으로 물었다.

"남자라는 걸 언제 아셨습니까?"

"아내로 맞이하고 알았습니다."

"무용을 하면 될 텐데 무대에 서길 포기한 이유가 있습니까?"

구보가 날카로운 질문을 던졌다. 전송주는 고개를 저었다.

"무대에 서면 남들의 시선이 집중될 테고, 목소리를 잃은 사연이 언론에 밝혀질까봐 두려워했죠. 남자라는 게 들킬까 걱정도 되고 불안에 시달리면서 공포는 점점 더 커졌습니다."

"그 공포가 가중된 데는 임윤국 씨의 협박도 한몫했습니까?"

"임윤국은 내가 쫓아내면 마약 장사한 게 드러날까 불안해했죠. 내가 나가라니까 도리어 리사의 약점을 쥐고 그녀를 괴롭혔어요. 나중에 알고 보니 그놈이 강제로 리사를 범했더군."

전송주는 잠시 손을 부들부들 떨다 침착하게 말을 이었다.

"임윤국은 죽어도 싸. 리사의 비밀은 어떻게 알았소? 업계에도 아는 사람이 드문데."

"그 전에 사건 전체를 말해주시죠. 임윤국은 서리사 씨 비밀을 어떻게 알았죠?"

"리사가 우울증 약을 타던 병원에서 임윤국이가 근무했던 모양입니다. 리사의 진료기록을 보고 그녀가 남자인 걸 알았소. 그 병원을 관두고 어쩌다 극단에 들어와 리사와 만났고 이 지경에 이른 겁니다. 리사의 불안은 임윤국을 보는 내내 극도에 달했고, 나는 임윤국을 두고 볼 수만은 없었습니다."

상은 의아하게 물었다.

"처음에 왜 우리를 부른 겁니까?"

"리사는 극단이 경찰 수사를 받는 과정에서 자신의 비밀이 드러날까봐 걱정했소. 그래서 사설탐정을 고용해 확실히 매듭 지으려 한 겁니다."

"사장님은 성정운과 임윤국의 사건이 연결되어 둘 다 마약중독 사고사로 만들 의도였습니까?"

"난 리사의 불안감이 엄청나서 빨리 사건을 마무리하려 했습니다. 임윤국이 리사의 비밀을 폭로한대서 결국 이렇게……."

상은 고개를 저었다.

"전 다른 생각을 해봤습니다. 성정운이 임윤국을 통해 서리사 씨의 비밀을 안다면요? 성정운이 빚 때문에 협박을 하자, 먼저 손쓴 건 아닌지요? 성정운이 살해된 걸 임윤국이 눈치채고 서리사 씨를 협박했다고 보는 게 타당해요. 서리사 씨는 어릴 적에 마술 무대에 섰고, 권번에서 유연성을 기르려고 곡예를 배우게 했죠. 성정운이 마약에 취한 상태에서 서리사 씨가 화장실의 창문으로 몸을 구부리고 들어가 죽인, 위장 살인이라면요?"

"증거가 있습니까? 성정운은 스스로 갔고 난 임윤국을 죽였습니다. 부탁이니 더 이상 캐지 말아주십시오."

이때 소유미가 문을 열고 들어섰다. 손에는 수선 가게에 맡겼던 하얀 블라우스가 들려 있었다. 상은 천 오라기를 봉투에서 꺼냈다.

"화장실 창틀에서 발견한 오라기 단서입니다. 이 하얀 블라우스는 찢겨서 수선 가게에 맡겨져 있더군요. 누구의 옷인지는 잘 아실 겁니다. 그날 서리사 씨는 창문으로 들어가 마약에 취한 성정운 목을 밧줄로 걸어 질식사하게 만들었죠. 우리를 불러 자살로 마무리할 속셈이었지만, 여러 단서로 서리사 씨는 용의자 선상에 있소."

전송주는 깊고 진중한 목소리를 짜내듯 말했다.

"리사는 극단을 떠나 살지 못해요. 극단이 문을 닫으면 새장 속 새처럼 자유를 잃어요. 극단이 유일하게 숨 쉴 수 있는 공간인데, 감옥에 가면 심리적 압박에 눌려 죽을 겁니다."

이때 사무실 문이 열리고 서리사가 들어왔다. 그녀는 눈물을 흘리며 전송주의 두 손을 부드럽게 잡았다.

"아니, 리사! 모두 듣고 있었소?"

서리사는 애처로운 눈빛으로 눈을 깜박였다.

"그 시절로 돌아가고 싶군. 극장에서 당신을 처음 보았던 그때로."

전송주는 기억을 더듬었다.

수십 년 전, 전송주는 분장실에서 소국처럼 하얗고 뽀얀 얼굴로 환히 웃는 여성을 만났다. 가슴이 덜컹 내려앉았고, 마주칠 때마다 짝사랑에 가슴이 메었다.

서리사는 신인이었다. 전송주는 배우들 심부름을 하며 무대 뒤에서 그녀를 몰래 지켜봤다. 서리사에게 모든 조명 빛이 따라다녔다. 반짝거리는 재능과 보석 같은 미모에 눈이 부셨다. 심부름꾼에게도 친절한 고운 마음씨를 가진 그녀에게 정신없이 빠져들었다.

다시 돌아온 경성에선 국화가 첫서리를 맞아 향을 잃듯 목소리도 잃고 나이도 들었다. 하지만 여전히 아름다웠다.

연락을 받은 기무라와 경찰들이 도착했다. 전송주는 두 손에 수갑을 찼다. 압송되는 순간, 서리사가 천천히 입을 열어 목소리를 짜냈다.

"제가 성.정.운.을 죽.였.습.니.다. 저.를. 잡.아.가.세.요."

굵은 목소리로 또박또박하게 말했다. 전송주는 눈물을 흘렸다. 두터운 주먹으로 닦으려 했지만 수갑에 묶인 손은 잘 움직여지지 않았다. 서리사가 손바닥으로 전송주의 얼굴을 부드럽게 닦아주었다.

그녀에게도 수갑을 채우려는데 전송주가 간곡히 부탁하자, 기무라는 포승줄을 느슨하게 묶었다. 그제야 전송주가 희미한 미소를 보였다. 그는 구보와 상에게 할 말이 있다며 잠시 양해를 구했다.

"고맙소. 사실 리사는 그간 죽을 것 같은 고통에 시달렸습니다. 정체성이 까발려질지 모르고 사람을 죽였다는 죄책감에도 짓눌렸지요. 이렇게 되니 도리어 맘은 편합니다. 부디 두 분께서 리사의 비밀을 지켜주시길 부탁드립니다."

경찰은 전송주와 서리사를 압송했고, 소유미는 둘을 전송하며 눈물을 훔쳤다.

사건이 해결되고 며칠 후, 신문 어디에도 리사의 정체성에 관한 기사는 없었다. 이는 구보와 상이 염상섭을 통해 각 신문사에 신신당부를 해 막은 것이다.

구보는 안도감에 신문을 덮고 상에게 물었다.

"서리사 선생의 비밀을 어떻게 알았지?"

"백화점에서 중후한 목소리의 호리호리한 젊은 남자 목격담에 짚이는 게 있었지. 서리사가 어린 시절 묵었던 권번을 찾아갔어. 나이 든 기녀에게서 힌트를 얻었지. 그녀가 소리를 배웠던 김방월 선생은 여자 제자를 두지 않는다네. 유일하게 둔 여제자가 서리사였어."

"그랬군."

"개인의 비밀이라 발설할 수 없었네. 비밀은 해결의 단서를 주지만, 상쾌하고 즐거운 일은 아니야. 가슴에 돌덩어리를 얹은 것 마냥 무겁게 하지. 서리사 선생에게 연민이 느껴지더군."

구보는 고개를 끄덕였다.

일주일 후 나른한 오후에 상과 구보는 긴 겨울이 지나고 초봄의 방문을 알리는 따사로운 햇살을 온몸에 받으며 경성 산책을 즐겼다. 구보가 문득 발걸음을 멈추고 나무를 올려다보았다. 목련 꽃눈이 움터 있었다. 꽃눈은 나뭇가지 끝마다 하늘을 향해 치솟았다. 봄이다.

"봄꽃이 피려는데?"

"빼앗긴 들에도 봄은 오는가?"

상의 말에 구보는 가벼운 웃음을 띠었다.

"우리가 모르는 사이에 봄이 왔지."

"맞는 말이네. 이렇게 꽃눈이 필 줄 몰랐지. 힘든 시절이 지나면 반드시 봄이 오네. 모르는 사이 조금씩 다가와 만개할 준비를 하지."

경성도 봄맞이 준비를 했다. 상점 주인은 쇼윈도를 깨끗하게 닦고, 여성들은 얇은 외투를 입고 한결 가벼운 디자인의 모자로 바꿔 썼다. 아이들이 뛰노는 소리가 활기찼다. 자동차 경적 소리, 마차를 모는 말발굽 소리마저도 경쾌했다.

경성의 봄, 얼마나 설레는 맘으로 기다렸던가.

구보의 발걸음도 왠지 모를 기대감에 빨라졌다.

*권번과 명월관, 전통 극장에 관하여 《여러분이시여 기쁜 소식이 왔습니다》(김은신 지음, 김영사, 2008년)에서 참고했습니다.

상과 구보가 나눈 말 중에 신문기법에 관한 내용은 〈계간 미스터리〉 2019년 봄호에 실린 장힘찬 프로파일러의 글을 참고했습니다.

〈주인 없는 양복〉은 《2017 올해의 추리소설》(청어람, 2017년) 수록작입니다.

〈고래의 꿈〉은 《2018 올해의 추리소설》(청어람, 2018년) 수록작입니다.

〈백운산장의 괴담〉은 〈계간 미스터리〉 2018 여름호 수록작입니다.

작가 후기

(스포일러가 될 수도 있으니 작품을 먼저 읽어주세요.)

　감개무량합니다. 《경성 탐정 이상》 시리즈가 4권이 나오다니요. 그렇게 되기까지 구보와 상도 고생을 많이 했고, 저와 에디터, 마케터 그리고 출판사에서 많은 고생을 했습니다.
　또한 《경성 탐정 이상》 시리즈를 읽고 사랑해주는 많은 독자들의 성원이 아니었다면 여기까지 이어지지 않았을 겁니다. 독자들이 탐정 이상과 구보를 세상에 꾸준히 나오게 한 원동력입니다.
　《경성 탐정 이상》은 1권에서 경성의 유명 인사들이 등장해 상과 구보에게 사건을 의뢰하고 풀어나가며 시작됐습니다. 창문사를 다니던 시절 상과 구보가 찍은 한 장의 사진에서 시작된 탐정 소설은 2권에서 경성에 들어온 외국인들이 토착민과 갈등하는 에피소드들이 선보였고, 소년 탐정단이 나오는 스핀 오프 격의 단편도 실렸습니다.
　3권에서는 그 시절의 성소수자와 갈등을 벌이는 양반들의 모습과 아동 학대 사건이나 신여성들이 세상에서 받는 편견과 억압을 선보였습니다.

이번 4권에서는 최대한 상상 속 인물과 배경으로 미술품 도난 이야기, 성적 일탈로 벌어지는 잔혹상, 일본인 형사의 트라우마와 여성을 대상으로 한 잔인한 연쇄 살인사건, 어릴 적 학대한 아비에게서 벗어나려는 딸, 앤티크 사교구락부 부인들의 암투 등을 소재로 당대의 문화와 사회상을 그려봤습니다.

사람 사이의 질투와 반목, 욕망과 분노, 억압과 따돌림은 현대도 여전합니다. 경성이나 서울이나 같습니다. 다른 점은 지금은 SNS를 통해 간접적으로 나타나기도 하는데, 경성은 사람이 직접 대면하면서 첨예하고 빠르고 확실하게 드러난다는 점입니다.

그래서 더 처절하고 치열했다고 할까요. 한편 더욱 사람 냄새가 풍기고, 갈등은 서로 간 합의로 풀리게도 됩니다. 그 반대로 갈 때는 살인도 불사하지만요.

앞으로도 경성 탐정 이상 시리즈는 계속되며, 현대의 고민을 그 시대와 배경에 녹여서 보여드릴 예정입니다. 소설에서 시대를 거슬러 지금의 사건과 문제를 반영하며 되짚고, 아울러 미래를 예측해보는 건 어떨지 조심스레 제시하고자 합니다.

참고로 오영지라는 여성 탐정 아이디어는 김지유 님이 독서회에서 내주었습니다. 근대 여성소설가 김명순을 자세히 소개해주셨고, 여기에 힌트를 얻어 인물을 만들었습니다. 전라도 사투리 감수는 김정옥 님이 도와주셨습니다.

마리 앤티크 사교구락부 에피소드는 앤티크 사업가 김영자 님에게 도움을 받았습니다. 이 자리를 빌어 세 분께 감사함을 전합니다. 아울러 가족들, 추리작가협회 선후배님, 김현신, 양수련, 박선아, 김춘호, 박미자, 오경옥, 정미영 님께 늘 고마움을 전합니다.

독자님, 건강하시고 제가 추리월드 초대장을 보내드리면 기꺼이 추리여행에 동참해주시기 바랍니다. 언제고 도착할 테니 기다려주세요.

2019년 2월 18일
김재희 씀

경성탐정이상 4
京城 探偵 LEESANG

2019년 5월 1일 초판 1쇄 인쇄
2019년 5월 8일 초판 1쇄 발행

지은이 | 김재희
발행인 | 이원주
책임편집 | 박윤희
책임마케팅 | 정재영

발행처 | (주)시공사
출판등록 | 1989년 5월 10일(제3-248호)

주소 | 서울특별시 서초구 사임당로 82(우편번호 06641)
전화 | 편집 (02)2046-2852 · 영업 (02)2046-2883
팩스 | 편집·영업 (02)585-1755
홈페이지 | www.sigongsa.com

ISBN 978-89-527-9943-2 04810
    978-89-527-7647-1 (set)

본서의 내용을 무단 복제하는 것은 저작권법에 의해 금지되어 있습니다.
파본이나 잘못된 책은 구입한 곳에서 교환해 드립니다.

도서의 국립중앙도서관 출판예정도서목록(CIP)은 서지정보유통지원시스템 홈페이지(http://seoji.nl.go.kr)와 국가자료공동목록시스템(http://www.nl.go.kr/kolisnet)에서 이용하실 수 있습니다.(CIP제어번호: CIP2019015519)